Uwe Grüning

DAS VIERSTROM-LAND HINTER EDEN

Roman

*Union Verlag
Berlin*

ISBN 3-372-00028-5

1. Auflage

Lizenz-Nr. 395/3521/86 · LSV 7001
Printed in the German Democratic Republic
Gesamtherstellung: Union-Druck (VOB), Halle (Saale)
Gestaltung: P. Fischer Sternaux
700 131 8
01080

I. Teil

CHARENTON UND ST. GOAR

DIE LOREDAN / *Friedrich Teutsch auf der Touristenpromenade des Überseeschiffes »Loredan« / Erinnerungen an Recife / Arthur Wellesleys Sohn Edward / Notizen aus Charenton / Teutsch verspricht, seine Erlebnisse in Behemoth aufzuzeichnen*

Die Liegestühle auf der Touristenpromenade waren fleckig, unbequem und kosteten 2000 Lire pro Stunde. Der Stoff glänzte, speckig von Köpfen, die von Ost nach West oder von West nach Ost reisten, speckig von Hohlköpfen, Strohköpfen, von hellen und dunklen Köpfen, Köpfen voller Resignation, Köpfen voller Erwartung und Hoffnung, Abenteuerlust und unerfüllbarer Sehnsucht. Was von allen zurückblieb, war der Abdruck von fettigem Haar.

Die Möwen, die unermüdlichen Landgänger, kreischten seit zwei Stunden nicht mehr. Die Seevögel, die Abgesandten der Inseln, hatten den stumpfen Himmel verlassen. Vor meinen Augen kreisten die Lettern. Das Schiff lag unbeweglich. Es atmete nicht.

Wie alle, deren Gewerbe das Warten ist, schaute ich auf die Wolken. Sie zogen nach ihrer Laune und nach der des Windes vorüber, von mir geliebt und gehaßt wie Jugendträume, auf die wir verächtlich zurücksehn.

Es war meine erste Schiffsreise. Den Geschmack von Langeweile und schal gewordnem Verlangen im Mund, starrte ich auf die Windgalle. Für Augenblicke fiel vom Hochdeck Schatten herab. Die Windgalle färbte sich grün.

Als vermeintlich Toter ausgeflogen, hatte ich bei der Zwischenlandung in Recife das Flugzeug verlassen und mit dem Gefühl, entronnen zu sein, die Riffstadt betreten, mittellos und ohne Pläne außer dem der Rückkehr.

Ich bezog ein Hotel in Boa Vista. Ich ahnte die labyrinthischen Wege der brasilianischen Behörden, aber ich fürchtete sie nicht. Ich hatte in Behemoth Geduld gelernt, jene unendliche Geduld, die eine Schwester der Gleichgültigkeit ist. Ich hatte erfahren, wie viele Dinge grundlos sind. Ich hatte gelernt, dem breiten Weg zu mißtrauen.

Drei Tage genoß ich den Reiz des brasilianischen Venedigs. Doch die Aura der Stadt schwemmte der Regen hinweg. Humorlos stürzte er auf die Betondächer des beinahe leeren Hotels, trommelte auf die Blechdächer und verwüstete die Straßen.

An diesem Tage fuhr ich nicht wie sonst nach Santo Antonio zum österreichischen Konsul. Ihn täglich aufzusuchen war meine einzige selbstauferlegte Pflicht.

Ich kam aus der angstvollen Öde St. Goars in eine Wüste jenseits von Hoffnung und Angst; der Konsul ließ sich verleugnen.

»Ich werde warten«, erwiderte ich.

Er sei verreist, es sei ungewiß, wann er zurückkehre.

»Ich werde warten«, sagte ich ruhig. Der Vormittag verging, und der Mittag, die Stunde eines vorzeitigen und ohnmächtigen Todes, kam über die Stadt. Die Zeit der Siesta verrann. Die öden Nachmittagsstunden begannen. Eine Glocke schwang dünn und träg durch die Dämmerung wie das Läuten zum Requiem. Der Konsul ließ bitten. Er ahnte: die beste Art mich zu entmutigen sei, mich zu empfangen. Die Sonne der Toten spiegelte sich auf seinem Gesicht. Spinnweben und Jahre hatten in ihm die letzten Spuren von Leben getilgt. Seine Augen waren wie Quellen eines schlaffen, endlosen Regens; einzig seine Hände blieben Zeugen eines verräterischen Daseins.

»Was wollen Sie von mir?« fragte er mich. »Seit ich Konsul bin, habe ich noch keinem geholfen; und ich kann mich nicht erinnern, daß ein Konsul in dieser Stadt jemals einem Menschen beigestanden hätte.«

»Dir selbst hast du gewiß nicht helfen können«, dachte ich bei mir. »Fast ist es ein Wunder, daß du statt in Charenton in Recife lebst.« Laut aber sagte ich: »So werde ich der erste sein, dem Sie nützen.« Er sah mich an, ohne daß der Schleier vor seinen Augen zerriß. Er war zu indolent, um erstaunt zu sein; doch er begriff, daß er mich nicht entmutigen konnte.

»Sie müssen mir helfen! Mir bleibt keine andere Wahl! Und da mir keine Wahl bleibt, ist auch Ihnen die Freiheit genommen.« Ich ging.

»Wer sind Sie?« fragte er mich am nächsten Tag. »Teutsch? Das ist der Name eines Verschollenen in Queen-Elisabeth-Land, oder wie Sie sagen, in Behemoth; und ein Verschollener ist in unserem Jahrhundert ein Toter. Sie haben keine Beweise und somit keinen Anspruch auf Hilfe.« Ich ging.

»Was wollen Sie ohne Geld und Reputation in diesem Land?« fragte er mich am dritten Regentag. »Ohne beides ist Brasilien weit trostloser als Behemoth.« Ich lächelte. Er verstand nichts. Niemand, der nicht in Behemoth gewesen ist, wird das Leben auf dem siebenten Kontinent verstehen.

»Ich kam zum Konsul, dem Vorposten meines Heimatlandes«, sagte ich zu ihm am folgenden Tag.

»Sie können mich zu nichts zwingen. Wann werden Sie das endlich begreifen?« entgegnete er.

»Warum sind Sie nicht mit der gleichen Maschine weitergeflogen, mit der Sie gelandet sind?« fragte er mich am zehnten Tag. Ich sagte ihm nicht, daß mich im Flugzeug alles an Behemoth, den verfluchten Kontinent, erinnert hatte. Niemand hätte mich bewegen können, es erneut zu besteigen.

»Ich wollte nicht nach Britannien fliegen«, antwortete ich. Er überlegte. Die Gleichgültigkeit schützte ihn nicht länger. Ich erhielt Papiere und Geld für ein Ticket. Zwei Schiffe stachen am gleichen Tage in See, eins nach Triest und eins nach Cuxhaven. Ich warf die Münze. Sie fiel auf Cuxhaven. Ich aber wählte Triest, den alten Hafen der k. u. k. Monarchie, und belegte einen Platz in der Touristenklasse der *Loredan.*

Die Liegestühle auf der Promenade waren fleckig, unbequem und kosteten 2000 Lire pro Stunde. Ein Schatten fiel auf mein Buch. Ich wollte ihn forttreiben, wie man eine Fliege verscheucht. Ich wollte den nicht sehen, der seitwärts an der Reling stand und mich seit geraumer Zeit beobachtete. Ich spürte es, lange bevor er die Hand gegen die Sonne hob. Ihr Schatten fiel auf mein Buch.

Schau nicht auf, wenn die Götter vom Olymp herniedersteigen oder die Passagiere der ersten Klasse auf das Touristendeck! Verstecke deine Frauen und Kinder, verbirg deine Gedanken! Sie, denen alles offenbar ist, sind blind.

Wieder glitt die Sonne aus den Wolken hervor, wieder gab er das Schattenzeichen. Unwillig schaute ich auf; er lehnte im dunklen Straßenanzug an der Reling und starrte mich an. Sein Gesicht war mir vertraut. Ein Schmerz, wachgerufen von einer jähen Erinnerung, drang in mich ein. Sich nicht zu regen blieb die einzige Möglichkeit, ihn zu lindern. Ich sah in mein Buch. »Wenn man ins Buch schaut, weint man nicht«, sagt Rabbi Chanoch. Doch der wehmütige, aus der ersten Klasse herabgestiegene Olympier gab mich nicht frei: »Ich hatte gehofft, daß Sie mich ansprächen. Stört es Sie nicht, wenn einer Sie anstarrt?«

»Es ist mir gleichgültig«, log ich. »Alle, die ihrem Schicksal entrinnen wollten, sind ihm erlegen. Vielleicht entgehen wir ihm, wenn wir es mißachten. Es ist keine Stunde für Sie: die Sirenen schweigen, und Odysseus ist taub.«

»Und woher kommen Sie, Vielverschlagener?«

»Aus der Hölle«, antwortete ich.

»Sie scherzen.«

»Nein«, sagte ich, »es ist mein schlechtes Englisch, das scherzt, und mein schlechtes Leben, das Ihre Gesellschaft nicht sucht.« Ich ging wie einer, der fliehn will und weiß, daß er die Grenze nicht überschreiten kann.

Aus dem Paradies der Promenade vertrieben, betrat ich

den freudlosen Zauberberg meiner Kajüte. Durch das Bullauge fiel Licht auf Arthur Wellesley, der im dunklen Straßenanzug am Tisch saß. Im Halbdunkel verschwammen seine Züge; sein Gesicht wurde zeitlos. Ich wußte nicht mehr, ob es Lord Arthur war oder der herabgekommene Olympier vom Zwischendeck, sein um ein Mannesalter jüngeres Ebenbild. Er schaute mich an, als wollte er ein Gespräch beginnen. Ich schwieg. Ich führe kein Gespräch mit Gespenstern. Sie mögen ihrer Wege gehn, es sind nicht die meinen. Ich erwiderte seinen Blick, bis er unsicher wurde. Schon konnte ich hinter ihm die Kajütenwand erkennen, schon sah ich mühelos durch ihn hindurch: der Hocker unter dem Bullauge war leer. Für einen Augenblick hatte ich die Bilder besiegt. Mein Masochismus trieb mich, sie erneut zu beschwören. Aber sie wollten sich meinen Gedanken nicht fügen.

»Nicht allein, was geschieht, ist unbeständig«, dachte ich, »auch die Bedeutungen wechseln. Beständig ist nur die Schrift.«

Mir fiel ein Papier aus der Zeit in St. Goar in die Hand, als ich, krank von Niedergeschlagenheit und Langeweile, zu schreiben begann. Wieder trat Lord Arthurs Bild vor meine Augen. Ich beachtete ihn nicht, ich brauchte ihn nicht zu vertreiben. Was ich vor seiner Zeit geschrieben hatte, verbannte ihn. Es war mächtiger als er, der später jeder Erinnerung gebot, ihr Sinn gab und sie verfälschte. Ich las:

Der Friedhof

An manchen Tagen weht ein ablandiger Wind und treibt dünnen, rostfarbenen Staub in großer Höhe über die Stadt. Die Luft wird wachsfarben und mild wie an Herbstabenden in meiner Heimat. An solchen Tagen gehe ich gern auf den Friedhof. Von deutschen Einwanderern angelegt, zwängt er sich engbrüstig zwischen zwei Hügel. Damals herrschte der Glaube, Land könne in Behemoth rar und teuer werden. In

Behemoth? Gehört Charenton zu diesem Erdteil: ist es nicht vielmehr eine Blendpforte, durch die kein Weg in den verfluchten Kontinent führt?

Mein Blick fällt auf die Karte, die ich damals gezeichnet habe: linksseitig vom Gjöll Charenton mit Flughafen, Hotel und sternförmigen Straßenzügen, an seinen Grenzen Gebirge und Meer; am rechten Ufer St. Goar, die Schwesterstadt, nur durch das Brückenhaus mit Charenton verbunden und einzig durch einen schmalen Paß mit dem siebenten Kontinent.

Wie wenig Erde die niedrige Mauer auch umschließt: Es ist mehr als genug für die Gräber. Eine Allee schmalstämmiger Birken führt vom Friedhofstor zur Kapelle. Immer kleiden die Kronen sich in herbstliches Gelb, und wenn ein ablandiger Wind weht, leuchten sie wie an frühen Novemberabenden in meiner Heimat.

Auch Blätter fallen herab. Doch die Bäume werden nicht kahl, obgleich ich nie eine Knospe an den Zweigen gesehen habe. Vielleicht bringen sie nachts ihre Blätter hervor. Vielleicht haben sie in diesem heißen, feindlichen Klima die Fähigkeit zu assimilieren eingebüßt. Sie kümmern dahin, ohne zu sterben. Ihr beständiges Welken berührt seltsam in einer Gegend, wo alles nur reift und reift. Ewiger Sommer liegt über den Feldern. Das Land fault an seiner Fruchtbarkeit. Seine maßlose Stärke zwingt es, zu zeugen und zu empfangen. Sein Reichtum beängstigt mich. Er zerfällt in den Händen. Beunruhigend sind auch die Gräber. Nirgendwo sonst liegt ein Friedhof. Es ist, als werde in Charenton nicht gestorben.

»Er ist verreist«, höre ich sagen, sobald ich ein bekanntes Gesicht vermisse. Es ist unwahr. Keiner reist fort. Wir alle sind Gefangene Behemoths, verurteilt, im Dreieck zwischen Hotel, Brückenhaus und Flughafen zu leben.

Merkwürdig sind die Inschriften auf den Grabsteinen. Behemoth verneint jeden Glauben. Der Kontinent ist groß, er ist über die Maßen groß, doch er besitzt keine Größe. Größe besitzt nur Sir Houston, mein Brotherr und Peiniger. Er bläst sich auf, und bald wird er platzen.

Verstünde er deutsch, so wüßte er, daß die Gespreiztheit und Wirrsal seines kaum verständlichen Englisch im Deutschen eine bessere Statt fände. Unverständlichkeit gehört dort zum Adel der Sprache.

»In der Welt ist kein Wert«, zitierte ich, als er mich in einer ungewöhnlich leutseligen Stimmung nach einem Philosophen meiner Heimat befragte. Damals war ich erstaunt, daß er diese Gnome nicht kannte. Später begriff ich: Sir Houston kennt nichts außer sich selbst und auch das nur schlecht.

»Gott offenbart sich nicht in der Welt«, fuhr ich fort und spürte sein Unverständnis. Wie sollte das möglich sein, da Gott sich Sir Houston offenbart und Sir Houston die Welt ist.

Ich begreife meine Verbitterung nicht. Warum flüchte ich auf den Friedhof? Kein Raschellaub liegt mir zu Füßen. Nur einzelne Blätter stieben auf, wenn der Wind durch die Allee fegt. Sie sind Talmigold wie alles in diesem Land, Luftspiegelungen für Seelen, in denen Trug und Verzweiflung leben. Ich balle die Fäuste: Ich werde ausbrechen, ich werde die Fäden zerreißen, mit denen ich an Charenton und an Sir Houston gefesselt bin.

Der Wind weift in den Kronen. Ist er ein Vorbote des Todes in der dünnen, herbstlichen Luft? Ich weiß, uns wird nicht vergeben, obgleich es doch Herbst ist. Ich bin nicht gelassen, nicht wie die Birken mit ihren hängenden Flügeln: Sie weigern sich, heimisch zu werden, sie weigern sich zu verdorren. Es sind Totenbäume. Sie bezeugen die Nichtigkeit aller Dinge und zugleich deren Schönheit. Sie harren aus in diesem immerwährenden Herbst, der keine Gestalt des Vergehens und keine des Werdens kennt. Sie sind heidnisch.

Noch wehre ich mich. Noch suche ich den verfallenden

Friedhof auf, die Füße im Birkenlaub, und es dünkt mich ein Wunder, daß die maßlose Fruchtbarkeit dieses Erdteils ihre Rankengewächse nicht über die Friedhofsmauern wuchern und uns alle umschlingen läßt, uns, die wir zu vergessen beginnen in dieser Hölle der Gleichgültigkeit.

Warum habe ich diese Blätter nicht in Recife vernichtet, als ich, ein Gefangener des Regens, dem Alptraum der vergeudeten Jahre abschwor? Was sollen diese machtlosen Zeugen auf vergelbtem Papier? Jede Flamme brächte sie zum Schweigen.

Bedrohlich bleibt allein die Erinnerung, die ich weder betrügen noch bändigen kann. In ihr ist das Leben Arthur Wellesleys so eng mit dem meinen verknüpft, daß ich nicht überdauern könnte, wenn ich ihn aus meinem Gedächtnis entließe.

Vielleicht habe ich nur geträumt? Vielleicht war der an der Reling stehende Sohn Lord Arthurs nur ein Geschöpf meiner Träume und hatte Macht über mich gewonnen, weil ich mich fürchtete? Jetzt wußte ich, daß seine Gewalt nicht weiter reichte als meine Furcht. Es war leicht, diese Nabelschnur zu durchschneiden.

Ich ging an Deck. Der Sohn Lord Arthurs stand an der Reling. Ich zögerte. Ich wollte fortgehn. Er hielt mich mit einer Handbewegung zurück.

»Sie lauern mir auf«, warf ich ihm vor.

»Sie wissen, daß es nicht wahr ist«, verteidigte er sich. »Wenn ich nicht zu Ihnen herabkäme, müßten Sie mich unter den mißtrauischen Blicken der Matrosen in der ersten Klasse suchen. Oder kennen Sie einen anderen Ausweg? Das Meer liegt unter uns wie ein Abgrund. Springen Sie! Vielleicht werden Engel Ihren Fuß lenken. Vielleicht stürzen Teufel auch mich hinab. Wir sind – für diese Reise – aneinander gefesselt.«

Ich schaute ihn an, ungewiß, ob er ein Mensch sei oder

ein Schemen; denn er sprach mit meinen Worten und mit meinen Gedanken, und die Unausweichlichkeit unserer Begegnung hatte ich schon in der Kajüte verspürt. Er besaß keine Macht über mich, und dennoch zwang er mich zu einer fremden Sprache, zwang mich, mit der gleichen Ironie zu ihm zu reden wie damals zu seinem Vater. Oder irrte ich mich, hatte er mit Arthur Wellesley nichts gemein? In Gedanken sah ich Triest vor mir, das Ende der Irrfahrt. Unruhe fiel auf mich aus dem Füllhorn der Einsamkeit.

»O nein«, antwortete ich. »Ich bin nur ein Schatten. Für zwei Stunden habe ich mir diesen Platz unter den Sternen gemietet. Ich habe vom Granatapfel gegessen: ewige Sonne wird mir nicht mehr zuteil.«

»Sie sind Teutsch, nicht wahr?« fragte er.

»Die Passagierliste der Touristenklasse führt keinen weiteren Namen. Ich tafle in fürstlicher Einsamkeit. Ich betrete den Rauchsalon allein. Ich residiere auf der Promenade. Fast könnte ich zum abwegigen Urteil gelangen, das Schiff fahre einzig für mich.«

»Wie, wenn dieser Gedanke nicht abwegig wäre?« wandte er ein. »Vielleicht hat jemand Interesse, uns beide allein über den Atlantik zu bringen.«

»Der müßte ein Narr sein«, antwortete ich. »Denn keiner wäre reich und töricht genug, es zu wollen. Wer sind Sie?«

»Der, den Sie sogleich in mir erkannt haben«, erwiderte er. »Ein Sohn Arthur Wellesleys.«

»Wie soll ich Ihnen glauben?« zweifelte ich. »Lord Arthur hat sich vor mir gerühmt, der letzte seines Geschlechtes zu sein.«

Er lachte: »Er liebt große Gesten. Erinnern Sie sich nicht? Ich fordere von Ihnen meinen Vater zurück«, sagte er mit Bestimmtheit.

»Sie verlangen Unmögliches. Behemoth gibt nichts wieder frei, was es einmal besessen. Mit gleichem Recht könnte ich von Ihnen meine Unschuld zurückfordern.«

»Auch dieser Wunsch ist nicht widersinnig«, entgegnete er. »Sie werden sich aus Ihrer inneren Haft befreien, wenn Sie die gleiche Kraft, mit der Sie sich zwingen, das vergangene Jahr zu vergessen, an Ihre Erinnerung wenden. Helfen Sie mir! Geben Sie mir meinen Vater zurück, indem Sie aufschreiben, was Sie gemeinsam erlebt und gesprochen haben. Jede Einzelheit kann mir von Nutzen sein, wenn ich nach Behemoth reise, um ihn zu suchen. Schweigen Sie! Ich bitte Sie nicht, mich zu begleiten. Ich bitte Sie nur, auf diesem Schiff mein Wegweiser und Führer zu sein.«

»Ihr Vater ist tot. Und jede Hoffnung ist töricht!« entgegnete ich.

»Mein Vater lebt. Ich besitze Beweise!« entgegnete er mit Bestimmtheit. »Sie müssen mir helfen. Ein Schreibtisch steht in der ersten Klasse für Sie bereit. Die Fahrt nach Triest währt lange, und sie wird wie Ihre Irrfahrt durch Behemoth werden, wenn Sie meinen Wunsch nicht erfüllen.«

»Warum quält er mich?« dachte ich. »Wie er spricht und was er tut, ja seine Gesichtszüge und seine Haltung – das alles ist Behemoth. Aber vielleicht hat er recht. Vielleicht ist die Erinnerung der einzige Weg, sich zu befreien.«

Ich begann meine Niederschrift, überzeugt, daß er nicht glauben würde, was ich ihm berichtete.

»Glaubwürdigkeit«, pflegte Arthur Wellesley zu sagen, »ist ein Vorurteil der Aufklärung. Jedes Dasein ist unglaubwürdig, nicht nur das Leben in Charenton.«

Was aber vermögen Unglaubwürdigkeit und Verleumdung über den menschlichen Willen, Zeuge zu sein? Wer Zeuge ist, vergewissert sich seines Lebens. Denn keiner kann seiner Vergangenheit sicher sein; es sei denn ein Narr oder ein Träumer.

ANKUNFT IN CHARENTON / *Der Flugplatz / die Journalisten / Arthur Wellesleys Ankunft / Abweisung der Charentoner / Gespräch mit Teutsch*

Neben dem Hotel »King of Despair« besaß Charenton einen einzigen Treffpunkt: den Flugplatz. Wie Mörder, die es an den Ort ihrer Untat zurückzieht, suchten wir ihn auf. Vielleicht trieb uns die törichte Hoffnung auf Rückkehr, gewiß die Langeweile und der um die fünfte Stunde unstillbare Drang, uns zu vergewissern, daß es die alten Kontinente noch gab.

Ihre Existenz verbürgte scheinbar die unsere. Wenn die Flugzeuge landeten, glaubten wir, dem Geist dieser Stadt noch nicht erlegen zu sein; und wir fühlten die Kraft, uns am eigenen Haar aus dem Sumpf zu ziehen, der unsere Wünsche erstickte und uns mit wohliger Wärme umschloß.

Denn der Geist Charentons, einer Stadt von dreißigtausend Seelen und ebensoviel Unseligen, hieß Wahnsinn. Wahnsinn hieß der Geburtshelfer unserer immer nur um das eine kreisenden Gespräche; und Wahnsinn gebar unsere Gewerke.

Wie zufällig trafen wir uns auf dem Flugplatz, stolz wie Granden, geschwollen vor Hochmut und dennoch verzweifelt und unterwürfig wie alle Verdammten.

Ich sah mit erwartungsloser Neugier auf das komödiantische Treiben. Warum sollte ich abseits stehen? Eine Schar gelber Luftballons flog über die Landebahn. Gelb, die Farbe der Eifersucht, der Zwietracht, des Neides, ist die Lieblingsfarbe von Behemoth; Luftballons und Seifenblasen sind seine Symbole. Alle, die sich auf dem Flugfeld drängen, sind Seifenblasen und Luftballons.

Was aber gibt mir das Recht, abseits zu stehn, als gehöre ich nicht zu den Gebilden, die Charenton hervorbringt und auflöst? Berufe ich mich noch immer auf das Versprechen Sir Houstons, zurückkehren zu können, wann immer ich wolle? Ahne ich nicht, daß auch ich vom Selbstbetrug lebe, der Lieblingsspeise in Charenton? Alles hier ist ein Provisorium: die Häuser, die Landebahnen, die Menschen. Alles gleicht einem Luftballon: es ist leicht und gelb.

Wie konnten Orte wie Charenton und St. Goar entstehen? Die törichte Hoffnung, in nächster Zukunft das Land zu verlassen, hat sie erbaut. Diese Hoffnung zerstört unser Leben.

Der Flugplatz aber trägt seinen Namen zu Unrecht; er ist nichts anderes als ein nachlässig planiertes Feld. Die Reifen der anlandenden Flugzeuge zermahlen den Lehm auf der Rollbahn, bis eine Wolke gelben Staubs sich erhebt und langsam über die Stadt zieht. Dennoch bedarf es keines Muts, hier zu landen. Wer das Wirbelfeld vor Behemoth überstanden hat, der fürchtet sich nicht vor den Unebenheiten der Startbahnen. An ungeraden Wochentagen landen drei Flugzeuge in Charenton. Sie führen Luxus und Tand aus den alten Kontinenten herbei; Berge von glänzendem Müll, Dinge, die keiner braucht und die jeder begehrt. Es sind Schöpfungen purer Unwirklichkeit. Für einen Augenblick lassen sie vergessen, daß wir Gefangene Behemoths sind. Für einen Augenblick betrügen wir uns mit dem Gelöbnis, neu zu beginnen, als wäre ein solches Versprechen mehr wert als der Flitter, den die Flugzeuge über Tausende Kilometer nach Charenton bringen, gemeinsam mit Menschen, müd und verheißungslos.

Charenton ist unausdenklich weit von jedem Ursprung entfernt: es ist eine Deltastadt. Wer sie betritt, ist verurteilt. Was sage ich? Schon wer das Flugzeug besteigt, ist ein Verlorener. Jeder sucht *seine* Stadt; und die Stadt der Wurzellosen, des Widerrufs, des Scheiterns heißt Charenton.

Ich beobachte gern die seltsamen Vögel, Laufvögel allesamt, die die Gangway herabkommen; sofern ich das lächerliche Holzgestell, das vier Tumatis über den harten Lehm mehr schleifen als rollen, so nennen darf. Jedes zivilisierte

Wort ist ein Euphemismus in dieser Öde, und die Menschen und Dinge sind eine Parodie ihrer selbst.

Die Ankommenden gehören *einem* Menschenschlag an, obgleich sie aus unterschiedlichen Weltgegenden stammen. Ich glaube, ich könnte sie auf jedem Flughafen der Erde unter Tausenden erkennen.

Die gelben Luftballons umkreisten das erste Flugzeug, als wollten sie die Passagiere begrüßen. Die Passagiere? Ja, diese seltsamen schwingenlosen Vögel. Ich teile sie, wiewohl kein Ornithologe, in Ordnungen und Familien: die häufigsten sind Paradiesvögel, Rabenvögel und Segler. Die Rabenvögel bleiben nur wenige Tage bei uns. Es sind Odins herabgekommene Zuträger, von den wißbegierigen Göttervätern der Illustrierten, Journale, Programmdirektionen, Bestsellerverlage in die Welt gesandt, um aus dem Weisheitsbrunnen zu trinken und Nichtigkeiten und Geschwätz zu sammeln. All das mit Wichtigtuerei zu kandieren, kamen sie auch nach Charenton. Der Schwarm der Journalisten, Korrespondenten, Geistesreporter, hauseigenen Philosophen, Soziologen, Anthropologen, Ghostwriter und sonstigen Lügner erschien im Ocker der Nachmittagssonne schwarzgefiedert, wenn auch wenig flugtüchtig.

Doch die Dohlen, Elstern, Kolkraben, Saat- und Nebelkrähen interessierten sich zu meinem Erstaunen weder für Charenton noch für den Kontinent. Die bösartige Wirklichkeit Behemoths war ihnen eine so gefahrvolle Reise nicht wert. Wer hierherkam, interessierte sich nur für die hohe Leuchte des Geistes, Sir Houston. Was er erfand, übertraf alles Denkmögliche und Denkunmögliche bei weitem. Sir Houston war einmalig; er war ein Denkmal, ein heiliges Grab, über das sich die Pilgerströme der Journalisten und Geistesriesen ergossen. Und keiner sollte mit leeren Händen zurückkehren: das Brückenhaus über dem Tränenstrom speiste sie alle. Der eine entriß Sir Houston ein Wort, der andere eine Geste, und besonders Begünstigte erhielten einen Auszug aus seiner neuesten Schrift, fein säuberlich aus dem Stenogramm in mehrfacher Ausfertigung von seinem unermüdlichen Sekretär Friedrich Teutsch übertragen; vorabgedruckt in einem der großen Monatsblätter, ehe er sein Ende in einem Exemplar der ledergebundenen Gesamtausgabe fand, die zu Lebzeiten Sir Houstons erschien. Wie oft, besonders an den vier interviewfreien Tagen, streichelte er die kostbaren Rücken mit seinen kurzsichtigen Augen, da ihm seine altgewordenen Hände den Dienst versagten und er die Bücher nicht einmal halten konnte, wenn ich sie aus dem Regal nahm. Fürwahr, die Weisheit eines Lebens wiegt schwer und am schwersten die Weisheit Sir Houstons; sie lastete wie ein Gebirge auf meinen Sinnen. Ich resignierte über den Allsätzen Sir Houstons: »Da die Wahrheit des Seins das Wesen ist, begegnet das Dasein Zuhandenem in seiner innerweltlichen Wesenheit.« Hingegen für die Rabenvögel waren es goldene Weizenkörner; sie pickten sie eifrig auf und trugen sie mit viel Gekrächz in die Welt. Sie mußten, auf drei Maschinen verteilt, am nächsten Tag unwiderruflich zurückfliegen. Vielleicht war hierin der wahre Grund für Sir Houstons Ruhm zu suchen; die Tiefe seiner Gedanken verband sich mit der Oberflächlichkeit ihrer Visiten zu einer fruchtbringenden Symbiose.

Die Rabenvögel schwärmten als erste aus dem Flugzeug. Mit einem untrüglichen Navigationssinn ausgerüstet, stürzten sie und flatterten zum Brückenhaus, der Residenz Sir Houstons. Ich glaube, ihren Hirnen waren die Wege zwischen Flughafen, Brückenhaus und Hotel aufgeprägt wie die Satellitenkarte einem Marschflugkörper. Mit kurzen Flügelschlägen torzelten sie über die Gangway, ohne Schaden zu nehmen. Von Zeit zu Zeit gerieten ein paar Mauerschwalben, die heimtückischsten und zugleich unglückseligsten Segler, in diesen Schwarm. Auf dem Boden Behemoths gestrandet, blieben sie hilflos liegen, sofern nicht eine helfende Hand sie wieder emporwarf. Doch wo hätte es auf unserem

Kontinent helfende Hände gegeben? Jeder war sich selbst der nächste Feind, für andere Feinde hatte er kein Ohr. Von Freunden will ich schweigen. Tote brauchen keine Freunde. Was half es, wenn ich von Zeit zu Zeit ein paar Mauersegler auflas und in die Luft warf? Zuweilen fielen sie kreischend über mich her, als sei ich an ihrem Ungeschick schuld; zumeist plumpsten sie, durch den ersten Sturz ihres Flugsinns beraubt, hilflos herab und schlugen mit ihren beklagenswerten gestutzten Flügeln hart auf die Erde. Sie verletzten sich, doch binnen kürzester Zeit geschah eine erstaunliche Wandlung an ihnen. Sie hörten auf, Mauerschwalben zu sein; ihr Federkleid färbte sich allmählich mit dem Ocker des Nachmittags und wurde hernach bunter und bunter, bis es dem der Paradiesvögel glich.

Die Segler waren unzweifelhaft die interessanteste Ordnung, die den Flugzeugen entflatterte. Sie waren ohne die Eile der Rabenvögel, zauderten einen Augenblick, bevor sie die hölzerne Gangway betraten, fürchtend, sie könnte unter ihrem Reichtum an Trotz und Schwäche zerbrechen. Aber Holz aus Behemoth bricht nicht, eher zerbrechen die Hoffnungen, brechen die Herzen und am Ende die Augen.

Ich muß gestehen: ich sah gern den Paradiesvögeln zu. Ihre bunte Herrlichkeit entzückte Augen und Sinne, solange der Verstand sich nicht regte und das graue Licht der Einsicht über Scheitel und Ohrdecken goß. Mich beseligte das Purpurkleid des Blauen Paradiesvogels, das fächernde Gelb des Götterparadiesvogels, das herrliche Rot des Königparadiesvogels, sein kostbarer Pelzkragen aus paradiesischem Grün. Mich bezauberte der lange, reichgefiederte Schwanz der Paradieselster, ihre purpurn schimmernden Federn. Die dünne blaue Schleppe des Wimpelträgers wehte von der Gangway herab: ein Glanz breitete sich über das Flugfeld, und St. Goar glühte in seinem Widerschein auf, als flösse von den Gold- und Kupferdächern unermeßliches Licht.

Mit fröhlichem Selbstvertrauen stolzierten die großen, flatterten die kleinen Paradiesvögel, als kehrten sie in ihre wahre Heimat zurück; und die Freude der Heimkehr funkelte auf ihrem Gefieder. So fand ich sie auch heute versammelt, meine geliebten Paradiesvögel, die Gott gezählt hatte, damit ihm auch nicht einer fehle von der ganzen großen Schar. Dennoch vermißte ich in dieser Parade tropischer Schönheit etwas, was ich nicht zu benennen wußte; und fast hätte ich gerufen: »Noch einen such ich, den ich liebe unter euch, wo ihr den letzten eures Geschlechts, des Hauses Kleinod verberget! Ihr Göttlichen, die ihr nach wenigen Tagen in Charenton die Amethystglut eures Gefieders verliert, wen haltet ihr in eurer Mitte verborgen?«

Aber ich rief nicht, denn vieles war anders als sonst. Die Rabenvögel schwärmten nicht nach ihrer Gewohnheit mit lautem Gekrächz aus. Nur ein Schof Elstern flatterte linkisch auf den gewohnten Weg zum Brückenhaus. Ein Schwarm sammelte sich, als wäre sie ein Krähenbaum, vor der Gangway. Er erhielt unerwarteten Zulauf von den in Charenton lebenden Paradiesvögeln. Sie sahen so gerupft aus, als befänden sie sich in einer ständigen Mauser. Nein, es waren keine Paradiesvögel. Durch die unansehnlichen Flügel schimmerte das schwarze Federkleid der Nebelkrähen, Kolkraben und Dohlen. Die Metamorphose war mißlungen. Erwies sich der Charakter als stärker, konnte ihn Behemoth nicht besiegen? War es denn möglich, daß Menschen, die hierherkamen, Charakter besaßen, oder erlebte ich ein letztes Wachwerden des nahezu abgestorbenen Instinktes?

Wunderlich deuchte mich die Schar der Rabenvögel aus Übersee und der als Paradiesvögel verkleideten Raben Charentons. Mißtrauisch wie Artgenossen die Artgenossen maßen sie einander aus den Augenwinkeln. Noch unterließen sie es, nacheinander zu hacken. Bewaffnet mit Mikrophonen, Tonbandgeräten, Kameras und Unverfrorenheit, starrten sie auf die Gangway. Ich war erstaunt, wieviel Ballast der alten Welt die Jahre der Nutzlosigkeit überdauert hatte und jetzt seinen Dienst in der wiedererwachten Rabenschar Charentons tun sollte. Wollte der *Tagesanzeiger,* unser einziges Blatt, von der heutigen Landung berichten? Wollte er, der wie ein strenger Moslem jedem Bild abgeschworen hatte, eine Fotografie des Neuankömmlings, auf den die Rabenvögel so begierig warteten, veröffentlichen?

Stille senkte sich auf die geschwätzige Schar der Krähen und Dohlen, und der seltsamste Paradiesvogel, der je nach Behemoth gekommen war, trat aus dem Flugzeug. Er war schwarz wie ein Rabenvogel, denn er trug einen dunklen Frack trotz der Hitze. Den Zylinder und die weißen Glacéhandschuhe in der Rechten, blieb er stehen und blinzelte in das ockerfarbene Licht. Ich nahm keine Spur von Vernachlässigung an ihm wahr, dem sonst untrüglichen Erkennungszeichen der Paradiesvögel. Hochgewachsen, schlank und einen schwarzen Schnurrbart tragend, schien er einer Wildeschen Gesellschaftskomödie entsprungen, doch fehlte ihm »das Beste am Manne, eine tadellose Knopflochblume«. Er besaß Distinktion, aber sie war für Behemoth viel zu groß wie die Turbopropmaschine, der er entstieg. Er besaß Würde, aber sie war nichts wert auf der Gangway aus verrottenden Brettern, angesichts der begierig wartenden Rabenvögel, angesichts des ockerfarbenen Lichts, das ihn wie eine Mandorla umgab, als besäße er die Kraft, alle Farbe auf sich zu ziehen, als werde der festgestampfte Lehm jetzt stumpf und die Rollbahn fahl und gespenstig. Für einen Augenblick verebbte der Lärm der Ankunft und der Lärm der Neugierigen und der Lärm derer, die sich zerstreuten. Für einen Augenblick waren Farbe und Fahlheit geschieden wie die Veste des Lands von der Veste des Himmels am zweiten Tag *seiner* Schöpfung. Doch dann stürzten die Dinge in ihre alte Ordnung zurück. Das närrische Ocker flutete über den Flugplatz und über das Weichbild der Stadt; ein Gekrächz erhob sich aus dem Krähenvolk, kaum daß der

Fremde die erste Holzstufe betreten hatte, und schlug als ein Gewirr verstümmelter Fragen gegen mein Ohr.

Ich stand abseits, wie ich immer stand, in einer Entfernung, die die Gesichtszüge einförmig werden ließ und die Farbe und Gesten bewahrte. Ich bestand auf der Illusion, nicht zu der auf ihresgleichen wartenden geflügelten Schar zu gehören, und merkte nicht, daß ich selbst schon das bunte Gewand eines Narren, eines Paradiesvogels, trug.

Die Rabenvögel Behemoths taten sich krächzend hervor: »Hatten Sie eine gute Reise, Lord Arthur?«

»Was waren Ihre Gedanken während des Fluges?«

Ihre wohlbestallten Kollegen aus den alten Kontinenten blieben ihnen nichts schuldig:

»Welchen Eindruck gewannen Sie aus der Flugperspektive vom siebenten Kontinent?«

»Was denken Sie über Behemoth nach Ihrer Landung?«

»Was sind Ihre Pläne?«

»In wessen Auftrag reisen Sie?«

Der tausendarmige Krähenbaum reckte ihm wie schwarzes Winterlaub die Mikrophone entgegen. Der Neuankömmling stieg gelassen die Gangway herab und blieb auf der letzten Stufe stehen, wo er die Schar der Quälgeister und niederen Dämonen noch weit überragte. Der leichte Wind trug seine Worte zu mir herüber: »Ich komme, wie Sie wissen, als Privatmann nach Behemoth.«

»Glauben Sie, daß es jemandem gelingen könnte, in Behemoth ein Privatmann zu sein?« Diese Frage stellte eine grünschwänzige Elster mit violett schimmerndem Rücken. Ihr Einwurf blieb unbeantwortet. Er war nicht ohne Selbstironie. Lord Arthur hatte den Grund unseres Daseins erreicht; er stand auf dem Boden von Behemoth. Die Wellen sich ständig wiederholender Fragen brandeten über ihn. Für Augenblicke versank er im flachen Schilfmeer, dessen Küsten sich langsam von der Gangway entfernten, während Tumatis die Flugzeuge zu entladen begannen.

»Ob er lebenden Leibes die Stillflut erreichen wird?« orakelte ich und bestaunte die ungewohnte Vehemenz der heimischen und den professionellen Impetus der fremdländischen Krähen. Die Litanei ihres Gekrächzes schmerzte in meinen Ohren. Mich ermüdete die Rolle des Betrachters, und ich begann an meiner Überzeugung, daß jede Bewegung in Behemoth rasch zum Erliegen kommen müsse, zu zweifeln.

Am Ende teilten sich die Wasser. Die Welle der ausländischen Reporter strömte zurück. Sie wußten, daß das »no comment« an diesem Tage unwiderruflich war. Dafür erhob sich die Woge der Charentoner um so wilder. Ein wahrer Veitstanz begann, in dem ein jeder vor die Augen Arthur Wellesleys drängte, als sprächen sie allein das Urteil, das Erlösung oder Verdammnis hieß. Sie stießen einander beiseite, schrien, wenn sie einen Augenblick vor ihm standen, ihm halbe, abgerissene Sätze ins Gesicht, sogleich wieder hinabgesogen von der unwiderstehlichen Neer, die sich um Lord Arthur bildete und vor ihm in immer rascherem Wirbel Gesicht um Gesicht auftauchen und wieder versinken ließ. Die Kakophonie verwaister Worte und herausgeschriener Silben gellte über den Flugplatz.

Mich erstaunte, daß der Ankömmling nicht zurückwich, ja sich nicht einmal nach Hilfe umsah. Mit der Linken klopfte er sich den Staub vom Ärmel. Er schaute nicht auf das Naturschauspiel der menschlichen Neer, obgleich ihm dergleichen unmöglich bekannt sein konnte. Er schaute durch sie hindurch bis zur Grenze des Flughafens und weiter zum Himmel, wo ein Mäander des Gjölls im ockerfarbenen Licht schimmerte.

Gischt sprühte die Brandung heiserer Stimmen über den Flugplatz. Aber je schwächer ihre Stimmen wurden, desto wilder reckten die Getriebenen, halb bittend, halb drohend, die Arme empor, haschten nach seinen Händen, versuchten, sich an seine Ärmel zu klammern und fielen, fortgerissen vom allmächtigen Malstrom, kraftlos zurück. Hinter der Hohlebbe der Heiserkeit brandeten die Stimmen erneut auf. Das Krächzen der Rabenkrähen wurde unheildrohend und beängstigend. Fragen verwandelten sich in Bitten, Bitten in Drohungen, Drohungen in Anmaßungen, und das vielstimmige Gekrächz mündete in einem einzigen Aufschrei, der im Rhythmus der Wellen anschwoll und wieder verklang.

Endlich verstand ich dieses ungewöhnliche Treiben: sie schrien nach Hilfe, sie verlangten von Lord Arthur, daß er, als sei er der Herrgott selbst, sie aus Behemoth führe. Aber Behemoth ist nicht das Land Pharaos, und das Volk der Verdammten gibt keiner frei.

Die Kraft der von keinem Wind und keinen Gezeiten genährten Brandung mußte versiegen. Die Krähen ließen von Lord Arthur ab und hingen nun aneinander, wie Vögel mit ölverklebtem Gefieder an einer Leimrute hängen.

Auch diese Fesselung währte nicht lange. Sie lösten sich voneinander, um erneut auf den eleganten Fluggast einzustürmen. Ich wandte mich ab, ich glaubte, dieses Spiel werde so fortgehen, bis ihm die anbrechende Dunkelheit ein Ende setze. Aber eine jähe Stille erzwang, daß ich mich erneut umwendete. Nun standen sie in einer Reihe vor Lord Arthur wie Höflinge, die der Souverän zum Handkuß empfängt.

Verlor der scheinbar Gelassene am Ende doch die Geduld, oder wollte er im närrischen Spiel nicht beiseite stehn? Wie einer, der nichts zu fürchten und nichts zu hoffen hat, hörte er die Klagen und Flüche, die verzweifelten Wünsche und Hoffnungen, die Drohungen und die Forderungen an, vernahm Bruchstücke von Schicksalen, ungleich wie Kukkuckseier, aus denen am Ende die gleichen Vögel schlüpfen würden.

Was Behemoth war, was es bedeutete und nicht bedeutete, konnte er in der ersten Stunde seit seiner Ankunft erlernen. Aber dies Wissen war unnütz; es war aus Splittern, zerbrochenen Mosaiksteinen, Halbwahrheiten und Phantasiescherben zusammengefügt, so, als schlössen sich Sprache und Wahrheit auf dem siebenten Kontinent für alle Ewigkeit aus.

»Armer Lord Arthur!« dachte ich. »Dein Schicksal ist es, in der ersten Stunde entmutigt zu werden. Dein Karma schenkt dir nicht einmal jenen Fingerhut voll Illusion, der nötig ist, um guter Hoffnung vom Flugplatz zum Hotel zu gelangen.«

Ich ahnte nicht, daß Arthur Wellesley weit besser als ich die Geschichte des Namens Charenton kannte und nicht erstaunt war, den alten Geist in den neuen Mauern zu finden. Er beschied die Flehenden mit der Geste eines großen Monarchen und versicherte sie seiner Gunst: »Ihr Wunsch ist gewährt, Sie werden unter dem Fallbeil enden.«

»Ich begnadige Sie zu zwanzig Jahren Galeere.«

»Treten Sie aus Ihrem Turm, Sie sind frei!«

»Nehmen Sie den letzten Mond, der von West nach Ost fährt, und verlassen Sie Ihre Hölle!«

Der Taumel der Glückseligkeit erfaßte die derart Beschiedenen. Benommen vom unerwarteten Geschenk, traten sie zurück, bis sich vom Ende der Reihe ein grelles Gelächter erhob und, stärker werdend, zu den Köpfen der letzten flutete, die sich, zögernd zwischen Anmaßung und Demut, dem Schenkenden näherten.

Das Lachen befreite sie nicht, sondern überantwortete sie ihrer Niedergeschlagenheit. Sie wichen betroffen zurück, als spräche der Geist des Wahnsinns, der sie verlassen hatte, nun aus Lord Arthur. Einer nach dem anderen stahl sich, ohne zurückzuschauen, davon. Die Stunde der Verwandlung war vorüber, der Glaube an ein Wunder erloschen. Die alten, gerupften Paradiesvögel sanken in sich zusammen. Den spärlichen Rest ihres bunten Gefieders würden sie erst wieder im Hotel »King of Despair« spreizen unter der gnädigen Nachsicht schlechten künstlichen Lichts, lärmend und mit einer erschreckenden, unbotmäßigen Fröhlichkeit.

Lord Arthur, die Paradieselster – oder war er ein in diesem Lande noch nie gesehener Vogel, ein Uhu mit stechenden Augen? –, hockte auf dem Platz hinter den drei Flugmaschinen, aus deren Ladeklappen pausenlos Säcke und Kisten polterten.

Er schaute sich um und bemerkte mich jenseits der Rollbahn. Mit fliegenden Frackschößen eilte er auf mich zu, als gölte es, den letzten Artgenossen aus dem von ihm in Besitz genommenen Revier zu vertreiben. Ich war neugierig, wieviel Jahre Festungshaft er mir zudenken würde. Irritiert, weil ich nicht floh, blieb er stehen.

»Und du, willst du auch gehn wie die anderen?« fragte er.

Ich schüttelte den Kopf.

»Nun dann, was erbitten Sie von mir?«

»Nichts«, antwortete ich.

»Nichts? Das ist unmöglich!«

»Alles ist auf diesem Erdteil unmöglich«, sagte ich zu ihm. »Hat Sie das nicht die erste Stunde Ihres Hierseins gelehrt?«

»Fürwahr Doch offenbaren Sie Ihren Wunsch. Ich will ihn erfüllen.«

»Bisher hörte ich nur, daß Sie Galeere und Guillotine, Schwarzen Tod und Blattern verheißen. Ich glaube, Sie besitzen eher die Macht zu nehmen als zu gewähren.«

»Wissen Sie nicht, daß ich nach Behemoth gekommen bin, um jeden in das Paradies zu führen, das er sich erträumt?«

»Bist du es, der da kommen soll, oder sollen wir eines anderen warten«, spottete ich und ahmte dabei seinen Tonfall nach. »Messias Wellesley, ich nehme das Kreuz auf mich, in diesem Lande zu bleiben.«

»Im Vertrauen, ich bin der Messias ben Josef. Ich werde euch nicht aus Ägypten, sondern tiefer hineinführen. Der wahre Weg in die Freiheit führt durch das Innere Behemoths«, antwortete er.

»Ich Törichter hatte geglaubt, Sie seien der Messias ben

David«, erwiderte ich, seinen Faden aufnehmend: »Da Sie es aber nicht sind, will mir scheinen, Sie seien Arthur Wellesley.«

»Lassen wir das«, sagte er, »Namen sind eine Quelle der Angst. Ich will mich, solange ich hier lebe, nicht auf meinen Namen berufen.«

»Wenn ich Ihnen einen Rat geben darf: Hören Sie auf, in diesem Lande ein Gast sein zu wollen. Ein Gast zu bleiben ist tödlich.«

»Sie dürfen mir keinen Rat geben«, wehrte er ab.

»Warum sind Sie so abweisend und werben zugleich um mich?« fragte ich.

»Ich werbe um niemanden«, gab er zur Antwort. »Ich bin nicht nach Behemoth gekommen, um mich mit Menschen zu verbünden. Doch Sie interessieren mich, weil Sie nicht versuchen, mich zu fesseln.«

»Ich bin Sekretär Sir Houstons und als solcher von der Nutzlosigkeit jeder Fesselung überzeugt.«

»Sir Houston und St. Goar sind zwei Orte, die ich meiden möchte.«

»Es wird Ihnen nur gelingen, wenn Sie Charenton nicht verlassen. Doch alle Wege aus Charenton führen zu Sir Houston.«

»Ist das wahr?« fragte er.

»Es ist erlogen«, behauptete ich. »Wenn es ringsum blitzt und wahrheitet, will wenigstens ich mich zur Lüge bekennen.«

»Das scheint ein Land von Bekennern zu sein«, spottete er. »Aber weit mehr interessiert mich, woher ich ein Gütertaxi und einen Dienstmann für meine Ausrüstungen bekomme.«

»Nirgendwoher!« erklärte ich. »In diesem Lande leben nur Genies und Journalisten, doch keine Kofferträger und anderes nützliches Volk, ausgenommen einige Tumatis, die sich unser erbarmt haben, aber nur Arbeit tun, die sie seit

Gründung Charentons getan haben. Bräuche sind hier von ewigem Bestand.«

»Und meine Koffer?«

»Werden dort landen, wohin alle Menschen und Dinge wie von selbst gelangen: im Hotel ›King of Despair‹. Wenn Sie wünschen, begleite ich Sie dorthin.«

Er wehrte mit einer flüchtigen Verbeugung ab, wandte sich und ging ohne Eile auf Charenton zu, das ihn mit offenen Flügeln wie die Pforten der Hölle aufnehmen würde.

Nein, er war kein Paradiesvogel, er war ein Uhu, hellsichtig selbst bei Nacht, wenn die Wesen verletzlich sind und die Angst um ihr vergeudetes Leben sie peinigt.

IM HOTEL »KING OF DESPAIR«

/ Arthur Wellesley und die Charentoner / Wellesley und Teutsch / Behemoth und Sir Houston

Ich betrat den Speisesaal zu einer Stunde, da der Strom der Scheidenden noch nicht aus der Tiefe der Trunkenheit brach und der Fluß der Ankömmlinge langsam versiegte.

Arthur Wellesley saß auf dem Podest einer Seitennische, wo vor ihm noch nie ein Gast gesessen hatte. Wie war es ihm gelungen, die geheiligte Ordnung des »King of Despair« zu durchbrechen? Auf ihr ruhte die Ordnung Charentons und das leicht verletzliche Gleichgewicht zwischen Charenton, der Enklave des alten Kontinents, und Behemoth, das uns bedrohte: »Taste die Wirklichkeit, die deine Väter geschaffen haben, nicht an!« hieß das Gebot dieser Stadt. Ich mißtraute ihm; ich glaubte, daß es uns über das Maß unseres eigenen Verhängnisses hinaus zu dem machte, was wir nach einem Jahr in Charenton unweigerlich wurden: tatenlos und von der Furcht besessen, ein Fehltritt, eine winzige falsche Bewegung könnte unser Schicksal besiegeln. Gerade diese Furcht jedoch war unser Schicksal. Sie lähmte uns, sie nahm uns die Freiheit. Kaum hatte ich den Saal betreten, erhoben sich die Gäste an den umliegenden Tischen und stürzten – jeder wollte der erste sein – zum Podest in der Nische. Lord Arthur sah gelassen auf die anstürmende Rotte. Sie kam, von einer Barriere zurückgehalten, vor ihm zum Stehen. Ich erwartete, daß sich das Schauspiel vom Nachmittag wiederholen werde. Aber Charenton war nuancenreich. Die vor ihm Stehenden blieben stumm, als wären ihre Zungen gelähmt, und maßen ihn mit klagenden Augen. In ihnen lag eine einzige Bitte: »Vergiß uns nicht, wenn du heimkehrst in deine Herrlichkeit.«

»Ich werde euch nicht vergessen!« schien Lord Arthur zu sagen, der ungerührt einen Rebhuhnflügel zum Munde führte und genießerisch zu speisen begann. Ein Murren wurde laut, doch keine vernehmliche Stimme löste sich aus der Woge des Unmuts.

»Es freut mich, daß Sie gekommen sind, um mir beim Essen zuzuschauen«, sagte Lord Arthur. »Meine Herren, ich habe, bevor ich in Charenton landete, David Brodies Bericht gelesen in der irrigen Meinung, auch er habe Behemoth bereist. Bei dem Stamm, den er aufsuchte, galt es als Ärgernis, öffentlich zu speisen. In Charenton hingegen scheint es eine kultische Handlung zu sein.« Es aß weiter. Einige lösten sich aus der Menge und gingen an ihre Tische zurück.

»Nehmen Sie mich mit, wenn Sie zurückreisen!« wagte einer zu rufen.

»Ich reise nicht zurück«, antwortete Lord Arthur.

»Nehmen Sie uns mit; wir warten so lange, wie Sie nur wollen.«

»Sie warten umsonst.« Sein Blick fiel auf mich. Er winkte mir, ich zögerte. Es mißfiel mir, daß er über mich wie über einen Diener gebot.

»Warum bedrängen mich diese so sehr?« fragte er mich mit lauter Stimme. Die Traube der Hoffenden wankte.

»Aus Angst, sie könnten nicht mehr die Kraft, ja nicht einmal mehr den Wunsch haben, dem Kontinent zu entfliehen«, antwortete ich.

Beschämt kehrten die letzten auf ihre Plätze zurück. Ich stand allein vor Lord Arthur. Er winkte dem Kellner und ließ ein zweites Gedeck bringen.

»Setzen Sie sich!« befahl er. Ich gehorchte. Er schenkte mir Wein ein.

»Trinken Sie dieses Glas landeigenen Wein; trinken Sie mit mir auf meine Ankunft.« Er hob sein Glas.

»Das ist unmöglich«, antwortete ich. »Nichts, was Sie im ›King of Despair‹ essen und trinken werden, stammt aus Behemoth; am wenigsten dieser Wein. Es ist der *Wein des Vergessens,* allabendlich von denen, die auf Erlösung warten, doch an ihr verzweifeln, getrunken. Die Erde ferner und dennoch vertrauter Länder dunstet aus seinem Arom. Es ist unser Lotos, Lord Arthur. Lassen Sie den Kelch nicht vorbeigehn. Die es nicht verschuldet haben, müssen ihn leeren. Sollten Sie ungestraft bleiben? Auch Sie müssen trinken.«

»Gewiß werde ich trinken«, sagte er. Er hielt das Glas gegen das Licht. »Zum ersten und zum letzten Mal werde ich mit Ihnen trinken. Die Zeit des Vergessens ist vorüber; es beginnt die Stunde der Gegenwärtigung.«

»Sind Sie der Gefängniskaplan«, spottete ich. »Sind Sie gekommen, um mir zu sagen, daß mein Prozeß schlecht steht?«

»Sie könnten mir nützlich sein.«

»Wer sagt Ihnen, daß ich es will? Ich bin es satt, nützlich zu sein; und auch Sie wären es, wenn Sie der Inkarnation der Nützlichkeit Abend für Abend gegenübersäßen.«

»Ich brauche Sie zum Gehilfen. Halten Sie sich bereit! Es hilft nichts, wenn Sie sich widersetzen.«

»Ich widersetze mich nicht«, entgegnete ich. »Es ist der Kontinent, der sich Ihnen widersetzt. Entschuldigen Sie mich für heute. Die frühen Nachtstunden sind die Zeit, da der Geist, der weht, wo er will, aus Sir Houston spricht; und ich habe die Pflicht, ihn zu fesseln.«

Ich fand Lord Arthur verändert, als ich vier Tage danach das Hotel »King of Despair« aufsuchte. Keiner beachtete ihn. Das vertraute Gesumm erfüllte den Saal, umkreiste die Lüster und knisterte gegen die Scheiben. Sie beschlugen sich mit dem Atem des Dunkels und der zu manchen Nachtstunden aufkommenden Kälte. Der Singsang verschollener Heldentaten, an jedem Tisch in einer anderen Tonart vorgetragen, ließ das Restaurant als eine liebgewordene Stätte vergangener Größe erscheinen. Es gab keinen Zweifler. Unglauben am andern rief die Strafe unverzüglich hervor: Zweifel an der eigenen Vergangenheit. Die Erzähler wechselten in jeder Woche die Tische, dennoch waren die Sagas, sobald sie das Vordach über ihren Quellen verlassen hatten, von ernüchternder Gleichförmigkeit. Das Silber in den Bächen war schwer vom Blei der Phantasielosigkeit. Es gab keine Skepsis, wohl aber Einsamkeit. In ihr residierte der Lord. Die Mauern, halb von ihm selbst, halb von den anderen errichtet, waren gläsern und unerschütterlich. Ich war solche Mauern gewohnt. Sie umschlossen mich, seit ich Sir Houston gefolgt war. Wer im Brückenhaus wohnte, galt, obzwar im Besitz des Bürgerrechts Charentons, als Bewohner St. Goars. Aber die Mauern um mich waren kniehohe Kindermauern.

Lord Arthur winkte mich nicht heran. Er war nicht länger der Wissende, als der er Charenton betreten hatte, und noch keiner der Nicht-wissen-Wollenden, deren uniforme Heldentaten ihr Leben umschlossen wie ein Kokon, in dem die Raupe, anstatt sich zu wandeln, verdirbt. Er war einer, der Ausschau hielt. Doch weil alles in Charenton so flach war, gewann er nur eine spärliche Sicht.

Ich ging, ihn mit den Augen suchend, an seinem Tisch vorüber. Mit einer kaum merklichen Handbewegung lud er mich ein. Ich setzte mich zu ihm. Die Aura des Verrats umgab mich in den Augen derer, die glaubten, ich hätte, um selbst dem Trauma Charenton zu entfliehen, ihnen ihr Anrecht auf Rückkehr gestohlen. Sie wußten nicht, daß schon Abraham die dreißig Silberlinge geprägt hatte, damit sie Judas, der von Anbeginn berufene Verräter, in den Tempelkasten werfen könne.

»Waren Sie krank?« fragte Lord Arthur. »Denn Sie sind der einzige, den ich seit drei Tagen nicht im ›King of Despair‹ gesehen habe. Alle anderen treten, wenn ihre Stunde gekommen ist, durch die breite Pforte ein, pünktlich, wie Sterne aufgehen. Ich bin dabei, die Sternbilder dieses südlichen Landes zu erkunden.«

»Es sind namenlose Sterne«, gab ich zur Antwort. »In Jahren mißmutigen Glänzens haben sie ihren Namen und ihren Mythos verloren. Denn unsere Mythen steigen zum Himmel, aber sie kehren von dort nicht zurück.«

»Eines begreife ich nicht«, erwiderte er kopfschüttelnd. »Wovon leben diese Unscharen? Wie bringen sie das Geld auf, allabendlich im ›King of Despair‹ einzukehren, und warum sind es immer dieselben, die ihn aufsuchen? Auch Genies müssen leben, und ich frage mich seit langem, wovon?«

»Rühren Sie nicht an diese Wunde!« warnte ich.

»Ist es ebenso unerklärlich wie Behemoth?« fragte er laut.

»O nein!« sagte ich leise und beugte mich zu ihm. »Ihr Gewerbe ist wie ihre Seelen. Ich weiß nicht, ob ich ein Recht habe, davon zu reden.«

»Ich bitte Sie darum«, sagte Lord Arthur.

»Kennen Sie die Walfermuschel, die einzige Kostbarkeit, die aus Behemoth in die alten Kontinente gebracht wird? Ihr Panzer besteht – je nach Muschelart – aus Schildpatt oder Elfenbein. Wissen Sie, wo die Muschel gedeiht? Allein in menschlichem Kot. Und das Gewerbe derer, die Sie hier sehen, ist, sie zu züchten.«

»Fände sich auch andere Arbeit in diesem verschlafenen Städtchen?«

»Gewiß, aber kein Gewerbe, das ihnen so viel Zeit ließe. Sie gehen jeden Tag auf den Flugplatz und jeden Abend, zuweilen auch schon mittags in den ›King of Despair‹. Ihr Gewerk sind in Wahrheit die Träume. Sie träumen, eines Tages in Kontinente zu fliegen, die es nicht gibt. Doch der Gestank ihrer Arbeit heftet sich an ihre Visionen. Ich glaube, es ist keinem mit dem Wunsch zurückzukehren ernst. Er ist ein Ritus geworden, eine Selbstbeschwichtigung. Schauen Sie sich um! Alle, die Sie sehen, suchen die Langeweile, um der Todsünde der Schwermut zu entfliehen.«

»Mir scheint, die Schwermut liegt als ein unsichtbares Netz über den Häusern.«

»Die den ›King of Despair‹ aufsuchen, sind vor ihr gefeit: Geschwätz liegt auf ihren Zungen und in ihren Herzen Nichtigkeit.«

»Sich die übelschmeckende Arznei Langeweile einzuflößen kann ihnen weder schaden noch helfen.«

»Es ist nicht unser Recht, es ist unsere Pflicht, uns zu langweilen.«

»Ich werde mich ihr entziehen!«

»Weshalb sind Sie dann nach Charenton gekommen? Hierher kommen nur Masochisten, um alle zwölf Höllenkreise der Langeweile zu durchlaufen.«

»Nennen Sie es Gleichgültigkeit, nennen Sie es Langeweile: es ist eine Krankheit dieser Stadt, doch ich hoffe, daß sie heilbar ist.«

»Sie hoffen vergebens. Kommen Sie, wenn Sie Zeit haben – und in Charenton hat man immer Zeit –, mit mir auf den Friedhof! Die Krankheit der Lebenden erkennt man erst an den Toten.«

»Wie aber steht es um Sir Houston?«

»Er langweilt sich am meisten, sofern ein Toter sich langweilen kann. Haben Sie es nie gespürt? Seine Bücher sind die Inkarnation der Langeweile. Hinter allen Abenteuern, hinter der Saga des Kontinents, die er zu schreiben begann, glotzt sie hervor. Es geschieht in seinen Büchern so viel, sie sind so aufregend großartig, um zu verdecken, daß nichts in ihnen geschieht, daß sie so nichtig sind wie sein Leben.«

»Sie sind aufrichtig. Fürchten Sie nicht, daß ich Ihnen bei Sir Houston schaden könnte?«

»Nichts in Charenton kann mir schaden, da ich selbst die Langeweile zu ertragen vermag und fähig bin, durch diese nüchterne Welt wie im Traum zu gehen.«

»Ist dieser Traum nicht eher ein Laster?«

»Auch das Laster beseelt. Es hat an diesem Ort der Seelenlosigkeit keine Stätte.«

»Da Sie keine Selbstliebe kennen, verdunkelt sich das Bild des siebenten Kontinents in Ihren Augen. Ich aber bin gekommen, um seine Helle zu finden, das Licht, das von ihm ausgeht und dessen Abglanz selbst auf unseren alten Kontinent fällt.«

»So sind Sie gekommen, um Sir Houston aufzusuchen, den Mythos des zwanzigsten Jahrhunderts, wie wir ihn nennen?«

»Warum sollte ich?«

»Weil Sie vom Licht reden. Wir kennen keine andere Lichtgottheit in diesem Lande als ihn. Was könnten Sie auch sonst in diesem verfluchten Erdteil suchen, der aber nicht unglückseliger ist als Sir Houston.«

»Trinken Sie nicht vom Bitterwasser der Selbstanklage, kosten Sie lieber von diesem Wein, den Sie mir selbst empfohlen haben und der den schönen Namen *Wein des Vergessens* trägt. Glauben Sie ernstlich, daß Sir Houston und Behemoth sich vergleichen lassen?«

»Zumindest haben sie eines gemein: sie können beide nicht sterben.«

»Auch nicht Sir Houston?«

»Der Todesengel hat keine Gewalt über ihn«, sagte ich pathetisch: »Sein Mund ist wie der Rabbi Hijas voll von der Lehre . . . Sie kennen die Lehre?«

»Ich habe sie zur Vorbereitung der Reise studiert. Sir Houstons Buch über Behemoth ist bemerkenswert.«

»Bemerkenswert wie alle Bücher über Dinge, die ihr Autor nicht kennt.«

»Hat er Behemoth nie bereist?«

»In seinem Alter? Tag für Tag läßt er Tumatis zu sich rufen. Er befragt sie über die Natur des Landes und spricht dabei gebrochen englisch mit ihnen. Sie erzählen ihm wunderliche Geschichten über den Erdteil, und er läßt sie durch mich aufzeichnen. Jedoch die meisten Erzähler sind im Umkreis des Flughafens geboren und wissen nicht mehr von diesem Land als – verzeihen Sie – Ihr Großvater.«

»Und wie steht es mit Ihnen?«

»Aus Langeweile bin ich der beste Landeskenner geworden, den Sie sich nur wünschen können. Mir erzählen die Tumatis andere Geschichten auf tumatisch; vermutlich sind auch sie erdichtet, jedoch auf andere Art als die für Sir Houston. Zuweilen erlaube ich mir den Scherz, beide Varianten miteinander zu verquicken, wenn ich Sir Houstons geographische Bücher redigiere. Er läßt mir bei diesen Hagiographen eine gewisse Freiheit.«

»Meinen Sie, es sei alles erfunden, was in Sir Houstons Buch über Behemoth steht?«

»Erfunden wohl, aber nicht unwahr. Die Art und Weise, wie diese Geschichten erzählt und gestaltet werden, ist typisch für Behemoth. Zudem weiß Sir Houston wie alle Gewalttätigen viel von der Welt, jedoch nur aus ihren Grenzbezirken. Er ist kein guter Pathologe. Anfangs versuchte er Vivisektionen und riß diesen riesigen Leichnam Lands aus seinem klinischen Tod. Es war vergebliche Mühe. Das Land west längst: Sie können es riechen beispielsweise am Flugplatz, zum Beispiel in diesem Hotel.«

»Und Sie, was haben Sie erkundet?«

»Machen Sie sich um mich keine Sorgen. Ich weiß nichts. Ich leide nicht an der Krankheit zu wissen. Weshalb ich nach

Behemoth gekommen bin? Aus Unachtsamkeit. Ich habe mir selbst bewiesen, daß ich, eingeboren in das engste besiedelte Tal von Kärnten, würdig der Reiche der Welt bin, die zu Füßen des Bergs der Versuchung liegen. Dieser nutzlose Kontinent wäre unvollkommen ohne meine Nutzlosigkeit. Doch meine Zeit ist nahe, wie der Apostel sagt: Ich muß zu Sir Houston.«

ST. GOAR UND CHARENTON

/ Teutsch geht durch St. Goar /
die Stufen zum Münsterberg / Kotstrom und Flammen /
die Schenke / der Fährmann /
bei Lord Arthur im »King of Despair« /
Houston Lawrence /
der rechte Weg nach Behemoth /
die Büsten Sir Houstons und Houston Lawrence'

Es war ein Abend, an dem Sir Houston Unmut über die Welt goß. Ungewohnt, die Düsternis naher Gewitter statt eines verheißungsvollen Morgenrots zu beschwören, diktierte er gallige Sätze, widerrief sie und überließ sich aufs neue einer Welle von Groll und Verdruß. Mit sich selber uneins, hieß er mich gehen.

Ich spürte die eitle Einsamkeit meines Lebens. Eine Unrast, eine geheime Furcht trieb mich aus meinem Zimmer. Die Brücke hinter mir lassend, stieg ich die Stufen zum Ufer hinab. Ich hatte St. Goar noch nie zu dieser Stunde betreten. Der Kies schimmerte in perlendem Weiß. Ich bückte mich und wog ihn in meiner Hand: es war Schnee. Es schneite, und doch war es warm. Ein milder Wind wehte in mein Gesicht und ein Eishauch in meine Seele. Obwohl ich langsam ging, war es, als flögen der Strom und die Uferpromenade an mir vorüber. Die Häuser wankten, und manch eines stürzte und erhob sich wimmernd aufs neue. Ich ging durch eine trunkene Stadt. Dennoch wußte ich, daß es ehrbare Häuser mit Erkern, Stuck und Bürgerfleiß waren, und nur eine teuflische Nacht konnte sie verführt und verstoßen haben.

Ich ging sonst ungern durch St. Goar. Mich empörte seine Unaufrichtigkeit. Es gestand sich nicht ein, daß es ein Teil von Behemoth war; es blieb im Gegensatz zu Charenton, der Stadt der Exhibitionisten, eine bigotte Stadt, ein Hochsitz der Heuchelei und des erlogenen Gleichmuts. Doch meine Abneigung glich einer Haßliebe. Denn in der Heuchelei wurde eine Beharrlichkeit sichtbar, wie sie auch Sir Houston besaß und wie sie mir mangelte. Wenn aber etwas diesem gallertartigen Kontinent zu widerstehen vermochte, so war es Beharrlichkeit.

Ich stieg die breite Treppe zum Münster hinauf. Es schneite nicht mehr. Die Dächer, auf die der Mond aus einem Schmelztiegel das Kupfer goß, glänzten in goldener Gleichmut.

Ein Mädchen kam mir entgegen; sie lief mühelos, als ginge sie zu ebener Erde, die Stufen hinab. Sie trug ein buntes Sommertuch über dem Haar. Ich konnte die Augenfarbe nicht erkennen, obwohl sie mich ansah. Doch ihre Augen waren schmerzlich lebendig in ihrem Gesicht mit der straffen, ebenmäßigen Haut. Ich hätte sie gern berührt, behutsam, als könnten sie schon meine Fingerkuppen verletzen und die Jugend aus diesem Antlitz tilgen wie der Schwamm einen Kreidestrich. Ich stand jetzt auf der Mitte der Treppe und schaute dem Mädchen nach. Das Tuch war ihr auf die Schulter geglitten, und ich sah ihr dunkles, von einer hellen Schleife gehaltenes Haar.

Traumleicht ging sie hinab. Es war, als entferne sie sich dabei nicht von mir, als ginge sie immerfort an mir vorüber und beschenkte mich mit einem flüchtigen, doch lebendigen Blick.

»Christine!« hätte ich rufen wollen. Hatte ich wirklich gerufen? Sie wandte sich um. Sie winkte. Winkte sie? Ich konnte es nicht mehr erkennen. Sie war mir plötzlich so fern, so winzig am Fuße der Treppe wie ein kleines Mädchen, das sich spät abends verirrt hat. Eine Traurigkeit wie seit Jahren nicht mehr überkam mich.

Lebst denn auch du in St. Goar, lebst du wie all meine Träume mit deinem Liebreiz hier, um mich zu beschämen? Stehst du wie ich im Moor und tastest mit bloßen Füßen nach dem Knüppeldamm unterm Wasser? Denn ich suche die Bohlen, die stark genug sind, mich zu tragen, mich, Friedrich Teutsch, einen Vergessenen und Verirrten; unfähig, das tönerne Standbild St. Goars zu achten, außerstande, es anzurufen wie einen Götzen, unfähig zur Freundschaft; ein folgsamer Zweifler, der in der Hölle der Gleichgültigkeit nicht verlernt hat zu trauern, der sein Verhängnis flieht und es ruft; der nicht ablassen kann, es zu rufen mit all seinen lieblichen und mit all seinen trostlos verworfenen Namen: Christine, Behemoth, Innsbruck, Sir Houston.

Ich wandte mich um. Ich hätte zurückkehren sollen, aber ich stieg die Treppe weiter hinauf, langsam wie ein Getriebener, der mit ganzer Kraft zu widerstehen versucht. Doch seine Kraft mußte gering sein, denn die Türme des Münsters tauchten vor mir schon aus dem Dunkel.

Grabplatten bedecken den Vorplatz. Grau Gekleidete, die Gesichter in Kapuzen verborgen, eilen vorüber. Dünn schlagen die Glocken im Turm: »Meide uns, meide uns!« scheinen sie zu sagen.

»Wie kann ich euch meiden!« fragt das Echo in mir. »Euch, die ihr schwach in der Nähe tönt, aber um so stärker dröhnt, je weiter ich mich entferne. Manchmal zittert das Brückenhaus von euren Schlägen, und selbst nach Charenton droht ihr hinüber, ihr Verkündiger einer Krankheit, die uns allen Mut und zuletzt das Gesicht nimmt.«

Jetzt stehe ich im Portal. Die Tür öffnet sich knarrend um einen Spalt. Ich taste mit der Hand über die vom Aussatz zerfressenen Gesichter der törichten Steinjungfrauen. Seid ihr seit Jahrhunderten hierher verbannt und rachsüchtig geworden durch eure immerwährende Verbannung? Ist denn St. Goar älter als unsere Verzweiflung?

Dachziegel stürzen herab und zerspringen vor meinen Füßen. Aus den Bruchstücken glimmert ein herrisches Rot, glüht auf, wird zur Flamme. Über mein Gesicht faucht ihr sengender Atem. Ich trete zurück, ich berge mich im Bogen des Portals. Immer mehr Ziegel poltern herab. Das Feuer flammt auf, greift, vom Sandstein zurückgeworfen, nach mir. Ich drücke die Klinke nieder. Ich stemme mich gegen die schwere, eichene Tür. Sie gibt nicht nach. Schweiß läuft an mir nieder. Ich werfe mich gegen das Holz. Ich schlage mit den Fäusten dagegen. Von drinnen hallt das Sanctus der Messe, unberührt und unberührbar, da ist keine Hilfe. Ich wende mich gegen die Flammen. Sie blenden mich, sie sengen Hände und Augen. Ich fliehe von Strebepfeiler zu Strebepfeiler. Ich spüre den kalten Backstein der Apsis an meinen fiebernden Händen. Kälte strömt aus ihm, läßt die durchtränkten Kleider an meinem Rücken erstarren, während die Funken in mein Gesicht sprühn.

Welches Verhängnis versperrt mir die Wege nach Charenton, dessen Elend ich willig tauschen würde gegen das nächtliche Grauen St. Goars?

Du Stadt der Wunder, du Stätte des Schreckens, du verläßt mich nicht. Schon spüre ich, wie der Stein nachgibt, wie die Mauer sich öffnet – einen Spalt breit, daß ich hindurchschlüpfen könnte. Hindurchschlüpfen? Ein Strom bricht aus dem Inneren des Münsters und wirft sich gegen die Flammen. Sie zischen und drohen, aber sie weichen zurück. Sie tanzen, Irrlichter, einen Augenblick auf den Wellen. Aber ihr Gold verblaßt, ein silbriges Glitzern blinkt auf dem vom Wasser überfluteten Platz. Ich erschrecke: es ist die Walfermuschel, die da glitzert und schillert. Gestank schlägt mir entgegen. Ich stehe bis zu den Knöcheln in diesem reißenden Bach, der den Backstein zerstört und die Öffnung in der Apsis weitet.

Es ist, als flösse aller Schmutz von Charenton nachts durch St. Goar, das selbst eine Stätte des Ekels ist.

Die Glocken dröhnen auf. Sie schlagen wilder und wilder, sie läuten Sturm. Der Lärm wird unerträglich, ein Poltern, ein Drämmern. Die Ostwand birst und stürzt dröhnend zusammen. Doch kein Stein verletzt mich, nur die Flammen springen noch einmal an mir empor. Aus dem Schiff hallen die letzten Töne des *Ite Missa Est*, vernehmlich selbst durch das Getöse. Es klingt wie ein Höhnen.

Ich vermag keinen Gedanken zu fassen, klettere, um der eklen Flut zu entrinnen, besinnungslos über die Trümmer. Wie eine Treppe sind sie. Ich stehe auf einem Plateau. Ruhig und unberührt liegt St. Goar vor mir. Enge Gassen, jedes Obergeschoß vorspringend, so daß sich die Stirnen der einander gegenüberliegenden Häuser fast an den Giebeln berühren. Ein dünner Lichtstreif fällt auf die Fenster. Am Ende der Gasse hängt, an die dünnen Hälse zweier Häuser gebunden, eine riesige Uhr so tief herab, daß sie fast den Boden berührt. Als ich näher trete, beginnen sich die Zeiger zu drehen, erst langsam, dann schneller und schneller. Das Pflaster bricht auf, und eine Sonne schnellt aus der Erde. Sie blendet mich, steigt rascher und rascher auf beim wahnsinnigen Lauf der unsteten Zeiger, steht jetzt in Höhe der Giebel, zerschneidet die Seile mit einem sengenden Strahl. Die Uhr stürzt zu Boden und zerbirst ohne Laut. Zahnräder springen hervor – sind es Stunden? – rollen fort, ziehen mich mit sich. Ich haste ihnen nach durch ein Gewirr von gotischen Gassen, strauchle, falle . . .

Schwärze umschloß mich, als ich die Augen wieder aufschlug. Ich tastete mich voran. Meine Hand stieß gegen eine Mauer. Vorsichtig ging ich weiter. Es waren fensterlose Häuser in einer schier endlosen Gasse. Manchmal war es mir, als blickten mich feindliche Augen aus konturlosen Wänden an, doch ich wußte: Es war nur meine Furcht. Ich zählte die Schritte. Die Zahlen kreisten um mich wie zuvor die Zeiger der Uhr. Wie erleichtert war ich, als ich einen Lichtstrahl sah. Er fiel aus zwei Laternen am Erdgeschoß eines mehrstöckigen Fachwerkhauses, das giebelseitig zur Straße stand. »Gasthaus zum breiten Herd« stand auf deutsch in schwarzer Schrift auf dem gelben Glas der Laternen geschrieben. Ich ging die Stufen zur Eingangstür empor. Ich öffnete sie. Licht quoll aus einer Türritze. Ich drückte zaghaft die Klinke nieder. Ein Ofen aus blauen Delfter Kacheln stand in der Gaststube. Zechende Bauern wie auf einem Bild von Brouwer zankten sich an einem Tisch nächst der Tür vor bauchigen Krügen. Abseits davon saß in reichgestepptem Wams und Mühlsteinkragen, das Barett auf dem Kopf und den Degen an der Seite, ein Fremder mit braunem Kinn- und Oberlippenbart. Er schien einer anderen Zeit zu entstammen. Dennoch war mir, als hätte ich ihn irgendwann schon einmal gesehen.

Ich trat auf ihn zu, ich blieb vor seinem Tisch stehen. Er beachtete mich nicht, aber seine Augen verrieten ihn.

»Lord Arthur!« rief ich überrascht. Arthur Wellesley, oder wer immer der Fremde war, schaute nicht auf. Ich nahm an einem Nachbartisch Platz und ließ kein Auge von ihm, während die Bauernschar zechte und lärmte. Der Wirt schlurfte heran und stellte mir einen Krug Bier hin. Ich trank.

»Wissen Sie auch, wovon Sie da trinken?« glaubte ich die verächtliche Stimme Lord Arthurs zu hören. Er aber hatte nicht einmal die Lippen bewegt.

Ich hatte den Krug fast geleert. Von seinem Boden, gelbgetönt durch die Neige des Biers, schimmerte mir ein altes Stadttor entgegen, so plastisch und lebensnah, als wenn ich hindurchschreiten könnte. Doch der Wirt riß mich aus meinen Träumen.

»Wirst du wohl zahlen!« sagte er drohend. Ich wollte ihn loswerden und warf ihm ein Sechs-Schilling-Stück zu.

»Glaubst du, du könntest die Rechnung mit solcher

Münze begleichen?« höhnte er auf deutsch. »Das ist Scheidegeld von jenseits des Stromes, es zählt nicht in St. Goar.« Im Augenblick war ich umringt. Arglistige Augen starrten auf mich. Ich holte eine Ein-Pfund-Note hervor, legte sie auf den Tisch und wollte mich erheben. Kräftige Hände drückten mich nieder: »Hiergeblieben!« Wolfsgesichter und Vipernzungen tanzten vor meinen Augen. Ich fürchtete mich.

»Was soll ich euch denn geben?« barmte ich. »Kennt ihr mich nicht? Ich wohne im Brückenhaus.«

Sie lachten so grob und laut, daß es mir in den Ohren gellte. »Sir Houston wird für mich bürgen«, sagte ich in meiner Verzweiflung.

»Ein Bettler kann für den andern gut zeugen«, höhnte einer der Männer mit fratzenhaftem Gesicht.

»Laßt zu ihm ins Brückenhaus schicken!« bat ich.

Da schlug der Wirt mit der Faust auf den Tisch: »Das Brückenhaus gibt es nicht mehr. Sieh in den Krug!« Er packte mich an den Haaren, er zog mein Gesicht über den Mund des Kruges, und ich sah an dessen Grund das Brückenhaus. Der Gjöll war angeschwollen, breit wie ein See brodelte er um das Brückenhaus, und halb Charenton stand unter Wasser. Die Pfeiler der Brücke ächzten und knörrten – oder waren es die Umstehenden, die ihre Köpfe hart an den meinen legten, um etwas zu erspähen.

»Das Brückenhaus steht noch!« rief ich, aber meine Worte verhallten im Krug. Die Pfähle barsten, das Haus löste sich aus seinen Ankern und trieb, noch wollte es nicht sinken, den Gjöll hinab. Ich weinte. Der Wirt ließ mich frei, und ich richtete meinen Kopf auf. Der Blick des Fremden war teilnahmslos auf mich gerichtet. »Wirst du nun zahlen?« fragte drohend der Wirt. Ich nahm alles Geld, was ich bei mir trug, und schob es ihm zu. Er fegte es mit einer wilden Handbewegung vom Tisch und riß mir das Hemd auf. »Du hast Silber genug bei dir!« sagte er gierig und zerrte das Medaillon, das ich am Hals trug, hervor. »Gib her!«

»Gib es uns! Gib es uns!« hallte es ringsum wider, und ein halb Dutzend Hände haschten, einander wegstoßend, nach der Schnur.

»Nein!« schrie ich. »Nein!« und es gelang mir, die Nächststehenden abzuschütteln. Aber sofort wurde ich wieder auf meinen Stuhl gezwungen.

»Ja«, höhnten sie. »Ja«, raunten sie lüstern. Doch plötzlich fuhren sie auseinander. Zwei alte Kupfermünzen klirrten auf meinen Tisch. Der Fremde mit dem Mühlsteinkragen hatte sie geworfen. Noch einmal streckten sich begehrliche Hände nach meinem Hals. Doch der Wirt klaubte resigniert das Kupfer auf und wandte sich ab.

»Du weißt, daß dir nur eine Münze gehört«, sagte der Fremde drohend. »Gib die andere Teutsch, er wird sie noch brauchen!«

Ich nahm, dessen kaum innewerdend, die Münze und ging, nun nicht mehr behelligt, zur Tür.

War ich trunken? Ich fand den Ausgang nicht. Kein Licht drang aus der Schankstube, und die Wand, an der ich mich entlangtastete, schien endlos.

Als sich meine Augen an das Finster gewöhnt hatten, nahm ich einen schwachen Glanz wahr, und der Laut träg fließenden Wassers schlug an mein Ohr. Ich trat hinzu und merkte, daß ich am Gjöll stand. Vor mir sah ich ein Boot. Ein Mann in ebenso altertümlicher Tracht wie der Fremde im Wirtshaus stand darin und hielt gegen das Ufer. »Du hast mich gerufen?« fragte er und drehte mir sein Gesicht zu. Nein, es war kein Gesicht, es war nur eine Runzelhaut, aus der mich zwei Augen anstarrten. Ich wandte mich ab.

»Du hast mich gerufen!« wiederholte er eindringlich.

»Nein!« widersprach ich.

»Du weiß es nur nicht«, entgegnete er, »und hättest du nicht gerufen, so wär es doch gut, wenn du dich mir anvertrautest. Du mußt noch heute nacht nach Charenton zurück, sonst ist es zu deinem Unglück.«

»Ich werde über die Brücke gehen«, gab ich zur Antwort.

»Es gibt keine Brücke«, entgegnete er. »Als das Münster zusammenstürzte, ist sie gesunken.« Ich erschrak.

»Lieber will ich durch den Gjöll schwimmen!« sagte ich trotzig.

»Du weißt genau, daß keiner den Gjöll lebend durchqueren kann. Eil dich!« mahnte er. »Die Dämmerung ist nahe.« Das Wasser stieg und überspülte den Uferstein. Ich sprang ins Boot.

»Rudere!« befahl ich.

»Gib mir den Fährlohn«, bat er, als wir kaum abgelegt hatten.

»In der Mitte des Stromes«, vertröstete ich ihn und suchte nach Geld. Mir fiel ein, daß ich alles, was ich bei mir getragen, auf den Schanktisch gelegt hatte.

»Löhne mich gleich!« bettelte der Alte. »Wenn du mich betrügst, wirst du mit allem zahlen müssen, was du nicht fortgeben möchtest: mit deiner Jugend, deinem Glück, deiner Hoffnung.«

»Rudere!« herrschte ich ihn an und wühlte in meinen Taschen nach einem vergessenen Geldstück.

War das der Gjöll? Er wurde breiter und breiter, je mehr wir uns seiner Mitte näherten.

»Wohin fährst du?« fragte ich besorgt.

»Zum ›King of Despair‹, wohin sonst?« erwiderte er. »Doch wir gelangen niemals ans Ufer, wenn du mir den Fährlohn verweigerst.«

»Ich habe nichts bei mir«, sagte ich bedauernd.

»Dann gib mir das Medaillon, das du um den Hals trägst.« Er ließ ein Ruder los und streckte die Hand aus. Ich fand ein Sechs-Schilling-Stück und reichte es ihm. Er schaute es an und warf es ins Wasser: »Das ist Geld aus der Wahnsinnsstadt, es zählt nicht auf dem Fluß.«

»Auf ihm gilt die Währung von beiden Ufern des Stromes«, verteidigte ich mich.

»Das Medaillon!« forderte er drohend. Nun hatte ich die Münze gefunden, die mir der Wirt vom »Gasthaus zum breiten Herd« überlassen hatte.

»Ist das Lohn genug?!« rief ich triumphierend.

»Wer, ohne nach dem Preis zu fragen, ins Boot steigt, muß zahlen, was der Fährmann verlangt!« schrie er erbost. Ich schüttelte den Kopf. Da ließ er das Ruder fahren und warf sich gegen mich. Wir stürzten über die Duchten. Er war stärker als ich. Er zerrte das Medaillon hervor, er würgte mich mit der Schnur. Seine Augen wurden gierige Flammen. Die Münze entglitt meiner Hand.

»Ist das dein Ende?« fuhr es mir durch den Sinn. Aber zugleich spürte ich, wie der Schmerz an meinem Hals nachließ und das Boot, als könne es die Münze nicht tragen, schwerer und schwerer wurde. Wir sanken, aber das Wasser strömte nicht über den Dollbord. Es bildete eine Wand um uns, und wir tauchten tiefer in den Trichter hinein. Schwärze schlug über uns zusammen, als lägen wir schon am Grunde des Gjölls. Ich konnte mich jetzt aufrichten. Willenlos wie ein abgestorbener Ast glitt der Fährmann an mir herab. Der Kahn stieß gegen die Terrassenstufen des »King of Despair«. Ich sprang heraus. Ich hastete durch die Gasse der Wassermauern empor und eilte über die Terrasse, bis ich das Hotel erreichte. Ich klinkte. Die Tür war verschlossen. Da schrie ich und trommelte gegen das Holz. Schlurfend näherten sich Schritte. Der Wirt in langem Nachthemd, eine Kerze in der Hand, öffnete mir.

»Woher kommen Sie?« fragte er und starrte mich an, als sei ich ein Geist.

»Aus St. Goar«, antwortete ich. »Warum ist das Hotel schon geschlossen?«

»Alle sind schon nach Hause gegangen. Es ist die Stunde der Flut.«

Da begriff ich.

»Geben Sie mir ein Zimmer!« forderte ich.

»Das alte? Ich meine das Zimmer, das Sie immer bewohnen«, fügte er wie zur Erläuterung hinzu, weil ich ihn ungläubig ansah. »Die zweite Tür links im Obergeschoß. Haben Sie es vergessen?«

Er reichte mir die Kerze. Ich wagte nicht weiter zu fragen und ging nach oben. Da öffnete sich rechts eine Tür. Lord Arthur, ebenfalls eine Kerze in der Hand, schaute heraus. Er winkte mir geheimnisvoll. »Kommen Sie! Ich habe den ganzen Abend auf Sie gewartet.« Ich trat ein, benommen noch von meiner seltsamen Fahrt.

»Was ist Ihnen?« fragte er besorgt. »Sie sehen aus, als kämen Sie aus der Hölle.«

»Mag sein, daß ich dort gewesen bin«, antwortete ich und ließ mich auf einen Stuhl fallen. Er reichte mir ein Glas Whisky: »Trinken Sie, es wird Ihnen guttun!« Ich spürte, wie ich meinen Gleichmut zurückgewann. Die grausigen Bilder fielen von mir ab wie im Frühjahr vorjähriges Laub. Trägheit und Spottlust kehrten zurück. Ich war in Charenton.

»Hätte ich die Flasche nicht aus England mitgebracht, es würde ein trauriger Abend«, berichtete Arthur Wellesley. »Der Wirt ließ den Gastraum schon gegen acht schließen. In dieser Nacht werde ein neues Brückenhaus an Stelle des vom Gjöll hinabgerissenen errichtet, hat er erklärt, als könne einer diesen Unsinn glauben. Ich werde dem Hotelier die Konzession entziehen lassen.«

»Durch wen?« fragte ich.

»Durch den Gouverneur!«

Ich lachte: »Der Gouverneur ist eine europäische Mythe, und Behemoth ist eine Mythe. Sie wissen selbst, daß der Heros eines Sagenkreises nichts über die Heroen anderer Mythologien vermag. Zudem können Sie in Charenton nicht handeln, sondern nur reden.«

»Warum?« fragte er unwillig.

»Weil sich jedes Ereignis, mag es noch so bedeutsam sein,

in der Sprache auflöst. Versuchen Sie einmal, eine Begebenheit aus Charenton zu erzählen. Sie werden leicht merken, daß es unmöglich ist. Die Namen haften den Menschen und Dingen nicht an. Sie sind Strandgut. Dort wird eine Daube auf ein Riff, hier eine Planke auf eine Klippe geworfen, aber nichts fügt sich zum Ganzen. Die Wahrheit ist hier etwas Strömendes. Sie entzieht sich dem Wort.«

»Um so dringlicher ist ein neuer Hotelier«, bemerkte Lord Arthur. »Die beste Art von Wirklichkeit entsteht in den Gaststuben. Es bedarf nur des rechten Wirts, um die rechte Wahrheit zu schaffen.«

»Nicht der Wirt wählt sich sein Behemoth, sondern Behemoth wählt seinen Wirt«, widersprach ich. »Selbst wenn Sie die Macht besäßen, wäre es töricht, dem Wirt sein Privileg zu nehmen. Sein Privileg ist, eine Hölle zu betreiben: das Inferno der Langeweile. Bedenken Sie, selbst Gott hat dem Teufel die Konzession für die Höllenschenke Welt nicht entzogen – aus Klugheit, denn er treibt hernach die Akzise ein. Trinken Sie mit mir. In dieser Stunde öffnet der Alkohol noch die Augen, in der nächsten verwirrt er sie, in der übernächsten wird er sie schließen.«

»Wäre es nicht um Ihretwillen, ich duldete dieses Hotelwesen keinen Tag länger.«

»Sie tun mir keinen Gefallen, den Sie nicht zugleich sich selber erwiesen«, entgegnete ich. »Sie überschätzen Ihren Einfluß. Keiner vermag hier auch nur das Geringste. Spüren Sie nicht die anmaßende Traurigkeit dieser Stadt, den kalten, nassen, aufdringlichen Nebel? Sagen Sie mir eines, Lord Arthur, warum sind Sie in dieses unglückselige Land gekommen?«

»Mit gleichem Recht könnte ich Sie fragen. Aber ich weiß, Sie zahlen diesen Preis, um als Zeuge der Nachwelt Ihr stolzes Ich-bin-dabei-gewesen entgegen zu rufen.«

»Will ich denn Zeuge sein?« entgegnete ich. »Unser Jahrhundert fordert die Zeugenschaft, deshalb hat es den

Journalismus erfunden, der jedes große Ereignis schon im Keime erstickt. Ich bin kein Journalist.«

»Was hat Sie sonst zu dieser Reise bewogen?«

»Wie sollte mich, den im engsten Tal der Erde Geborenen, die dunkle Weite eines neuen Kontinents nicht locken? Wie sollte ich, dem sich die Tore des Lebens nicht geöffnet hatten, nicht erwarten, daß sie der von mir bewunderte Houston Lawrence aufstoßen werde? Wie sollte ich mich dem Ehrgeiz widersetzen, dem Irrlicht, das uns vorgaukelt, wir könnten auf leichte Art der Jugend, die uns in unserer Verlassenheit wie eine Krankheit erscheint, und auch uns selber entrinnen? Wie sollte ich mich nicht aufmachen, um das Feuer hinter dem Feuer, von dem schon Plato träumte, und den Sinn meiner ruhlosen Existenz zu entdecken?

Was aber habe ich gewonnen? Nichts, als in der Nähe Sir Houstons zu wohnen, der einen seltsamen Glanz auf der Stirn der Frigiden entfacht und es an weichen Sommerabenden über St. Goar schneien läßt – so groß ist seine Kälte. Wissen Sie, was er mir gestern diktiert hat«, fuhr ich unvermittelt fort: »›Der Klang, durch den sein Für-sich-Sein mit dem Für-andere-Sein eins wird, ist der Wechsel des spezifischen Auseinanderseins der stofflichen Teile und der Negiertheit derselben.‹ Mir scheint, zwischen Unsinn und Tiefe fließt der gleiche Strom wie zwischen Charenton und St. Goar, und das schlimmste ist, daß mich diese Sätze verfolgen. Ich muß sie den ganzen Tag vor mich hin summen: ›Die Wahrheit des Seins ist das Wesen. Das Wesen fußt auf dem Sein wie der Baum auf der Wurzel.‹ Sir Houston hingegen ist das ›sich in den Sätzen vollziehende Selbstverständnis‹ genug. Mit erstickender Seele erdenkt er Monaden.«

»Ich weiß nicht, ob Haß oder Liebe diese Worte diktieren«, beschwichtigte mich Lord Arthur. »Denn noch immer habe ich Houston Lawrence' Satz von der Möglichkeit als Schatten der Wirklichkeit im Ohr.«

»Nun liegt die Möglichkeit Sir Houston nur noch als Schatten über der Wirklichkeit dieses Landes«, höhnte ich.

»Vergessen Sie nicht, was unsere Generation dem Erstling Lawrence', der Schrift über *Die Ohnmacht und Unbesiegbarkeit der Vernunft,* zu danken hat. Erinnern Sie sich an die folgende Passage:

›Die Früchte vom Baum der Erkenntnis heißen Überhebung und Angst. Es war der Weg unserer besten Geister, sie zu verherrlichen oder zu schmälen. Nur das Jahrhundert der Aufklärung kam auf den seltsamen Gedanken, sie zu veredeln. Nach biblischer Überlieferung sind wir durch unsere Erkenntnis aus dem Garten Eden vertrieben worden. Erkenntnis erscheint in ihr als einmalige Tat, als Fulguration, die uns für immer die Augen öffnet: Erkenntnis, wie sie im Apfel des Paradiesbaumes, der zugleich der Apfel Proserpinas ist, liegt – diese Erkenntnis ist magisch. Sie ist vererbbar, ja, die Erbsünde schlechthin. Denn laut jener Tradition ist es uns verwehrt, ein zweites Mal vom Baum der Erkenntnis zu essen. In unseren Augen aber sind wir aus dem ursprünglichen Garten niemals vertrieben worden und haben unablässig vom Apfel des Wissens gegessen. In der Art von Verstoßenen haben wir das Urteil des Demiurgen nicht anerkannt. Da wir das Paradies nicht verließen, wurde das Paradies von uns genommen, und geblieben ist am alten Ort einzig der Baum der Erkenntnis, der von jeher ein Fremdling im Garten Eden war. Was wir am Ende von ihm essen, ist das Bewußtsein des Nichts und der Leere.‹«

»Ist es nicht seltsam«, sagte ich, »daß wir, die wir über manchen Strom des Vergessens gefahren sind, gerade diese Sätze im Gedächtnis behalten haben?«

»Es ist kein Zufall«, antwortete er. »Sie haben uns geprägt, sie sind ein Teil unser selbst geworden.« Er fuhr fort, als läse er laut aus Houston Lawrence' genialischem Buch:

»›Um dem Leben aus sich selbst einen Sinn geben zu können, muß einer schon ein Münchhausen sein und sich am eigenen Haar aus dem Sumpf ziehen. Doch die Versuche dazu sind ebenso vergeblich, wie es die Versuche der Mathematik waren, ihr eigenes Fundament zu sein. Es kommt ein Gödel und lacht über die Anstrengungen Münchhausens. Einen Sinn können wir dem Leben nur von außen geben. Die Alten nannten ihn Gott. Oder wir können leben, als hätte es als Ganzes und in sich einen Sinn.

Die Vernunft richtet ihre Augen gegen die Sonne. Geblendet versucht sie, was auf der Erde geschieht, zu begreifen. Sie erkennt nichts und befehligt doch alles. In ihrer Blendung hat das Zurückweichen der Dinge begonnen. Sie macht sie namenlos, indem sie mit falschem Namen benennt. Sie hält die Namen für wesenlos, doch in Wahrheit sind sie das äußere Abbild der Seele.‹«

»Warum sind Sie nach Charenton gekommen?« fragte ich Lord Arthur noch einmal.

»Ich wollte wissen, ob Behemoth ein erfundenes Land ist«, antwortete er. Ich suchte in seinen Augenwinkeln nach einem Zeichen des Spottes, fand aber keines. Er fuhr fort zu reden, mir jedoch blieb unklar, ob es ihm um seine Fragen ernst war oder ob er sie nur stellte, um mich abzulenken: »Wie, wenn auch wir das Feuer hinter den Feuern suchten, wenn uns die alten Feuer des Kontinents zu kraftlos wären, kindisch und vergeßlich wie Greise, keines Geheimnisses kund wie die jugendlichen Feuer in diesem Lande? Wie, wenn wir erst jetzt reich und gelassen genug wären, um einen Kindheitstraum zu erfüllen? Wie, wenn wir das Rätsel unseres alten Kontinents hier lösten? Wie, wenn die unumkehrbare Zeit in ihrer unendlich langsamen Bewegung auf dem siebten Kontinent bestehen ließ, was sie in den alten Erdteilen schon lange zerstört hat? Wie, wenn sie, die hier keine Eifersucht auf das Lebendige kennt wie in unseren Heimatländern, das Mißlungene ebenso duldete wie das Vollendbare? Wie, wenn wir einem Kontinent gegenüberträten, in dem es keine Auslese gab, keine siegreichen Mutationen, auf dem alles nebeneinander besteht? Wie, wenn wir von ihm mühelos lernen könnten, was selbst den sorgfältigsten Erkundungen unserer Paläontologen verborgen blieb?«

Ich schaute ihn aufmerksam an. War er ein Pendant zu Sir Houston? War der eine nach Behemoth gekommen, um dem dunklen Kontinent das Licht europäischer Weisheit zu bringen, der andere aber, um ihm die Fackel der Wahrheit zu entreißen?

»Warum ist dann Charenton so entmutigend? könnten Sie fragen«, setzte Arthur Wellesley seine Abhandlung fort: »Weil es den Abfall aller alten Kontinente gesammelt und nichts mit dem wahren Behemoth gemein hat. Wäre das nicht eine denkbare Antwort? Doch sie wäre zu simpel. Mir scheint eher, daß sich der Kontinent gegen uns wehrt. Er fürchtet sich vor den Namen, die wir dem Namenlosen geben werden. Denn wie Adam die Herrschaft über die Tiere gewann, als er sie mit Namen benannte, haben wir Gewalt über die Erde gewonnen, indem wir ihr unsere Namen aufzwangen. Ich aber mißtraue unserer Gewalttätigkeit. Wir müssen uns Behemoth als ein lebendes Wesen denken: Es verlangt nach einem Opfer. In einem gleichen wir uns«, so schloß er seine widersprüchliche Rede: »Wir haben das Ideal der Aufklärung, die Erhellung der Welt durch die Vernunft, nicht aufgegeben. Seinetwegen sind Sie Sir Houston Lawrence gefolgt, seinetwegen revoltieren Sie nun gegen Sir Houston. Aber die Einsamkeit hat Ihre Augen verdunkelt. Lernen Sie sehen, das ist der erste Schritt in die Freiheit.«

»Oder in die Resignation«, beharrte ich. »Ich will nicht frei werden, ich will nur entkommen. Freiheit – das ist Sir Houston, das ist die Unbesiegbarkeit seiner Vernunft und zugleich ihre Nichtigkeit.«

»Klammern Sie sich nicht an Ihre Erinnerung. Löschen Sie aus, was Sie gewesen sind. Erst wer in Behemoth heimisch geworden ist, hat auch das Recht erworben, es zu verlassen.«

»Ich komme aus habsburgischen Landen. Der Geist ist dort träger als das Schicksal und überlistet es zuweilen auf diese Art. Denn das Schicksal baut auf einen beweglichen Geist und trifft das Beharrende nicht«, warf ich ein.

Er antwortete ruhig: »Sie suchen Ausflüchte, um Ihr Dasein zu rechtfertigen. Aber es gibt keine Rechtfertigung, sich Behemoth zu entziehen. Ich habe mir vorgesetzt, diesen Kontinent zu erkunden, soweit es ein einzelner vermag. Sagen Sie mir ein letztes für heute: Welchen Weg ins Innere Behemoths würden Sie wählen?«

»Ich suchte zwei Wege aus und würfe die Münze. Alles andere ist Vermutung, Einbildung, Vorurteil, Anmaßung oder was immer Sie wollen.«

»So lassen Sie mich Ihr Vorurteil hören.«

»Mir scheint Charenton nicht der rechte Zugang zu Behemoth zu sein. Es ist eine Blendpforte, die nirgendwohin führt. Wie die alten Vorstädte außerhalb der Mauern lagen, liegt Charenton vor Behemoth, ihm preisgegeben und dennoch von ihm ausgeschlossen. Es ist eine Stadt der Halbheit und Täuschung.«

»Ich will das Meer längs der Küsten befahren. Dieser Weg scheint mir einfach und gefahrlos zu sein.«

»Kein Weg ist hier gefahrlos. Wer soll Ihnen ein Schiff bauen, und wer mit Ihnen fahren? Das Meer von Charenton ist ohne Duft, ohne Glanz, ohne Leben. Ein Strom mündet hier, der aus dem Herzen der Finsternis stammt. Noch nie hat ein Schiff angelegt. Ich fürchte, das Meer besitzt kein anderes Ufer. Es ist ein Scheinmeer.«

»Ihre Phantasie ist grenzenlos. Leider belebt sie die Dinge nicht; sie macht die Wirklichkeit ärmer, sie nimmt ihr die Attribute. Es gibt kein verläßlicheres Element als das Wasser. Ich wundere mich, daß noch keiner die Küsten kartiert hat. Wir besitzen nicht einmal eine verläßliche Luftaufnahme. Aber vielleicht sollte ich zuerst stromauf fahren und einen Blick in das Innere des Landes tun. Küsten entgleiten uns nicht; sie sind eine Grenze, nicht aber das Herz der Dinge.«

»Fahren Sie! Unser Fluß wird, sobald Sie sein Durchbruchstal verlassen, stromaufwärts breiter und breiter. Es könnte sich erweisen, daß Charenton auf einer Insel liegt und daß der Strom nichts anderes ist als ein Sund zwischen Behemoth und der Insel.

Ich glaube, daß der richtige Weg allein über St. Goar führt. Beobachten Sie nicht länger die ausdruckslosen Gesichter im ›King of Despair‹, schauen Sie auf die Signaturen der Erde, betrachten Sie die Sandbänke, die der Fluß in den aufgegebenen Mäandern zurückläßt, betrachten Sie den Zug der Vögel und die Drift der Wolken, die Wirbel im Strom und die Bewegung des Windes: Alle Zeichen weisen nach St. Goar.«

»Wollte ich über St. Goar reisen, so müßte ich Sir Houston aufsuchen. Das aber möchte ich nicht. Noch nicht.«

»Am Ende führen alle Wege zu Sir Houston. Diesen Gang kann Ihnen keiner ersparen«, sagte ich.

Das Drummen mißtönender Glockenschläge ließ das Zimmer erbeben. »Was ist das?« fragte Lord Arthur.

»Es müssen die Glocken vom St. Goarer Münster sein«, mutmaßte ich verstört. Wir traten ans Fenster. Es war, als stünde der »King of Despair« mitten im Ozean, und nur von dorther, wo das Brückenhaus stehen mußte, zuckten bläuliche Flammen, und die Glocken antworteten ihnen mit tiefen, schmerzenden Tönen. Ich mußte an Arthur Wellesleys Worte denken: »Das Wasser ist ein verläßliches Element.« Er forschte nach einem Zugang zu Behemoth, doch keiner wußte, ob diese Flut je wieder einen Weg freigeben würde, und sei es nach St. Goar. Ich sagte, daß es Zeit sei zu gehen. Lord Arthur brachte mich zur Tür. Ich tappte über den Flur in den Raum, den der Wirt mir bezeichnet hatte. Ich tastete nach dem Lichtschalter, drückte ihn ..., und das aufflammende Licht zeigte mir mein vertrautes Zimmer im Brückenhaus.

Auf der Kommode sah ich die beiden Gipsbüsten: Houston Lawrence, den Weisen – Houston Lawrence in seiner Jugend –, und Sir Houston, den Narren. Die Hand, die sie formte, hatte – war es ein Zufall – der Büste des jungen Lawrence die Schellenkappe aufgesetzt und Sir Houston das Barett des Gelehrten. Verschmitzt schaute der junge Lawrence aus seinem Gipsgefängnis hervor; als ein Schalk sah er die Welt, bereit, es ihr gleichzutun und sie zu überlisten. Doch hinter seinem Lächeln lag ein beglückender Ernst. Er hatte mich veranlaßt, die Büsten in mein Zimmer zu stellen. Nie konnte ich sie ohne Bewunderung und nie ohne Zorn über die Vergeblichkeit eines menschlichen Lebens anschauen. So wurden aus genialen Köpfen Trotz- und späterhin Flachköpfe. So unbarmherzig verfuhr mit uns das Alter. Houston Lawrence scheute sich nicht, mir in die Augen zu sehn; er suchte das Zwiegespräch, während die ältere Parodie seiner selbst, der mit dem Adelstitel Begabte, Monologe skandierte und keinen Blick und keinen Widerspruch duldete.

»Vor Gott sind wir alle Toren«, schien der Mund unter der Schellenkappe zu sagen. »Was in den Augen der Welt eine Torheit ist, zählt nicht gering in der Stunde des Todes.«

Doch sprach er nie ohne Selbstironie. Er wußte, wie leicht Worte lächerlich werden, sobald sie die Hülsen der Konvention und Selbstbescheidung verlassen. Anders Sir Houston, der Blender und der Verblendete. Was bewog mich, auch sein Gesicht in meinem Zimmer zu dulden? War es nicht Strafe genug, den leiblichen Sir Houston beinahe täglich zu sehn?

Gab es eine unsichtbare Verbindung zwischen meinem und seinem Dasein, ein Einverständnis zwischen mir und Sir Houston? Solange ich im Brückenhaus lebte, würde ich mich von seiner Büste nicht trennen, denn ihr verdankte ich eine Entdeckung, die mich in gleichem Maße erschreckte, wie sie meine Neugier wachrief. Seit ich sie besaß, verwandelte sie ihre Physiognomie, als sei sie ein genaues Abbild des lebenden Sir Houston. Nein, nicht sein wankelmütiges Abbild, denn es gab einen Morgen-Sir-Houston, der mürrisch und voll Mißtrauen gegen sich selbst war – in dieser Stunde tat ich gut, ihn zu meiden –, und einen Abend-Sir-Houston, der euphorie- und drogenbesessen, seine Botschaften in die dröhnenden Scheiben schrie. Der mußte ein gutes Auge haben, der die täglichen Umbildungen wahrnahm; und dennoch fand ich ihn zu Beginn jeder neuen Woche in erschreckender Weise verändert. Ich brauchte keinen Spiegel, ich brauchte nicht von der Brücke in den Gjöll hinabzustarren, um mich als Narzissos zu sehen. Ich brauchte die Selbstliebe nicht und nicht den Selbsthaß. Was ich brauchte, war einzig der Glauben, daß diese Zeit der Prüfung ein Ende nehmen werde, daß mein Leben zwischen Charenton und St. Goar etwas Vorläufiges sei und mehr als ein Rinnsal jenes Geredes, das Nacht für Nacht aus Sir Houstons Mund floß und das zu stauen und fortzuleiten mein Amt war. Mein Spiegel war seine Büste. Es war ein wissender Spiegel. Aus ihm erfuhr ich mehr über Behemoth und über mich, als ich je von andern erfahren konnte. In ihm schien Behemoth eine Schöpfung Sir Houstons und sein Gesicht die Landkarte dieses Erdteils zu sein, bereit, mit ihm zu altern und vielleicht auch zu sterben. Das einzige, was mich davon abhielt, in Sir Houston nur einen Narren zu sehen, war dieser Gipskopf. Die Metamorphosen vollzogen sich an ihm in gleicher Weise. Aber in ihm, dem intelligiblen Gesicht Sir Houstons, obsiegten die täglichen Launen, Unmut und Freude nicht über die wahren Zeichen des Alters. So erhellten sich mir die ihm selbst verborgenen Wesenszüge Sir Houstons. Doch der Preis, den ich dafür entrichten mußte, war, daß er mich ständig beobachten konnte.

Die Büste hatte ich wenige Tage nach meiner Ankunft bei einem Trödler erworben. Damals maß ich die Stadt mit dem Maßstab der Heimat. Es fiel mir nicht bei, ein Rätsel hinter den Dingen zu suchen. Als ich mich anders besann und ihrer Herkunft nachforschen wollte, lebte der Trödler nicht mehr.

Es machte mir wenig aus, unter der Aufsicht des gipsernen Sir Houston zu stehen. Wir maßen uns mit den Blicken. Wir rangen miteinander, wenn ich zornig vom Diktat zurückkehrte oder die niedergeschriebenen Worte mich unwillig machten.

»Ich werde mich nicht ergeben!« rief ich.

»Du wirst!« erwiderten seine Augen. Denn damals hatte er noch nicht mit Sir Houstons Stimme zu sprechen begonnen.

Ich lachte ihm ins Gesicht, ich schnitt ihm eine Grimasse: »Schau dein Ebenbild an!« höhnte ich, »den jungen Lawrence, der die Kappe der Toren trägt.«

Und wenn ich das sagte, wurden die Augen stumpf, als könnten sie mir nichts mehr entgegnen.

Ich nannte die Zeit unter den Augen Sir Houstons »das Reich der Notwendigkeit« und die Stunden in Charenton oder St. Goar »das Reich der Freiheit«, obwohl mir bewußt blieb, daß es auf Behemoth keine Freiheit gab und daß die Notwendigkeit, sofern sie existierte, hier mißgestaltet zur Welt kam. Damals konnte ich die Runen im Gesicht Sir Houstons nicht deuten. Zwar sah ich die feinen Linien im Gips, doch sie zu lesen, lernte ich erst später. Aber davon rede ich nicht. Ich spreche von der Zeit im Brückenhaus, die ich die ärgste meines Lebens nannte, ohne zu wissen, daß ich mich einmal nach ihr zurücksehnen sollte.

Damals deckte ich ein Tuch über beide Houstons, wie ich es immer tat, bevor ich zu Bett ging, und versuchte zu schlafen. Ich träumte nicht. St. Goar kennt keine Träume. Es zeigt uns unsere versäumten Träume bei Tag. Wir aber durchschauen sie nicht.

DER NORDWIND / *Die Staubwolke / das Ausbleiben der Flugzeuge / der Wein geht zur Neige / der Aufruhr / die Rückkehr der Sonne / die Guajakkeime / St. Goars Kampf mit der Wildnis / Charentons Resignation / die Heuschrecken*

Die Wolke ging im Norden auf, durchlief in zwei Stunden den Halbkreis des Himmels, regnete gelben Staub und sank, eine leicht und unnütz gewordene Sonne, im Süden. Das wahre Taggestirn blieb verborgen, denn der Dunst spannte ein Nebelzelt auf. Wir verbargen den Mund unter Tüchern, aber der Staub brannte bitter in unseren Augen; als ein Sonnenrauch umgab er die Häuser, überzog sie wie Spätherbst die Blätter mit einem mürben Gelb, verbarg das Gesicht des Heiligen Berges, des Wahrzeichens der Stadt, trieb uns aus den stickigen Stuben in die verdämmernden Gassen und aus der drückenden Luft auf den Straßen in unsere Häuser. Wir atmeten auf, wenn die Wolke gesunken war und der Staub, der keine neue Nahrung erhielt, dünner und dünner werdend, den Gegenständen die alten Konturen zurückgab.

Doch unsere Freude währte nicht lange. Mit unerbittlicher Genauigkeit ging die Wolke wieder im Norden auf, und die Stunden unserer Qual begannen aufs neue. Bei jeder Wiederkunft glaubten wir, die Wolke müsse sich endlich erschöpfen. Wir täuschten uns. Es war, als würde sie aus unsichtbaren Quellen gespeist; und mochte sie auch heller werden, so erkannten es unsere verquollenen, getrübten Augen nicht mehr.

In jenen Tagen traf ich Arthur Wellesley nicht. Der Staub drang in das Brückenhaus nicht in gleicher Stärke wie in die anderen Gebäude ein. Während die Wolke über den Himmel zog, verbarg ich mich in den getäfelten Zimmern, und erst, wenn sie gesunken war, wagte ich mich hervor. Manchmal ging ich am St. Goarer, manchmal am Charentoner Ufer spazieren, aber ich entfernte mich nie weit von meiner Wohnung. Die Nächte waren erträglicher. Zwar verlangsamte die Wolke ihren Lauf nicht, aber die nächtliche Kühle hemmte den Staub.

Am drückendsten jedoch war die Stunde vor Sonnenaufgang. Der Dust stand in Flammensäulen im Norden, und ein Abglanz der Sonne färbte den Osthimmel rot. Es war, als sei der Streit um die Tagesherrschaft zwischen Sonne und Wolke, zwischen Nord und Ost, noch nicht entschieden; und jeden Morgen hofften wir aufs neue, die Sonne könne die Wolke vertreiben. Wir hofften vergebens, und die ersten Morgenstunden waren so schwül, daß wir zu ersticken glaubten. Was wir auch aßen und tranken, alles schmeckte nach Staub. Vor Ekel erbrachen wir uns, bis uns der Hunger zwang, die Augen zu schließen und die widerliche Nahrung zu schlingen. Sie machte uns durstig. Grus drang in unsere Kehlen, Lungen und Mägen und machte sie fühllos. Wir wurden Teil des gelblichen wahnwitzigen Staubs. Es war, als hätte er uns nicht allein Gehör, Geschmack und Gesicht genommen, sondern auch unsere Herzen und Hirne durchtränkt. Scheinbar unterschied uns nichts mehr von denen, die wir zuvor bewundert und verachtet hatten. Dennoch gab es auch jetzt Privilegierte wie uns, die wir im Brückenhaus lebten und von Zeit zu Zeit aufatmen konnten. In den seltenen Augenblicken, wo ich an Sir Houston dachte, versuchte ich mir vorzustellen, wie er, paralysiert von edlen Gedanken, den Staub zu überlisten versuchte. Sann er noch immer nach, ob wir Schildwächter des Nichts oder des Wesens waren? Denn sein Vorrat an Archaismen schien, gleich dem der Wolke an Staub, unerschöpflich.

Die Maschinen, die Charenton sonst an jedem ungeraden Tag anflogen, landeten nicht. Gequält vom Staub, der unsere Schleimhäute entzündete, unsere Ohren verstopfte und unsere Augen aufquellen ließ, achtete keiner auf das Ausbleiben der Flugzeuge. In diesen Wochen begriff ich, daß wir uns nicht an die Verzweiflung wie an eine Krankheit gewöhnen können. Verzweiflung überfällt uns wie eine Sturzflut; sie tötet uns im ersten Ansturm oder sie verliert ihre Kraft an der unermeßlichen Gewalt der Gewohnheit. Ich spreche auch von den Leidenden, die weder atmen noch essen konnten. Denn der Tod, der die Herzen der um Atem Ringenden stillstehen hieß, oder der Freitod, durch den sich die Gepeinigten selber erlösten, nahm ihnen die Verzweiflung.

Ich rede zugleich von uns anderen, die die nicht enden wollende Staubflut in eine kaum minder tiefe Verzweiflung gestürzt hatte. Doch wir stumpften ab. Die Entzündung der Schleimhäute ging zurück; die Pupillen weiteten sich, die Hornhaut überzog sich mit einer schlierigen Flüssigkeit, welche die Schmutzpartikel vom Auge fernhielt und in das Unterlid spülte. Die ersten Zoten, in denen der Staub als obszöner Eindringling die klaffenden Pforten durchglitt oder den sonst untauglichen Ruten seinen Beistand gewährte, kamen auf. Die gut besetzten Tische im »King of Despair« dröhnten von ruhmrediger Erinnerung wider, und je stickiger die Luft wurde, desto reichlicher glitt der *Wein des Vergessens* durch die staubtrockenen Kehlen, bis der Wirt sich gezwungen sah, der Unersättlichkeit durch ein Gebot des Maßes zu wehren. Seine Vorratslager waren klein, die Flugzeuge ausgeblieben. Die entsetzliche Vision eines Charenton ohne *Wein des Vergessens* erschreckte ihn mehr als der Staub. Er ließ, was er nie zuvor getan hatte, Pekants, das eine rasche Trunkenheit hervorrufende einheimische Getränk, kommen. Vergebens. Mit wütendem Stolz wiesen alle den geringen, aus Behemoth stammenden Branntwein zurück, als bewirke er nicht den gleichen Rausch; als sei ihr Delirium an die prickelnde Trübe des eingeflogenen Weins gebunden. So offenbarte sich die verderbliche Untugend des Wirtes. Wen sollte es wundern, daß er den Haß aller auf sich zog, die plan- und zukunftslos in Charenton lebten? Ihn rettete, daß er wieder in seine Anonymität zurücktrat, nachdem er Wasser in den *Wein des Vergessens* geschüttet hatte und den so vermehrten Vorrat seinem zumeist sprachlosen Ober überließ. Die Charentoner tranken den dünnen, dümmlichen Wein und waren zufrieden, weil er den Staub aus ihren Kehlen in die Mägen spülte und die Bilder aus ihren Herzen durch die staubverschwemmten Nieren hinab in den Rinnstein. Doch nicht alle kosteten vom dünnen, dümmlichen Wein, der zwar Vergessen, aber keine Linderung brachte. Es waren die letzten Tage im Monat, und ich trank nach meiner Gewohnheit vom schwarzen Behemother Heurigen und nötigte auch Arthur Wellesley zu trinken.

»Fließen Ihnen, wenn der Monat sich neigt, die Subsidien Sir Houstons weniger reichlich zu, so daß Sie gezwungen sind, diesen landeseigenen Rebensaft – den Wein der Parias – zu bestellen?« spottete er.

»Auf Behemoth und Ihre Reise ins Herz der Finsternis!« Ich brachte den Toast aus. »Trinken Sie! Wer in die Tiefe der Schwärze reist, darf die Frucht nicht fürchten, die sie hervorbringt.« Er trank. Er ließ sich nachschenken. Er bestellte einen zweiten Krug, denn der Sylfigr-Wein wird nicht in Flaschen gezogen.

»Seien Sie vorsichtig«, mahnte ich, »die Flut des Sylfigr geht streng und zieht uns hinab. Aus der Neer seiner dunklen Visionen ist kein leichtes Entkommen.«

»Warum trinken Sie dann?«

»Ich trinke mit Bedacht. Ich gehöre zu den Lauen, denen man den schlimmsten Platz in der Hölle verheißt. Doch wenn der Teufel kommt, verhöhne ich ihn durch mein Maß. Drei Wochen lang trinke ich vom *Wein des Vergessens*; alle Bilder verblassen, meine Vergangenheit stirbt. So vermag ich zu überleben. Doch ein paar Glas Sylfigr bringen alles zurück und rufen, was vergangen ist, wach. So entrinne ich Süchtiger der Droge des Vergessens durch die Droge der Unwirklichkeit.« Ich verließ Arthur Wellesley. Er war eingeschlafen und atmete schwer.

Die Tage des Staubs nahmen kein Ende, nur der Wein ging zur Neige. Besorgnis ergriff den Wirt, sobald er den Keller betrat. Immer mehr Wasser füllte er in die Fässer und Flaschen, die er eigenhändig verkorkte. Die Gesichter der Gäste sagten ihm abends, wieviel Wasser er noch nachgießen durfte – es war nicht mehr viel. Besorgnis zwang ihn, gleich den anderen zum Flughafen zu gehen und auf die ankommenden Maschinen zu warten. Aber auch in der zweiten Woche kamen sie nicht, und in der dritten flogen sie Charenton nicht an. Nur der Staub flog herbei. Er wirbelte in der Luft und ließ sich – ein gieriges Mückenvolk – auf allem nieder, um es zu peinigen. Wir durchliefen die Hohe Schule der Gleichgültigkeit, doch unsere Fortschritte waren gering. Einzig vom Fieber, das ganz Charenton ergriff, blieb ich verschont. Es war eine Krankheit, heftiger als die Stauballergien; es befiel in gleicher Weise Körper und Seele. Ihr Symptom war eine heftige Unruhe, ihr Name Furcht. Wagten die einen nicht aufzuschauen, so starrten die anderen sich mit verängstigtem Blick an, um zu erkennen, daß auch im fremden Auge die Hoffnung erloschen war; besser gesagt, jenes Surrogat an Hoffnung, das uns in Behemoth geblieben war und das keinen Namen verdiente.

»Wenn die Flugzeuge für immer ausblieben?« dachte so mancher.

»Wenn man unser müde würde und uns gänzlich vergäße?«

Die Furcht war nicht unbegründet, denn nicht nur der *Wein des Vergessens* ging zur Neige, auch die Lebensmittel wurden knapp. Schon saßen wir abends im »King of Despair« vor leeren Tischen. Die Kellner wurden zu Geistern, die nichts herbeischaffen konnten – nur neue Befürchtungen. Doch der Preis, den sie dafür verlangten, war hoch. Sie überantworteten ihre Gäste der Einsamkeit und lieferten sie einer Nacht des Staubs und des verzweifelten Wartens aus. Sie verbannten den Schlaf, bis ein dünner Schimmer von

Licht am Staubhimmel aufzog und alle zum Flughafen eilten: »Heute endlich werden die Flugzeuge kommen!« Als könnten sie nicht nur Nahrung und Wein, sondern auch das Heil nach Behemoth bringen. Aber kein Flugzeug kam, nur eine Wolke Staubs in Gestalt eines Helikopters, die sich langsam auflöste, indem sie sich – dünner und dünner werdend – am Firmament ausbreitete.

Hatten die Wartenden in der dritten Woche bedrohlich still neben der Rollbahn gestanden, so erhob sich in der vierten Woche ein Flüstern und Murren unter ihnen. Es wuchs von Tag zu Tag; sein Crescendo dröhnte vom Flughafen bis an die Ufer des Gjölls. Wie eine zweite Wolke war es, eine Zusammenballung von Geräuschen und Tönen, die nur in den Nächten verstummte. Ins Hotel kam seit Beginn der fünften Woche niemand mehr. Jeder wartete vom ersten Morgenschimmer bis zur Dunkelheit auf dem Flugplatz.

Es konnte nicht ausbleiben, daß sich die gestaute Spannung entlud. Wie aus einem gebrochenen Hauptdeich ergoß sich die Flut vom Flughafen auf Charenton, überschwemmte die Straßen, brüllend und tosend, doch immer noch ohne Ziel. Ein Krämer hatte seine ärmlichen Waren auf zwei Tischen vor seinem Laden ausgebreitet. Eine Zunge des Stroms erfaßte ihn und trug ihn samt seinem Plunder fort. Der Strudel wirbelte ihn im Kreis; Zorn brandete über die Köpfe; Hände rissen die Waren auseinander, Füße zerstampften die Tische, Leiber drängten gegen die hölzernen Pfosten. Nun kannte die Flut ihre Stunde; sie unterspülte das niedrige Holzhaus, sie nahm gierig Besitz von allem, was sich ihr entgegenstellte, und von allem, was ihr gefügig war. Gnädig verfuhr sie einzig mit dem Händler. Ein Wirbel trug ihn, den Zerzausten und Gebleuten, in einen toten Winkel der Strömung, in dem er ausruhen konnte, ehe er selbst ein Teil der unaufhaltsamen Woge wurde, die jetzt über allen Läden von Charenton zusammenschlug. Gierig rafften Hände und Münder die meist ungenießbaren und wertlosen Dinge. Gläser klirrten. Zucker wurde ausgestreut, Mehl über die Wellen gestäubt. Es war, als wären die Ladenhäuser nur aus Papier und Schilfrohr erbaut, so widerstandslos knitterten sie und knickten unter der begehrlichen Flut.

Ich traf Arthur Wellesley auf dem Dachgarten des »King of Despair«. Er war wie ich gekommen, das Schauspiel auf dieser hohen, sicheren Warte zu genießen.

»Es ist unbegreiflich«, urteilte er.

»Nicht unbegreiflicher als das tägliche Leben in Behemoth«, widersprach ich.

»Sind Sie öfter Zeuge eines solchen Sturmes geworden?« fragte er.

»Die Verwüstung kennt viele Gestalten«, antwortete ich. »Ungewöhnliches wiederholt sich in Behemoth nicht. Obgleich dieser Kontinent die verkörperte Langeweile ist, scheint er erfindungsreich. Die Gewalt verebbt so plötzlich, wie sie aufkommt. Trotz unserer Trägheit wird Zerstörtes rasch wieder errichtet, viel schneller, als es in arbeitsamen Städten geschieht.«

»Unbegreiflich«, wiederholte Lord Arthur, »und wiederum so unbegreiflich auch nicht«, fügte er hinzu. »Daß kein Flugzeug landet, versetzt sie in Panik. Die letzte Hoffnung, Charenton verlassen zu können, erlischt.«

»Versuchen Sie keine Deutungen«, unterbrach ich ihn. »Deutungen sind in Charenton immer falsch. Was Sie sehen, sind die Symptome eines immerwährenden Fiebers; es sind Fieberanfälle. Betrachten Sie Behemoth als ein krankes Land. Das Ausbleiben der Flugzeuge ist ein Vorwand. Wenn einer das Versprechen, die Gefesselten aus Charenton zu führen, einlösen wollte – glauben Sie mir –, nicht einer verließe Charenton. Sie fühlen sich nur so lange gefesselt, wie die Tür zu ihrem Gefängnis versperrt ist.«

»Einen Trost sehe ich in dieser zornigen Verwüstung, wenn sie auch sonst keinen Sinn hat«, sagte Lord Arthur.

»Ihre Seelen sind nicht so erstarrt, wie ich fürchtete. Sie lassen sich zu Zorn bewegen und, wie mir scheint, auch zu Begeisterung.«

»Mag sein«, erwiderte ich, »aber die Begeisterung allein macht nicht die Dinge, und auch einen Reisegefährten, wie Sie ihn brauchen, bringt die Begeisterung nicht hervor.«

Er lächelte. Er glaubte mir nicht. Fasziniert schaute er auf die träger werdende Flut, die sich noch immer durch die Straßen wälzte und ihr Werk – jetzt eher bedächtig – wie nach einem vorgefaßten Plan vollendete.

»Jetzt sind die Läden geplündert und gänzlich zerstört. Was wird nun geschehen?« fragte Lord Arthur.

»Nichts«, antwortete ich. »Sie werden zum Flughafen gehn und jammern und die Hände ausstrecken nach dem, der da kommen und sie zurückführen wird. Sie hegen noch große Erwartungen, Lord. Sie müssen sich an den Gedanken gewöhnen, daß alles, was sichtbar geschieht, in Behemoth folgenlos bleibt, selbst die Zerstörung vom Ausmaß der heutigen.«

»Ihre Gedanken kreisen immer um einen Punkt«, antwortete er. »Sie suchen die Anomalität. Sie sehen in allem Frivolen Außergewöhnliches und in jedem Außergewöhnlichen eine Hinterlist des Banalen.« Ich dachte nach. Beruhte mein Urteil über Behemoth nur auf meiner Allergie gegen seine Wirklichkeit und meiner Abneigung gegen seine Unwirklichkeit? Ich litt an Behemoth, aber nicht mehr, als ich an mir selbst litt. Ein Rest an dumpfer Erwartung war mir geblieben. Einen Augenblick überlegte ich, ob ich mich Arthur Wellesley als Reisegefährte antragen sollte, ob meine Neugier auf Behemoth nicht größer sei als die seine, ob ich nicht all die Jahre auf meine Stunde gewartet und dafür alle Nachrichten über den Kontinent – nicht ohne Ironie und doch pedantisch – gesammelt hatte. Ich verwarf diesen Plan; noch stand ich Lord Arthur als ein Freier gegenüber, und ich zweifelte nicht, daß er von mir Besitz ergreifen werde, sobald ich mich ihm antrug. »Seine Unschuld ist verderblich«, dachte ich bei mir. »Sein Bild von Behemoth ist ein Trugbild. Noch fühlt er sich als ein Wissender, der keinen Rat braucht. Als sein Gefährte würde ich mit ihm gehn, doch nicht als sein Diener.«

So dachten wir, als wir am vierundzwanzigsten Tage des Staubs auf dem Dachgarten standen und hinabsahen auf die unstillbare Flut, die an den Geschäften, Marktbuden und Kramläden keine Nahrung mehr fand. Gegen wen würde sich die Unersättliche nun wenden? Gegen das Hotel, gegen die anderen Häuser? Und wenn Charenton dem Erdboden gleichgemacht war, am Ende gegen sich selber? Schon wollte ich Lord Arthur zurufen:

»Kommen Sie, wir müssen ein Teil der Flut werden, um uns zu retten! Es hat keinen Sinn mehr, schuldlos zu sein.«

Schon wollte ich ihn zur Flucht überreden, als für Augenblicke die Sonne die Wolke des Flugstaubs durchbrach und das Licht auf den Gesichtern der Flutenden glänzte. Sogleich verhüllte sie wieder das dämmrige Gelb, aber es war ohne Gewalt und nur wie aus Gaze. Die Flut kenterte, die Menschen erwachten jäh aus einem bösen, aufrührerischen Traum. Beschämt gingen sie auseinander, während die Wolke noch einmal den Kampf mit der Sonne aufnahm; wir auf dem Hoteldach erstickten fast in den Wirbeln des aufsässigen Gelbs. Schutzsuchend setzten wir uns in der verwaisten Hotelhalle nieder. Wir schwiegen. Ich wollte Sylfigr trinken. Doch keiner kam, uns zu bedienen. Vielleicht kämpften die Kellner draußen in der verebbenden Strömung. Wir gingen ohne Abschied auseinander, als lohne es nicht, ein Lebewohl zu sagen. Jeder spürte die Fesselung durch diese Stunde, die uns aneinanderkettete, weil wir Ausgeschlossene und nur Betrachter gewesen waren. Die Sonne, die über die Wolke gesiegt hatte, war schon gesunken. Gallertartiges Dämmer umgab mich, als ich hinaustrat. Der Staub fühlte sich nicht wie sonst trocken an; er klebte am

Gaumen. Die Nacht, ein Randmeer, warf Schwärme von Quallen über den Strand. Manche waren Feuerquallen und brannten, wenn ich sie berührte, andere linderten den stechenden Schmerz. Aber vor ihnen ekelte ich mich. Ich trat ins Brückenhaus. Unruhig und quälend kam der Schlaf. Ich hatte Flügel, doch Schatten hängten sich an mich. Geschmolzenes Blei zerfaserte im Wasser und erstarrte zu absonderlichen Gebilden. Träg folgte mein umschleiertes Bewußtsein den Träumen und glitt, Furcht vor dem morgigen Tag und seiner staubigen Trostlosigkeit weckend, in sie hinein.

Der Morgen lag in verwandeltem Licht. Zwar kam die Wolke noch in gleichem Rhythmus gezogen, doch sie war kraftlos und vermochte nichts gegen das Licht. Mit dem Staub fiel ein dünner Regen herab und drückte ihn nieder. Öfter zerriß der rötliche Schleier, und der sonst teilnahmslose Himmel über Behemoth schien von besonderem Glanz und befremdender Schönheit zu sein, bis wir uns wieder an sein kaum noch verhülltes Antlitz gewöhnten und in seine grauen ausdruckslosen Augen sahen, die uns noch nie etwas gewährt hatten. Jetzt, wo er uns nicht mehr quälte, fanden wir Zeit, den Staub zwischen den Fingern zu zerreiben und aufmerksam zu betrachten. Es war der Samen eines mir unbekannten Gewächses. Ich erinnerte mich an Erzählungen der Tumatis, die mir so unwahrscheinlich erschienen waren, daß ich gezögert hatte, sie aufzuzeichnen. Sie hatten von einer Hochfläche berichtet, die – wenige Tagereisen von St. Goar entfernt – auf dem Kamm eines bei gutem Wetter sichtbaren Gebirgszuges liegen sollte. Wälder von Guajakbäumen, so regelmäßig wie von Menschen angelegte Plantagen, bedeckten ihr Zentrum. Die Bäume erreichten eine Höhe von achtzig bis neunzig Metern, und ihr Laub wäre so dicht, daß weder Licht noch Regen zu den Wurzeln gelangten und kein Gras und kein Unterholz auf dem dunklen Waldboden gedeihen könnte. Nur die in dieser Gegend zuweilen auftretenden Wasserhosen fluteten, Blätter und

Zweige mit sich reißend, hinab. Am seltsamsten aber war, was die Tumatis von der Reife der Bäume berichteten: die nußartigen Früchte öffneten sich in Zeiten extremer Trokkenheit und streuten Wolken von Samen über die Kronen. Zumeist bliebe er auf den Blättern liegen und bedeckte sie mit einer gelblichen Staubhülle. Wenn sich aber der Nordwind erhöbe, bliese er den Samen von den Zweigen und triebe ihn als schwarze Wolke über die Ebene, so daß sich der Himmel tagelang verfinsterte.

Was die Tumatis erzählt hatten, stimmte so auffällig mit dem, was uns in den letzten Wochen widerfahren war, überein, daß ich mich schämte, ihren Bericht als eine Fabel belächelt zu haben. Eines nur blieb unbegreiflich: Wie konnte ein so gewaltiger Baum wie der Guajak aus den winzigen Staubkörnern wachsen? Bedurfte er nicht, um auf unwirtlichem Boden zu keimen, eines reichen Fruchtfleisches, das ihn, den in seiner Kindheit Verletzlichen, nährte? Die kommenden Tage sollten mich ein Besseres, will sagen, ein Schlimmeres lehren. Kaum hatten sich die Staubwolken und der Regen gelegt, begannen auch schon die Saatkörner zu keimen. Wie das Grün der Zweiblattorchidee rollte sich das erste Keimblatt auf, und weiße Haarwurzeln senkten sich in die Erde. Myriaden von Guajakkeimlingen sproßten auf dem kargen Gelände um Charenton. Überall wucherte das fremdartige Grün. Aus den Dächern, der Rollbahn, den Straßen, ja selbst aus den Schleimhäuten, in denen sich der Staub in den vergangenen Wochen festgesetzt hatte, keimten die Samen. Anfangs belustigte mich das vorwitzige Grün, zumal der Sylfigr keinen auch noch so geringen Rest des gelblichen Staubs in meiner Kehle geduldet hatte. Aber nach wenigen Tagen begriff ich, daß ein Kampf auf Leben und Tod begonnen hatte. Die Guajakpflanzen erhoben Anspruch auf Charenton und den Flugplatz. Sie streckten ihre Wurzeln durch die Dächer, sie sprengten Mauerfugen, sie umspannten den Stein. Sie wuchsen nach wenigen Tagen zu Manneshöhe empor, überschatteten mit aufgefalteten Blättern das Gras, bis es zu welken begann. Sie umhalsten Sträucher und Bäume und wanden sich an ihnen empor. Sie gingen eine merkwürdige Symbiose mit den Menschen ein, aus deren Mündern sie wuchsen. Dünne Wurzelfasern rankten aus dem Mund, fielen bis zur Hüfte hinab, quollen auf und trieben aus der Wurzelbrut Zweige und Blätter. Sie erstickten ihr Opfer nicht, sondern nährten sich von seiner Nahrung. Sie waren so fest mit dem Zellgewebe verwachsen, daß sie auszureißen unerträglich schmerzhaft, ja tödlich war. Dennoch fand ich Menschen, die sich wehrten, Bäume zu werden, Steine, die sich den Wurzeln widersetzten, und Pflanzen, die hastig wuchsen in erbitterter Gegenwehr, um die langen Hälse aus dem verderblichen Schatten zu strecken.

Ich hatte wenig Zeit, teilzuhaben an diesem ungleichen Ringen, bei dem, so schien es, die Guajaks Sieger sein würden. Denn, als ginge ihn das Leben und Überleben Charentons nichts an, ließ mich Sir Houston jeden Tag zu sich rufen und diktierte mir in mehrstündigen Sitzungen seine neuesten aus Nichts und Nichtigkeit geschöpften und ins Erhabene aufsteigenden Gedanken.

»Sind auch sie Früchte des Staubs?« dachte ich bei mir. »Keimt auch Sir Houston so wild und frivol wie die Guajaksamen?«

Erschöpft ging ich am Abend zu Bett und träumte vom Zweiblatt der Guajakkeime und von den grün wuchernden Gedanken Sir Houstons. Ich hätte gern mit Lord Arthur gesprochen, aber Sir Houston hielt mich fest, als sei er eifersüchtig auf seinen Rivalen. Allenfalls eine halbe Stunde ließ er mir Zeit, nach St. Goar zu gehen.

Ich erkannte: St. Goar war wissender, wenn auch nicht weiser als Charenton. Es duldete nicht, daß es von den Guajakbäumen erstickt wurde. Die sonst so träge, menschenleere Stadt schien zu neuem Leben erwacht. Mönche in Kutten, schwarzgekleidete, verschleierte Frauen eilten umher.

Sie zupften das Grün aus den Ritzen, sie harkten die Wege, sie rissen die Keime aus und sammelten sie, um sie in den Gjöll zu werfen. Tag für Tag bot sich das gleiche Bild. Ihre unendliche Geduld setzten sie dem unbezwingbaren Willen der Guajaks entgegen; und das hartnäckige Grün gelangte nie weiter als bis zum Weichbild der Stadt.

In Charenton hingegen erwarteten mich die Vorboten des Chaos. Die Straßen glichen Hainen verwilderter Guajaksträucher. Ihre Zweige reichten bis zu den Traufen. Auch die Häuser boten einen erschreckenden Anblick. Es schien, als wären sie bereits den Ästen und Wurzeln zum Opfer gefallen und dankten einzig dem Mitleid der Stämme, daß sie nicht wie die Menschen, aus deren Mündern dichtes Guajakgestrüpp wuchs, hilflos zusammenbrachen. Nur der spürbar werdende Mangel verhinderte, daß sich die von unausweichlicher Müdigkeit befallenen Einwohner Charentons in ihren Häusern verkrochen. Daß sie dem Beispiel St. Goars folgen würden, schien undenkbar. Charenton war anders, ich spürte es einmal mehr. Wie seine Nachbarstadt ein künstliches Gebilde, besaß es doch kein Vertrauen zu sich selbst, ja, es erweckte den Anschein, als stünde es in geheimer Komplizenschaft mit seinen Zerstörern, den Guajakwurzeln und -zweigen. Jeder war sich nicht nur selbst der nächste. Ich glaube, es gab keine andere Stadt, in der Menschen so verzweifelt allein lebten. Denn es war Brauch, keine Bekanntschaften zu machen, keine Freundschaft zu schließen und die abendliche Verbrüderung unter der Schirmherrschaft der Trunkenheit tags darauf zu vergessen. Ich kann mich nicht erinnern, daß mich in Charenton je einer gegrüßt hätte. Auch ich grüßte keinen, einige Tumatis ausgenommen, die ich auf ihre Art willkommen hieß und die gern mit mir redeten.

Hatte alles Elend dieser Stadt seinen Ursprung darin, daß es hier außer den unabdingbaren Dirnen kaum Frauen gab? Wie sollte, wo die Frauen fehlten, nicht die tödlichste Langeweile beginnen? Wie sollte die der Trunksucht ergebene

Stadt nicht auch der Sucht, sich zu vernichten, anheimfallen?

»Die Langeweile ist die Einsamkeit der niederen Geister«, hörte ich in Gedanken Lord Arthur sagen. Aber er sagte es nicht. Keiner in Charenton sagte je etwas von Belang. Stumpf und nutzlos wie das Leben war jede Rede, und nur die funkelnde Nichtigkeit, die aus dem *Wein des Vergessens* kam, ließ es für Augenblicke vergessen. Niedergeschlagen, doch nicht ohne Hochmut ging ich zurück: ich wollte kein Geschöpf des neuen Urwalds werden.

Es bedurfte eines äußeren Anlasses, um die auf ihre Vereinsamung versessenen Einwohner Charentons zusammenzuführen, und keines Anlasses, um sie wieder zu trennen. In Gedanken nahm ich schon Abschied von dieser Stadt, die an sich selbst ohne Trost war, doch deren Existenz die Trostlosigkeit St. Goars erträglicher machte. Charenton war menschlicher. Doch ich war nicht der einzige, der es schon aufgegeben hatte. Wenn ich ihre Gesichter sah, begriff ich, daß viele, wenn nicht alle, wie ich empfanden. Keiner wußte, wohin er nach der Preisgabe Charentons gehen sollte, aber alle strömten dem natürlichen Fluchtpunkt der Stadt, dem Flughafen, zu.

»Wir müssen die Landebahn retten!« schrie einer. Sein Ruf wurde aufgenommen. Die Charentoner verließen den Flugplatz und kehrten mit Rodehacken, Äxten und Sägen zurück. Sie gingen ebenso eifrig wie planlos zu Werke. Das Stigma des Mißlingens stand von Anbeginn auf ihren Stirnen. Sie, die seit ihrer Ankunft in Charenton nichts Nutzbringendes getan hatten, zweifelten am Sinn ihrer Arbeit und überließen sich rasch der Mutlosigkeit. Müder wurden die Äxte geschwungen, die Rodehacken niedriger und langsamer gehoben, träger glitten die Beile, und das abgeschlagene, auf einen Haufen geworfene grüne Holz regte sich, als wollte es erneut Wurzeln schlagen, als seien die Guajakstämme aus gleichem Stoff wie die Hälse der Hydra gemacht. Für einen abgeschlagenen Ast wuchsen zwei neue – und allein das Feuer konnte dem ungestümen Wachstum Einhalt gebieten.

Je augenfälliger die Vergeblichkeit ihres Tuns wurde, desto lauter erscholl der Ruf nach Feuer. Fackeln wurden entzündet. Sie erloschen, kaum daß sie das unreife Holz gesengt hatten. Es wurde mit Benzin übergossen; die Rinde verkohlte, aber die Flamme sprang auf kein anderes Gehölz über, bis sie, keine Nahrung mehr findend, erlosch. Dem Feuer folgte die Verzweiflung. Einer nach dem anderen stahl sich vom Flugplatz und zwängte sich durch die grünen, hochmütigen, firsthohen Pflanzen, erleichtert, sein Quartier zu erreichen, mochte es auch eine tödliche Zufluchtsstätte sein.

Doch der Untergang Charentons stand noch nicht in den Schöpfungsbüchern verzeichnet. Am Tag darauf trieb ein Ostwind ins Land und führte Heuschrecken mit sich. Und sie kamen über ganz Charenton und ließen sich nieder an allen Orten im Vorland von Behemoth, so viel, wie dergleichen nie gewesen sind noch hinfort sein werden. Denn sie bedeckten das Land und verfinsterten es, und sie fraßen die Blätter der Guajakbäume und die ersten aufbrechenden Keime. Sie sonderten eine Flüssigkeit ab, die die Wurzeln verdorren ließ und die kahlen Stämme mürbe machte. Der Ostwind, der stärker und stärker blies, knickte die Bäume, und sie zerfielen in der sengenden, flirrenden Luft zu Staub. Und der heiße, trockene Wind wehte wieder über Behemoth und blies die Heuschrecken fort, die Gespensterheuschrekken, die geflügelten und die flügellosen, und er dörrte unsere Kehlen und die letzten Hoffnungen aus, als könnte uns von einer Plage fortan nur die nächste erlösen, als verhöhnte uns Behemoth und mißgönnte uns selbst das lächerliche Vorwerk Charenton. Doch am nächsten Tag war alles wie ein Geisterspuk verschwunden. Der gleiche teilnahmslose Himmel wie in all den Jahren meines Hierseins stand über uns.

Die Straßen von Charenton waren breit und staubig wie immer, und nur die Wunden in den Häusern verrieten, daß wir nicht alles geträumt hatten.

An diesem Tage landeten die Flugzeuge wieder, und der *Wein des Vergessens* wurde in dickbäuchigen Fässern ins Hotel »King of Despair« gerollt.

DAS MASKENFEST / *Im »King of Despair« / die ersten Masken / das Mädchen / die Schmetterlinge / das Schiff / die Alte*

»Welche Schärpe tragen Sie heute?« fragte ich Arthur Wellesley am Abend. »Schwarz ist eine in Charenton verfemte Farbe. Besäße der Grünäugige, der uns anstarrt, die Halsgerichtsbarkeit, er verurteilte Sie ihretwegen zum Tode.«

»Warum kommen Sie so spät?« fragte Lord Arthur.

»Ich komme vom Friedhof. Das ist meine Sühne für einen Tag wie den heutigen mit seiner überschäumenden Fröhlichkeit.«

»Die Flugzeuge sind wieder gelandet. Ist das kein Grund zur Freude?«

»All diese Dinge dienen der Selbsttäuschung. Ich bin nicht frei davon. Stunden voll leiser Melancholie sind eine Labsal für meine Seele, die sich gegen verlogene Helle und feindselige Fröhlichkeit wehrt.«

»Warum sollte ich dann keine schwarze Schärpe tragen?«

»Weil Sie noch immer den Acker Charentons pflügen. Das ist kein Feld für die Mühseligen und Beladenen, denn niemand kommt, sie zu trösten.«

Musik ertönte in der Tiefe des Saals. Scheinwerfer flammten auf und wurden auf die mit rotem Samt ausgekleideten Wände gerichtet. Ein lärmender Zug bunter Gestalten näherte sich.

»Was bedeutet das?« fragte Lord Arthur.

»Es ist ein Maskenfest«, antwortete ich. »In Charenton werden gern Maskenfeste gefeiert, zumal wenn sie wie heute einer wunderbaren Errettung gelten. Man pflegt die fadenscheinig gewordene Konvention der Hoffnung, so wie ein glaubenslos gewordener Priester pünktlich die Messe liest. Wer keine Gestalt besitzt, flüchtet gern in die Maske. Manchmal glaube ich, darunter könnten keine Gesichter mehr sein, so einförmig scheinen mir die Menschen in Charenton. Mit beflissener Phantasielosigkeit deuten sie ihre Welt. Wer könnte glauben, daß sich hinter den teilnahmslosen Mienen ein persönliches Schicksal verbirgt, ein selbsteigenes Leben und eine mit keinem geteilte Verzweiflung, daß die Langeweile, die zu vollenden unser einziger Ehrgeiz ist, in jedem eine andere Gestalt besitzt? Sie feiern, um sich zu zerstreuen, sie feiern, um sich zu betäuben. Sie feiern, als wenn es in Charenton Freude gäbe und nicht nur Verdammnis. Dennoch ist es schön, wie sie feiern, und auf den ersten Blick einfallsreich. Ich habe mir noch nie einen Maskenzug entgehen lassen.«

»Warum stehen Sie immer nur abseits? Der unberührte Betrachter erkennt nichts. Warum treten Sie nicht selbst in den Reigen und wählen sich eine Maske?«

»Such nach der Maske nicht, die Maske macht einsam!« entgegnete ich. »Ist nicht Charenton selber ein Maskenspiel? Was brauche ich eine Maske über der Maske?«

»Es trägt nichts ein«, sagte Lord Arthur, »die Ordnung der Welt gegen die Ordnung der Maske zu stellen. Überall, nicht nur in Behemoth, legt die Natur eine Maske an: Novembernebel, Blüten und Fruchtschalen, Nebel und Dunkel. Sie wissen selbst: Jeder tiefe Geist liebt die Maske, mehr noch, seine Verkleidung ist vollkommen dank der beständig falschen und flachen Auslegung jedes Wortes und jedes Schrittes, ja selbst seines Schweigens. Liegt nicht eine List in der Maske, der Versuch, den Dingen und am Ende auch uns selber näher zu gelangen, als es sonst möglich ist?«

Ich lachte: »Dieser Maskenzug ist der *Wein des Vergessens* in anderer Gestalt. Er führt aus den Toren Charentons durch die Pforten des Rausches. Er schenkt Gemeinsamkeit, nein, er verschleudert sie, weil sie wertlos ist. Der Kellner fegt sie am Morgen mit all dem anderen Kehricht hinaus. Doch still! Wir wollen dem Spiel folgen. Ich habe selten Schöneres gesehen als die Maskenzüge von Charenton.«

Gruppen von Masken zogen vorüber. Sie hoben fröhlich die Gläser und stießen mit uns an. Helle Stimmen drangen zu uns. Wir wurden in den Kreis einbezogen, als sei unsere gewöhnliche Tracht unsere Verkleidung. Offene Gesichter, in Charenton selten, im »King of Despair« niemals zu sehen, promenierten vorüber. Weder Sorge noch Alter hatten ihre Züge entstellt. Sie sahen uns aus jungen und blauen, aus braunen und schwarzen Augen an; sie gingen mit geschmeidigen Bewegungen in Gruppen zu dreien oder vieren, allein oder am Arm ihrer Partner. Sie alle waren so jung, so beschwingt, daß auch ich mich nach einer Maske sehnte. Harlekins zogen herbei. Sie schlugen Räder und Purzelbäume. Pierrette winkte uns zu. Sie hatte ein blaues Seidentuch wie einen Turban um den Kopf geschlungen. Es verbarg ihr Haar und fiel in zwei Zipfeln auf ihr mit gelben und grünen Bändern verziertes, rotsamtenes Jackett. Den Kopf hielt sie seitwärts gerichtet. Die Lippen halb geöffnet, blinkte sie mir aus den Augenwinkeln zu. An ihren Ohren hingen dünne, glänzende, münzgroße Metallschalen. Ihre Wangen waren mit Rouge und Leben bemalt, zwei Kreise auf der glatten, schimmernden Haut. Mit ihrem Fächer schlug sie mir auf die Schulter: »Komm mit! Was sitzt du hier bei den Reichen!« Aber Harlekin kam und malte ihr aus seiner Palette ein grünes Herz an die Stirn und zog sie mit sich. So tanzten sie von uns fort und nahmen ihr Lachen mit. Die fröhlichen Stimmen hallten noch lange im Saal wider wie das helle Klingeln eines langstieligen Glases.

Grünes Licht flutete jetzt über die Tische und machte die

Wände smaragden. Eine Jagdgesellschaft zog auf. Wie bedauerte ich, das Spiel für Augenblicke vergessend, nicht bei ihnen zu sein! Eine Schöne in grünen Kniestrümpfen und türkisfarbenen Pluderhosen, zwei schwarze wippende Federn am Hütchen, hob den Arm und winkte. Ein Grüngekleideter drehte die Lachende um sich im Kreis.

Ich spürte, daß ich mich schon halb erhoben hatte. Ich wandte mich zu Lord Arthur, ich fürchtete seinen Spott. Aber er sagte nichts; er schaute gebannt auf den grünen, beschwingten Zug. Er brach den Zauber nicht, er verlangte nach keiner Erklärung. Und ich hätte ihm keine geben können. Ich hatte selbst ein so reizendes Maskenfest niemals erlebt. Im stillen tat ich Abbitte für alles, was ich über Charenton gedacht und geurteilt hatte.

Wieder verdunkelte sich der Saal. Trommeln und Pfeifen erklangen. Ein Spielmannszug zog auf. Burschen, mit bunten Flicken bekleidet, strichen Fiedel und Rebec und tanzten dazu. Andere bliesen Sackpfeifen und Posaunen. Sie bildeten einen Kreis um ein Mädchen, das, die von einem weiten Seidenrock verhüllten Beine übereinandergeschlagen, auf einem Podest saß und die Laute schlug. Ihr rotblondes Haar berührte den Lautenkörper. Während sie auf den Saiten eine Partita griff, war ihr Blick wie nach innen gekehrt, als lausche sie einer zweiten, in ihr tönenden Musik. Ich war aufgestanden. Ich stand neben ihr und wurde es erst gewahr, als sie zu spielen aufhörte und aufsah. Sie begann ein Liebeslied nach einer schwermütigen Weise zu singen:

Warum läßt du mich warten?
Willst du nicht bei mir sein?
Komm zu mir in den Garten,
Herzallerliebster mein.
Noch brennen keine Kerzen,
naht nicht die Dämmerung:
Du bist noch jung an Schmerzen,
an Wünschen noch so jung.

Der Nebel hüllt die Steige,
der Sonne Licht verglomm,
der Tag ging längst zur Neige,
mein Liebster, komm, o komm!

Ich trat zu ihr, ich wollte ihre Hand ergreifen, aber sie entzog sie mir und sang:

Wie soll ich dich nun finden,
vom Blutbaum tropft das Laub.
Das Auge will erblinden,
die Wege sind voll Staub.
Riefst mich mit deinen Augen:
sie sind so schön, so schön.
Nicht darf ich bei dir bleiben,
nicht darf ich von dir gehn.
Der Herbst senkt seine Lider,
er will nicht Zeuge sein.
So kehrst du auch nicht wieder,
Herzallerliebster mein.

Es war mir, als sänge sie ein vertrautes Lied, obgleich ich es noch niemals gehört hatte. Es tönte wie eine Weise aus meiner Kindheit. Ich wollte sie fragen, woher das Lied stamme und wo sie es gelernt habe. Aber ich sah sie nicht mehr. Die Luft war glasig und hell, als stünde ich an einem weiten Wasser; und ich stand auch am Ufer, an einem Strom stand ich bei Elsen- und Weidengehölz. Die Wellen wisperten und glitzerten. Ich hörte die tausend Stimmen vom Grund locken und lügen, und ich sah auch die Nixen. Sie standen, in ihr Goldhaar gehüllt, bis zu den Hüften im Fluß. Ich wandte den Blick von den Zukunftskundigen ab, denn auf der Wiese hatte ein Reigen begonnen. Frauen in durchsichtigen, cremefarbenen Gewändern, die Arme wie Flügel gefaltet, drehten sich im Tanz.

»Es sind Elfen!« dachte ich. Doch da fächerten sie die

von Seide umflossenen Arme auf; und ich sah, es waren Schmetterlinge. Den Reigen eröffnete eine hohe Gestalt. Anmutig hob und senkte sich die feine schwarzweiße Zeichnung auf ihren Flügeln. Vier glashelle Flecke leuchteten wie Augen aus dem teils beigefarbenen, teils rötlichen Untergrund.

»Es ist der größte bekannte Schmetterling, der Atlasfalter aus der Familie der Augenspinner«, flüsterte Lord Arthur. Mir stand der Sinn nicht nach den Erkenntnissen der Lepidopterologen. Ich sah nur das fließende Beige, die Verwandlung des Falterleibs in den eines Mädchens und den leichten, schwebenden Flug des tagschönen Schmetterlings. Die Flügelaugen blickten auf, die schwarzen und weißen Linien umflossen mich; sie hüllten mich ein in ihr Gespinst. Ich folgte benommen dem Tanz; aber plötzlich glaubte ich die Zeichnung eines Totenkopfes in den sich öffnenden Flügeln zu erkennen. Ich hatte mich getäuscht. Wieder umgleißte mich die seidige Schönheit, und ich schalt mich einen Mißseher und Narren. Ich ergab mich, ich ließ mich von einer Welle emportragen. Ich schwebte im Rausch dieser lieblichen Leichtigkeit. Wieder blinkte der Totenkopf zwischen dem Chinacrêpe. Ich schloß die Augen, der stattliche Falter flog fort. Ein kleiner Gast, eine grazile Schönheit, flatterte herbei und umschwirrte mich. Das Türkis des Leibes ging über in das fächerförmige Grün des smaragdenen Fluggewandes und in das gemaserte Grün der oberen Schwingen. Schwarze Bögen durchschnitten sie. Gelb, Braun und Blau spielten hinüber in ein weiches, gleitendes Grau. Wer nur konnte ein so feines Tuch gewebt haben? Oder war all diese Herrlichkeit, aus Crêpe- und Seidenpapier geschaffen, tauglich nur für einen einzigen Abend? Wie schlicht deuchte mich nach all dem blendenden Glanz der Brahomea whitei eine in gelbliches Weiß gekleidete tiefäugige Schöne. Doch von unendlichem Raffinement erschien die dunkelbraune Zeichnung auf ihren Flügeln. Keiner könnte so kunstvolle und rührende Ornamente ersinnen! Sie bewegte die Flügel. Es war, als zöge sie von überallher die Augen der Tanzenden an; braune lebendige Augen, braune festliche, braune fröhliche und braune wehmütige Augen. Ein neuer Schmetterling umgirrte mich, eine Königin der Bläue: violett und ultramarin mit leuchtenden Tupfen von Rot. Ach, dieses flügelnde Licht von wunderbaren Stoffen, von Frauen und Träumen; ein Muschelglanz, ein schillerndes Perlmuttlicht, grünlich schimmernder Samt und das Lichtblau der Flügel. Dieses schöne Glissando, dieses lautlose Niedergleiten von Farben und Tönen, von Stoffen und Leibern: Flügel wie Glimmer, Flügel aus Sehnsucht, Flügel wie schwerer Brokat.

Nein, es waren doch Elfen und keine Schmetterlinge, und anmutige Nixen waren die Mädchen im Fluß. Ich hörte die tausend Stimmen vom Grund, eine lieblicher als die andere. Sie lockten mich, sie riefen wieder und wieder:

Was willst du, daß ich schenke,
dich freut ja doch kein Gut,

sangen sie für mich. Die Elfen tanzten. Sie sprangen hinunter zum Fluß. Ein Schiff mit reichen Segeln legte an. Es war ein Narrenschiff; seine Herrinnen hießen Torheit, Selbstbespiegelung und Eitelkeit. Die Elfen gingen an Bord. Aber eine zögerte noch. Sie wandte den Kopf. In ihrem Blick lag versonnene, unerfüllbare Sehnsucht.

»Wir werden uns wiedersehn, bald.«

Die Bilder versanken.

Das Parkett lag als ein Spiegel im niederflutenden Licht. Oder war es ein Wasser? Schiffe fuhren darauf. Unter der mit Ornamenten verzierten und schräg nach innen gezogenen freien Bordwand bewegten sich Ruder – zwanzig an jeder Seite – als wären sie es, die die Galeeren vorantrieben. Doch allerlei Narrenvolk, das die Boote geleitete, hob die Brokatdecken über der Außenhaut, und Menschen wurden sichtbar, schwarzhäutige Männer und Frauen. Mit geschmeidigen Bewegungen stießen sie die auf Rollen geführten Schiffe scheinbar mühelos voran. Aber schon senkten sich die Teppiche wieder. Die Augen vergaßen, was sie gesehen hatten; und die Ruder, auf- und niedertauchend in der wäßrigen Luft, bewegten die Schiffe. Auf dem erhöhten Deck, unter einem girlandenbekränzten Baldachin saß eine Frau. Sie trug eine Krone aus feinstem, durchscheinendem Gold. In der beringten Hand hielt sie einen mit Rubinen und Almandinen geschmückten Silberkelch. Sie funkelten in einem bösen, rachsüchtigen Licht und gossen ihre Purpurglut auf die blinkende Schale, in deren Spiegel für Augenblicke die Rivalin der Kaiserin sichtbar wurde. Sie stand im Vorderschiff, eine Diana, in fließendes Silber gekleidet, die kleinen, festen Brüste wie von kunstfertigen Händen getrieben, im schwarzen, aufgesteckten Haar eine Mondsichel, deren matter Strahl über ihr zartes, eher trauriges Gesicht glitt.

»Agnes!« rief ich, als verdiene sie keinen anderen Namen. Denn ich erinnerte mich: Dieses Bild hatte nicht Behemoth, sondern ein größerer Künstler gemalt.

So eiferte ein Märchenbild mit dem anderen um Liebreiz und Schönheit und trug auf der Schleppe, dem sich von der Schiffshaut lösenden Goldbrokat, doch Mißgunst und Eitelkeit.

Ich kam zu mir. Ein kalter, heftiger Wind fuhr durch den Saal, als stünden Fenster und Türen weit offen.

Es war ein Wind der Ernüchterung. Er kühlte mein erhitztes Gesicht. Ich spürte die alte Bitternis im Mund, die vertraute Ironie auf der Zunge und wußte: Ich bin in Charenton. Ich kehrte an Arthur Wellesleys Tisch zurück. Ich wich seinem Blick aus und begegnete, indem ich sie meiden wollte, seinen Augen. In ihnen las ich weder Genugtuung noch Schadenfreude.

»Wollen Sie mich auf meiner Reise begleiten?« fragte er.

»Warum fragen Sie das jetzt?« wich ich aus.

»Weil ich erst jetzt erkannt habe, daß Sie sich verstellen«, antwortete er. »Sie schützen sich durch Zynismus und fürchten, er könnte Ihre Wurzeln vergiften. Sie lieben das Dunkle und hassen es auch. Ihre Rechnung mit Behemoth ist noch nicht beglichen. Sie können nur frei werden, wenn Sie mir folgen.«

»Woher wissen Sie, daß ich noch so viel Freiheit besitze, um es zu tun?« lenkte ich ab.

»Sie sind Sir Houston verfallen, ohne es zu wissen. Ich werde Sie freikaufen müssen«, sagte er streng.

»Ich gehöre zu denen, die allenthalben wohnen, wo sie hinkommen«, antwortete ich leichthin. »Was nicht wurzelt, können Sie nicht aus seinem Erdreich reißen.«

»Sie verstellen sich«, sagte er noch einmal. »Sie verschmerzen die vergeudeten Jahre nicht. Sie lasten auf Ihnen. Sie versuchen vergeblich, ihnen einen Sinn abzugewinnen. Sie suchen nach Leben. Sie nähren sich von dem wenigen Blut, das aus den Wunden St. Goars quillt. Geben Sie mir Zeit, Sie zu verführen, weichen Sie mir nicht aus! Sie sollen zum Leben verführt werden. Gestehen Sie: daß es Sir Houston nicht vermocht hat, war Ihre große Enttäuschung. Folgen Sie mir, Teutsch! Sie müssen an die Dinge dieser Wirklichkeit glauben, denn eine andere besitzen wir nicht.« Er sprach ohne Vorbehalt, wortreich, fast redselig. Hatte auch ihn der ungewöhnliche Reigen bezaubert? Hatten die vorüberziehenden Masken ihn bewogen, die seine abzulegen und freimütig mit mir zu reden? Ich zögerte. Ich blieb ihm die Antwort schuldig, denn ein neuer Maskenreigen begann. Myriaden von Soldaten zogen herauf: die Horden Tiglatpilesars, Xerxes' Armaden, Alexanders Phalangen, die Legionen Trajans, die Reiterscharen Attilas, die gepanzerte Unheilsfront der Normannen, die Gefolgsleute der Kondottieri, Cortez inmitten der mit den Königsfarben bemalten Leiber der Tlaxcalteken. Die sonst auf ihre Einmaligkeit versessenen Einzelgänger Charentons fügten sich in dieser Nacht zur großen Scharade. Denn mir ging auf, daß die Abfolge der Bilder nicht willkürlich war, vielmehr eine von uns zu entschlüsselnde Bedeutung besaß. Waren die ersten Bilder anmutig und erregend, die ihnen folgenden historisierend, doch fröhlich, so senkte sich alsbald eine kaum spürbare und doch obwaltende Schwermut über die Szenerie. Schwarzgekleidete Tuchmacherinnen zogen vorüber, Kätnerinnen, von einem niederdrückenden Leben um ihre Jahre betrogen, Schulbuben und Mädchen, ihre zu groß geratenen Glieder in die Kostüme zwängend, als symbolisierten sie das Wesen der Charentoner und maßen sich ein Leben zu, das zu groß und dennoch zu eng für sie war. Eine Schar von Bettlern zog vorüber. Sie streckten bittend die Hände aus. Wir füllten sie mit vergeblichen Wünschen. Seifenblasen segelten durch den Saal und zerschellten. Neue Figuren boten sich dar. Die Fröhlichkeit verließ uns. Die Musik wurde leiser und dunkler. Die Bilder verbreiteten Unbehagen. Wir vermochten nicht, sie ohne Beklemmung zu sehen. Ein rotes, mehrköpfiges Ungeheuer hüpfte und schlängelte sich vorbei.

»Es ist die Lernäische Schlange«, mutmaßte ich.

»Es ist ein lustiges Tier«, sagte Lord Arthur.

»Nein, ein beutegieriges«, widersprach ich. »An seinen Zahnwurzeln frißt die Verzweiflung.«

Ein kopfloser Riese schwankte mit drolligen, täppischen Bewegungen wie ein Tanzbär vor unseren Augen.

»Es ist der Souverän Volk«, schlug ich vor. »Er ist in Charenton zum Popanz geworden, der seinen Kopf unter dem Arm trägt.«

Wir bemerkten nicht, wie mehr und mehr Männer an den Tischen Platz nahmen und zu zechen begannen. Uns fiel auf, daß sich immer weniger Masken auf dem Parkett zeigten und wir seit einer Weile keine weibliche Maske gesehen hatten. Zuletzt aber kam eine steinalte Frau von riesenhaftem Wuchs, obwohl sie gebückt ging, die Füße nachschleppend, unglücklich und unheilbringend.

»Es ist Elli, das Greisenalter«, sagte ich zu Lord Arthur.

»Es gibt keinen, den Elli nicht auf die Knie zwingt, wenn er alt wird.« Es war mir, als besitze sie die Kraft, alles, was sie berühre, vor der Zeit altern zu lassen.

Gelächter dröhnte von halbtrunkenen Tischen herüber. Einer sprang auf und hob von den äußeren Röcken auf, was er im Sprung greifen konnte. Die Alte drehte sich schwerfällig und schlug mit dem Stock nach ihm. Unter dem Gelächter der Umstehenden stürzte der Trunkene. Sie warfen mit Kügelchen und Papierschlangen nach der Greisin. Weiße Nattern hingen von ihrem Kopftuch und ringelten sich, ihre Augen verdeckend, herab, so daß sie blind gegen die Stuhlbeine tappte. Einer zog ihr den Stock weg. Sie torkelte, fing sich wieder und schlurfte, Verwünschungen murmelnd, aus dem Saal. Verächtlich und trunken schrie das Gelächter ihr nach. Ich erschrak. Ich mußte, obgleich alles nur ein Maskenspiel war, an den Vers denken:

Nicht heilen Lebens gelangen hinaus,
die das Greisenalter verhöhnen.
Das Gedächtnis raubt ihnen Urd,
Verdandi die Heimat.
Das Land wird wüst, das sie trägt,
Asche die Stadt, die sie schützt,
und verflucht ist, was sie berühren.

Mich fror. Der Abend, der so schön begonnen hatte, machte mich mutlos. Der Geruch von verwesenden Fischen drang durch die Fenster. Draußen lag Charenton, eine faule, stinkende Gumpe.

VORBEREITUNG UND AUFBRUCH /

Arthur Wellesley rüstet zur Reise / der Heilige Berg / die Farbtäuschung / das Ufer des Gjölls / die Täler der Toten / die Rückkunft / Lord Arthurs Bericht

In den kommenden Tagen rüstete Arthur Wellesley zur Reise. Er glaubte, genug von Charenton und seinen Bewohnern zu wissen, und drängte zum Aufbruch. Doch es gelang ihm nicht, auch nur einen zum Begleiter zu gewinnen; die einen wehrten sein Ansinnen erschrocken ab; die anderen zeigten sich von seinen Plänen begeistert und trugen ihm ihre Hilfe an. Jedoch am nächsten, spätestens am übernächsten Tag kamen sie, um ihre Zusage zu widerrufen. Die Aussicht auf Reichtum lockte sie ebensowenig wie Ruhm oder Ehre. Lord Arthur vermeinte, die Wankelmütigen umstimmen zu können. Er mißdeutete ihr Schwanken; sie waren von der Idee der Reise angetan und hofften, so der Langeweile ein Schnippchen zu schlagen, doch als Zuschauer, versteht sich; keineswegs als Akteure. Sie erwogen die Möglichkeit, dem Unglück Behemoth auf diese Art zu entrinnen, aber bei ruhigem Nachdenken zogen sie es vor, jeden zweiten Tag auf den Flugplatz zu gehen und auf die heilbringenden Jets zu warten. So mußte Lord Arthur erfahren, wie einmütig diejenigen, welche er für geeignet, und diejenigen, welche er für unfähig hielt, sein Ansinnen abschlugen. Er lernte die Undienlichkeit, ja Ohnmacht von Argumenten kennen. Wir sollten später oft davon reden, wie wenig in Charenton die Vernunft gegen den eingewurzelten Willen zu Selbsttäuschung und Selbstaufgabe vermochte. In jenen Tagen wich er mir aus. Er wollte mir nicht die Genugtuung lassen, daß es ihm so ergangen war, wie ich vorhergesagt hatte. Dennoch gab er nicht auf. Er warb unter den Tumatis, jenem unternehmungslustigen und spielerisch veranlagten Volk, das an Markttagen nach Charenton strömte und alltags die Arbeit versah, zu der die von einer inneren Lähmung befallenen Einwanderer nicht fähig waren. Dennoch bestand eine prästabilierte Harmonie zwischen der Trägheit dieser Sommergäste und der Struktur Behemoths. Ohne sie hätte Charenton, das der Kontinent preisgab wie eine Marsch vor den Sommerdeichen, nicht bestehen können. Lord Arthur kehrte sich nicht daran. Es war sein Ehrgeiz, den Gjöll stromauf zu fahren.

Nachdem er nicht einen Charentoner, welch großer Seemann er auch in seinen Ruhmreden am nächtlichen Stammtisch war, dafür gewonnen hatte, versuchte er die Tumatis zu bewegen, ihn in ihren leichten Booten nach Norden zu bringen. Sie aber, den Launen der Charentoner sonst gern und zu deren Nachteil zu Willen, weigerten sich. Der Gjöll galt ihnen als Grenzfluß. Sie achteten Grenzen. Sie hatten nichts anderes im Sinn, als Lord Arthur auf einem der üblichen Wege im Halbkreis um Charenton zu führen.

Lord Arthur, statt von müßiger, von wissenschaftlicher Neugier getrieben, begnügte sich nicht mit einer Dreitagereise wie wir. Er plante eine Expedition, die Wochen, ja Monate dauern sollte, und ließ zwanzig der lamaähnlichen Lasttiere mit Ausrüstungen, Gerät und Proviant beladen.

Ich verfolgte diese gigantischen Zurüstungen zu nichts und abermals nichts. Denn Sir Houston verschloß sich in jenen Tagen der Welt, um sie hernach um so mehr zu beglükken. Vom göttlichen Willen zur Unvernunft besessen, träumte er von heillosen Eingriffen in das Gewese der Stadt, spendete Trost in Kübeln und oblag seiner Berufung. Das ließ mir Zeit, das Schauspiel von Lord Arthurs glücklicher Ausfahrt und Rückkehr zu genießen. In die Rolle des Beobachters gedrängt, betrachtete ich seine ruhmlose Irrfahrt mit Genugtuung.

Unweit von Charenton erhebt sich aus einer Erdlippe ein phallisches Gebilde. Wir nannten es den *Heiligen Berg*. Wenige unter uns hatten diesen Schau-ins-Land je erklommen. Der Aufstieg war mühvoll und die Aussicht wenig verlockend. Versteptes Land zog sich bis zum Fuß des Gebirges, dessen Kämme zumeist Dunst oder Wolken verhüllten. Flußnebel verwehrten selbst an sonnigen Tagen den Blick aufs St.-Goarer Ufer. Nur Charenton und seine Häuser waren deutlich zu sehen, ebenso die Hütten der Tumatis. Gewissermaßen die Vorstadt bildend, erstreckte sich ihre aus verstreuten Katen bestehende Siedlung bis zur Küste.

Mit einem guten Glas ausgerüstet, bestieg ich das Lingam. Ich war zeitig aufgebrochen, um Lord Arthur und seiner Karawane zuvorzukommen. Auf der Kuppe des kahlen Berges liegend, beobachtete ich ihren Aufbruch. Der Vormittag floh hin, und sie lagerten noch immer zwischen den Häusern. Die Sonne näherte sich dem Zenit, aber sie brachen nicht auf. Wie wünschte ich mir einen Rizinus, um, von seinen Zweigen geschützt, der kommenden Dinge zu harren. Doch es gab keinen Schatten, keine Zuflucht vor der ungewöhnlich glutenden Sonne. Meine Vernunft gebot mir, gegen Mittag meinen Beobachtungsposten zu verlassen; Neugier hielt mich zurück. Mein Kopf schmerzte, und die Hitze brannte auf den schwerer werdenden Lidern. Ich schlief ein.

Als ich erwachte, konnte ich die Karawane kaum mehr mit bloßem Auge erkennen. Sie bewegte sich auf das Gebirge zu. Im Fernglas sah ich Lord Arthurs Nacken. Wie gerne hätte ich seine Miene gesehen! Ich stellte mir vor, daß er mit dem Stolz der großen Entdecker das Land in Augenschein nahm, welches einst seinen Namen tragen würde. Er ließ halten und packte seine Geräte aus. Gelassen hantierte er mit Kompaß, Theodoliten und Sextanten. Stieg der Ärger in ihm auf, weil er keinen Gefährten besaß, den er mit diesen mechanischen Arbeiten betrauen konnte?

»Aha«, schlußfolgerte ich triumphierend: »Er kartiert das Hinterland Charentons.« Ich hätte ihm drei aufschlußreiche Karten schenken können: eine, die ich vom *Heiligen Berg* aus aufgenommen, eine zweite, welche ich nach Messungen während meiner dreitägigen Reise sowie Hypothesen über die Natur des Landes konstruiert hatte, und eine dritte, die ein weites Areal umfaßte und die von mir nach den Erzählungen der Tumatis angelegt worden war. In sie hatte ich alles, wovon sie berichteten, eingezeichnet: Fabelwesen, weglagernde Bestien, unterirdische Kammern, verwunschene Berge und ihren Lauf verändernde Flüsse.

Zwei Schüsse hallten herüber. Ich lächelte: Nun wurde das ewig wiederkehrende Scharmützel der Tumatis mit den Sandgeistern vor Lord Arthurs Augen ausgetragen. Er führte sein Fernglas ans Auge und suchte den Horizont ab. Ich verbarg mich zwischen den Steinen und spärlichen Halmen. Nach einer Weile zog die Karawane weiter, jedoch langsamer als zuvor, als fürchte sie einen Hinterhalt.

Die Sonne berührte die Berggipfel und vertrieb für Augenblicke den Dunst und die Wolken. Die Karawane hatte den Fuß des Gebirges erreicht. Lord Arthur ließ halten. Ballen wurden herabgenommen, Zelte aus ihren Hüllen befreit und aufgeschlagen. Ich hatte genug gesehen. Ich verließ meinen Posten, um noch vor Anbruch der Dunkelheit das Brückenhaus zu erreichen.

Am Vormittag des nächsten Tages bestieg ich das Lingam aufs neue. Die Zelte waren wieder verschnürt und den Tieren aufgepackt worden. Die Karawane brach auf. Dünner Nebel begleitete sie. Wie auf einer unscharfen Fotografie sah ich sie in meinem Fernglas. Nach einer Stunde hatten sie das Durchbruchtal des Gjölls erreicht: vor sich den Fluß, zur Rechten den steil ansteigenden und an dieser Stelle unpassierbaren Gebirgsstock. Arthur Wellesley kartierte. Dann änderten sie ihre Marschrichtung. Ihr Weg führte am Rand des Gebirges entlang. Arthur Wellesley kartierte. Nach drei Stunden wechselten sie wieder die Richtung und zogen in weitem Bogen an meinem Vorposten vorüber. Arthur Wellesley kartierte. Gegen Abend erreichten sie erneut die Durchbruchspforte des Gjölls. Arthur Wellesley kartierte. Sie schlugen ihr Lager auf. Ich hatte genug gesehen.

Ich bestieg das Lingam, solange ich in Behemoth lebte, nicht wieder. Doch ich war dabei, als Arthur Wellesley mit seiner Schar nach einer Woche wieder in Charenton einzog, staubig und reich an Erfahrung, als kehre er von einer langen Reise zurück.

Aus den Papieren, die Edward Wellesley von seinem Vater aus Charenton übersandt wurden:

Arthur Wellesleys Bericht
von seiner ersten Reise durch
Behemoth

Gegen Mittag brachen wir auf. Seit meiner Ankunft in Charenton waren vierzig Tage verflossen, ein zu geringer Zeitraum, um das Land, wie es meine Absicht gewesen war, drei Tagereisen im Umkreis zu erkunden, ein zu großer, als daß nicht Ungeduld und Enttäuschung unerträglich zu werden begannen. Wir verließen das Weichbild der Stadt und zogen, den Flugplatz zur Linken, nach Nordosten. Der Tag verdunkelte sich. Betörend einsam erstreckte sich vor uns die Ebene. Vielleicht war ich der erste Europäer, der sie betrat. Eine Scheibe karmesinroten Glases lag vor der Sonne. Oder lag sie vor meinen Augen? Der dunkle Purpur des Sandes wirbelte über den Weg, schwarzrote Felsen bedeckten den Horizont. Bordeauxfarbene Trugbilder wehten vorüber. Aus Blut waren die Säulen flirrender Luft längs der Straße. Mir war, als hätte ich schutzlos und töricht die Reise begonnen, als führe sie mich entlang von Backsteinmauern in mein Verderben. Ich ließ halten. Ich nahm die europäischen Talismane aus meinem Gepäck: den Theodoliten, den Kompaß und den Sextanten. Sie vertrieben die Geister. Der rote Vorhang zerriß, und der Sand wurde gelb, die Felsen grau und schwarz der vor uns liegende Weg. Die Talismane waren weniger mächtig, als ich geglaubt hatte: Fäden aus roten Algen trieben im Sand gegen uns, legten sich über das Okular. Purpurne Spinnenseile spannten sich über mein Gesicht, zogen als Längen- und Breitengrade über die Karte. Rotblondes Haar fiel an mir herab und bedeckte den Boden. Die Zahlen verwirrten mich. »Weiter!« befahl ich. Vom Berg, den sie den heiligen nennen, bohrten sich zwei Augen in meinen Rücken. Wenn ich mich umwendete, sah ich sie nicht. Ich fürchtete mich vor den Augen; und vor den unsichtbaren Purpurspinnen fürchtete ich mich. Ich wußte, wenn ich Furcht zeigte, war ich verloren; furchtlos zu scheinen war der Preis, den Charenton mir abverlangte. Ich hatte an keine Gefahr geglaubt, weil ich Gefahren nicht achtete. Konnte mir je etwas so gefährlich werden wie das überwunde Ich vergangener Jahre, das mich zur Verzweiflung getrieben und fast zerstört hatte? Doch die Gefahr war vor uns; ich sah sie. Ich spürte sie mit meinem durch die Purpurfäden stumpf gewordenen Gesicht. Das Wesen von Behemoth heißt Gefahr.

Reiter auf gedrungenen Pferden tauchten in unserer Nähe auf. Ein Tumati riß höhnisch seinen Karabiner an sich und schoß. Ein Reiter stürzte und rollte die Düne herab. Die anderen flohen. Ich schrie, ich bedrohte meine Begleiter. Wie sollten wir unseren Weg unbehelligt fortsetzen, wenn wir ihn mit Gewalt und Totschlag begannen? Die Tumatis blieben widersetzlich. Ohne sie konnte ich meine Erkundung nicht fortsetzen, doch mit ihnen verfehlte sie ihr Ziel.

»Es sind keine Menschen, es sind Xykos«, antworteten die Tumatis. Ich begriff, daß sie mit diesem Namen Geister bezeichneten. Wir gingen dorthin, wo der Reiter gestürzt war. Er lag auf dem Gesicht. Blutalgen flossen unter ihm in den Sand. Wir drehten ihn auf den Rücken: es war eine gesichtslose Puppe, ein Bündel von Kleidern, die unter unseren Händen zu roten Algen zerfaserten. Ich rief nach den europäischen Talismanen. Sie offenbarten mir nichts: keine Pferdespuren im Sand, keine Spur von Reitern, selbst nicht im Fernglas. Wir brachen gegen das Gebirge auf. Wir erreichten es am späten Nachmittag und wandten uns, einen Paß suchend, nach Westen. Wir fanden keinen. Wir gelangten bei Anbruch der Dunkelheit zum Gjölldurchbruch. Ich ließ halten. Wir schlugen die Zelte auf, teilten die Wachen ein und entzündeten Feuer.

»Gegen die Xykos«, bedeuteten mir meine Begleiter. Mich schmerzte die Röte der Flammen, die das barmherzige Schwarz des Dunkels vertrieben. Ich schloß die Augen. Ich überlistete das Rot. Am nächsten Morgen war es erloschen. Smaragden lagen die Sanddünen hinter uns, türkisfarben das Wasser des Gjölls. War es tunlicher, die Reise auf dem St. Goarer Ufer fortzusetzen, wie Teutsch es geraten hatte? Doch wie sollten wir hinübergelangen? Der Gjöll führte wenig Wasser. Ein fußbreiter Pfad zwischen Felsen und Uferböschung blieb trocken. Betraten wir ihn, so lieferten wir uns dem Gjöll aus, seiner ruhigen, doch arglistigen Flut, die jederzeit steigen konnte.

Ich schlug vor, die Lamas zurückzulassen und mit wenig Gepäck dem Lauf des Flusses zu folgen. Die Tumatis weigerten sich. Sie rieten, am Rand des Gebirges nach Osten zu ziehen. Wir würden einen Paß finden; es gäbe immer einen Paß übers Gebirge. Aber das Kun-San-Gebirge lebe. So lasse sich nicht sagen, an welcher Stelle der Paß sich heute befinde. Ich widersprach. Ich glaubte nicht an die Legende der wandernden Pässe. Mich lockte der Strom, die Sprache des Wassers, seine ruhige Rede. Sie stand in so auffälligem Gegensatz zur geschwätzigen Unrast meiner Begleiter.

Ich ging voran, aber sie folgten mir nicht. Sie schrien mir zu, daß ich umkehren solle. Im Tal lägen die Gräber der Toten. Tote seien eifersüchtig. Ich hörte nicht auf sie. Ihre Stimmen verloren sich hinter mir. Vor mir erhoben sich andere Stimmen: die Stimme des Gjölls, der über die Schnellen schoß, aber auch menschliche Stimmen. Ich suchte mit den Händen Halt an der Felswand, ich tastete mich voran. Das Wasser stürzte aus Felstoren, und mein Pfad wurde beängstigend schmal. Er verlor sich. Ich kletterte weiter, nicht mehr in der Nähe des Wassers, sondern hoch über ihm. Mir schwindelte, wenn ich hinabsah. Mein Blick glitt an der nackten Felswand ab; dort war kein Durchkommen. Aber ich fürchtete mich umzukehren. Emporklimmend versuchte ich, ein Plateau zu erreichen. Meine Fesseln schmerzten, meine Hände waren aufgeschürft. Die Sonne war wie ein Abgrund. Sie spendete kein Licht, sie verschlang es. Sie tötete die Nuancen des Grüns; sie färbte Felswand und Fluß, Himmel und Wolke mit der Farbe von sterbendem Gras. Sie sog die Helle ein und goß Verzweiflung aus. Sie rann über mein Gesicht, über die Brust und die geschundenen Hände. Ich ertastete eine Felskappe. Ich spürte breiten Grund unter den Füßen. Das Trogtal, das hoch über dem Gjöll in die Steilwand mündete, glich einem trockenen Flußbett. Ich stand gegen den Felsen gelehnt, geschützt vor der gierigen Sonne. Der Schatten war barmherzig, er spendete mehr Zuversicht als das die Helligkeit schlingende Gestirn. Doch meine Augen verdunkelten sich. Ich ließ mich hinabgleiten. Ich lag bewegungslos am Grund des Wadis, das letzte glutende Grünland vor Augen. Teilnahmslos kam das Dunkel. Teilnahmslos kam der Schlaf. Die Kühle, ein schweifendes Tier, umwitterte mich, leckte mir über Gesicht und Hände und ließ von mir ab. Aus dem Boden strömte Wärme zurück und hüllte mich ein. Meine Verzweiflung zählte nicht mehr, meine ehrgeizigen Träume verblaßten. Meine Flucht aus der Vergangenheit, meine Flucht aus mir selbst fand hier ein Ziel. Die Wärme schloß mich in das Dunkel des Mutterleibs ein, in das Dunkel der Geborgenheit, in das Dunkel des Schlafs. Sie lag als pulsendes Leben auf mir, und ich stieß mit den Füßen gegen die Bauchwandung des Dunkels. Ich schwebte, so leicht und so schwer wie das Wasser, in der Flut des Gewesenen, im Strom des Nichtmehrerinnerns, in der Bucht des Nichtmehrwollens, bis der Schlaf, dumpf und bildlos, mir jedes Bewußtsein nahm.

Mich weckten Stimmen. Sie drangen in meinen Traum.

»Die Toten sind rachsüchtig!« hörte ich und wie zur Erinnerung: »Die Toten wollen besiegt sein. Aber sie sind schwer zu besiegen.« Das Trogtal lag in natürlichen Farben vor mir. Das Grau der Felsen zeichnete sich gegen das dürftige Sommergrün des Talgrundes ab. Hügel erhoben sich aus der Senke und zogen sich als unregelmäßige Kette bis zum Horizont. Aus der Ferne glichen sie Maulwurfshügeln, nur bedeckte sie nicht das Schwarz frisch aufgeworfener Erde, sondern das Grün eines jahrzehnte-, vielleicht jahrhundertelang ungehindert wuchernden Grases. Es wuchs üppiger auf der Kuppe als am Fuße der Hügel, als sei dort die Erde besonders fruchtbar und fett. Ich erkannte: es waren Hügelgräber. Hier hätte zu graben gelohnt. Doch meiner einheimischen Helfer beraubt, konnte ich nur mit mir nehmen, was meine Augen an Bildern gierig rafften. Ich stand auf und ging auf die Maulwurfsberge zu.

»Die Toten besiegst du nur mit Hilfe der Toten«, hörte ich. Es war mir, als ginge ich nicht allein, als begleiteten mich Schritte, als raunten Stimmen, sanfte und drohende, deren eine der anderen zu schweigen gebot. Ich stand vor dem ersten Hügel. Eine Gestalt löste sich aus dem Schatten des Grabes. Mit einem zottigen Fell war sie bekleidet, aus einem riesigen Kopf starrten graue, handtellergroße Augen. Sie bedrohten mich durch ihren eisigen, nicht von mir ablassenden Blick. Es war mir, als könnte ich ihn nie mehr vergessen, als würden diese Augen mir fortan folgen und mich anstarren, sobald sich das Dunkel nahte; und ich, ungewohnt, mit der Furcht zu leben, würde die Lichter suchen, die ich sonst floh. Wie gelähmt blieb ich stehen. Wieder vernahm ich deutlich die Stimme: »Die Toten besiegst du nur mit Hilfe der Toten.«

Und da kamen sie schon, meine Toten, die Gefährten, die Freunde, die mich zu früh verlassen hatten. Sie kamen, um mir beizustehn. Sie drängten den Großäugigen in den Schatten zurück. Er gab den Weg frei. Ich tastete mich voran, als gäbe es das Licht nicht, als sei ich von den Blicken geblendet. Ich spürte Kiesel unter den Füßen. Ich bückte mich. Ich zog sie unter den Halmen hervor. Ich spürte ihre Glätte, und ihre Kälte spürte ich in der Hand. Ich wußte, daß ich im toten Bett eines Stromes ging. Das Wasser hatte ihre Schärfe gemildert und ihre Härte besiegt. Die Wasser sind versikkert, die Quellen versiegt, aber die geschundenen Kiesel leben noch, und sie sind die Zeugen. Ich ging weiter, ich zog meine Schuhe aus, um die Kiesel unter den Füßen zu spüren. Ich versicherte mich an ihnen durch meine schmerzenden Sohlen der Wirklichkeit. Ich versicherte mich der Gefahr meines Daseins. Denn ein Leben ohne Bedrängnis und ohne Gefahr bedeutete mir nichts.

Warum suchte ich hier nach Zeugen, die älter als die Grabhügel waren? Fand ich sie nicht in jedem verlassenen Strombett der Heimat? Was veranlaßte mich zu dieser abenteuerlichen Wanderung ohne meine Talismane, ohne die Möglichkeit, eine genaue Karte zu zeichnen und sie, den einzig glaubwürdigen Zeugen, bei meiner Rückkehr reden zu lassen? Was zählte mein Leben, in dem sich Mittelmäßigkeit und Zynismus zu einer fadenscheinigen Großartigkeit verbanden? Tröstete mich der Gedanke, daß ich diesen Weg allein gehen mußte: ohne Gefährten, ohne Hoffnung auf Rückkehr, ohne andere Bürgen als meine Füße? War es bereits der letzte Weg, den jeder allein gehen muß?

Ich nahm meinen Weg an; es war mir gleichgültig, wohin er mich führte. Noch hatte der Hunger, der Feind jeglichen Vertrauens, mich nicht in sein Gefängnis gesperrt. Ich nahm den Weg an, doch der Weg verweigerte sich mir. Denn plötzlich wurde die Bergwand zu meiner Rechten durchscheinend wie Glas; und parallel zu meinem Weg zog die Karawane der Tumatis am Fuß des Gebirges hin, und ich war bei ihnen und saß auf meinem Lasttier und ließ halten und stieg ab und kartierte und befahl weiterzuziehen. Mir war bewußt, daß mein anderes Selbst mich nicht wahrnahm und daß ich unbemerkt hineinschlüpfen konnte, ohne daß es dabei etwas verloren oder gewonnen hätte. Doch ich fragte nicht, wer ich sei, denn ich spürte unter meinen Füßen die Kiesel, Zeugen eines vielfältigen Daseins, das vielleicht auch das meine umschloß.

Ich ging langsam, weil mich die Steine unter den Fußsohlen schmerzten und weil ich die Stunde auskosten wollte, im Bett eines toten Stromes zu stehn, der vielleicht einer der Paradiesströme gewesen war. Ich gedachte der Worte: »Ein Strom ging von Eden aus, zu wässern den Garten, und in vier Hauptarme teilte er sich, der erste heißt Pison, und in ihm findet man Gold, und das Gold des Landes ist köstlich. Das andere Wasser heißt Gihon, es fließt um das Mohrenland; das dritte heißt Hidekel, und das vierte heißt Phrat.«

Ich kümmerte mich nicht um die Karawane und um mein anderes Selbst. Sie kamen nicht besser als ich voran, sie durchzogen in Schleifen den unter den Hufen purpurn wirbelnden Sand.

Der Abend kam und legte sein Dunkel über die lagernden Tiere. Er ließ die Felswand wieder fest und undurchsichtig werden. Mir blieb nur ein fahles Licht. Ich überlegte, ob ich weitergehen oder rasten sollte. Die Kiesel drückten unter meinen hartgewordenen Sohlen nicht mehr. Grabhügel gleißten unter dem Mondlicht. Sie lagen wie große, mir freundlich gesonnene Hunde am Weg. Ich ging die ganze Nacht, ohne zu ermüden. Gegen Morgen stieg der Talgrund an. Ich näherte mich dem einstigen Quellgebiet des Stromes. Ich überschritt den Sattel, unterhalb dessen er entsprungen war. Ich traf auf die Karawane. Ich wollte ihr zurufen: »Hier ist der Paß, nach dem wir gesucht haben. Er führt zum Steilufer des Gjölls, nicht ins Gebirge.«

Jedoch ich rief nicht, ich wollte sie nicht zu den Grabhügeln führen. Es waren meine Gräber. Kein Fremder hatte das Recht, in ihren Umkreis zu treten. Wir kehrten um. Wir erreichten Charenton, den Ausgangspunkt unserer Reise.

DIE SCHALKSSÄULE / *Das Quarzkristall / das Schulzimmer / der Winterhügel / Gespräch mit Arthur Wellesley*

Die Geißel der Schwermut fiel über die Stadt. Alle bedrückte das Dunkel. Einzig Sir Houston blieb erleuchtet und sah sich als einen Stern, der in der Finsternis Behemoths strahlte. Das Wort mißriet ihm zur Psalmodie des Seins.

»Welcher Sinn liegt darin, daß wir einen Großteil unseres Lebens unfruchtbar sind und uns weigern zu zeugen?« diktierte er mir. »Wir unterliegen den versprengten Scharen der Nacht, den Schattenherden, die den Tag heimsuchen und sich, weil sie in der Sonne keinen Bestand haben, in unseren Leibern verbergen. Sie wachsen und verlieren sich erst in der neuen Nacht des Alters, die in unserem Innern beginnt. Wir aber, unfähig sie zu vertreiben, suchen ihren Beistand und ihre Komplizenschaft, ohne zu erkennen, wie sie uns zerstören. Die alten Kontinente sind Kontinente der Blindheit. Daß wir sie verlassen haben, eröffnet uns die Möglichkeit, das Schattenheer zu besiegen. Vielleicht sind wir zu spät nach Behemoth gekommen, vielleicht werden, was wir säen, erst unsere Enkel ernten. Vielleicht bleibt uns nur unsere Tapferkeit. Denn wer tapfer wie wir ist, dem sind Jugend und Alter kein Feld.« Seine Augen leuchteten, als er dies sagte, als hätte er aus dem Jungbrunnen St. Goar getrunken. Doch ich glaubte ihm nicht. Denn mit dem Gipsgesicht Sir Houstons, das ich in meinem Zimmer verwahrte, geschah eine merkwürdige Veränderung. Hatten bisher seine Augen mit der Ziellosigkeit eines gealterten Menschen geschaut, so waren sie in den letzten Tagen stumpf und glanzlos geworden, als hätte Sir Houston sein Ziel und vielleicht auch sich selbst aufgegeben.

Arthur Wellesley hingegen ging mir seit seiner Rückkehr aus dem Weg. Ich war allein wie vor seiner Ankunft in Charenton, und die Schwermut geißelte mich.

Ich traf den Lord nicht im »King of Despair«, sondern vor der zehn Fuß hohen und acht Fuß starken Säule aus schwarzem Quarz, die manchem Neuankömmling ein Rätsel aufgab.

»Was mag das bedeuten?« fragte er mich.

»Es ist ein Denkmal des widersinnigsten Hochmuts«, antwortete ich. »Sie stehen vor einer Erziehungsmaschine, vor Jahrzehnten ins Land gebracht, sinnreich konstruiert, um einem Wilden alle Eigenschaften, die einem Untertan Ihrer königlichen Majestät wohl anstehen, anzuerziehen, als da sind: Tapferkeit, Kühle, Höflichkeit, Glaube an die Erklärbarkeit der Welt durch den Computer, engsinnige Klugheit und Unterwürfigkeit, ein Gran Selbstbewußtsein und die unbegrenzte Fähigkeit sich zu langweilen. Was aber geschah? Waren wir die einzigen Wilden, die in Behemoth lebten, oder versagte der enge Verstand eines versierten Untertans vor der Weite des Kontinents? Kurz, die Erziehungsmaschine erwies sich als ebenso erfolglos wie alle Europäer, die versuchten, die Segnungen ihrer Vernunft mit Gewalt über andere Völker zu bringen.«

»Was sie für Vernunft hielten, war nur der Inbegriff aller Vorurteile.«

»Vernunft nährt sich immer aus dem Füllhorn des Vorurteils«, entgegnete ich.

»Sie denken nicht hoch von unserer Vernunft«, sagte Lord Arthur.

»Ich denke so hoch von ihr, daß ich glaube, wir haben sie nur in wenigen Epochen besessen und die Geschichte unseres Geistes sei eher eine der Unvernunft«, entgegnete ich.

»Seien Sie vorsichtig!« riet Arthur Wellesley. »Behemoth zeigt eine fatale Neigung, sich Ihren Gedanken zu fügen: wie Sie die Welt hier deuten, so wird sie. Zudem sollten Sie die Unvernunft, die Schwester der Vernunft, nicht verachten: sie haben beide einen Vater: den menschlichen Geist.«

»Ich verachte sie nicht«, sagte ich. »Die Vernunft hat ihre großen Epochen gehabt. Diese, so scheint mir, ist bereits eine Zeit des Verfalls.«

»Wir haben teil am wütenden Kampf der Ordnung gegen den Wahnsinn. In St. Goar ist die Ordnung so groß, weil hinter seinen Mauern der Wahnsinn auf dem Scheiterhaufen verbrannt wird. An der gnadenlosen Sprache des Nicht-Wahnsinns läßt sich erkennen, ob einer aus St. Goar stammt. Es gab Zeiten, wo Charenton und St. Goar um den Ehrenpreis der Vernunft gewetteifert haben. Nun ist der Preis der Vernunft eine Gabe des Todes geworden. Unduldsamkeit und Unvernunft werden daraus geboren. Die Abneigung der Bewohner gegen jeden Ortswechsel ist krankhaft. Der Grenzgänger ist ein Ausgeschlossener wie ich, mißachtet und dennoch gefürchtet. Haben Sie schon je gesehen, daß einer von Charenton nach St. Goar oder von St. Goar nach Charenton geht?«

»Sie sind ein mächtiger Mann, Teutsch, das habe ich nicht gewußt.«

»Warum?« fragte ich.

»Ausgestoßene sind mächtig, sie tragen, was die anderen im Dunkel ihrer Leiber verbergen, auf ihren Schultern.«

»Ich verwalte die Ohnmacht Sir Houstons. Ich stehe auf der Brücke und schaue den Bildern zu. Kommen Sie mit mir, schauen auch Sie in den Spiegel, den der Gjöll uns entgegenhält.« Ich hob theatralisch die Hand und wollte die Finger spreizen, um meine Aufforderung zu bekräftigen. Sie klebten. Ich konnte sie nur mühsam voneinander lösen. Honig träufelte auf meine Lippen. Ich sog ihn ein. Ich ließ meine Zunge aus dem Mund schlüpfen, nach der kostbaren Süße zu suchen, die wie eine Erinnerung war. Ich führte die Hand an die Lippen und glitt mit der Zungenspitze behutsam an den Fingern auf und nieder, um auch die feinste Spur von Honig zu erkunden. Doch wie bedacht ich auch zu Wege ging, mich mehr der würzigen Süße versichernd als sie aufschleckend, so wurde mein Mund doch bitter wie von Galläpfeln. Ein Schatten fiel auf mein Heft. Ein Tintenbächlein rann über die Zeilen, seltsame Inseln bildend und die Buchstaben noch einmal hervorhebend, ehe sie verlöschten. Das Lineal des Lehrers schnellte auf meine Linke herab, während die Rechte noch immer der Zunge behilflich war, nach Honig zu suchen.

»Aufstehen, Teutsch!« befahl er. »Nimm dein Heft! Zeig es den Jungen!« Ich preßte mich gegen die Schulbank und blickte erstaunt auf. Nur meine Hand, von den Lippen zurückgewiesen, sank langsam herab. Das Lineal traf auch sie. Ich schrie auf.

»Schweig!« sagte der Lehrer. »Steh auf und zeige dein Heft!« Ich hielt es in beiden Händen und schritt langsam die Reihen ab. Gelächter und hämische Worte hallten um mich. Scheelsüchtige Blicke fielen aus sommersprossigen Gesichtern. Ich merkte, daß ich viel größer als die anderen Knaben war, ja, einen halben Kopf größer als der Lehrer.

»Geh zur Tafel!« herrschte er mich an.

Ich gehorchte.

»Schreib: Kingston!«

Ich schrieb.

»Lies, was du geschrieben hast!« schalt er wütend.

Ich buchstabierte: » B - e - h - e - m - o - t - h.«

»Was bedeutet das?« fragte er gehässig.

»Ich weiß es nicht!« antwortete ich.

»Schaut euch den Tölpel an!« wandte er sich an die Klasse. »Er ist so dumm wie groß. In die Ecke mit dir!« Unterwürfig stellte ich mich in die Ecke. Papierschnitzel flogen gegen meinen Hinterkopf. Die Stimme des Lehrers drang nicht mehr durch das von allen Seiten dröhnende Gelächter. Noch immer hielt ich mein Heft in der Linken. Die Tinte begann wieder zu fließen, sie rann die Seite herab, sie tropfte auf den Boden. Sie sprühte gegen die Wand. Sie ätzte die Tapete ab, und ein durchsichtiges Glas kam zum Vorschein.

Ich konnte in ein vornehmes Zimmer schauen. An einem Sekretär saß ein Junge, bekleidet mit Stulpenstiefeln, Reithosen und Frack wie ein Erwachsener nach einer zurückliegenden Mode. Davor stand ein jüngerer Mann, offensichtlich der Hauslehrer, und hob seine Hand. »Kingston heißt die Hauptstadt von Jamaika, Mylord! Begreifen Sie: Kingston!« er gestikulierte heftig. »Schreiben Sie: Kingston!« Er verfolgte die Bewegungen der Schreibhand: »Was haben Sie da geschrieben!« sagte er unwillig. »Behemoth! Was für ein scheußlicher Name! Ich werde mich über Sie bei Lord Edward beschweren!« Der Junge wandte sich um, und unsere Blicke begegneten sich. Ich preßte das Gesicht an die Scheibe in der Hoffnung, ihm näher zu kommen, und er kam, von der gleichen Sehnsucht getrieben, gelaufen. Fast berührten unsere nur durch ein dünnes Glas getrennten Wimpern einander. Wieder spürte ich den bitteren Geschmack im Mund. Tinte lief über mein Gesicht, Tinte floß über die Mundwinkel Lord Arthurs, der neben mir am Lernautomaten stand. Wir prusteten angewidert. Wir wollten zurücktreten. Aber die Straße vor uns verwandelte sich in einen Schneehügel.

Ich saß, zum Kind geworden, hinter dem kleinen Lord Arthur auf einem Schlitten und rodelte, mit den Hachsen lenkend, den Bühel hinab. Wir jauchzten. Wir wälzten uns im Schnee. Wir rannten den Berg hinauf. Wir stritten uns um den Schlitten. Arthur riß ihn an sich. Er warf sich bäuchlings über die Käsehitsche. Ich erwischte ihn am Bein; er prustete, kam frei und fuhr jubelnd hinab. Eine Bodenwelle ließ den Schlitten springen. Er kam ins Trudeln und warf den kleinen Arthur in einer Senke ab, in der sich die warme aus dem nahen Kuhstall fließende Jauche gesammelt hatte. Er flennte. Ich hielt mir die Nase zu.

»Du stinkst, Mylord!« sagte ich als Klein-Friedrich.

»Stinkst selber!« erwiderte er heulend.

»Stinktier, Stinktier!« schrie ich. »Er stinkt, er stinkt!«

Ich wies mit dem Finger auf ihn. Er rannte plärrend auf mich zu und warf mich um. Wir wälzten uns im Schnee, standen auf und hielten uns die Nasen zu, beide mit Jauche besudelt.

»Möchten Sie wieder Kind sein?« fragte Lord Arthur, der die Hand an die Quarzsäule gelegt hatte.

»Vielleicht«, antwortete ich in gebührendem Abstand. Wir schnupperten beide. Ein leichter Geruch nach Kuhstall hing in der Luft.

»Ich bin neugierig, was noch geschehen wird«, sagte Arthur Wellesley.

»Kingstown, Havanna, Saint George's, Guatemala, Port-au-Prince, Kingston, Nassau, Bridgetown, San José, Santo Domingo, San Juan, Georgetown.« Er rasselte die Namen immer schneller herunter. Ich zog seine Hand von der Quarzsäule fort.

»Danke!« sagte er. Dennoch trieb ihn die Neugier, den Automaten erneut zu berühren. Er wartete. Nichts geschah. Er zog die Hand zurück. Gelächter wie aus einem Lachsack ertönte. Er streckte die Hand wieder aus. Das Gelächter verstummte. Er trat drei Schritte zurück. Die Quarzsäule regte sich nicht. Was Lord Arthur auch tat, er konnte dem Automaten keine Reaktion mehr entlocken.

»Geben Sie auf!« sagte ich schließlich. »Der Kontinent anverwandelt sich die Dinge. Er verachtet den Merkantilismus und die europäischen Wissensverwalter, die, ihr Denken für das einzig mögliche haltend, diese Säule erfunden haben. Mit zuviel Verstand ausgerüstet, ist sie debil geworden. Sie fördert den Unverstand, am liebsten bei Kindern; und weil es in Charenton keine Kinder gibt, macht sie alle zu Kindern, die sich ihr nähern.«

GESPRÄCH AUF DER BRÜCKE / *Über den Wahnsinn / die Wasser des Gjölls / Erinnerung an Innsbruck / das Dorf der Kindheit / Morgen nach einer Sturmnacht / im Brückenhaus / Ybinamono / auf der »Loredan«*

»Ich will Ihnen von etwas Seltsamem berichten, das mir auf meiner Fahrt widerfahren ist«, sagte Lord Arthur zu mir, während wir zum Brückenhaus gingen. »Ich trennte mich von meinen Reisegefährten. Ich ging allein am Ufer entlang. Ich fand ein Tal mit sanften Hügeln und lieblichem Grün. Das Gras hatte die schönste Farbe, die ich je in Behemoth gesehen habe. Aber davon will ich nicht erzählen. Ich wollte Ihnen sagen, daß die Berge plötzlich durchsichtig wurden. Ich sah die Karawane an der Felskette entlangziehn und sah mich selbst in ihrer Mitte. Glauben Sie mir, es ist furchtbar, sich als ein zweites Selbst sehen zu müssen, ohne das Bewußtsein seiner selbst zu haben und nichts aus ihm und nichts für es empfinden zu können. Der dort ging, war nicht von meinem Blute, jedoch meiner Gestalt, und wenn Gesicht und Bewegungen das Wesen eines Menschen bestimmen, so war ich es. Ich werde von diesem Anblick nicht frei. Das Bild entläßt mich nicht, es verfolgt mich. Es ist der Atem des Wahnsinns, einem lebendigen Körper eingeblasen, um ihm die Vernunft zu rauben.«

»Fürchten Sie nun den Wahnsinn?« fragte ich.

»Ich fürchte ihn nicht«, antwortete er. »Ich entstamme einem alten Geschlecht, in das zeitig der Wahnsinn kam. Unsere Erfahrung des Wahns war die eines für immer zertrümmerten Sinns. An ihr haben wir festgehalten. Unser Adel half uns, sie zu ertragen. Wie das nächtliche Dunkel mit der verhangenen Helle des Tages wechselten in unserem Geschlecht zwei Gezeiten: wir setzten unser Vertrauen in die Welt, wir glaubten sie zu beherrschen. Und doch fiel ein Schatten über uns. Er entstammte nicht dem wiederkehrenden Dunkel, es war immer um uns, auch als unsere Sonne im Zenit stand. Dem folgten die Gezeiten der Angst vor der Welt, die Scheu vor den großen Umwälzungen, die unseren Besitzstand bedrohten, die Furcht vor dem Denken, das die Dinge verletzt, die Furcht vor dem Unergründbaren, vor der Heimarmene, die in den Ziegeln unserer Schlösser zu Hause war, vor der Ananke, die in den Parken schlief. Ein Zeugnis für meine Furcht ist Charenton. Trägt es nicht seinen Namen, weil man die Geistesgestörten aller Kontinente hierhergebracht hat, um diesen verrufenen Erdteil zu bevölkern? Je länger ich in Charenton lebe, desto öfter frage ich mich: Offenbart der Wahnsinn das Nichts oder das Wesen der Dinge, das der Verstand nur verdeckt?«

»Der Wahnsinn folgt der Vernunft wie der Schatten dem Menschen«, antwortete ich. »Wo keine Vernunft ist, da ist auch kein Wahn. Der Wahnsinn beginnt mit der Welt; und jedes Gesicht, das der Wahn im Laufe der Zeiten annimmt, ist eine Form der Wahrheit und zugleich deren Verderbnis. Denn wo Geschichte ist, da ist auch Wahnsinn. Wir können den Wahn tilgen, aber mit ihm vernichten wir zwei Dinge: die Leidenschaft und die Sprache. Mit der Sprache wird auch der Wahnsinn wach. Geschichte – Sprache – Wahnsinn: es ist ein unheiliges Triumvirat, das uns alles schenkt und alles verweigert.«

Wir waren auf der Brücke angelangt und schauten hinab auf das Wasser. Mich fröstelte. Ich fürchtete mich vor Arthur Wellesley; und dennoch faszinierte mich, was er behauptete, als habe er den wahren Schlüssel nicht nur zu Sir Houston, sondern auch zu St. Goar, ja zu Behemoth gefunden.

»Die Epochen des Vertrauens in die Welt«, fuhr er fort, »bedurften keiner Erlösung. – Ich lasse außer acht, ob wir Nachfahren uns einen falschen Begriff vom Ausmaß dieses Vertrauens machen. – Wer aber kein Vertrauen besitzt, der ruft nach Erlösung. Wir haben Erlösung gesucht durch den Glauben, durch das Handeln und durch die Erkenntnis. Das sind die Perioden unserer europäischen Geistesgeschichte – und neben diesen Epochen läuft, unbeteiligt, als sei es nicht durch eine Nabelschnur mit ihnen verbunden, das Leben, von keiner Erlösung geheilt und von keinem Vertrauen beseligt.«

Wir schauten hinaus auf den Gjöll. Die Abendsonne blendete uns. Sie malte grellweiße Flecken auf die Wellen und ließ sie tanzen, als zögen sie mit dem strömenden Wasser hinab.

»Sehen Sie!« sagte ich. »Der Baum der Erkenntnis ist entwurzelt worden. Er schwankt jetzt als Mast über den Booten, die an den Küsten segeln, St. Goar entgegen.«

»Mein Wahn ist ein Spiegel. Aber heute ist er beschlagen. Ich kann darin nichts erkennen. Im Wahnsinn erlischt die Willensfreiheit des Menschen, aber auch sein Getriebensein durch den Willen. Der Wahn zertrümmert die Konvention. Wir stürzen durch ihn in unsere Freiheit wie in einen Abgrund.«

»Kommen Sie zu sich!« mahnte ich ihn. »Sie müssen von Ihrem Hochmut genesen, ehe er den Ring von Überlieferung und Erfahrung sprengt, der unser Leben beengt und bewahrt.«

»Auf Genesung zu hoffen ist nicht die Art meines Wahnsinns«, antwortete er. »Aber du, fürchtest du nicht, weise zu sein? Man wird mehr von dir fordern, wenn der Tag des Gerichts kommt.«

»Wir leben nicht im Herzen des Wahnsinns«, beschwor ich ihn. »Einzig deshalb können Sie so reden.«

»Du mißverstehst mich. Ich hasse die Erkenntnis nicht, die das Zeitalter des Glaubens besiegt hat. Ich suche nach einem Glauben als Bruder der Erkenntnis, nach einem Mythos, in dem die Vernunft spricht. Ich bin nach Behemoth gekommen, um diese drei Epochen miteinander zu versöhnen: die des Glaubens, die der Erkenntnis und die des Handelns. Die drei Sätze: am Anfang war das Wort, am Anfang war der Geist, am Anfang war die Kraft, sind gleich wahr für mich. Sie bilden die Trinität des Ursprungs. Wir müssen sie erneut mit Leben erfüllen.«

»Auch Sie wissen, daß es keine Hochfläche des Heils für die Menschen gibt; und gäbe es sie, so wäre sie von Abgründen umschlossen.«

»Ich glaube«, erwiderte er, »daß wir die Ordnung der Dinge mit unseren von der Konvention geblendeten Augen sehen. Wir betrachten sie mit dem Geist der Anmaßung, und wo sie sich unseren Maßen nicht fügen will, da ziehen wir aus, um sie zu zerstören. Ich bin nicht frei vom Geist der Anmaßung – wer könnte es sein? –, und ich bin, vom Geist der Hoffart getrieben, gekommen, um zu lernen, wenn es sein muß, auch Demut. Wollen Sie mit mir sein, wollen Sie mit mir suchen und lernen? Der Traum, allein in das Vierstromland des Gartens Eden zu gelangen, ist unglücklich. Er ist aus Eigennutz entstanden. Wir brauchen in gleichem Maße die Zuversicht eines Glaubens, das Geleit der Vernunft und den Schutz einer Freundschaft. Kommen Sie, Teutsch, seien Sie mein Gefährte!«

Dämmerung hatte sich auf St.Goar gesenkt. Wir schauten stromauf. Zu unserer Linken lag das Brückenhaus wie ein Lettner, geschaffen, um den Laien von Charenton und St. Goar zu predigen. Aber das Zeitalter der Säkularisation war nicht an ihm vorübergegangen. Niemand las mehr von der Höhe des Hauses herab, und keiner kam, um zu hören. Unter uns lag der Gjöll wie eine feindliche Macht.

»Ich bin nicht frei«, antwortete ich. »Das Recht Sir Houstons über mich ist nirgends verbrieft. Doch ich habe die Kraft nicht, es zu brechen.«

»Ist es nicht arg«, sagte der Lord, »daß immer die Kranken die Kanzler der Erde und mächtig im Schatten der Macht sind? Der Kranke wird umhergetrieben. Er will alles sein, weil er alles verliert. Der Gesunde ist seinen Niederlagen gewachsen; der Kranke versucht, ihnen zuvorzukommen.«

Ich wartete, bis sein stechender Blick stumpf und das Wasser des Gjölls im Spiegel seiner Pupillen wieder sichtbar wurde.

»Wissen Sie nicht, daß mein Urteil – auch über den alten Sir Houston – brüchiger wird, je länger ich in Behemoth lebe? Sollte ich ihn hassen, so nur, um mich zu verteidigen und meinen Blick auf Houston Lawrence vor dem Sud aus Verachtung und Bewunderung zu schützen, der aus dem Brückenhaus quillt und den Gjöll speist.«

»Liefern Sie sich der Hure Wirklichkeit nicht aus. Jedem ist sie zu Willen, jeden zerbricht sie. Liefern Sie sich Sir Houston nicht aus, der nach der Maxime der Großen lebt: du sollst deine Biographen hassen.«

»Ich bin nicht sein Biograph!« wehrte ich ab.

»Sie werden es sein«, korrigierte er. »Sie werden zum Biographen dieses Kontinents werden; und was wäre ein Porträt dieses Erdteils ohne das Sir Houstons?«

Wir verstummten. Wir schauten, ein jeder an seine Gedanken verloren, auf die Wellen. Ich wußte nicht, was Arthur Wellesley erblickte.

Mir aber war es, als öffne sich der Blick auf mein Zimmer in Innsbruck. Ein alter Mann saß am Balkonfenster und starrte hinaus. Das braune Jackett mit dem Fischgrätenmuster geöffnet, die groben Hände über die Knie gelegt, das Haar noch so dicht wie in seiner Jugend, saß er, als habe er diesen Platz seit Jahren nicht verlassen.

»Vater!« rief ich. »Es ist Zeit zum Essen!« Er hörte mich nicht. Er war müde. Die enge Traurigkeit unseres Tals vermengte sich in seinem Gesicht mit der traurigen Stumpfheit des Alters. Er hielt die teilnahmslosen Augen auf eine Stelle am Himmel geheftet, als läge dort eine Grube von Elend und Aussichtslosigkeit. Ich wußte, so blickt kein Entwurzelter, der, von seinem Tal, aus seiner gewohnten Umgebung fortgerissen, langsam verkümmert; und keiner, der seiner um vieles jüngeren, früh verstorbenen Frau nachtrauert und der es leid ist, bei seinem jüngsten Sohn, der ihm seit jeher ein Fremder war, leben zu müssen. So schaut nur einer, den das Alter unvermutet wie ein Wegelagerer überfallen hat und der es nun als eine ungeliebte und beschwerliche Bürde mit sich umherschleppen muß. Mein Vater glaubte, daß es etwas Fremdes und nicht sein Leben war, was er da trug. Er glaubte, es eines Tages wieder abwerfen zu können wie eine Last auf seinen früheren Wanderungen über die Pässe. Er nahm sein Alter nicht an. Er behandelte es wie etwas Totes, jedoch mit strenger Feindseligkeit. Er haßte es, an seine Bürde erinnert zu werden. Er wurde zornig, wenn einer vom Altwerden sprach. Aber sein Zorn verkümmerte, und Niedergeschlagenheit bemächtigte sich seiner. Er trauerte seiner Jugend nach, seinem Mannesalter, das ihm, was ihm zu wünschen bestimmt war, gewährt hatte. Aber dicht vor dem Erlöschen rebellierte er gegen sein Schicksal, erwachten Wünsche, die er zuvor nicht gekannt hatte und die ohnmächtig blieben, weil er nicht einmal wußte, wie er sie mit der rechten Sehnsucht begehren, geschweige denn erfüllen sollte. Sein Geist war zu stumpf, um Kronzeuge des Versäumten zu werden, aber noch stark genug, um alle gute Erinnerung zu ertöten und so zu verbittern. Es war keine Trauer um Verlorenes, die ihn ergriffen hatte, ja nicht einmal um Niegewesenes; es war eine freudlose, gottungefällige Trauer, die auch mich beklommen machte. Seine Einsamkeit fand kein Spiegelbild an der meinen. Mich überkam ein Gefühl von Schuld; und ich verlor mich an die nutzlose Arbeit, sie von mir zu weisen.

»Ich bin sein Sohn«, dachte ich, »und bin, was ich bin, auch durch ihn. Samt der Unwilligkeit ist auch die Unfähigkeit, ihm zu helfen, mein Erbteil.«

Ich spürte, daß ich daranging, freien Raum um mein Unglück zu schaffen wie er um seine Trostlosigkeit. In einer bösen Stunde flutete mein Unglück über ihn; in einer nicht minder unglücklichen nahm mich seine Trostlosigkeit gefangen. Agnes, an den wenigen Nachmittagen, wenn sie zu mir kam – es war zugleich der Beginn und das Ende unserer Bindung –, fürchtete sich vor dem Alten, der wie leblos am Fenster saß und kaum ein Wort und keinen Blick für sie hatte, als berühre ihn ihre Schönheit und die lebendige Anmut der Jugend nicht. Ich rief ihn zum Kaffee. Er regte sich nicht. Sein Gesicht zitterte auf dem im Regen verschwimmenden Fensterglas. Oder waren es nur die Wellen des Gjölls?

Ich sah den Flughafen, sah seine lehmige Gelassenheit, sah das Flugzeug, mit dem ich gekommen war, sah mich selbst, der ihm entstieg, und hinter mir in den Wolken meinen Vater reglos am Fenster des Himmels, so groß und so undeutlich zugleich, daß ich nicht wagte, ihn anzureden und ihm zu sagen: »Vater, was willst du hier? Du bist tot. Du kannst nicht in Behemoth sein, das ich aufgesucht habe als einen Ort, den du nicht gekannt hast und den keine Erinnerung mit dir verbindet.«

Ich sah auf den Gjöll. Ich sah mein Heimattal, die steinerne Bogenbrücke, deren Halbkreise spitz aufeinandertrafen. Um den geneigten Felsen, der aussah, als ob er stürzen wollte, schäumte der Fluß. Eine Scheune schmiegte sich, bedrängt vom Unterholz, an den Bergrand. Die Bilder ermüdeten mich und hielten mich dennoch gefangen. Ich sah ein altes, übermannsgroßes, hölzernes Mühlrad, wie ich es von der Kröbermühle am Dorfausgang kannte. Das Wasser hatte die Schaufelbretter schwarz und mürb gemacht. Das Rad drehte sich gleichmütig in den rostigen Lagern. Ihr Knirschen übertönte das einförmige Tosen des Wassers. Wenn ich angespannt auf das oberschlächtige Wasserrad schaute, drehte es sich langsamer; ich nahm alle Kraft zusammen und brachte es zum Stehen.

Das Wasser in den Schaufelzellen war so klar, daß ich, wäre es das Wasser eines Bergsees gewesen, bis zum Grunde hätte schauen können. Dennoch sah ich die Schaufeln und den Holzkranz des Rades nicht. Es war eine Klarheit, die den

Grund nicht preisgab, eine Klarheit wie die einer schmerzlichen Täuschung. Und ich sah in den oberen Zellen, nah dem Gerinne, das gleiche wiederkehrende Bild. Es wurde nicht von der Oberfläche gespiegelt, es schwebte im Wasser. Ich sah eine Frau am hölzernen Trog der Pumpe vor unserem Haus. Sie blickte nicht auf den Ferner in der Tiefe des Tals. Sie schaute nicht auf die kargen, steinigen Felder am Hang, aber auch auf mich, den sie auf dem Arm trug, schaute sie nicht. Meine Geschwister kamen lärmend aus dem Haus gelaufen. Sie tollten hart an uns vorüber, als bemerkten sie uns nicht; und plötzlich begann der Schwengel der hölzernen Pumpe zu schwingen. Er hob und senkte sich knarrend. Bei jedem Ächzen im Steigrohr schrak Mutter zusammen. Sie starrte auf das Gußeisenmaul, aus dem kein Wasser strömte. Das Lärmen der Geschwister schallte herüber. Sie achtete nicht darauf, sie wartete auf das Stöhnen der Pumpe und zuckte zusammen, wenn das Holz zu jammern begann. Endlich strömte das Wasser. Es füllte den Trog, es quoll über, es überspülte den Weg, umfloß Mutters Füße, erreichte die Knöchel, stieg bis an ihr Knie. Es sprang über die Schaufeln, es drehte das Mühlrad, es fiel mit klagendem Laut hinab auf den Gjöll. Ich verlor das Gesicht meiner Mutter. Ich schaute suchend aufs Wasser. Ich brachte das Rad durch meine Blicke zum Stehen.

Vater spannte das Pferd an. Er rief etwas zu Mutter hinüber. Ich stand, ein Zweijähriger, neben dem Karren. Das Pferd ruckte an. Die Räder polterten über das Pflaster.

»Brr!« sagte Vater. Die Räder rasselten weiter.

»Brr! Brr!« schrie er zornig. Die Räder zeterten und drehten sich schneller. Ich sah sie nicht mehr. Ich sah nur das Mühlrad, und das Oberwasser glitt aus dem Gerinne auf die Schaufeln hinunter. Mit blechernem Laut, als rasselten Räder über das Pflaster, fiel es hinab. Ich fand mich wieder als Bub neben den Geißen. Ich stritt mit meinen Geschwistern. Ich ging in meinem winzigen Sonntagsstaat an meiner

Mutter Hand zur Kirche. Ich war mit meinem schäbigen Ränzlein auf dem Weg zur Schule. Das Mühlrad drehte sich. Meine Jahre sprangen über die Schaufeln und fielen hinab auf den Gjöll.

Ich spielte im Garten. Eine Spinne saß in ihrem zwischen Johannisbeersträuchern gespannten Netz. Wir hatten eine Hummel gefangen. Wir warfen sie aus dem Fangbeutel hinab ins Netz. Es senkte sich jäh. Die Fäden gaben nach, einige Maschen trieselten auf.

»Gleich wird es reißen!« dachte ich, aber es riß nicht. Die Hummel schlug mit den Flügeln, ein riesiges Tier neben der winzigen Spinne. Mit den Beinen stoßend, weitete der Eindringling die Maschen. Das Netz beulte sich, aber es hielt. Fangarme aus Spinnfäden, klebrige Fesseln, legten sich über ihn. Er begann zu ermatten. Die Spinne kroch näher, hielt inne, als sich ihr Opfer erneut regte, kroch weiter, begierig, den hilflosen Riesen zu töten. Die Hummel, gewohnt, im Fluge jedes Spinnennetz zu zerreißen, sah mit geweiteten Augen auf ihren Peiniger. Samten und plump hing sie zwischen den Seilen. Noch lauerte die Spinne. Sie lief zwei Maschen weit auf ihren Feind zu. Die Hummel bäumte sich auf; die Fäden dehnten sich und zitterten. »Jetzt wird sie das Netz zerreißen«, dachten wir triumphierend. Doch kein Wind stand ihr bei, und die Hummel erschlaffte viel früher, als wir vermuteten. Die Tentakel tödlicher Fäden schlossen sich über ihr. Wir waren traurig, daß das Große nicht zu siegen vermochte. Wir mißgönnten der Spinne die Beute, die sie nur durch unsere Hilfe erlangt hatte. Wir zerrissen das Netz. Die Hummel fiel, schwach mit den Flügeln schlagend, zu Boden. Sie lag wie betäubt. Bald aber kroch sie, vom Duft einer Blüte gelockt, über die Erde. Mit unbeholfenen Schlägen erhob sie sich schwerflüglig und fiel wie einer, der das Fliegen erlernt, erneut zu Boden. Endlich gelang ihr der Flug.

Wir hatten Partei genommen, wir hatten uns gegen das

Heimtückische, das Listig-Schwache gewendet. Wir hatten es auf die Probe gestellt und ließen die Probe nicht gelten. Das Wasser drehte das Rad.

Ich sah mich das Dorf verlassen. Ich sah meine Glücke und meine Enttäuschungen. Ich sah mich auf dem Flug nach Behemoth. Ich sah mich im Brückenhaus. Meine Jahre sprangen wie Oberwasser über das Mühlrad. Ich wandte mich ab. Ich wollte, was nun geschah, nicht mehr sehen. Ein alter Spruch fiel mir ein:

> Bang nicht vor dem, was dein Geschick verschweigt,
> erschrick nur, wenn es dir die Zukunft zeigt.

Mein Blick fiel auf Lord Arthur. Betroffen und wie in eine ferne Erinnerung versunken, schaute er auf das Wasser. Ich hätte ihm den Vers zurufen wollen:

> Die sterben, welche in die Zukunft schaun,

aber ich konnte es nicht. Ich hatte kein Recht, ihn von seinem Leben und Reichtum zu trennen, auch wenn es ein Vorrat an Unglück war. Vielleicht sah er mehr, als ich gesehen hatte, vielleicht drehte sich sein Mühlrad zurück und zeigte ihm, was vor ihm gewesen war. Vielleicht verhielt es in der Gegenwart, unberührt von meiner Weigerung, in die Zukunft zu schaun.

Der Abend war tief geworden. Der Abglanz eines eitlen entmündigten Lichts fiel auf sein verstörtes Gesicht. Ich sollte niemals erfahren, was er gesehen hatte.

Das große Segel der Nacht zog flußabwärts, vom günstigen Wind verrinnender Stunden getrieben. Es war Zeit uns zu trennen:

»Es ist nicht gut, zu dieser Stunde, wo die Geister schweifen, auf einer Brücke zu stehen; und wenn du sie nachts passieren mußt, so betritt sie nie ohne Furcht. Der Totengott mit seinen Fledermausflügeln ist mächtig über den Wassern. Unwiederbringlich rafft er alle dahin, die ihn verhöhnen.«

»Wir müssen aufbrechen«, mahnte ich. Arthur Wellesley

aber konnte sich nicht lösen. Er suchte die letzten Spuren der Helle im niederströmenden Wasser. Doch seine Augen fanden kein Bild mehr.

Seufzend wandte er sich ab.

»Sie müssen über die Brücke gehn«, drang ich in ihn. »Sie müssen Sir Houston aufsuchen! Uns bleibt keine Wahl.«

Er antwortete nicht und ging ohne Gruß.

In dieser Nacht kam Sturm auf und zerrte an allen Laden, stieß sie wild gegen die Mauern, warf Dachschiefer klirrend auf die Brücke hinab, befahl dem Strom, über die Ufer zu springen und sich zurückzuziehen in eiliger Flucht, seine Beute umklammernd und sie fortreißend. Wohin? Dorthin, wo Leben keine Geltung besitzt und auch keine verlangt, wo das unwirkliche Meer die Küsten Behemoths schützt und bedrängt, entthronend die Kartenkönigin Zeit, den Strand leer zurücklassend, so leer wie eines Mannes Leben, der keine Pflicht in der Welt hat, so leer wie das Herz eines Toten.

Nach dieser Sturmnacht lag mein Leben ausgebreitet vor mir. Abgerissene Äste, teils verdorrt, teils reich und grün, bedeckten den Boden. Als ein Triumvirat von Gescheiterten sah ich uns drei: Houston Lawrence, Arthur Wellesley und mich, Friedrich Teutsch, den geringsten unter ihnen.

»Aber«, so dachte ich in einem Anflug unsinnigen Stolzes, »sie könnten in Behemoth ohne mich keinen Augenblick bestehen.« So eng sah ich unsere Schicksale miteinander verwoben und unter die gleichen Gestirne gestellt, die am Morgen leuchteten und am Mittag erblindeten. Ich dachte über Sir Houston nach und über sein nutzloses Alter, durch das er mir meine wertlose Jugend nahm. Sollte ich Lord Arthur in das Innere Behemoths folgen; sollte ich Sir Houston mahnen, mich aus Behemoth zu entlassen? Schon hatte ich, ein glückloser Archäologe, alle Horizonte des Dunkels, das Charenton und St. Goar bedeckte, durchgraben. Es galt nicht, das nutzlose Werk erneut zu beginnen.

Ich suchte Lord Arthur. Aber ich konnte ihn, obwohl ich im »King of Despair« vorsprach und alle Straßen durcheilte, nicht finden. Enttäuscht ging ich gegen Abend zurück. Ich traf ihn im Brückenhaus. Er stand im langen, eichengetäfelten Flur und horchte: »Was ist das?« fragte er mich.

»Es knistert im Gebälk, sagt das deutsche Idiom. St. Goar benennt es anders, hier heißt es das Werk der Termiten.«

»Welchen Namen haben Sie dafür?«

»Namen sind Gäste der Wirklichkeit«, sagte ich. »Namen eilen den Dingen voraus. Namen bewahren die Toten. Namen tun das große Werk der Erinnerung, das einzige Werk von Bedeutung. Lassen wir die Namen beiseite. Wie das Haus Voltaires, seines geheimen Vorbilds, ist das Kastell Sir Houstons über zwei Ländern erbaut: die Grenze verläuft in der Mitte des Gjölls. Doch keines der Länder ist gewillt, dieses Gebäude zu tragen. Untergraben vom Wasser, senken die Pfeiler sich. Die Türen lassen sich nur schwer schließen. Alle zehn Tage kommt ein Schreiner und hobelt sie ab. Bald wird das Brückenhaus in den Strom brechen. Es wird Zeit, daß wir es verlassen.«

»Weiß Sir Houston davon, und sucht er die Gefahr?«

»Er hat die Macht gesucht; und manche wurden neidisch, weil sie ihn im Besitz von Charenton und St. Goar wähnten. Aber das Brückenhaus ist zum Zeugen seiner Ohnmacht geworden.«

»Warum bestehen Sie dann darauf, daß ich ihn aufsuche?«

»Haben Sie nie erfahren, daß das Sterbende eine Gewalt ausübt, die dem Lebenden versagt ist?«

Er klopfte gegen die schwarze Täfelung: »Wie dunkel ist dieses Haus, als hätte es Sir Houston darauf angelegt, die Freude aus seiner Umgebung zu treiben, um desto überschwenglicher von ihr zu reden. Doch mich täuscht er nicht. Die Finsternis dieses Hauses bedrückt mich ebensowenig wie die Dunkelheit seines Spätwerks: beide sind geheimnislos, ein Schacht, der blind endet, ein in den Felsen getriebener, ausgangsloser Stollen.«

»Sie irren sich«, sagte ich. »Sir Houstons Haus und sein Spätwerk sind von Geheimnissen überladen. Die Freude an Chiffren ist die einzige Freude, die ihm geblieben ist. Das *Labyrinth der Welt* ist bei ihm zu einem Labyrinth von Worten geworden.« Ich klopfte gegen die Eichentäfelung und zog ein Geheimfach auf. Es war leer. Ich öffnete das nächste und entnahm ihm ein Pergament. Ich las:

> Besser als Holz sind Blüten und Früchte.
> Zerschneide den Stamm und erkenne die Maserung.

Nun begann Lord Arthur zu suchen. Er las:

> Wie alle Dinge rasten an ihrer Stätte,
> wie der Stein auf der Erde,
> wie in der Luft das Feuer,
> so ruhen über den Flüssen des Landes die Schatten.
> Vertreibe sie nicht, sie sind deine Zuflucht.

Ich: Wer dieses Opfer verstünde, der könnte die Erde regieren, als drehe sie sich auf seiner Hand.

Er: Auf die Dinge trauende Begeisterung und Zögern schaffen Reue.

Wir erfreuten uns an den Sprüchen und prüften Fach um Fach. Die meisten waren leer.

»Ob ein verborgener Sinn in den Sprüchen liegt, ein Bezug auf uns und Behemoth, oder sind sie nichts als ein Scherz Sir Houstons?« fragte er mehr sich selbst, als daß er von mir eine Antwort erwartete.

»Ich bin vorsichtig in meinem Urteil geworden«, sagte ich. »Wir irren gewiß, wenn wir den Sätzen einen festen Sinn zumessen. Wir sind mit unserer Erfahrung von Sinn aus den alten Kontinenten gekommen. Aber sie findet keine Rechtfertigung hier. Die Zeit ändert den Sinn von Sätzen; sie wandelt die Gestalt der Überlieferung und ihre Bedeutung. Was ich Sir Houston vorwerfe, ist seine Unachtsamkeit gegenüber dem Wort.« Unterdrücktes Gelächter sickerte aus Sir Houstons Zimmer. Es ging in ein leises Kichern über, verlegen und schamlos zugleich. Dann sprach eine junge Altstimme in einer fremden Sprache langsam und akzentuiert, als deklamiere sie Verse.

»Wer ist das?« fragte Lord Arthur.

»Yhinamono«, antwortete ich, »die göttlich Schöne. Wir nennen sie auch Abisag.«

»Sie spielen mit Namen. Ich will nicht wissen, wie sie heißt, sondern wer sie ist.«

»Wer sie ist, weiß niemand«, erwiderte ich, »ein Mädchen, von der Erde oder von einem Dämon hervorgebracht, eine Fünfzehnjährige aus St. Goar oder aus der Tiefe von Behemoth, zufällig ins Brückenhaus gekommen oder von Sir Houston herbeigerufen durch die Magie seiner kraftlosen Begierde.«

»Von Sir Houston?«

»Gewiß. Je älter er wird, desto jünger müssen die sein, die er erwählt.« Arthur Wellesley hörte mir mißtrauisch zu. Er hätte mir nicht geglaubt, wäre nicht die junge Stimme gewesen und wiederum Kichern und helles Gelächter.

»Alle neun Monate nimmt Sir Houston ein Mädchen zu sich, das die Schwelle zur Reife kaum überschritten hat. Es ist seine Art, eine Schwangerschaft auszutragen. In einer Welt, in der die Liebe erloschen ist, will er, unfähig zu zeugen und unfähig zum Beischlaf, den Sexus zur neuen Gottheit erheben.«

»Wer von uns kann sich schon dessen rühmen, was er hervorbringt«, wies mich Lord Arthur zurück.

»Niemand«, antwortete ich, »genauso, wie niemand Polyphemos geblendet hat.« Uns unterbrach ein prustendes Lachen. Es verursachte Unbehagen. Vor uns und hinter uns erhob es sich. Von allen Seiten drang es auf uns ein und zerstob wie ein Krähenschwarm unter nebligem Himmel.

»Besitzt Sir Houston, wie er möchte, außer den Tugenden der Reichen auch die Tugenden der Armen oder nur beider Laster?«

»Nun läßt er kleine Mädchen bei sich liegen, um sich an ihnen zu wärmen. Doch es ist ihm zu nichts nütze. Seine Frostigkeit reicht bis zum Herzen.«

»Es ist schmerzlich, die Irrwege der Erneuerer ansehn zu müssen«, sagte Lord Arthur.

»Woher wollen Sie wissen, ob Sir Houston sein altes Ziel, den Kontinent zu erneuern, noch verfolgt? Vielleicht sucht er wie alle Unersättlichen nur für sich selbst nach einer neuen Jugend. Vielleicht versucht er, sein verfehltes und erkranktes Leben von sich zu werfen, nicht eingestehend, daß er sich selbst die größte Enttäuschung geworden ist. Die Legende bleibt immer die gleiche: die Sage von der reinen Jungfrau, die den *Armen Heinrich* vom Aussatz befreit. Jungfrauen und lebendige, verjüngende Wasser – nach ihnen sind jene, die heillos altern, unentwegt auf der Suche.«

»Unsere moderne Welt«, sagte Lord Arthur, »hat uns um die Hoffnung der Legenden gebracht, ohne uns eine andere als die Selbstvergottung des Menschen dafür zu schenken.«

»Gehen Sie nun zu Sir Houston. Die Gestirne stehen günstig; es ist Ihre Stunde.« Ich sah, wie Lord Arthur zögerte.

»Gehen Sie nur hinein, wenn er Sie für diese Stunde geladen hat. Sie werden Abisag nicht sehen. Sie ist nicht für unsere Augen gemacht. Ihr gehören der dämmrige Nachmittag und die Tiefe der Nacht.«

Lord Arthur klopfte und betrat das Zimmer Sir Houstons. Ich weiß nicht, was beide miteinander besprochen haben. Lord Arthur hat es mir nie erzählt, und ich scheute mich, danach zu fragen.

Als wir die Höhe der Azoren erreichten, beendete ich meine Niederschrift. Ich übergab sie Edward Wellesley im Gefühl, nun frei von seiner Bevormundung und von St. Goar zu sein.

Wir fuhren an St. Maria vorüber wie einst der Entdecker Amerikas. Ich stellte mir vor, wie er nach den heftigsten Stürmen seit Menschengedenken die Insel erreichte. Den Gedanken an den neuen Erdteil im Herzen, kehrte er nach Spanien zurück, einzig, um für eine neue Reise zu rüsten. »Die Kirchenväter und die weisen Philosophen haben recht gehabt mit der Meinung, daß das irdische Paradies im äußersten Osten liegt, denn er ist von überaus mildem Klima. Und jene Länder, die ich jetzt entdeckt habe, liegen tatsächlich im äußersten Osten«, schreibt er in sein Schiffstagebuch. Vor ihm lagen der Ruhm und die Ehren, mit denen, so glaubte er, sie ihn in Spanien überhäufen würden. Galten sie ihm am Ende gleichviel wie das Paradies seines Indiens? Vermögen die himmlischen Gaben am Ende nichts über die irdischen, wenn wir, Bürger diese Welt und keiner anderen, uns den Schmuck der Gescheiterten anlegen, vermeinend, es seien die Insignien fürstlicher Herrlichkeit? Vor ihm lag die Erwartung des Paradieses, die meine lag hinter mir; und ich mußte daran denken, wie nahe wir beide der Hölle gewesen waren.

Ich überlas nichts, ich korrigierte nicht, ich gab alles fort und verbannte es aus meinen Gedanken. Was mir widerfahren war, hatte ich aufgezeichnet, treulich und ohne Beschönigung. Es blieb unleugbar, doch es war trotz seiner Aufrichtigkeit nicht die Wahrheit. Wer auch könnte Charenton und St. Goar, die traurigen Schwesterstädte an den Ufern des Gjölls, auf der *Loredan* glaubwürdig beschreiben?

Vom Atlantik umgeben, in der Hoffnung auf Heimkehr unter einem Tropenhimmel, der seit Tagen unwirklich und von verführerischem Blau war, der Königsfarbe, wie sie St. Goar nicht kannte und an der ich mich nicht sattsehen konnte, eingehüllt in den Luxus der 1. Klasse, den Lord Edward mir aufgenötigt hatte (Verführer lieben den Reichtum und meinen, die sie verleiten wollen, müßten ihn ebenso lieben). Aber der Reichtum der 1. Klasse ist kein Reichtum an Bildern. Das Firmament leuchtet in der Farbe des Techeleths, aber es ist nicht aus Seide. Es gleicht dem Strom des Vergessens: wer sich erinnern will, darf nicht aus ihm trinken. Ich hatte getrunken. Ich hatte meinen Tribut mit diesen aberwitzigen Seiten entrichtet. Über unsere Reise ins Innere Behemoths würde ich nichts berichten. Meine Niederschrift mußte Edward Wellesley von meiner Unglaubwürdigkeit überzeugen. Im Gefühl meiner Freiheit lag ich im Liegestuhl, dem oberen Himmel, dem Himmel der Reichen, nah. Würde ich erneut niedersteigen müssen, weil Lord Edward nicht gelten ließ, was ich geschrieben hatte? Was machte es aus? Die Säulen des Herkules waren nahe, die Pforten Europas öffneten sich vor uns.

Ich glaubte das Rascheln der Blätter zu hören, die Edward Wellesley, am Schreibtisch seiner Luxuskabine sitzend, umwendete. Ich stellte mir vor, wie er sie ins Feuer warf, das er entgegen der Vorschrift entzündet hatte, und wie es aufloderte, als nähme die Flamme mein Schicksal von mir. Fast reute mich, daß ich verschwiegen hatte, was geschah, nachdem Lord Arthur das Zimmer Sir Houstons betreten hatte:

Ein Schatten glitt aus der Tür, und ein Lichtstreif fiel auf das junge Gesicht. Betroffen sah ich ihre Augen. Die Tür fiel ins Schloß und erstickte das Licht. Ich stand im dunklen Flur. Ich hörte das Glissando gleitenden Tafts, leichte Füße huschten an mir vorüber. Ich ging schweren Schritts auf mein Zimmer. Ich sah die höhnischen Pupillen des gipsernen Sir Houston und in ihnen für Augenblicke das Mädchen. Ich starrte ihn an, doch ich fand Yhinamono nicht mehr. Hatte er, um mich zu fesseln, mir einen Lidschlag lang dieses Trugbild gezeigt? Ich sah an ihm vorbei, ich ließ sein Auge nicht reden.

»Warum bist du so reich!« drohte ich zu Sir Houston hinauf und wollte, besessen von Mißgunst und Eifersucht, das gipserne Bild zerschlagen.

Er hielt mich zurück: »Ich bin nicht reich, reich bist nur du in diesem Lande, aber du weißt es nicht; und wenn ich entscheiden dürfte, solltest du es niemals erfahren. Du hast den Fremden zu mir geschickt, weil du mit ihm gehen willst. Noch besitze ich die Macht, dich zu halten. Aber er ist beinahe so mächtig wie ich; und ich weiß nicht, wie ich entscheiden soll. Er ist vor der Zeit gekommen, und er wird nicht wiederkommen.« Er verstummte. Das Bild Yhinamonos brannte nicht länger in meinen Augen, und mir war, als wenn ich Sir Houston meine Befreiung verdankte. Ich verschloß mich diesem Gedanken. Ich wollte nicht, daß er die Macht besäße, mich zu fesseln und wieder zu lösen. Noch lange ging mir sein Wort nach, daß ich reich sei.

Was galt das jetzt auf der *Loredan,* deren Touristenklasse ich nur mit dem vom Konsul erbettelten Geld bezahlt hatte und deren Luxus ich nur der Gunst Edward Wellesleys dankte?

Kaum zwei Stunden waren verflossen, seit ich ihm meine Blätter übergeben hatte. Er kam auf Deck. Er näherte sich.

»Sie haben vom wichtigsten, dem Gespräch zwischen Sir Houston und meinem Vater, nichts berichtet«, sagte er.

»Ich habe, was ich wußte, niedergeschrieben«, veteidigte ich mich. »Daß es so wenig ist, ist nicht meine Schuld.«

»Sie wissen mehr darüber«, beharrte er. »Wenn Sie andeuten, daß die Signatur der Erde und der Worte in St. Goar die gleiche ist, so kann Ihnen nicht verborgen sein, was an jenem Abend gesprochen wurde.«

»Fordern Sie von einer Metapher kein Leben. Sie dankt es Ihnen nicht.«

»Ich fordere von Ihnen nicht mehr als eine Metapher. Doch gerade diese sind Sie mir schuldig geblieben.«

»Ich könnte mir denken, was gesprochen wurde«, lenkte ich ein. »Die menschliche Phantasie im Bund mit der Neugier reicht weit. Sie verfehlt ihr Ziel, weil sie es überschätzt. Wir sollten ihr Zügel anlegen, statt sie zu spornen.«

»Die Wahrheit muß für sich selber sorgen«, behauptete er. »Wer sich erinnern will, kann ihr nicht helfen. Wir wollen gemeinsam fortsetzen, was Sie begonnen haben: Sie aus der Erfahrung Behemoths und ich aus den Briefen und Aufzeichnungen meines Vaters. Kommen Sie!«

HOUSTON LAWRENCE UND ARTHUR WELLESLEY / *Das Wesen Behemoths / die Bitte / das Symbolon / der Festsaal im Brückenhaus / die Ordnung der Priester / Auftrag zur Reise*

Arthur Wellesley berichtet: »Welches meiner Werke soll ich Ihnen deuten?« fragte Sir Houston.

»Keines«, antwortete ich. »Deuten Sie mir Behemoth!«

»Glauben Sie, Behemoth sei nicht mein Werk? Es ist mein Werk ebenso wie meine Schriften«, entgegnete er.

»So deuten Sie es mir!«

»Behemoth ist, was es ist; es ist schwierig und muß sich selber erklären.«

»Sie wissen selbst, daß eine Reise von Charenton aus sinnlos ist. St. Goar heißt das Tor zu Behemoth; und ich bin gekommen, damit Sie es öffnen.« Ich beobachtete ihn und sah seine alten Augen. Er war entschlossen, mir nichts zuzugestehen, und ich willens, ihm abzunötigen, was ich begehrte. Er bewegte die Kiefer. Zerdrückte er die bitteren Beeren des Hochmuts oder die bitteren Beeren des Ruhms in seinem Munde, um den galligen Saft der Überlegenheit zu trinken?

»Ich weiß, daß Sie der Schirmherr von St. Goar sind«, schmeichelte ich ihm, »und daß keiner seine Pforte ohne Ihre Billigung durchschreiten kann.«

»Es ist nicht an dem«, widersprach er. »Das Tor steht jedem offen . . . und ist doch jedem verschlossen«, fügte er nach einer Weile hinzu.

»Sie wissen, daß ich nicht allein gehen kann, daß ich ohne Hilfe verloren bin.«

»Warum wenden Sie sich an mich? Meine Kraft ist erloschen. Ich schlafe und schlafe und werde des Schlafs überdrüssig, aber nicht satt.«

»Ich fürchte, Sir«, sagte ich, »dagegen läßt sich nichts tun. Es ist eine Müdigkeit des Geists und des Herzens.«

Er war verstimmt, denn ich hatte ihm nicht widersprochen.

»Was verstehen Sie schon vom menschlichen Leben? Ohne die Erfahrung Behemoths verstehen Sie nichts. Sie werden nichts auf dem siebenten Kontinent finden, was ich nicht längst schon entdeckt hätte.«

»Ich suche sein Wesen«, entgegnete ich.

»Sie kolonisieren, indem Sie denken. Sie sind ein Symbol geworden. Ein Symbol handelt nicht mehr. Es ist. In einem sind wir uns gleich«, sagte Sir Houston. »Wir ziehen beide aus, um eine Welt in Besitz zu nehmen, ich mit dem Geist und Sie mit Ihren Füßen. Die Enttäuschung lauert auf Sie, wie sie mir einen Hinterhalt gelegt hat. Was Sie auch sehen werden: der Kontinent erfüllt nicht, was Sie erwarten. Er wacht über sein erstes Gebot: Du sollst dir kein Bild von mir machen.« »Ich will nichts in Besitz nehmen«, antwortete ich. »Ich habe fast alles besessen, ohne daß es mir geholfen hätte.«

»Was wollen Sie dann?«

»Eine Möglichkeit finden, die auf unserem alten Kontinent nicht mehr besteht.«

»Seit neue Länder entdeckt worden sind, glaubte man in ihnen den Garten Eden zu finden. ›Wenn das Paradies auf Erden existiert, kann es nicht weit von hier sein‹, schreibt schon Americo Vespucci auf der dritten Fahrt des Kolumbus. Sie suchen vergebens. Ich kenne Behemoth, ich habe sein Wesen ergründet.«

Ich wurde neugierig: »In welchem Ihrer Bücher haben Sie davon geschrieben?«

»In keinem. Es ist nicht für europäische Augen bestimmt.«

»Auch wenn ich es nicht begreife, möchte ich doch davon hören.«

Er überlegte: »Warum bedrängen Sie mich. Es ist vergeblich.«

»Meine Entschlossenheit können Sie nicht brechen. Sie können sich mir nur in den Weg stellen. Aber es wäre schade, wenn wir unsere Kraft aneinander vergeudeten, anstatt sie auf Behemoth zu richten.«

»Ich glaube nicht, daß es einem von uns beiden bestimmt ist, Behemoth zu betreten. Meinen Sie, ich hätte, was Sie erstreben, nicht längst schon begonnen, wenn sich dazu auch nur die geringste Möglichkeit böte?«

»Sie sind alt«, sagte ich ohne Nachsicht, »fast zu alt für St. Goar und untauglich für eine Reise nach Behemoth. Auch ich bin nicht mehr jung, jedoch in einem Lebensalter, wo Erfahrung die fehlenden Kräfte noch aufwiegt.«

»Nichts wird aufgewogen!« sagte Sir Houston. »Nach einem Mundvoll Leben dürsten wir in der Jugend, obwohl wir trunken von Leben sind. Und auf die einst verachtete Zeit schauen wir begehrlich im Alter, obgleich uns das Leben als ein köstlicher Nachgeschmack auf der Zunge liegt und wir ihn niemals verlieren.«

»Wir begehren immer danach, nicht obwohl, sondern weil wir es besitzen«, pflichtete ich ihm bei, verwundert, wie offen er zu mir gesprochen hatte. Es war, als fiele ein Abschein von Jugend auf sein erstarrtes Gesicht, um es erneut zu verlassen. Denn die Irrtümer frönen der Neigung, sich in bedeutungslose steinern-unbewegliche Wahrheiten zu verwandeln; und Sir Houston ahnte in dieser Stunde, daß er in der Erhabenheit seines Geistes sein eigenes Denkmal geworden war. Der Regen der Jahre hatte den Sandstein ausgewaschen und ihm die Konturen genommen. Vielleicht war Sir Houston deshalb so milde gestimmt, vielleicht rückte er deshalb heute die spanische Wand seiner Selbstvergottung fort, die ihm sonst so gute, unheilvolle Dienste erwies. Er sagte: »Es gibt eine alte Überlieferung. Sie, die Sie im Vertrauen auf Ihren europäischen Geist den Demiurgen aus der Welt und ins Reich der Mythen verbannt haben, mögen darüber lächeln. Laut dieser Überlieferung ist unsere Erde keine ursprüngliche Schöpfung Gottes. Welten, die ein Versuch, ein Entwurf des Demiurgen waren, gingen ihr voraus. Demnach müßten wir uns den Schöpfer als einen lernenden Gott denken. Als er diese Vorwelten hervorbrachte, sagte er nicht, daß es gut sei; er verwarf sie, er ließ sie zurücksinken in das Nichts, aus dem er sie gerufen hatte. Soweit die Überlieferung. Wir aber wissen seit Jahrtausenden, daß zurückzunehmen schwerer ist, als hervorzubringen; und mich läßt, seit ich in Behemoth lebe, der Gedanke nicht frei, daß die Zurücknahme Gottes Macht überstieg, daß wir Bruchstücke jener Entwürfe irgendwo auffinden könnten; und wo, wenn nicht in Behemoth, sollten sie liegen?«

»Müssen wir«, fragte ich, seinen Gedanken aufnehmend, »uns diese archaischen Reste nicht als etwas Furchtbares denken, als einen Ort des Schreckens, den einer nur um den Preis seines Lebens betreten kann? Denn wie könnte der Mensch nur einen Augenblick in dem bestehen, was sein Schöpfer verworfen hat?«

»Diese Deutung liegt nahe«, gab er zur Antwort, »und lange Zeit glaubte ich, sie müsse die rechte, ja die einzig mögliche sein. Behemoth aber und die Schriften der Alten ließen mich daran zweifeln. Sollten derartige Abgründe uns nicht verlocken und in die Tiefe ziehn? Das Gegenteil ist der Fall. Der Kontinent wehrt sich dagegen, daß wir ihn betreten. Sie meinen, diese Residuen müßten notwendig eine Verkörperung des Bösen, des abgründigen Verhängnisses sein, weil Gott sie verworfen hat. Ich hingegen würde hierin den Scholastikern folgen und sagen: Auch eine von Gott verworfene Schöpfung muß gut sein, da er das Böse nicht hervorbringen kann. Was er vor unserer Erde erschaffen hatte, war gut, aber unvollkommen. Auch eine andere Deutung ist denkbar: Daß unsere Welt nicht die beste aller möglichen Welten ist, haben wir schmerzlich erfahren. So liegt der Verdacht nahe, daß eines der früher erschaffenen Gebilde besser war als die Erde, die wir bewohnen, daß Gott eine seltsame Müdigkeit, ja Verzagtheit ergriff, nachdem ihm die Gestalt der heutigen Welt mißlungen war und er von seinem Schöpfungswerk abließ. Vielleicht vermag er wie die größten Meister alles nur einmal hervorzubringen, so daß ihm versagt bleibt, seine alten Entwürfe in einem kommenden Äon zu vollenden. Vielleicht bleiben auch alle Deutungen hinter der Wahrheit zurück; vielleicht mußte all das erschaffen werden, und seine Vollendung steht noch bevor.

Es heißt, das Unheil sei in die Welt gekommen, als die Dinge ihren angestammten Ort verloren haben. Vielleicht haben sie den ihnen im Schöpfungsplan bestimmten Platz niemals eingenommen. Die Lehre des Origenes von der apokatastasis panton, der vollständigen Wiederherstellung des ursprünglichen Schöpfungswerks am Ende der Zeiten, gewönne damit einen neuen Sinn: Gott besaß die Kraft hervorzubringen, aber nicht, nach seinem Willen zu ordnen. Es ist zu vermuten, daß für unseren alten Kontinent das Gesetz einmal ebenso verhängnisvoll werden wird wie für Behemoth das Chaos. Denken wir uns nunmehr einen machtlosen Gott, dem die Magier in seiner Einsamkeit beistehn.«

»Aber wir sind keine Magier«, unterbrach ich ihn kopfschüttelnd.

Sir Houston fuhr unbeirrt fort: »Hochmut und Einsicht sind nicht miteinander verfeindet, wie die Mediokrität lautstark verkündet. Ich will Ihnen einen Mythos der Hethiter erzählen: Gegen den Schlangendrachen Illujanka, der die Herrschaft über den Himmel erobert hat, sucht die Göttin Inara Hilfe bei einem Menschen. Er aber sagt: ›Schlafe mit mir, so will ich dir helfen.‹ Sie schläft mit ihm, und der den

Göttern weit unterlegene Mensch gewinnt die Kraft, den Drachen zu fesseln.

Spotten Sie nicht über den ›Kinderglauben‹ der Alten und lassen Sie den Zeugungsmythos beiseite. So bleibt die Wahrheit, daß Gott menschlichen Beistands bedarf, ebenso wie der Mensch der Hilfe der Götter. Der Mensch kann helfen nicht obwohl, sondern weil er gering ist. Das Höchste und das Geringste müssen sich verbünden, um das ihnen aufgetragene Werk zu vollenden.«

»Sind Sie nach Behemoth gekommen, um dieses Werk zu tun?« fragte ich erstaunt.

»Zuweilen habe ich mir damit geschmeichelt. Doch es war nicht der Grund, dessentwegen ich England verlassen habe. Der Schrei nach Selbstverwirklichung, der selbstzerstörerische Schrei, schrillte in meinen Ohren. Keiner war bereit, auf den Nächsten zu hören, jeder rief nur nach sich selber. ›Ich, ich und ich!‹ so schallte es mir von allen Straßen entgegen, und selbst auf dem platten Land verstummte der Schrei nicht. ›Ich, ich, ich!‹ dröhnte es selbst vor dem Friedhof. Mir schien, als schlüge der Tumult nicht allein auf das Gehör, sondern auch auf das Gesicht meiner Freunde. Sie sahen nur immer sich selber. Deshalb bin ich nach Behemoth geflogen, und meine Reise glich weit eher einer Flucht als einer Besitznahme.«

»Mir scheint, Ihre Flucht war vergebens. Nun tönt der Ruf nach Selbstverwirklichung aus Ihren Schriften.«

»Es tut mir leid, wenn Sie diesen Mißklang heraushören. Was mir aufgetragen war, habe ich getan, und ich schmeichle mir, daß es mehr ist, als irgendein anderer Zeitgenosse aufzuweisen hat. Was Sie als den mir verhaßten Schrei deuten, ist der Ruf nach einem, der das große Werk an Behemoth tut. Anfangs habe ich geglaubt, es könnte mir selbst gelingen – nicht allein, nur Narren glauben, daß sich Großes allein tun ließe, wohl aber gemeinsam mit denen, die dazu berufen sind.«

»Keiner, der sich nicht selbst beruft, ist berufen«, widersprach ich.

Er lächelte: »Wenn Sie davon überzeugt wären, stünden Sie nicht hier. Sie sind gekommen, weil Sie ahnen, daß es stärkere Kräfte gibt als den bloßen Willen, daß es nicht ausreicht, die Grenze zu überschreiten. Sie haben längst begriffen, daß weder Charenton noch St. Goar Teil des wirklichen Behemoths sind. Ich aber könnte Ihnen, selbst wenn ich es wollte, nicht helfen. Der Schein trügt. Ich bin kein Türhüter. Ich bewache keine Pforte von Behemoth. Doch ich will Ihnen nicht verschweigen, daß mich manche Botschaft aus dem Inneren des Landes erreicht.«

»Haben Sie nie nach einem Zeugnis für Ihre kühne These gesucht, nach einer Gesteinsprobe, einem Wasser aus Behemoth, die anzeigen, daß es älter und von anderer Natur als die Erde ist?«

»Was hätte ich dabei gewinnen können? Alle Dinge sind eingewurzelt in den Boden, der sie hervorbringt. Sie verlieren ihre Bedeutung, wenn sie aus ihrem Erdreich gerissen und als Zeugnis mißbraucht werden. Sie sind dann wie etwas, das aus dem Feuer gerettet worden ist und nun die Brandflecke trägt.«

»Selbst in der Asche geht nicht aller Schein der Dinge verloren.«

Er ging, unser Gespräch beendend, zur Tür. Ich hielt ihn zurück: »Meine zweite Bitte ist dringlicher und ungleich wichtiger für mich.« Ich schwieg. Ich wußte, daß er meine Bitte erriet. Aber er kam mir nicht entgegen.

»Überlassen Sie mir Teutsch. Ich brauche einen, der mich begleitet.«

»Ganz Charenton steht zu Ihrer Verfügung!« antwortete er voll Heftigkeit. »Warum wollen Sie mir die jungen Augen nehmen, die meinen alt gewordenen Augen beistehn?«

»Charenton?« Ich lachte: »Wie Sie junge Augen, brauche ich junge Füße und einen frischen Verstand.«

»Hüten Sie sich vor der Jugend. Jung ist allein das Verhängnis.«

»Sie irren sich«, widersprach ich, »das Verhängnis ist alt, es ist uralt wie Behemoth. Geben Sie Teutsch frei, er ist mein Freund und, wie ich hoffe, bald mein Gefährte.«

»Es ist unmöglich«, sagte Sir Houston. »Auch wenn Sie wider meinen Willen aufbrechen, erreichen Sie doch nichts. Ihnen dafür Gründe zu nennen, wäre vergeblich. Gründe sind Rauch, solange sie nicht die Erfahrung erhärtet.«

»Wie soll ich Erfahrung gewinnen, wenn ich ihr ausweiche?«

»Ich verweigere nichts«, beteuerte er wiederum, »und ich hindere keinen. Aber Sie messen nach den Maßen Ihrer Welt. Erfahrung kann in Behemoth nur gewinnen, wer mit den rechten Augen zu sehen versteht. Dieser Blick ist ein Geschenk, er kann nicht erworben werden. Ich will ein übriges tun, Ihnen deutlich zu machen, daß mich kein böser Wille und kein Vorurteil leitet.« Er nahm eine Scheibe vom Durchmesser einer Armbanduhr aus der Jackentasche und hielt sie so, daß ich zwar ihre Umrisse, nicht aber die Gravur erkennen konnte.

»Was ist das?« fragte ich. Er legte das Metall auf den Handteller. Doch als ich mich niederbeugte, schloß er die Hand.

»Es ist das Symbolon«, sagte er ,»eine Hälfte der entzweigebrochenen Münze. Nur wer im Besitz der ganzen ist, kann durch Behemoth gehen. Zwar begibt auch er sich in Todesgefahr, aber ihm öffnen sich Türen, die anderen verschlossen sind. – Starren Sie mich nicht so an, als besäße ich eine Hälfte der Münze. Ich besitze sie nicht. Was ich Ihnen zeige, ist nur eine Kopie, ein Abguß aus Bronze, wenn ich auch lange Zeit glaubte, im Besitz des Originales zu sein. Ich hatte lange gesucht, bis ich den gefunden und nach Behemoth gerufen hatte, dem die andere, jedoch echte Hälfte des Symbolons gehört. Ich habe sie ihm entwendet, um einen

Abdruck auch von seinem Münzteil zu nehmen und so über eine vollständige Imitation zu verfügen. Das Urstück gab ich dem Eigentümer zurück, denn die erlistete Münze zählt nicht, sie muß rechtmäßig ererbt sein. Immerhin besitze ich jetzt ein vollständiges Symbolon. Ich füge es in den Nächten zusammen und gelange so in den Besitz von Wissen, denn auch der langjährige Besitz seiner Nachbildung gibt uns ein Recht auf die Dinge. Dennoch bleibt mir versagt, Behemoth allein zu betreten. Ich habe Jahre auf den Besitzer der anderen Münzhälfte gewartet. Vergebens. Ich weiß nicht, wie lange mein Haus noch Bestand hat.« Er öffnete die Hände und fügte die Münzhälften zusammen. »Hier liegt die Münze, ein schöner Schein, der mich erfreut und ernüchtert. Ich habe, besiegt durch Ihre Beharrlichkeit, Ihnen mehr gesagt, als ich wollte. Ich gab meine Träume preis. Sie dürfen sie achten oder mißachten, es ist mir gleichgültig. Aber gehen Sie jetzt, denn mehr kann ich nicht für Sie tun.«

»Ist der Abguß, den Sie von Teutschs Symbolon anfertigen ließen, gut?«

»So gut, wie er nur sein kann«, antwortete er.

»So seien Sie mein Bote und halten Sie das Symbolon mit der Linken.« Er tat, was ich wünschte. Ich nahm die zerbrochene Silbermünze, die ich an einer Kette um den Hals trug, und paßte sie in die Bruchlinie. Die Prägeschrift – ich kannte damals ihre Bedeutung noch nicht – schloß sich übergangslos, und nur die unterschiedliche Farbe von Bronze und Silber verriet, wo sie zusammengefügt war. Sir Houston erschrak: »Es besteht kein Zweifel, daß Sie das Symbolon mit sich führen. Wie aber soll ich entscheiden, ob Sie es rechtmäßig erworben haben? Kommen Sie morgen nacht erneut in mein Brückenhaus. Ich will das Konzil einberufen. Vor ihm mögen Sie Ihren Anspruch verteidigen.«

Honigfarbenes Licht wie an einem Abend im Frühmärz spiegelte auf dem frierenden Wasser des Gjölls. Es fiel durch die Schlitze der nicht gänzlich geschlossenen Jalousien in den Festsaal des Brückenhauses. Dreißigfach sah ich den immer gleichen, doch in jedem Schnitt merkwürdig gewandelten Horizont. Durch jede Luke schimmerten die Segmente des Himmels in Ocker und Gelb. Die Stäbe der Jalousien zerschnitten das Spektrum der Abendfarben und offenbarten dreißig voneinander geschiedene Ansichten des nämlichen Bildes.

»Ob sie ein Teil meiner Jahre sind?« überlegte ich. »Zeigen sie, dunkler werdend, ihre wechselnden Gesichter, aber so fein getönt und einander so ähnlich, daß sie kaum ein anderes Auge wahrnehmen könnte?« Das Jalousieband gab nach, und die Horizonte schlossen sich vor mir. Der Saal wurde dunkel. Ich wandte mich um und sah in die Schwärze. Sie war mir nicht feindlich gesonnen. Sie war das Werk eines Taschenspielers, der die Sonne gestohlen hat, um sie im nächsten Augenblick unter seinen Rockschößen hervorzuzaubern. In der Tat war es Sir Houston, der die Sonne in Gestalt eines rosigen Ballons im Kuppelgewölbe aufgehen ließ. Sie glomm schwach, aber die hohen Spiegel an den getäfelten Wänden vervielfältigten ihr Kindergesicht und das blasser werdende Gesicht des Gesichtes. In den ferneren Spiegeln schwand es zum Oval; die nahen nahmen es nach vielfacher Abspiegelung wieder auf und schenkten ihm, ohne sein Licht zu schwächen, die alte Gestalt. Ich nahm die Teppiche wahr, in die Tiger und Geparden, Panther und Jaguare gewebt waren, umkreist von Python, Boa und Anakonda. Die geschnitzten Löwenfüße auf die Köpfe von Königstigern setzend, stand ein wuchtiger Eichentisch auf dem Teppich. Damastdecken lagen über der Tafel. Ein fast beängstigendes Weiß ging von ihnen aus und sickerte, ohne es auch nur einen Schein heller zu machen, ins Holz. Die Tafeltücher zierte kunstvolles Schnitzwerk: in der Mitte ein Münster, die Fassade den nach Westen blickenden Fenstern zugewandt. Die Eckpfeiler waren durch zwei fialenartige

Türmchen begrenzt; Blendfenster setzten das Maßwerk über dem Hauptportal fort. In ihre Bögen schmiegten sich winzige Figuren. Waren es die klugen und die törichten Jungfrauen? Waren es alle Torheiten Charentons und St. Goars? Eine vergoldete Kreuzblume krönte den Giebel. Ich wagte nicht, näher zu treten, ich fürchtete, in den Gesichtern und in den Kelchkapitellen über den schlanken Pfeilern mehr zu erblicken, als mir lieb war. Ich suchte keine andere Zukunft als die, die als Wunschbild vor meinem inneren Auge stand.

Links sah ich einen zweiten Tafelaufsatz: ein vor Anker liegendes Schiff, vollständig aufgetakelt und so schwer beladen, daß es sich kaum aus dem Wasser hob. Der rechte Aufsatz hingegen besaß die Gestalt einer Wiese, in deren Mitte Wasser aus einer künstlichen Fontäne emporsprudelte und deren Ränder von einem wunderbaren, fremdartigen Wald umschlossen wurden. Alles das bot den Anblick einer paradiesischen Friedfertigkeit, als entstamme es einem Garten Eden, dem der Fall noch bevorsteht. Denn ein rubinroter Glanz drang durch die Stämme.

Hinter den Tisch waren drei Reihen Stühle gestellt. Die Sitze in der ersten Reihe waren mit Purpursamt überzogen, in der zweiten mit blauem Satin und in der dritten mit weißem Atlas. Ein Vorhang hing von der Kuppel herab. Er senkte sich hinter der Tafel. Buntes Glas glitzerte in den unterschiedlichsten Farben.

Als sich der Vorhang wieder hob, hatten Männer in geistlichem Ornat auf dem Gestühl Platz genommen. Priester saßen in der dritten, Bischöfe in der zweiten und Kardinäle in der ersten Reihe. Sir Houston, als sei er der Höchste unter ihnen, thronte auf erhöhtem Sitz in der Mitte.

»Ich habe das Konzil einberufen«, sagte er, »um über das Begehren Lord Arthur Wellesleys zu befinden. Er besitzt ein Halbteil der Münze, deren andere Hälfte in den Händen meines Sekretärs liegt. Nach unserer Satzung dürfen wir ihm unseren Beistand nicht versagen, wenn er rechtmäßig in den

Besitz der Münze gelangt ist. Wer aber kann das beweisen? Das Gewebe des Schicksals heißt Dunkel, die Vorhabe Angst. Wird er uns eher schaden als helfen, wenn er die Saaten verletzt, wenn er irre wird, wenn er stirbt, oder wird er in Frieden kommen und in Frieden gehen nach unserer Einsicht?«

Aus der Reihe der Kardinäle erhob sich eine Stimme. Wer sprach, konnte ich nicht erkennen: »Wenn er die Furt durchschreitet, wenn er ein bitteres Wasser schmeckt, wenn er bis zu den Knöcheln in der Augenhöhle des Toten steht, wenn er das Rasseln des Sonnenkreises an dem unteren Himmel hört, darf er nicht hingehn.«

Einer der Priester ließ sich vernehmen: »Das Wasser rinnt und gelangt an kein Ziel. Bist du wahrhaft, trägst du im Herzen Gelingen.«

Einer aus der Ordnung der Bischöfe sprach: »Ob ihn als einziges auf Erden nur das Feuer erkennt, spiegelnde Tiefen im Grund wie im Himmel. Im Trogtal der Rettung. Siegel sind keine Heilung. Talismane zerbrechen. Der findet den Weg nicht, der Streu worfelt statt Ähren.«

Sir Houston unterbrach ihn: »Unser Irrtum ist es zu zweifeln. Lichte Sicht hat ihre Flugspur im Dunkel. Vertrauen und Zweifelsucht sind keine Wege. Wir sind Tote, sofern wir nicht fortziehn. Wir dürfen nicht Zeuge sein. Güte ist nicht unsere Erbschaft, doch scheinhaft der Bergpfad. Laßt uns nicht zaudern.«

Ich stand starr vor Verwunderung und benommen vom närrischen Treiben der geistlichen Herren. Ich wünschte mir Teutsch zur Seite mit seiner Verachtung des nichtigen Tiefsinns Sir Houstons, der sich anmaßte, in der Erbteufe der Sprache, jedoch an den untauglichsten Stellen zu schürfen.

»Es wäre Zeit«, dachte ich, »daß ich die Fenster öffnete, die Jalousien hochzöge und das Dunkel hineinließe, damit es Licht in diese Finsternis an Worten und Gedanken trüge.« Doch als ich mich nicht länger mühte, der regellosen Jagd der Stimmen zu folgen, wurde mein Auge wacher. Mein Verdacht wurde Gewißheit: der einzige Lebende in dieser priesterlichen Versammlung war Sir Houston. Die zu seinem Konzil Geladenen aber trugen Köpfe aus Wachs und Leiber aus Watte. »Warum nur«, dachte ich, »vollführt er für mich dieses Schauspiel? Glaubt er, ich ließe mich davon blenden? War nicht jede Minute, die ich bei Sir Houston verbrachte, ein vergeudeter Augenblick?«

Er konnte mir weder helfen noch schaden in seiner vollendeten Nichtigkeit. Ich sah ihn plötzlich als einen Scharlatan, der keine Nachsicht verdiente. Mich ärgerte sein würdeloser Wahn, der Dünkel, mit dem er vermeinte, es könne ihn keiner durchschauen. Irgend etwas zwang mich zu bleiben. Durch das rauchige Dunkel blinkte zuweilen ein treffendes Wort; der Abschein eines Gedankens drang durch eine Stimme, die unmöglich aus Sir Houstons Mund kommen konnte. Sprach ein Unbewußtes aus ihm Wahres und Falsches nach der Art von Orakeln? Verstand ich nicht, auf rechte Art zu hören und zu entschlüsseln?

Die Stimmen wurden leiser, und immer lauter wurde das Knistern und Knirren, das Knacken und Knispern. Die Termiten waren am Werk und sprachen ein vernehmliches Wort in jener feierlichen Verworrenheit: »Bald wird das Gebälk eure Atlas-, Purpur- und Seidengewänder, bald wird es eure Wachsgesichter begraben. Eilt euch, denn auch wir sind bereit, uns zu eilen!«

Das Licht verglomm. Kühle Luft strich durch das jäh aufschlagende Fenster. Sir Houston entließ mich mit einem Spruch des Konzils: »Arthur Wellesley, wir gewähren dir Beistand. Außer Teutsch sollen dich zehn unserer Vertrauten begleiten, doch unter einer Bedingung: Was du an Gerät und Instrumenten besitzt, mußt du zurücklassen. Behemoth duldet keine Überlegenheit. Wenn es dich führen soll, mußt du ihm gleich sein. Einzig die List des Wahnsinns vermag dir über dein Glück hinaus zu helfen.«

Die *Loredan* passierte Gibraltar, als ich Lord Edward auch diese Blätter übergab.

Ich könnte sie eine Rekonstruktion nennen. Denn den Aufzeichnungen, die Lord Arthur seinem Sohn übersandte bevor er Charenton verließ, danken sie ebensoviel wie den verschiedensten Andeutungen, Anspielungen und bruchstückhaften Bekenntnissen Lord Arthurs auf unserer langen gemeinsamen Reise. Ich könnte sie mit gleichem Recht als eine Fälschung bezeichnen, in der sich Wahrheit und Erfindung aufs unauflöslichste durchdringen. Doch ich enthielt mich vor Edward Wellesley jedweden Urteils. »Ist Ihre Neugier nun gestillt?« fragte ich ihn. »Alles, was über Behemoth zu sagen war, steht hier geschrieben. Was ich noch berichten könnte, verhüllt in gleicher Weise, wie es entschlüsselt. Sie können nichts mehr gewinnen.«

»Eines noch«, fragte er, »haben Sie die Geschichte von der geteilten Münze erdacht, oder beruht sie auf Wahrheit?« Ich lachte: »Was bedeutet Wahrheit in Behemoth? Sie suchen ein Zeichen? Gut, ich kann Ihre Neugier beschwichtigen.« Ich zeigte ihm meine Münzhälfte. »Es ist das einzige, was ich aus den Strudeln Behemoths gerettet habe. Wer weiß, ob es ein guter oder böser Talisman ist?«

»Und wo ist die Münze meines Vaters?«

»Ich könnte sagen: Sie ist mit ihm verschollen. Aber ich sage es nicht. Nachdem uns die Wirbel eines unterirdischen Flusses getrennt hatten, fand ich die Münze im flachen Wasser. Ich nahm sie an mich zum Zeichen, daß Arthur Wellesley tot sei. Aber ich habe sie auf meiner Odyssee wieder verloren.«

»Hier ist das Symbolon!« sagte er und fügte das fehlende Stück an meines. Ich erschrak. Jedoch an Wunder gewöhnt und vor allem an ihre Nichtigkeit, beruhigte ich mich rasch.

»Nun sind wir beide im Besitz des Symbolons«, sagte er. »Unsere Schicksale sind miteinander verflochten. Ich gebe Sie nicht frei, ehe Sie mir nicht den zweiten Teil Ihrer Abenteuer in Behemoth erzählt haben.« Ich vertröstete ihn auf Triest.

»Solange Sie auf dem Schiff sind, kann ich mich Ihrer versichern und, was das wichtigste ist, Sie können sich Ihrer Erinnerung versichern, bevor die alte Erde und Ihr Willen zu vergessen Sie freisprechen.

Ich habe mit dem Kapitän gesprochen, er wird seine Ladung in Alexandria löschen, und dann erst nehmen wir Kurs auf Triest. Ich stelle Ihnen frei zu reden oder zu schreiben. Doch was geschrieben steht, changiert in seiner Bedeutung und ist so das beste Zeugnis für Behemoth.«

Ich ging an die Arbeit.

II. Teil

DIE PFORTEN BEHEMOTHS

HINTER ST. GOAR / *Seltsame Begleiter / der Zug gjöllabwärts / der Aufstieg durch die Runse / das Feuer / der Berg, von dem aus man alles sieht / Rettung Lord Arthurs / Verlust der Beipferde*

Die Sonne stieg als eine gefüllte Phiole aus den Dächern St. Goars. Ehe sie die Höhe des Münsters erreichte, zerbrach sie; und ein roter, gallertartiger Glanz breitete sich über den Himmel.

»Wäre, was dort vergossen wird, nicht so rot, so gliche es dem *Wein des Vergessens*«, sagte Lord Arthur.

»Und ungewiß bliebe«, fügte ich hinzu, »ob Charenton uns aufgibt, oder ob wir es sind, die es seinem Dämon ausliefern.«

»Charenton besteht nur noch in unseren Augen«, erwiderte Lord Arthur. »Sobald wir uns abwenden, versinkt es.«

Ich schwieg, ich fand keinen Grund, unseren Aufbruch zu feiern. Arthur Wellesley schwelgte in der Erwartung künftigen, die Wälle der Zurückhaltung zerbrandenden Glücks. Wenn er sicher war, nichts verlieren, aber vieles gewinnen zu können, so wuchsen meine Zweifel, je näher die Stunde des Aufbruchs kam. Es war mir, wie wenn ich die Jahre von Charenton, die gehaßten und gefürchteten Jahre, nicht nur aus meinem Gedächtnis, sondern auch für mein Leben verlöre, sobald ich St. Goar verließe. Jetzt, da es zu spät war, blinkte ein Licht unstet und matt, und oft verlor ich es aus den Augen, doch war es hell genug, um das von mir erschaffene Dunkel meiner verrinnenden Jugend, wenn auch schwach, zu durchdringen. Ich hatte zu begreifen begonnen, was ich gewesen und was ich geworden war; ich begann frei zu werden und wußte nicht, ob unser Aufbruch nach Behemoth diesen Wandel fördern oder jäh abbrechen würde.

Der Anblick, der sich auf unserem Lagerplatz bot, war nicht angetan, mich zu ermutigen. Die zehn, die uns begleiten sollten, standen, wie Beduinen gekleidet, in weiten, ehemals weißen Gewändern neben den Pferden. Über den Gesichtsschleiern glänzten die Augen so unnatürlich, als hätten ihnen Drogen dieses seltsame Feuer geschenkt.

»Sir Houston liebt die Verkleidungen. Er hofft, dem Geheimnislosen durch die Maske ein Geheimnis zu geben, dem Belanglosen Tiefe«, sagte Lord Arthur. »Als welche Biedermänner werden sich unsere mysteriösen Begleiter entpuppen? Vielleicht als einstige Nachbarn von Ihnen, die ein Föhn nach St. Goar geweht hat und die Sir Houston als furchterregende Abenteurer verkleiden ließ?«

Ich schwieg.

»Wie alle Wortgewandten sind Sie ein ewiger Zauderer!« spottete Lord Arthur. Ich sah das Rudel Pferde, die, an eine eiserne Barriere gebunden, einträchtig nebeneinander standen.

»Sir Houston wollte uns für unsere nebulosen Begleiter entschädigen, indem er uns die treuesten Begleiter des Menschen, die Pferde, anvertraute.« Ich verschwieg ihm, daß mir ein friedfertiges, wenn auch störrisches Lama lieber gewesen wäre.

»Sind Sie schon jemals zu Pferde gesessen?« fragte er, den Stolz auf seine ritterliche Herkunft nicht verbergend, als wir, gjöllab ziehend, St. Goar hinter uns gelassen hatten.

»Auf Pferden nicht, nur auf Ackergäulen und nur in der Kindheit«, antwortete ich.

Er lachte: »Sie sind kein Held zu Pferd, Teutsch! Sie erinnerten mich an den Ritter von der traurigen Gestalt, besäßen Sie, was er sich selbst auf seiner Schindmähre nicht nehmen ließ: die heldische Pose.«

»Das bedauere ich für Sie«, erwiderte ich nicht ohne Sarkasmus: »Denn wahrscheinlich wäre diese Pose der einzige Ertrag unserer sonst nutzlosen Reise.«

»Nehmen wir den rechten Weg?« fragte ich nach einer Weile. »Mir wäre es nicht in den Sinn gekommen, gjöllabwärts zu ziehen.«

»Ich habe diesen Weg nicht gewählt«, entgegnete er. »Sir Houston hat es so bestimmt. Nach zweieinhalb Wegstunden sollen wir das Ufer verlassen, um einen Paß zu erreichen.«

»Führt er mit uns etwas anderes auf als eine schlimme Komödie?«

«Ihre Frage ist müßig«, sagte er ruhig. »Wir haben eingewilligt zu spielen. Aber es ist jetzt nicht mehr Sir Houstons, es ist unser Stück.« Doch der Gedanke, in einer Komödie zu agieren, wurmte ihn, denn er kam noch einmal darauf zurück, daß ich, hoch zu Roß, einen so kläglichen Anblick bot.

»Schade, daß es Ihnen leichter gelingt, sich in eine Sphinx als in einen Kentauren zu verwandeln«, bedauerte er. »Das Schicksal läßt die Nachahmung gelten; und ich habe mir vorgestellt, daß wir wie Herzog Ernst und sein Freund Wetzel den Erdteil bereisen könnten.«

»Keiner mißgönnt Ihnen die Träume«, wehrte ich ab. »Aber die Mythen sind tot.«

»Im Gegenteil«, widersprach er, »sie leben und erneuern sich. Wie Herzog Ernst und Graf Wetzel die Fahrt Thors und Tyrs wiederholten, so könnte auch unsere Reise durch Behemoth die Wiederholung einer alten Fahrt sein.«

»Wiederholungen mögen ein Schutz sein, solange sie einen guten Ausgang verheißen«, gab ich zu bedenken.

»Da Behemoths Wesen Verhängnis heißt, glaube ich nicht, daß der siebente Kontinent ein individuelles Schicksal duldet. Die einzige Möglichkeit, ihn in Frieden zu betreten und ihn auf gleiche Art zu verlassen, scheint die Gestalt einer Mythe, eines vorbestimmten Ablaufs zu sein. Da Behemoth kein Gesetz in sich trägt und keine feste Gestalt kennt, sind Formen das einzige, ihm zu begegnen. Sie sind unser Schutz.«

»Sie wissen, daß unsere Vorfahren selbst den Göttern ein Schicksal zugeteilt haben, weil Leben gleichbedeutend mit dem Besitz eines Schicksals galt. Sie wissen, daß einer unserer großen Philosophen ähnlich dachte, weil für ihn Gott ein Leben und nicht ein bloßes Sein war und er ihn dem Leiden und dem Werden unterworfen glaubte. Ich fürchte, sich der Gestalt einer Mythe zu fügen bedeutet, sein Leben zu lassen. Zumindest müßten wir die Möglichkeit von Erfahrung preisgeben: Wer jenseits aller Gefahr steht, vermag nicht mehr zu sehen.« Arthur Wellesley ging leichthin über meinen Einwand hinweg. Er war – ich ahnte es bereits auf dem Brückenhaus – schon zu Beginn unserer Fahrt ein Besessener, einer, der ein festes Bild sowohl von Behemoth als auch vom Ziel unserer Reise in sich trug.

»Mich beängstigt die Oberfläche Behemoths genug. Soll ich ohne Not danach trachten, sein Inneres zu erkunden?« dachte ich bei mir.

Unterdessen hatten wir, unseren Führern folgend, das Ufer verlassen. Wir merkten es erst, als der Pfad steil und für die Pferde schwer wurde. Wir ritten im Schritt – zu meiner Erleichterung, denn durch die Anstrengung, mich im Sattel zu halten, waren Glieder und Rücken verkrampft. Erst jetzt wagte ich, ohne die Furcht, abgeworfen zu werden, aufzuschauen. Ich erschrak. Vor uns erhoben sich, die Horizontlinie bildend, Hochgebirgswände so schroff, daß selbst der geübteste Bergsteiger Mühe gehabt hätte, sie zu bezwingen. Wir aber ritten auf einen zum Gjöll flach abfallenden, jedoch im Mittelgrund jäh steigenden Bergkegel zu, der die Felswand noch überragte und deren rückwärtige Flanke mit ihr verwachsen schien.

»Wie sollen unsere Pferde den Anstieg bewältigen!« dachte ich und blieb offensichtlich der einzige, der sich darüber beunruhigte. Unsere Begleiter ritten gleichmütig bergan, und Lord Arthur hing seinen Träumen nach in der Überzeugung, für die nächsten Tage werde Sir Houston für unseren Weg sorgen.

»So können uns nur Unkundige führen oder Menschen, die mit dem Weg aufs peinlichste vertraut sind«, dachte ich.

Ich vermutete, daß sie unkundig seien. Als habe er meine Gedanken erraten, wandte sich, der vor mir ritt, um und sagte: »Diesseits des Passes wird kein Pferd sterben.«

»O dieses Land der Zeichen und ihres Hochmuts!« eiferte ich innerlich. »Vom vorgesetzten Verhängnis hat zwar kein Sterblicher Befreiung, aber jedweder in unseren alt gewordenen Ländern weiß, daß es gefährlich ist, sein Schicksal ohne Not zu berufen. Es steckt die Grenzen unseres Glücks ab, nicht jedoch die des durch eigene Schuld beschworenen Unheils.« Meine Furcht war grundlos, denn die Kolonne geriet ins Stocken. Die Reiter an ihrer Spitze saßen ab. Unzugänglich steilte die Jähe vor uns, und der Gedanke, umkehren zu müssen, verursachte mir Unbehagen. Kaum daß wir abgesessen waren, setzte sich unser Zug abermals in Bewegung. Über feuchtes Geröll stiegen wir, die Pferde am Zügel führend, aufwärts. Sie folgten uns vorsichtig, doch ohne unruhig zu werden, als kennten sie den Weg; und selbst die beladenen Beipferde zeigten keinerlei Anzeichen von Unsicherheit. Wo ich die Bergwand unbesteiglich glaubte, öffnete sich, von senkrecht steigenden Felsen flankiert, eine Runse. Ihr fast trockener Grund lag trügerisch vor uns. Es hatte den Anschein, als gäbe das Wasser dieses Bett nicht auf und stürzte von Zeit zu Zeit die Klinge hinunter. Ich sah den Talschluß nicht, sah nur die weit auseinandergezogene Kette der Pferde und weißen Gestalten.

»Es gibt kein besseres Mittel, seine Fahrt durch Behemoth zu beenden, als sich von einem Gewittersturz in dieser Klamm überraschen zu lassen«, sagte ich zu Lord Arthur.

Er wehrte ab: »Es ist eine Frage des rechten Zeitpunkts; und es wird nicht das letzte Mal sein, daß wir auf die Gunst der Stunde ohne Rückhalt vertrauen müssen; und wenn ich mich recht besinne, ist es auch nicht das erste Mal.«

Felssporne engten die Talsohle so stark, daß ich mich wunderte, wie die Pferde hindurchkommen sollten. Aber sie scheuten nicht und ertrugen die Düsternis in den Klausen weit besser als ich, den der graue Tag und der Abschied von St. Goar bedrückten. Hätte sich wenigstens hinter den Engen ein blauer Himmel gezeigt! Doch nur ein widriger Abkömmling der Dämmerung spannte sich über den Lehnen. Steine unter den Füßen zu spüren, wie ich sie aus meinem Heimatgrund kannte, war mein einziger Trost. Aber ich wußte zu gut, wie wenig Verlaß auf sie ist. Das von den Felsen tropfende Wasser blieb das einzige Maß einer sonst unermeßlichen Zeit. Je näher wir dem Gipfel zu kommen vermeinten, desto höher stiegen die Talhänge auf. So zogen wir Stunde um Stunde. Ich wurde nicht ungeduldig, ich wußte, daß der Aufstieg zu einem Gebirgskamm weit länger dauert, als es das unbefangene Auge in der Ebene schätzt. Dennoch kannte ich keine zweite so endlos gestreckte und sich in ihrer Gestalt kaum verändernde Runse. Ich spürte, daß ich seit dem frühen Morgen nichts mehr gegessen hatte, auch bemerkte ich, wie Lord Arthur, älter und mit den Bergen weniger vertraut als ich, mehr und mehr zurückblieb. Ich wartete auf ihn. Ich fragte ihn, ob er einen Mundvorrat bei sich führe, denn mir war bedeutet, ja untersagt worden, mich um anderes zu kümmern als um meine persönlichen Gegenstände. Er winkte resigniert ab. Ich schlug vor, trotz der unwirtlichen Gegend und obwohl es nicht anders als im Stehen geschehen konnte, für eine kurze Weile zu rasten; doch unsere Begleiter, auf unser Zurückbleiben aufmerksam geworden, forderten uns durch Rufe und Handbewegungen dringlich auf, ihnen zu folgen.

»So hat sie doch ihr Gleichmut verlassen, das trügerische Bewußtsein, daß diesseits des Gjölls weder ein Pferd noch ein Mensch stürzen könne«, sagte ich zu Lord Arthur. Sie tauschten ein paar Worte miteinander. Ich begriff, daß die Runse nur in bestimmten Zeiten passierbar war und daß wir gewissermaßen durch ein solches, nicht zu eng, aber keineswegs reichlich bemessenes zeitliches Fenster gingen. Innerhalb dieser Frist waren wir sicher. Auch schien es vonnöten, bis zu einer bestimmten Stunde den Gipfel überwunden zu haben, um vor Anbruch der Dämmerung einen Rastplatz zu finden. Ich begriff, daß ich Lord Arthur, der bisher keiner Ermutigung bedurft hatte, aufmuntern mußte.

»Wenn wir als Kinder mit einem Bergführer gingen und uns der Aufstieg durch eine Klause schwer und langweilig wurde, spielten wir Raten, ob hinter dem nächsten Felssporn die Runse zu Ende sei. Wollen wir es ebenso halten?«

»Wollte Gott, wir wären noch Kinder!« ächzte Lord Arthur. Sein Wille focht mit seiner Erschöpfung einen ungleichen Kampf.

»Ich wette mit Ihnen: Hinter dem nächsten Talsporn sehen wir den Gipfel. Was halten Sie dagegen?«

»Narren Sie mich nicht durch falsche Hoffnungen. Sonst könnte es sein, daß ich bis zu jenem vermeintlichen Ausblick zwar kräftiger ausschreite, aber wenn ich darin enttäuscht werde, keinen weiteren Schritt tue«, wehrte er ab.

»Das Glück liebt den Hoffenden«, entgegnete ich. »Wir haben für heute die Rollen getauscht. Ich war traurig, als wir aufbrachen, und bin gelassen und fröhlich, seit es hinaufgeht. Ihnen aber nimmt die Anstrengung alle Zuversicht. Vertrauen Sie mir, hinter jenem Felssporn wird sich die Bergkrone zeigen, sei es auch nur für die kurze Spanne, bis sie der nächste Talmäander wieder verbirgt. Wir Irrende haben es an uns, daß wir von Zeit zu Zeit unser Ziel sehen müssen, wie fern es auch immer sei.«

Unter diesen Gesprächen hatten wir die nächste Klause passiert. Ich hatte so unbeirrt versichert, daß hinter ihr der Höhenzug zu sehen sei, daß ich mit gespannter Erwartung emporsah: ein Nebeltuch hängte seinen Zipfel in die Runse hinab; Fahnen lösten sich aus ihm und trieben hernieder. Ich wußte, daß es bei solchem Wetter besser sei, umzukehren. Aber statt besorgt, schienen unsere Führer erleichtert zu sein. Sie verständigten sich durch ein Kopfnicken, und keiner erwog auch nur mit einem Gedanken die Umkehr.

»Ich hätte recht behalten«, sagte ich zu Lord Arthur. »Aber der Nebel verstellt uns den Blick. Nehmen wir es als ein gutes Zeichen, obwohl es in unseren Breiten ein übles ist.«

»Gut oder schlimm; ich wünschte nur, daß wir eine sichere Stelle erreichten, um für heute und meinethalben auch für morgen ausruhen zu können.«

»Bald«, tröstete ich, »bald.« Wir setzten den Weg fort. Ich sah nur noch den Schemen des vor mir gehenden Pferdes. Dann versank es in den dichter werdenden Wrasen. Nur das leise Klacken der Hufe auf dem Gestein war zu hören.

»Sind Sie noch hinter mir?« rief ich von Zeit zu Zeit und mühte mich, in den feinen Lauten des Nebels die Stimme Lord Arthurs auszumachen. Anfangs fiel es nicht schwer, denn er versuchte seinem Ja einen Klang von Bestimmtheit, ja Entschlossenheit zu geben. Doch rasch wurde es leiser und war über eine weite Wegstrecke einzig noch tapfer, bis es, kleinmütig und kläglich, kaum den Nebel durchdrang. Dennoch schien mir, als sei dieses Ja mein einziger Besitz, der Trost, mit Lord Arthur auch mich selbst nicht zu verlieren. Denn es war viel, fast zu viel, wovon wir an diesem Tage Abschied genommen hatten. Leicht bekleidet waren wir in der morgendlichen Wärme St. Goars aufgebrochen, eines heißen Tages gewärtig; und heiß war uns auch durch den steilen Aufstieg geworden. Um so unangenehmer empfanden wir das umschlagende Wetter. Kalter Wind trieb mit den Nebelschwaden die Klinge herab. Sie schlugen Tücher, frostklamm und getränkt von Feuchtigkeit, um uns. Dünner Regen, gefolgt von winzigen Schneekörnchen, durchnäßte die Kleider und drang bis auf die Haut. Mich fror. Ich wollte schneller gehen, um mich zu wärmen. Aber unsichres Geröll lag unsichtbar am Boden der Runse. Zudem band mich das zagende Ja, das rasch leiser wurde, wenn ich dichter an meinen Vormann rückte. Ich ertappte mich dabei, daß ich den Weg an diesem Ja maß: wieviel Ja bis zum nächsten

Felsvorsprung, wieviel Ja bis zum Talschluß. Ich zählte die Ja nicht, wohl aber die Schritte zwischen ihnen. Denn ich begriff, daß die Zahl der Ja von der Mächtigkeit des Alephs sein und ebensowenig ein Ende nehmen könnte wie dieser Weg. Ich begriff, daß das Gepräge Behemoths Ewigkeit hieß, doch daß wir in ihr nicht bestehen konnten. Die Zeit, die wir wahrnahmen, berührte es ebensowenig, wie das Netz der Längen- und Breitengrade, das wir über eine Kartenprojektion legen, den wirklichen Erdball berührt. Dennoch besaß das erfundene und arbiträre Zeitmaß Macht. Ich merkte, wie seine durch unsere einfältige, sich wiederholende Zwiesprache entstehenden Partikeln auf den Boden schlugen und in ihn als in die berührbare Ewigkeit Behemoths eindrangen, dem Wasser vergleichbar, das am Vorabend einer Frostnacht in Felsrisse sickert, um das Gestein zu sprengen. Ich erinnerte mich, daß für den Menschen nur zwei Möglichkeiten bestünden, den Schöpfungsakt nachzuahmen: Erhalten und Zerstören; und ich spürte, daß wir, indem wir die Entfernungen zwischen jedem Sind-Sie-noch-hinter-mir und jedem Ja maßen, zugleich erhielten und zerstörten: wir zerstörten die glatte Oberfläche des Kontinents, wir quantelten sie; wir rissen den Berg aus seiner unendlichen Höhe herab; als könnte es, wenn die Teile aufhörten, unermeßlich zu sein, auch für das Ganze keine Unendlichkeit geben. Es war unser von der gesichtslosen Kälte des Aufstiegs gepeinigtes Ich, das in die Wesenlosigkeit Behemoths eindrang und ihm eine Zeit abverlangte, die, mochte sie auch auf einer Täuschung beruhen, mehr und mehr Bedeutung gewann.

So gering unsere Kraft, so lächerlich unsere Erkenntnis auch war, wir hatten Behemoth durch unsere Ankunft einen Anfang gegeben. Es war ihm von nun an bestimmt, zu altern und zu vergehen wie wir. Glich es nicht einem Fieberwahn, daß ich so dachte? Hatten wenige Stunden genügt, mich zum Erben Sir Houstons, zu seinem Stellvertreter in Behemoth zu machen? Wieviel Schritte zählte ein Ja? Wieviel Ja lagen zwischen all diesen Sätzen? Trotz ihrer Nichtigkeit verhinderten sie, daß mich meine Einsamkeit in die Angst stürzen ließ und meine durch Nebel und Kälte trostlos gewordene Erwartung in die Verzweiflung.

Der Wind wurde schärfer. Er peitschte Hagelkörner gegen die Augen. Ich schloß sie; sie halfen mir ohnehin nicht mehr. Wir mußten die Runse hinter uns gelassen haben; die Steigung wurde geringer. Wir gingen auf gewundenem Weg an den Berglehnen entlang. Ich spürte sie einmal zur Rechten und einmal zur Linken; ich ahnte an der Art, wie der Wind hervorstob und wieder zurückwich, den Abgrund.

»Sind Sie noch hinter mir?« Die Ja hatten mich nicht verlassen. Noch immer maßen sie unseren Aufstieg und überließen, was hinter uns lag, einer faden Unwirklichkeit. Nun wurde die Berglehne zur Rechten so niedrig, daß der Wind über sie hinpfiff. Wir sahen den Gipfel nicht, wir ahnten nur, daß wir ihn überschritten. Mich beunruhigte die heftige Rede des Windes. Er drohte, mir nicht nur die hinter mir hallenden Ja Lord Arthurs zu entreißen, sondern auch das Richtlot des Hufschlags vor mir. Wie leicht konnten wir, nicht mehr von den Tallehnen geleitet, den Abweg verfehlen und in die Tiefe stürzen. Ich rief Arthur Wellesley zu, das Pferd am langen Zügel zu nehmen und sich von ihm führen zu lassen, und tat das gleiche. Der Stieg neigte sich. Würde er abschüssig werden? Ich wußte, ein gleich steiler Abstieg mußte beschwerlich und für die Pferde kaum zu bewältigen sein. Arthur Wellesley dachte offensichtlich darüber nicht nach, denn sein Ja wurde kräftiger. Neue Hoffnung ließ ihn seine Erschöpfung vergessen. Ich fühlte mich versucht, die Pausen zwischen Frage und Ja größer werden zu lassen; aber ich wußte, daß es dafür keinen Grund gab, ja, daß die Gefahr eher gewachsen war. Der Wind wurde stiller. Er warf sich nicht mehr mit eisiger Heftigkeit gegen uns. Mein Pferd blieb stehen. Im dünner gewordenen Nebel zeigten sich undeutlich unsere auf einer Felsterrasse im Halbkreis stehenden Begleiter. Sie nahmen den Beipferden die Lastsäcke ab. Die Tiere drängten sich aneinander, um sich zu wärmen. Wir suchten hinter einer Felsnase Schutz vor dem Wind, erschöpft und gelähmt wie Menschen, die ohne Heimat und Ziel sind. Wir trugen an dieser Planlosigkeit keine Schuld. Sie band uns an unsere Begleiter, solange uns der Sinn ihres Handelns verborgen blieb.

»Woher wollen wir wissen, daß sie das Richtige tun?« fragte ich Lord Arthur und wies auf die Geschäftigkeit unserer Führer.

»Daher, daß uns keine Wahl bleibt«, antwortete er.

»Wir haben uns ihnen anvertraut, ohne uns zu vergewissern, ob sie Vertrauen verdienen«, entgegnete ich. »Ich möchte wetten, sie verdienen es nicht.«

»Sie kennen die Pforte von Behemoth; und das übertrifft unsere Kenntnis bei weitem.«

»Und ist doch wenig genug!« schränkte ich ein. Ein wunderliches Gemenge einander widerstreitender Stimmungen peinigte und belustigte mich: teils bereute ich, St. Goar verlassen zu haben, teils billigte ich meinen Entschluß, sobald ich die Aussichtslosigkeit meiner dortigen Existenz überdachte, teils trieb mich die Neugier, teils die Furcht; Unbehagen und Unsicherheit rief der Nebel in mir hervor, und zugleich schenkte er mir die Befriedigung, selber verborgen zu sein und eine Sichtschranke zwischen uns und St. Goar zu wissen.

Ich staunte, wieviel Ballast die Pferde heraufgeführt hatten. Scheite und Äste wurden entladen, ein Feuer auf dem glatten Felsgrund entzündet.

»Wieviel Aufwand für ein Nachmittagsmahl«, dachte ich. »Wäre es nicht besser, nur kurz zu rasten und die, wenn auch trügerische Helle des Nebels zu nutzen, um der Unwirtlichkeit des Bergkamms zu entrinnen?« Denn der Gedanke, auf einem so unsicheren und zufälligen Rastplatz die Nacht verbringen zu sollen, verursachte mir Übelkeit. Mich fror.

Ich rückte näher zum Feuer. Es gab nur wenig Wärme, dafür einen dichten, beißenden Rauch. Zungen von stechendem Weiß zogen hangauf oder wälzten sich die Flanken des Berges hinunter. Figuren lösten sich aus dem gestaltlosen Dunst, wurden blasser und verloren sich wieder. Dann hörte der Rauch auf, nach allen Seiten zu quellen. Er brannte nicht länger in meinen Augen und beengte den Atem nicht mehr.

»Sehen Sie nur«, rief ich, »es ist ein Dschinn, der, aus dem Gefängnis der Flasche befreit, in sein altes Maß zurückkehrt.«

»Glauben Sie, Behemoth hätte das Holz mit Salomos Siegel verschlossen?« lachte Lord Arthur und sah dennoch frappiert, wie der Rauch Konturen gewann. Unsichtbare Hände fächelten den Nebel fort, Füße stießen ihn vom Kammweg, ihn verschlang ein unersättliches Maul. Sich widersetzend, versuchte er, den Rauch zu umzingeln, ihn ins Gestaltlose zurückzudrängen und das qualmende Feuer mit einem nassen Tuch zu ersticken. Doch der Rauch siegte. Nebelschwaden wichen vor ihm zurück, Fahnen stürzten die Jähen nieder. Schon wurde der Weg, auf dem wir gekommen waren, sichtbar; und ein Stück des Pfads, den wir nehmen würden, zeigte sich vor uns. Neues Holz wurde auf die Flamme gelegt; es knisterte, knackte und sprang; lauter wurde das klagende Sirren des Nebels. Die tiefer gelegenen Hänge zeichneten sich schärfer ab, ohne daß der Talgrund sich zeigte. Ich sah, welchem Plan wir gefolgt waren: Unter uns lag die unbezwingbar scheinende Felswand. Eine Flanke des Berges wuchs in sie hinein und bildete offensichtlich den einzigen Zugang. Um ihn zu erreichen, war es notwendig, den die Felswand um einige hundert Meter überragenden Berg zu ersteigen. Seine Kuppe schwalchte jetzt durch den Nebel. Unwirtlich und mit finsterem Steingesicht lag sie hinter uns.

»Wir sollten dieses Bergungetüm den ›finsteren Wächter‹ nennen«, schlug Arthur Wellesley vor. Obwohl ihm jegliches Gerät fehlte, unsere Höhe und die Entfernung von

Charenton zu bestimmen, unterließ er es nicht, eine Karte zu zeichnen. Ich urteilte abschätzig über seine Bemühung. Er widersprach: »Die Lage dieses Gebirgszuges ist nicht unbekannt. Bei gutem Wetter habe ich ihn vom Dachgarten des ›King of Despair‹ mit dem Fernrohr gesichtet. Auch die Entfernung läßt sich an unseren Reisestunden ermessen. Zudem lerne ich ein Land nur kennen, wenn ich seine Gestalt in eine wie auch immer beschaffene Karte eintragen kann.«

Wir wurden Zeugen und bescheidene Teilhaber eines üppigen, ja schwelgerischen Mahls. Lord Arthur schaute nachdenklich auf das unmäßige Treiben.

»Es trägt nicht das Gepräge der Wiederholung«, urteilte er, »eher das der Einmaligkeit. Vielleicht ist es ein Entsühnungsmahl für uns, die in das Innere Behemoths gehn? Aber wer weiß in diesem Land schon, was einzigartig und was gemein ist?«

Flaschen wurden entleert und in die unsichtbare Tiefe geworfen. Der Gipfel des Berges lag jetzt klar und scharf vor uns. Nebel hing wie eine Glocke, wie ein zweiter, engerer Himmel über ihm. Die Luft war so durchscheinend, daß die Entfernungen schmolzen und wir vermeinten, wir könnten mit unseren Händen die Nebelglocke berühren. Unsere Gefährten ergriff eine trunkene Wildheit. Sie hoben die Fäuste und drohten und höhnten zum Gipfel empor.

»Was gilt es? Soll der Berg noch immer Wächter der Finsternis heißen?« fragte ich Lord Arthur.

»So steht es in meiner Karte«, antwortete er. »Im Garten Eden hat der Mensch den Lebewesen Namen gegeben, nicht aber den Pflanzen und Bergen. Dennoch ist die Schöpfung erst vollendet, wenn alle Dinge benannt sind.«

»Ich glaube, jedes Ding kommt mit einem Namen zur Welt, und uns steht nur zu, ihn zu enträtseln. Statt dessen sind wir zu Usurpatoren geworden, die sich um die Geschichte der Wesen und Dinge nicht kümmern. Wir zählen die Weltalter vom Tag unserer Ankunft und nötigen ihnen unsere Namen auf, als seien sie unsere Gefolgsleute und wir könnten sie mit den Dingen belehnen. In Wahrheit gehören uns die alten Namen nicht; ebensowenig wie der Himmel über unseren Heimatdörfern sind sie unser Erbteil.«

»Sie nehmen alle Erfahrung vorweg«, wehrte er ab. »Durch ein voreiliges Urteil rauben Sie Ihren Augen die Unbefangenheit. Aber fragen Sie jene, die ihn, sobald sie ihn bezwungen haben, verachten, nach dem Namen des Berges.« Ich tat es und merkte, daß sie sich trotz ihrer höhnenden Überlegenheit vor dem Gipfel fürchteten.

»Sie nennen ihn den Berg, von dem aus man alles sehn kann.«

»Ein beschönigender Name für eine Brutstätte von Nebel und Dunkel!«

»Sie verstehen es falsch: er *heißt* nicht, er *ist* der Berg, von dem aus man alles sehen kann. In Wahrheit trägt er einen anderen Namen. Aber sie scheuen sich, ihn auszusprechen. Was halten Sie davon?«

»Vielleicht ist es der Berg, von dem aus man alles sieht, was man sehen will«, wich ich aus. Doch um diesem Wort seinen Beiklang von Ironie zu nehmen, setzte ich hinzu: »Wäre es anders, so bestünde keine Möglichkeit, ihn zu erklimmen.«

Lord Arthur wurde nachdenklich: »Haben wir ihn denn erklommen? Hat er sich uns nicht, während wir ihn bestiegen, verborgen? So unwahrscheinlich auch diese Behauptung ist und so unglaubwürdig die sind, die es bezeugen, so töricht wäre es, unserer europäischen Skepsis zuliebe den vielleicht größten Gewinn zu verschleudern. Ich kehre um. Ich will die vergleichsweise kleine Mühe nicht scheuen, auch auf die Gefahr hin, enttäuscht zu werden. Enttäuscht?« fragte er sich selbst und gab sich zur Antwort: »Da meine Hoffnung gering ist, wird es auch die Enttäuschung sein.«

Ich versuchte ihn zurückzuhalten: »Was könnten Sie gewinnen? Müßten wir umkehren, weil Sie alles, was uns die

Reise lehren könnte, im Augenblick schon ergriffen? Würden Sie, von diesem unerschöpflichen Panorama gefangen, auf dem Berg zurückbleiben, ein Stylit, der langsam an Auszehrung stirbt? Würden Sie nur das Gegenwärtige sehen oder auch das Vergangene, nur Behemoth oder auch die anderen Kontinente? Wünschten Sie gar, in die Zukunft zu schaun, uneingedenk der Mahnung, das große Buch des Lebens Seite für Seite zu lesen und nicht in müßiger Neugier spätere Kapitel aufzuschlagen? Je mehr ich darüber nachdenke, desto deutlicher wird mir die Unsinnigkeit Ihres Vorhabens.«

»Ich will nichts vorwegnehmen«, entgegnete er schlicht. »Zu sehen, was geschehn wird, könnte mir nichts nützen, ich müßte denn ein Teil von ihm sein. In dieser Hinsicht besitzt die Rolle des Betrachters keinen Sinn. Ich suche anderes. Ich möchte den wahren Weg kennen und Kenntnis erlangen, ob das, was ich suche, in Behemoth zu finden ist.«

»Den wahren Weg gibt es nicht oder erst, wenn wir ihn gehen. Wie vor der Welt keine Zeit war, so ist kein Weg, ehe ihn einer betritt«, wandte ich ein. Er hörte nicht auf das, was ich sagte.

»Gehen Sie nicht!« beschwor ich ihn, und ich spürte, daß ich es mehr um meinet- als um seinetwillen tat. »Erinnern Sie den Spruch nicht: Wer den Schein hat, kann das Sein nicht besitzen? Was Sie vom Gipfel sehen, ist Schein, der sich an ein Sein hängt wie ein Schmarotzergewächs an die Wirtspflanze, die es am Ende aussaugt und tötet. Sie werden es schwerer, nicht leichter haben, wenn Sie zurückkehren.« Die letzten Worte sprach ich schon gegen den Rauch; denn Arthur Wellesley war, unbemerkt von unseren noch immer schwelgenden Gefährten, aufgestanden und mit einer Energie, die seiner Erschöpfung während des Aufstiegs hohnsprach, zurückgelaufen.

»Was aber, wenn Sie nicht zurückkehren?« fragte ich, schon nicht mehr an ihn, vielmehr an mich selber gewendet.

Denn ich war es auch, der die Antwort darauf gab, und sie machte mich beklommen. Das Feuer wurde geringer. Der Rauch floh in eiligen Zügen aus dem glimmenden Holz.

»Alles, was ohne Wert ist, flieht die Flamme!« sagte ich laut.

Schon huschten die ersten Nebelschemen über den Berg, dünn und vom nachrückenden Rauch höhnisch vertrieben, schon verdunkelte sich die Tiefe unter uns. Meine Gefährten rüsteten hastig zum Aufbruch. Sie nahmen sich nicht die Mühe, die Mantelsäcke zu packen; sie kümmerten sich um die Beipferde nicht, griffen nur ihre Pferde am Halfter und begannen trunken höhnenden Schrittes, vom ängstlichen Wiehern der Pferde begleitet, den raschen Abstieg. Meine erste Regung war, ihnen zu folgen, denn ich wußte, wie gut sie daran taten, zu eilen. Der Tag war spät, und es blieb keine Zeit zu verlieren, wenn wir noch heute den Berggrat passieren und die Hochfläche hinter der Felswand gewinnen wollten. So zog ich mein widerstrebendes Pferd auf dem Serpentinenpfad abwärts, wurde mir jedoch nach ein paar Kehren der Widersinnigkeit meines Treibens bewußt. Wollte ich denn, noch ehe unsere Reise so recht begonnen hatte, Arthur Wellesley, den einzigen, auf den ich vertrauen durfte, aufgeben? Ich ließ mein Pferd frei, es trabte mit leisem Wiehern den anderen nach, während ich, den Weg abkürzend, über lockeres Gestein kletternd, unserer Raststätte zustrebte. Das Feuer glutete noch. Dünner, ängstlicher Rauch quoll aus der Asche. Ich blies in die Glut. Ich entlockte ihr eine kleine, bläuliche Flamme. Ich entzündete einen vergessenen, seitwärts liegenden Ast und trug ihn vor mir wie eine Fackel, als ich, laut nach Arthur Wellesley rufend, bergan lief. Der Gipfel lag wieder im Nebel, und ich fürchtete mich. Doch meine Furcht lastete nicht schwerer auf mir als der leichte, nachgiebige Nebel, der feucht auf das Holz schlug, so daß die Flamme fauchte und die Rinde zu rauchen begann. Im Umkreis der Flamme wurde es lichter; ich vermochte vier, fünf

Schritt weit zu sehen, so daß ich schneller laufen konnte. Ich tat es, soweit der Atem reichte, als bestünde, solange meine Flamme schwalchte, geringere Gefahr und größere Aussicht, Lord Arthur und mich selber zu retten. Ich erreichte ihn. Er stand auf dem schmalen Plateau, das wie der Grund eines Amphitheaters rings von schräg aufsteigenden Nebelwänden umschlossen war. Ich begriff nicht, wohin er schaute, da alles unter Dunstdecken verborgen lag. Vielleicht sah er in sich hinein und glaubte so, alles zu sehen.

»Lord Arthur!« rief ich ihn an. Er rührte sich nicht. War er bis zum Knie oder schon bis zum Herzen erstarrt? Ich packte ihn bei den Schultern. Ich drehte ihn derb in die Richtung, aus der ich gekommen war. Ich hielt ihm den brennenden Ast vors Gesicht. Die Augen waren glanzlos und ließen kein Licht ein. Nur die Lider zuckten unter der Wärme; ich schüttelte ihn: »Rasch! Wir müssen fort!« Er rührte sich nicht. Ich zog ihn mit Gewalt zwei Schritt voran. Es war, als schleppe ich einen Toten. Ich achtete nicht auf die Flamme; sie traf seinen Hals und verbrannte die Haut.

»Ich kann nichts sehen«, sagte er, »nichts.«

»Was Wunder, wenn einer auf dem Berg, von dem aus alles zu sehn ist, erblindet!« lag mir auf der Zunge, aber ich sagte es nicht. Ich stützte ihn mit der Rechten, mit der Linken die jämmerliche Fackel haltend, der der Nebel noch auswich, aber schon wartete er dreist und begierig, daß sie erlösche. Wir kamen, obgleich es bergab ging, in dieser Haltung nur mühsam voran. Langsam spürte ich, wie die Last auf meinem Arm geringer und sein Schritt sicherer wurde.

»Können Sie sehen?« fragte ich.

»Ich weiß nicht«, antwortete er. »Geben Sie mir die Hand und gehn Sie voran!« Wir liefen rascher. Unter den zischenden Nebeln erlosch meine Flamme. Wir hatten den Rastplatz erreicht. Ratlos sah ich umher; weiße Schwaden umlagerten uns und ließen nicht ahnen, wo der Pfad abzweigte, den unsere Gefährten genommen hatten. Selbst von den Pferden war nichts zu vernehmen. Doch das verlassene Feuer glimmte, als wollte es uns helfen, noch einmal auf und sandte dünne Rauchstreifen gegen den Nebel. Schemenhaft sah ich fast senkrecht unter uns den Zug unserer Gefährten.

»Wir müssen uns abseilen«, urteilte ich. »Nehmen Sie Ihr Seil!«

Er trug es nicht bei sich.

Ärgerlich rollte ich mein Seil ab, den seltenen Umstand verfluchend, daß der Paß über den Gipfel führte. Ich erkannte: Das Bild der Karstwand war noch nicht in Lord Arthurs Augen gedrungen. Der Nebel verhüllte ihm die inneren Bilder noch stärker als die äußeren Gegenstände, von denen er nur eine vage Vorstellung besaß. Jedoch zu warten, daß er zu sich komme, blieb keine Zeit.

Weil Arthur Wellesley außerstande schien, sich selbst abzuseilen, befestigte ich das Seil an seinem Gurt. Das Ende doppelt um einen Felshaken schlingend, forderte ich ihn zum Abstieg auf. Er begriff nicht, was ich von ihm wollte. Doch ein Instinkt leitete ihn. Ich gab Seil nach, so schnell wie ich es, ohne die Gewalt darüber zu verlieren, konnte. Nebel hüllte mich ein, bis ich nur den Felsblock und das ihn umschlingende Seil sehen konnte. Wie, wenn Arthur Wellesley außerstande war, das Seil zu lösen, sobald er sein Ziel erreicht hatte? Wie wenn ich die Entfernung falsch geschätzt hatte und das Seil zu kurz war? Wie wenn er während des Abstiegs das Bewußtsein verlor? Jeden Unheilsgedanken begleiteten zwei Meter nachgelassenen Seils. Besaß das Feuer nicht die mindeste Kraft mehr? Brachte es, das kaum vier Schritt von mir gebrannt hatte, keinen Rauch mehr hervor, stark genug, mir das klamme Nebeltuch vom Gesicht zu ziehen? Hatte ich, Arthur Wellesley zu retten, mich selbst diesem unwirtlichen Gipfel ausgesetzt, von dem der Nebel nur durch ein neues Feuer zu vertreiben war?

Das Seil lockerte sich. Ich wartete eine Weile. Dann holte ich es ein, unsicher erst, doch rascher und rascher werdend.

Ich hielt beide Enden in meiner Hand. Ich lauschte hinab, doch kein Geräusch drang zu mir. Ich legte mir das Seil zum Zweischenkelsitz zurecht und ließ mich hinab. Ohnehin entkräftet, mußte ich mich zwingen, nicht langsamer zu werden, ja ganz zu verhalten, vom törichten Gedanken verleitet, solange ich am Seil hinge, kennte ich die Gefahr; unberechenbar werde sie erst, wenn ich angelangt sei. Ich erreichte eine Felsnase und hätte jetzt mein Seil einholen können. Ich tat es nicht, um nicht noch mehr Zeit zu verlieren. Langsam sah ich den Felsgrund, von dem ich mich abstieß, deutlicher. Die Nebel wurden dünner, lösten sich aus ihrem Verband, umspielten und narrten mich. Plötzlich war es, als zögen sie den Zipfel ihres Grabtuches fort. Ich hing an einer fast senkrechten Steile. Etwa zwanzig Meter unter mir mündeten die Serpentinen in die Gratbrücke, die hinüber zur Hochebene führte. Wieder verschloß mir der Nebel den Blick. Ich spürte das Seilende in meiner Linken; undeutlich sah ich dicht unter mir ein schmales Plateau.

»Holen Sie das Seil ein!« sagte Lord Arthur und stützte mich. Unsere Begleiter – der Nebel hing jetzt weit über uns als eine unbewegliche Haube – brachen ihre Rast ab, als gönnten sie uns keine Pause. Wieder nahmen wir unsere Pferde am Zügel, denn die Felsbrücke war an vielen Stellen nur zwei Fuß breit. Zu beiden Seiten fielen die Flanken in eine scheinbar grundlose Tiefe.

»Gerettet!« jubelte etwas in mir. Aber es war ein falscher Jubel, eine krankende Fröhlichkeit wie die von Trunksüchtigen, wenn sie für Stunden ihrer Verzweiflung entrinnen.

Ein Schatten schlug gegen mein Auge. Ich schrie auf, als empfände ich einen leiblichen Schmerz: eines der Packpferde war ausgeglitten und in die Tiefe gestürzt, ohne Schrei, ohne, verzweifelt Halt suchend, mit den Hinterhufen zu schlagen. Das Dämmer verschlang es lautlos; nur das leise Klickern von losem Geröll drang an mein Ohr. Ich traute den eigenen Sinnen nicht mehr. Denn mir war, als schetterte nicht das lose Gestein, sondern das höhnische Lachen unserer Begleiter. Mein Pferd kürzer am Zügel nehmend, ging ich bedrückt weiter. Ich wagte nicht, in seine großen, im Abenddämmer schwermütig scheinenden, ach so wissenden Augen zu schauen. Nur mit Arthur Wellesley tauschte ich einen Blick.

»Das erste Opfer ist dargebracht«, schien er zu sagen. »Nun sind wir in unserer Freiheit. Bislang hat Notwendigkeit uns geleitet.« In Wahrheit sagte er nichts; er war zu müde, zu sehr in sich selber gekehrt, um den Verlust des ersten Pferdes zu reflektieren. Ich zweifelte, ob er ihn wahrgenommen hatte. Vielleicht hatte er noch das Panorama des alles offenbarenden Berges vor Augen. Ich wußte, daß ich für heute nicht auf seine Hilfe und seinen Zuspruch rechnen konnte. Ich ging trotzig und dennoch vorsichtig weiter und redete mir ein, daß ich keines Trostes bedürfe. Ich spürte, wie ich mich auf die erbärmlichste Weise belog, und fürchtete mich vor dem Mißtrauen, das, in Charenton noch ein schwacher Setzling, hier kräftig emporwuchs und drohte, mich zu umschließen. Wohltuend spürte ich die lebendige Wärme des Pferdes an meiner Hand.

»Bist du auch nur ein Trugbild?« sprach ich es an. »Bist du ein Wesen von Fleisch und Blut oder ein Spukbild, von einem Toren, der uns narren wollte, erdacht?« Ich erhielt keine Antwort. Nur seine Augen sah ich erneut, seine warmen, wissenden Augen; ich, der ein Unwissender war und es bleiben sollte, solange wir durch Behemoth zogen.

Betroffen sah ich, wie ein zweites Pferd stürzte. Unser Vorrat an Mitgefühl geht rasch zur Neige, wenn wir uns, gefoltert von Trostlosigkeit, von Erschöpfung gequält, weiterschleppen, bis die letzte Hoffnung wie eine abendliche Sonne versinkt.

Ein drittes und ein viertes Pferd traten fehl. Ich glaubte zu sehen, wie ihre Leiber in der bleifarbenen Tiefe aufschlugen. Eine Staubwolke erhob sich. Nein, es war kein Staub:

eine Schar Raben löste sich aus dem Gestein und flog, Flügel an Flügel, empor, als stiege das nächtliche Dunkel auf. Die letzten Beipferde stürzten, und wieder erblickte ich Raben. Mich rüttelte wie ein beginnendes Fieber der Zorn: unsere Begleiter drängten die Beipferde absichtlich gegen den Abgrund. Ich begriff nicht, warum sie sich ohne Widerstand, ja ohne Laut in den Tod treiben ließen, zu nichts anderem gut, als Holz auf die Felsterrasse zu tragen, damit das schwalchende Feuer den Nebel vertreibe.

Wiederum stieg eine Wolke von Raben auf, nun kaum noch vom Dämmerdunkel zu scheiden.

»Seid ihr Zukunftsboten«, dachte ich, »und verheißt ihr Unglück und Tod?« Und ich murmelte die alte Verwünschung: »Da ihr euch nicht erbarmt, sollen Leiden über euch kommen!« Für einen Augenblick glühte auf der Felswand ein Blutbogen auf und erlosch.

»Es ist die Sonne, die Schützerin jeglicher Kreatur«, dachte ich, »und sie ist machtlos, da sie zur Unterwelt sinkt.« Ich blieb stehen und klopfte meinem Pferde den Hals: »Und du, bist du auch nur ein Nachtmahr?« Es wieherte leise, als fürchte es, sich zu verraten. Ich umhalste es. Ich war auf unerklärliche Weise getröstet. Denn ich wußte, daß der Golem keine Sprache besitzt und die als Truggebilde geschaffene Kreatur keine Stimme. Es war mir, als hätte ich einen Freund gewonnen, zuverlässiger als Arthur Wellesley, weil er ohne Pläne und Ehrsucht war; und zugleich wurde die Wand aus Mißtrauen und Abneigung zwischen mir und unseren Begleitern höher und fester. Ich sagte zu meinem Pferd: »Du brauchst einen Namen. Jede Freundschaft beginnt mit einem Namen und endet, wenn ihr der Name genommen wird. Ich nenne dich Hans im Glück. Nicht wahr, wir haben mit denen nichts gemein, die deine Brüder, auch wenn es Tagmahre sind, zu schlechten Diensten mißbrauchen!« Der Hang stieg noch einmal an, steil genug, mich fürchten zu machen, ich könnte meinen neuen

Freund an die Schar der Raben verlieren; dann hatten wir das Plateau erreicht. Wir hätten reiten können, denn die Erde schien eben. Doch meine Begleiter wagten es nicht oder hielten es nicht der Mühe wert. Wir umgingen einen Schroffen und fanden an seinem jenseitigen Fuß einen guten Lagerplatz.

»Sind Sie noch da, Lord Arthur?« sprach es aus mir mit einer Stimme, die nicht die meine war. Denn ich schämte mich, ihn über dem Gespräch mit dem Pferde vergessen zu haben.

»Ja«, kam es in ebenso unnatürlichem Tonfall zurück, als sei er ebenso beschämt wie ich, weil er sich selber vergessen hatte. Vor dem Einschlafen spürte ich wohltuend die Wärme des Pferdes, das neben mir lag und dessen Halfter ich in der Hand hielt.

DER NÄCHSTE MORGEN / *Erwachen / der Quell / Hans im Glück / fruchtbare Gegenden / der Cañon / Absturz / versuchte Rettung / Fortsetzung der Reise*

Ich erwachte von einer lauten, doch kleinmütigen Stimme. Lord Arthur rief mich im Traum: »Teutsch, es ist Schnee gefallen! Steh auf, mein Gefährte! Bist du schon müde? Du wirst erfrieren, steh auf!« Ich stand auf und beugte mich über ihn. Für einen Augenblick atmete er ruhiger. Dann aber schlug er, sich auf dem Lager wälzend, heftig mit seiner Rechten und sprach laut, fast schreiend: »Ich habe alles vom Berg aus gesehn! Steh auf! Wenn unsere Reise überhaupt einen Sinn hat, so den, daß wir sie gemeinsam tun.« Und noch einmal rief er: »Steh auf, es ist Schnee gefallen, steh auf!«

Es war kein Schnee gefallen. Nur die Röte einer über Charenton aufsteigenden Sonne, die den Rand der Berge noch nicht erreicht hatte, fiel auf die unwirtliche Ebene. Sie umglomm den Schroffen, an dessen Fuße wir lagerten und der keinen Schatten warf, aber in mir die Täuschung hervorrief, wir lagerten unter der dunkelsten Gegend des Himmels. Auf Lord Arthur fiel noch einmal ein tiefer, traumloser Schlaf; er verstummte und atmete tief. Meine Glieder waren starr von der nächtlichen Kälte. Meine Füße gehorchten mir nur widerwillig, als ich mich, dem Hang folgend, ein Stück vom Lager entfernte. Der Boden war rissig. Hier und da wuchs dünnes, gespenstiges Gras aus der steinigen Erde. Ich ging einige hundert Schritt und fand eine Quelle. Der Glutfächer der nahen Sonne faltete sich auf. Ich bückte mich. Ein gerötetes Spiegelbild berührte die Augen und ein helles Wasser den Mund. Es war mir, als sei ich aus einem finsteren Traume erwacht und auf dem Weg in die Heimat. Etwas Weiches schmiegte sich an meinen Nacken. Mein Pferd stand hinter mir. Ich tätschelte es: »Hans im Glück, wie konnte ich dich nur vergessen!« Ich gab die Quelle frei, und auch das Pferd trank, und das Wasser schien es wie mich zu beleben. Es wieherte leise, bis ich begütigend die Hand auf Schopf und Widerrist legte. Obwohl mich in der eisigen Morgenluft fror, wusch ich mich am ganzen Körper und schauerte unter der Kälte des Wassers. Aber sie löste sich von mir wie splitterndes Eis. Mich durchströmten Wärme und Zuversicht. Der Halbkreis der Sonne stand über den Steinen. Ich ging zurück, Hans im Glück an meiner Seite. Ich brauchte ihn nicht zu führen.

Meine Begleiter waren schon wach. Wir saßen auf und ritten über die vielhüglige Ebene. Gegen Süden tauchte aus dem Dunst eine Bergkette auf, von Gletschern wie mit glitzerndem Flitter behangen. Nach einer weiteren Reitstunde öffnete sich uns ein Ausblick, der alle Beschwernis und alle Angst des gestrigen Tages aufwog. In der dünnen Luft des Hochlands gewannen selbst die entferntesten Gegenstände einen solchen Farbglanz und traten mit solcher

Klarheit hervor, daß sie schön und zum Greifen nah vor uns lagen. Eine prachtvolle Landschaft breitete sich aus mit bunten Tüchern aus Wiesen, Flüssen und blühenden Wäldern, übertupft von schimmernden, aus Holz gebauten Ansiedlungen und Gehöften und dem blassen Lichtkreis der Seen. Wie ein prangendes Rundgemälde lag sie vor uns in ihrer malerischen Vielfalt von Wasser, Gehölzen und bestellten Feldern, ihren sanft gewellten Flächen und schattigen Hügeln. Zu unseren Füßen dehnten sich Eichen- und Zedernwälder, als müßten sie den fruchtbaren Talgrund beschirmen.

Wir ritten schneller. Der Weg neigte sich. Wir hielten uns längs eines Baches, der hier oben entsprang, und wetteiferten mit den Wellen, als erste den Talgrund zu erreichen. Schon waren die ersten Strauchkiefern, Krüppelbuchen und kniehohen Lärchen zu sehen, und bald verlangsamte der dichter und höher werdende Wald den Lauf unserer Pferde. Die Zweige der Bäume wurden von Reben voller dunkelroter Trauben, Lianen und anderen Schmarotzerpflanzen üppig und festlich umrankt. Schmetterlinge, wie ich sie so schön nur im Maskenzug von Charenton gesehen hatte, flogen umher. Ein Geruch, süß und betäubend, drang aus dem Unterholz, und die tropischen Vögel begannen ein wildes Konzert.

Jetzt wurde der Wald mit jedem Schritt durchsichtiger. Von einer weiten Lichtung her glänzte die Helle des Tages. Alle Bedrängnis fiel von mir ab. Ich atmete so frei, als wüsche ich mich noch einmal in der morgendlichen Quelle. Ich mußte an mich halten, um nicht zu jubeln.

Wie lieblich waren die Gegenden, die wir durchritten! Die Tropenwälder ließen wir hinter uns und erreichten einen Gürtel samtener Wiesen und bewaldeter Hügel. Kirschbäume blühten, die Arme mit Tüchern aus weißer Seide behangen. Schleier von Blütenblättern löste der Wind von den Zweigen und trug sie zu den blühenden Schlehenhecken hinüber. Wie erleuchtete Beryllkristalle glänzte das Gras. Es war der gleiche Himmel wie in der Kindheit, das gleiche stille, doch freudige Leuchten wie an einem Maimorgen in meiner Jugend, an einem Schöpfungsmorgen mit seiner allumfassenden Erneuerung.

Wir folgten dem Lauf eines Flüßchens. Von den Pappeln und Schwarzerlen fiel Tau in Tropfen bernsteinfarbenen Lichtes. Mir wurde bewußt, daß ich keinen Frühling erlebt hatte und den Oktoberglanz tiefgelegener Wiesen nicht mehr kannte, seit ich in Behemoth war; und ich erinnerte mich, wie uns jeder Neubeginn und jedes Frühjahr fast wie ein Wunder schienen, anders als in diesem traurigen Land, wo es keine Gewißheit des Werdens gab und das Sterben zweifellos und ohne Frage geschah.

Tropfen perlten hinab auf das murmelnde Wasser. Ich dachte an meine Flüsse: an den Inn, der hinter meinem Haus floß. An Sommerabenden gingen wir hinaus auf den Balkon, und du sagtest:

Die Fenster meines Zimmers
schauten über niedrige Häuser zum Strom,
dem gleichen Strom,
der mich geboren hat
und mich fortführen wird
in einem Kästchen aus Schilf, so wie er
mir meine Kindheit nahm
und mir die Jugend brachte, den Fisch,
in dessen Leibe ein Ring lag.

Und ich mühte mich, im Wasser deine Augen zu sehen und dein Gesicht, das sich mir öffnete, doch wenn ich es streicheln wollte, verschloß. Aber ich fand nichts als die Ringe des fallenden Taus. Ich dachte an mein Gebirgsdorf, an den Wildbach, an sein Murren im zeitigen Frühjahr, an den reinigenden Atem der Kälte und das polternde Dröhnen des Wassers, als gräme es sich, weil uns der Winter verließ.

Ich kam zu mir. Die Landschaft wandelte sich und verlor das Gepräge der Heimat. Tropische Bäume mit glänzendem Laub standen wie ein geöffnetes Tor am Rand der Wiese. Der Wald war nicht so dicht, daß er uns am Reiten gehindert hätte; nur das Geflecht der armstarken Wurzeln erschwerte den Weg. Üppiger Duft quoll aus dem Laub. Scharen von Papageien flogen zeternd vorbei, so schillernd wie die in den Regenbogenfarben glitzernden Blätter.

»Hören Sie auf die Sprache der Farben, die eine Sprache der Schöpfung ist!« forderte mich Arthur Wellesley auf. »Versuchen Sie zu verstehen! In unseren farbarmen Ländern haben die gotischen Maler die Schöpfung vollendet, in Behemoth sind es die Paradiesvögel, die Schmetterlinge und diese Blätter. Ich glaube, das Schwerste haben wir überstanden. Der Weg ist leichter, als zu erwarten war. Ich freue mich so, wie ich mich seit Jahren nicht mehr gefreut habe!« Während ihn eine überschwengliche Fröhlichkeit ergriff, wich von mir die Freude. Mein Jubel beim Anblick der Frühlingslandschaft deuchte mich kindisch.

»Wie unwirklich, wie unbeständig ist alles«, dachte ich, und ich fürchtete mich plötzlich zurückzuschauen, als könnte die Gegend, die wir durchritten hatten, schon nicht mehr so sein, wie sie mir erschienen war, als rücke das Gebirge gegen die Wiesen und Wälder an, um sie unter Fels und Geröll zu begraben.

»Wir haben zu schwer am Winterkleid unseres Charakters zu tragen in diesem Land, wo ewiger Sommer herrscht«, antwortete ich Lord Arthur.

Er lachte: »Wer soll Sie aus Ihrer winterlichen Gefangenschaft lösen, wenn Sie es nicht selbst tun? Es gibt tausend Vorwände, um unglücklich zu sein, Sie brauchen nicht so verzweifelt nach *einem* zu suchen!«

»Ich bin nicht unglücklich«, antwortete ich. »Aber es sollte mich wundern, wenn dieser bezaubernde Pfad nicht ein Weg zu neuen Verhängnissen wäre.«

»Das sagen die Parteigänger einer freudlosen Schöpfung«, widersprach er.

Unser Zug stockte jäh. Das Flüßchen, dem wir gefolgt waren, schien ohne Übergang in einen uferlosen Himmel zu münden. Näher tretend erkannten wir, daß es sich, mehr Wasser führend, als wir geglaubt hatten, als breiter Katarakt in die Tiefe ergoß. Drunten zwängte es sich durch einen schmalen Cañon und mündete unweit des Wassersturzes in einen Strom, der sich tosend durch bizarre Steintore wälzte, Narben an den Felsen zurücklassend, eine Schrift von Jahrhunderten, vielleicht von Jahrtausenden, die nicht zu entziffern war. Im Vergleich zur belebten Landschaft hier oben erschien die Schluft als eine Apotheose der Öde. Dort erhob sich eine Stadt mit klobigen Türmen aus dem Gestein und da ein mißgestaltetes Riesengeschlecht. Wenn wir hinab in die wirbelnde Flut sahen, fühlten wir, wie sich die Berge bewegten. Sie begannen mit aufgerissenem Maul bedrohlich zu kreisen. Ein Gebirge war, anstatt sich über dem Boden aufzufalten, in die Tiefe gestürzt. Blankgeschliffene Felsen in ungeheurer Nacktheit warfen die Feuergarben einer das Land verwüstenden Sonne zurück. Wir ahnten die ungeheure Dürre dieses Landstrichs, die beispiellose Zerrissenheit dieser Erde; und ihre unzugänglichen Steinschluchten bedrückten uns. Die Vegetation endete jäh hinter den letzten, vor dem Felssturz zurückweichenden Bäumen; und die absonderlichen Steingebilde schienen die Gewächse dieser Landschaft zu sein, Setzlinge aus dem Nationalpark des Todes.

Das Blau, die Farbe der Unendlichkeit, der Trinität und der bösen Engel, war am Himmel erloschen. Den spiegelbildlich in die Erde gebetteten Landstrich durchzogen Zonen von bronzenem Braun, rostfarbene Segmente, Ringe aus Kupferrot, Bezirke bröckelnden Golds, umschlossen vom unermeßlichen Gelb der sie wie ein Firmament umspannenden Wüste. Unsere Begleiter rechteten miteinander.

»Sie kennen den Cañon nicht«, dolmetschte ich. »Auf ihrer letzten Fahrt hat es ihn noch nicht gegeben.«

Lord Arthur lachte auf: »Sie wissen so gut wie ich, daß er Jahrmillionen alt ist.«

»Und wie alt sind unsere Begleiter?« hätte ich fragen wollen. »Und wann war ihre letzte Fahrt?« Aber ich fragte nicht und sagte statt dessen: »Wir tun nicht recht daran, Behemoth mit dem Zeitmaß der Erde zu messen.«

»Wir haben kein anderes«, wehrte er ab.

»Wer hindert uns, unseren Führern zu glauben, daß sie diesen Cañon nicht kennen?«

»Waren Sie es nicht, der mir sagte, daß sie kein Vertrauen verdienten? Worüber streiten sie jetzt?«

»Sie erwägen, ob sie umkehren sollten.«

»Sagen Sie ihnen, daß wir nicht umkehren dürfen. Es verstößt gegen unser Übereinkommen.« Ich übersetzte.

»Auch die Schlucht verstößt gegen unsere Übereinkunft«, ließen sie antworten.

Arthur Wellesley zuckte die Achseln: »Sie mögen tun, was sie wollen, aber sich rasch entscheiden.« Seiner Mahnung bedurfte es nicht: Eine Erdscholle löste sich unter dem Gewicht eines Pferdes und riß es samt seinem Reiter hinab. Wir wichen erschrocken zurück.

Unwillkürlich sagte ich mit angstzerquältem Gesicht: »Die wir todgeweiht sind, in der Ferne werden wir sterben. Hätte es uns früher getroffen, wir wären umgekehrt, aber hier fließen schon alle Wasser zum Swaul.« Betroffen sah Lord Arthur mich an. Aber mir selbst blieb unverständlich, was ich da sprach. Ich stieg ab. Ich warf mich auf die Erde, das Gesicht über dem Abgrund, und spähte hinab. Eine Wolke aus gelbem Staub lag über der Tiefe und verbarg die Sohle der Schlucht. Und wieder war es, als sähe ich schwarze Flügel inmitten der Wolke.

»Der ist uns voraus!« hörte ich einen sagen. Ich spürte seine Gleichgültigkeit.

»Ich werde mich abseilen«, entschied ich. »Vielleicht, daß ich eine Spur in der Tiefe erblicke.«

Lord Arthur schüttelte den Kopf: »Was wollen Sie? Selbst wenn Sie drei Seile aneinanderknüpfen, können Sie den Grund der Schlucht nicht erreichen.« Ich sagte mir selbst, daß der Fluß einige hundert Meter tief unter uns liege. Was glaubte ich zu entdecken, daß ich von meinem Vorhaben nicht abstand?

»Lassen Sie mich von meinem Pferd nach oben ziehen, sobald ich das Zeichen gebe«, bat ich Lord Arthur und begann meinen Abstieg.

»Wie aussichtslos ist, was du tust«, dachte ich. »Glaubst du, du kannst dich von aller Mitschuld freikaufen, wenn du so handelst?« Der Talgrund kam mir nicht näher, wie weit ich mich auch hinabließ. Es war, als entzöge er sich mir auf gespenstische Weise. Für Augenblicke sah ich nichts mehr. Ein Funkeln, ein jäher Glanz kam aus der Tiefe, dorther, wo das Flüßchen in den Strom und seinen wilden Cañon mündete. Eine Kupferflamme schlug bis zur halben Höhe des Felsens empor, eine Feuersäule, die auf dem Wasser fußte, als liege dort der Eingang zur Hölle. Das Licht schmerzte mich, aber ich konnte die Augen nicht schließen. Auch das Gestein unter mir begann zu flammen; Felsplatten wie geschliffener Marmor gleißten in schamloser Röte. Ich glaubte die Glut der Flamme zu spüren, den sengenden Atem, der die Länder fruchtlos und gelb macht. Aber schon fiel die Säule wie eine Wasserfontäne lautlos zusammen. Nur ein Abglanz des Rots widerschien von der Felswand. Ich begriff: die Sonne hatte über dem schmalen Mund des Schachtes gestanden, und ihr Strahl war auf den Wasserspiegel an seinem Grunde gefallen. Doch ich verstand nicht, wieso er so rasch wandern konnte, jetzt gegen Mittag, wenn die Sonne den Scheitel erreicht und ihn nur langsam preisgibt. Nun schien die Schlucht unter mir mit einem schwer durchdringlichen Düster gefüllt, und meine Augen brauchten lange Zeit, um sich an die Finsternis zu gewöhnen. Mich faszinierte das bizarre, abwärts getürmte Gebirge mit seinen vielen Gestalten, die ich immer besser wahrzunehmen begann.

»Alles, was du bist, verdankst du der Tiefe«, dachte ich und vermochte die Augen nicht abzuwenden.

Ich wußte nicht, wie lange ich so gehangen hatte. Das Seil schmerzte mich, es schnürte die Glieder ab. Ich ließ mich, obwohl ich es als zwecklos erkannte, weiter hinab. Da erblickte ich unter mir unseren Gefährten. Eine Felsnase sprang aus einer Rinne wie ein Zierturm, eine gotische Fiale hervor und mußte seinen Sturz aufgehalten haben. Er lag, das Gesicht mir zugewendet, den Kopf an die lehmige Berglehne gebettet. Er regte sich nicht. Vielleicht hatte der Fels sein Rückgrat zerschlagen. Mich wunderte, daß ich keine Spur von seinem Pferd erblickte. Wie war es ihm gelungen, sich im Sturz aus dem Sattel zu lösen? Ich eilte mich, ich ließ mich weiter hinab. Aber mein Seil war zu kurz. Zwei Meter über ihm hing ich, unfähig, ihm zu helfen oder ihn zu bergen. Schon wollte ich das Zeichen geben, daß man mich nach oben ziehe, damit ich an einem längeren Seil zurückkehren könne, als ich merkte, daß er sich regte.

»Bleiben Sie liegen! Bewegen Sie sich nicht! Wir kommen Ihnen zu Hilfe!« wollte ich ihm zurufen. Aber das Wort erstarb mir. Aufgedunsen von Fäulnis, brach sein Leib auf. Tiere waren es, die aus seinem Rumpf krochen und in die sich seine Gliedmaßen verwandelten: Füchse und Marder. Scheinbar mühelos liefen sie die steilen Wände hinauf und hinab. Ihr Fell phosphoreszierte. Sie ließen sich fallen und klammerten sich, ihren Sturz endend, an den glatten, fast lotrechten Felsen, der auch dem geübtesten Fuß keinerlei Halt bot. Einzig das Gesicht blieb meinem Gefährten. Es hob sich und wehte, obgleich kein Luftzug zu spüren war, wie ein Pergamentbogen auf. Ich zuckte unwillkürlich zurück, als es mich streifte. Dann versuchte ich es zu fangen: zu spät. Durch meine heftige Bewegung hatte ich das vereinbarte Zeichen gegeben; man zog mich nach oben. Ich sah noch, wie das Pergament zerfiel, wie es sich auflöste in ein Flattern winziger Flügel, und ich konnte nicht ausmachen, ob es Fetzen Papier oder Schwärme von Tagfaltern waren. Wie Gelächter umdröhnte es mich. Ich fand keine Zeit zurückzusehen, denn ich mußte achten, nicht verletzt zu werden, so rasch wurde ich nach oben gezogen. Auf dem Plateau fand ich nur Arthur Wellesley.

»Die andern sind vorausgeritten. Sie suchen den Weg«, sagte er.

Mein Pferd lief herbei, doch dann witterte es und wich zurück, als rieche es etwas Fremdes an mir.

»Haben Sie Ihren Willen gehabt?« fragte mich Lord Arthur sarkastisch.

»Ich fürchte, es wird übel für uns ausgehen«, gab ich zur Antwort. Von dem, was mir widerfahren war, erzählte ich nichts. Ich ließ ihn im Glauben, daß mein Abstieg so nutzlos gewesen wäre, wie er es vorausgesagt hatte. Vielleicht spürte er, daß ich ihm etwas verbarg, denn er sagte: »Ich hatte meinen Berg, von dem aus alles zu sehn war, Sie Ihr Tal, in dem Sie alles erblickten. So sind wir quitt.«

»Es ist nicht der Fluch Behemoths, daß wir zuwenig, sondern daß wir zuviel sehen«, wagte ich zu erwidern. Wir bestiegen die Pferde. Hans im Glück scheute nicht mehr, aber er zeigte sich merkwürdig widerspenstig, als ich versuchte, ihn in die Richtung zu lenken, die Arthur Wellesley einschlug.

»Sind Sie sicher, daß wir den rechten Weg wählen?« fragte ich. »Mein Pferd scheint es anders zu wollen.«

»Pferde sind unwissende Wesen«, antwortete er mit ironischer Überlegenheit. »Sie wittern den heimatlichen Stall und meinen, jeder wolle dorthin. Unsere Begleiter sagen, daß der Strom in den Gjöll münde.«

»Ich finde keinen Grund, unseren Begleitern mehr zu vertrauen als meinem Pferd«, entgegnete ich.

»Mag sein«, gab er zur Antwort. »Aber wir brauchen sie noch. Es scheint mir zu früh, mich von ihnen zu trennen.«

Erst jetzt sah ich, wie spät es geworden war. Die Sonne neigte sich bereits im Westen; und ich wußte, wie kurz die Dämmerung in diesen Breiten währte. Hatte ich Stunden in der Schlucht zugebracht, oder waren die Tage im Inneren Behemoths so kurz?

Doch als wir weiterritten, schien es, als sei die Sonne am Himmel festgeheftet und könne nicht sinken. Das ohnehin zwischen den Stämmen düsternde Licht wurde nicht trüber und das Grün der Blätter nicht tiefer. Doch kaum hatten wir die Lichtung, auf der unsere Begleiter lagerten, erreicht, stürzte das Dunkel wie ein über Kaskaden fallendes Wasser herab. Die zweite Nacht unserer Reise brach an.

DIE WEIBLICHEN WASSER

*/ Trennung von fünf Gefährten /
Baden im Fluß / Hans im Glück / die Gipsbüsten /
Überquerung des Flusses / die Statuen / die Frauen /
das Innere der Hütte / orgiastisches Mahl / erneute Flucht /
Rückkehr zu Arthur Wellesley / Finsternis / das Feuer /
Artuhr Wellesleys Redseligkeit*

Diesmal erwachte ich spät. Keine Erwartung half mir, fröhlich und mit Zuversicht zu erwachen.

»Wir müssen aufbrechen«, sagte Lord Arthur. »Wie ich erfahren habe, sind in dieser Jahreszeit die Morgenstunden am längsten. Die Sonne beschreibt keinen Kreisbogen, sondern eine ballistische Bahn. Wenn sie ihren Zenit erreicht hat, sinkt sie so rasch, daß der Abend dem Mittag fast auf dem Fuße folgt.«

Ich saß auf und aß, während wir ritten. »Wie lange soll unser Vorrat reichen«, dachte ich, »und welche Speise werden wir essen, wenn diese Quelle versiegt ist?« Früchte gab es genug, doch unsere Begleiter aßen nur von dem, was wir mitführten.

Wir durchritten eine vertraute Landschaft. Der Boden klang hohl unter den Pferdehufen.

»Reiten wir jetzt über den Strom, der sich unterirdisch seinen Weg gebahnt hat?« dachte ich. Denn vom Cañon des Vortags war, so weit wir auch nach Westen ritten, nichts mehr zu sehen. Ermüdend dehnte sich der Vormittag. Wieder kamen wir auf eine Lichtung. Im dürren Gras standen zwei behauene Granitblöcke, so hoch wie ein Mann zu Pferde. Vom Boden ausgehende Inschriftbänder in Gestalt zweier sich schneidender Ovalbögen zierten die Steine. Wieder gerieten unsere Begleiter in Streit. Fünf wendeten die Pferde: Sie müßten umkehren. Das bedeuteten ihnen die Zeichen. Bald würden wir die weiblichen Wasser erreichen, die sie nicht überqueren könnten.

Lord Arthur lachte darüber. Ich fand in ihm die Bereitschaft, den unwahrscheinlichsten Gerüchten ohne Zögern zu glauben – »ohne den Schutz der Mythen sind wir verloren«, hatte er mir zu Beginn der Reise gesagt –, gepaart mit der Verachtung aller wunderlichen Berichte.

»Sie mögen tun, was sie wollen, doch uns an unserer Reise nicht hindern«, sagte er entschieden und lenkte sein Pferd an den noch Beratschlagenden vorüber. Ich ritt ihm nach. Vier Reiter folgten uns. Von den übrigen fünf hörten wir nichts mehr, nicht einmal den Hufschlag der sich entfernenden Pferde. Ein Schwarm lästiger Raben begleitete uns, bis wir eine Flußniederung erreichten. Wie aus dem Nichts geboren, umgaben sie uns und flogen als schwarze Gespenster so dicht an unseren Augen vorüber, daß wir unwillkürlich die Hände an die Stirn führten, um sie zu schützen. Sie setzten sich zu Dutzenden auf die Zweige, die sich unter dem Gewicht senkten und zu brechen drohten. Das Knarren und Knacken des Holzes mischte sich mit dem höhnischen Kolken der Raben. Wäre es Abend gewesen, so hätten sie uns das Gruseln lehren können. Noch aber stand uns der Morgen bei, die Zeit, da sich jedes Wesen seiner Kraft bewußt ist und die Gespenster nicht fürchtet.

»Es ist, als hätten die bei uns fast ausgerotteten Vögel hier eine neue Stätte gefunden und wollten uns jetzt für den Verlust ihrer alten Heimat verklagen«, sagte Lord Arthur. »Doch Exulanten sind machtlos, solange sie sich an Vergangenes klammern. Husch!« Er machte eine Handbewegung, mit der man Fliegen und allenfalls Spatzen vertreibt. Die Raben höhnten, aber sie blieben wie auf ein Zeichen zurück, denn der Wald endete, und offensichtlich wagten sie nicht, das schützende Halbdunkel zwischen den Stämmen zu verlassen. Wir ritten in die Flußniederung ein. Es war die Stärke und zugleich die Schwäche dieser Landschaft, daß sie uns stets überraschte. Innerhalb weniger Reisestunden verwandelte sie sich von der Üppigkeit tropischer Regenwälder über Savannengehölze und erschreckende Kraterwüsten in Gegenden, die heimatlich anmuteten. Sie besaß keinen Charakter, doch um so mehr Schönheit. Ried- und Spaltgras wuchs in den Auen. Weiden standen unter dem wolkigen Sommerhimmel. Der Fluß wand sich nachdenklich und ohne Eile durch seine Talaue. Wir erreichten das Ufer an der ausspringenden Seite eines Mäanders. Die Strömung hatte so viel Sand in der Bucht abgelagert, daß sich uns eine bequeme Badestelle bot.

»Ich halte es für vermessen, dies harmlose Flüßchen ›die weiblichen Wasser‹ zu nennen«, sagte Lord Arthur. »Für Sie hingegen, der Sie in Ihrer Sprache nur die heimatlichen Flüsse mit weiblichen Namen bezeichnen und alle Ströme außerhalb unseres Kontinents mit männlichen, mag darin ein Stück Poesie liegen. Es scheint nicht der Mühe wert, nach einer Furt zu suchen; die Strömung läßt sich an jeder Stelle durchreiten. Ich gebe zu«, lenkte er ein, als wir anderen absaßen, »daß dies ein reizendes Fleckchen Erde ist, so recht gemacht, um hier zu rasten.«

Ich führte mein Pferd zum Fluß und wollte es schöpfen. Doch es verweigerte, obgleich es durstig sein mußte, die Tränke.

»Sie haben nie gelernt, Herr zu sein und die Kreaturen nach Ihrem Willen zu lenken. Ihr Pferd beharrt, Ihre Schwäche erkennend, selbst, wo es ihm zum Schaden gereicht, auf seinem Willen!« tadelte Lord Arthur.

»Es ist nicht mein *Pferd*, sondern mein *Gefährte*!« wollte ich aufbegehren, aber ich schwieg. Ich vertraute ihm. Ich glaubte nicht an seine Willkür, auch nicht, als sich die anderen Pferde tränken ließen, ja zum Wasser drängten, als könnten sie nicht erwarten, inwendig und äußerlich von ihm umfangen zu werden.

»Welch gierige Augen sie haben!« dachte ich. »Doch es sind keine lebendigen Augen. Sie sind wie buntes Glas, das von innen erleuchtet wird.« Unsere Führer, von gleicher Eilfertigkeit wie die Pferde, warfen ihre Kleider ab und liefen johlend und grölend ins Wasser. Der Fluß schwoll an. Eine heftige Welle schlug über das Ufer. Hans im Glück tat einen jähen Sprung zur Seite und riß mich, der ich das Halfter umklammert hielt, mit. Wir standen auf einer Brink, die das Lord Arthurs Stiefel umspülende, auf- und abschwellende Wasser nicht erreichte.

»Welche Furcht vor dieser kläglichen Flut!« spottete er. »Wer von diesem Wasser nicht trinkt, der bleibt mutlos, sei er ein Mensch oder ein Klepper. Doch wehe den Furchtsamen, wenn sie sich den Pforten Behemoths nähern!« Er war keineswegs so unerschrocken wie seine Worte. Das Wasser zerrte an seinen Füßen, so daß er einen schweren Stand hatte, und sprang an seinen Beinen empor. Unwillkürlich trat er einen Schritt zurück, während sein Pferd sich wie die anderen mitten im Fluß auf den Rücken warf. Gänzlich von der Flut überbrandet, wälzte es sich zur Seite, bäumte sich auf und ließ sich erneut fallen. Keines der Pferde gab einen Laut von sich. Nur unsere Begleiter grölten und wieherten und gebärdeten sich ebenso wild wie die Pferde. Die nackten Leiber warfen sich auf und tauchten wieder hinab. In die Scheiden der zahllosen Strudel drangen sie ein, zuckten zurück und stellten sich seitlich zur Flut, die aufgereckten Phallen über dem Wasser. Die lasziven Fluten umdrängten die erigierenden Zeugungsglieder der Hengste und Männer. Wie von Fisch- und Mädchenleibern blinkte es in der Strömung. Stöhnen und wildes Gedröhn der Körper und Wasser bedrängte die Ufer. Eine grüne Macht bewegte Hüften und Münder. Finger mahlten die Strömung mit mühsam zurückgehaltener Wut. Trichter öffneten sich und stürzten zusammen im Strudel der Leiber. Manchmal tauchte ein Gesicht aus der Strömung. Lange, blonde Flechten lösten sich und vergingen im Wirbel der zimtfarbenen Rücken. Körper, freudig und schlank; Körper, glänzend wie Regenbogen im Silber der fischschuppigen Wellen. Seegras von Schamhaar trieb auf paradiesgrünen Wellen. Die schwarzen Molen zwischen den Mädchenbeinen, an denen die Schiffe anlegten und von denen sie in See stachen, lockten und glänzten. Vielarmige Wasser brodelten und rissen sich hinab, wurden milchig vom Samen der Männer und Pferde und rot vom Deflorationsblut und rot vom Monatsblut und rot vom Widerglanz einer Sonne, die, selbst den weiblichen Wassern zugehörend, hinabstürzte und wieder aufstieg. Dürre Blätter taumelten wie trunkene Greise; Blüten, wie unreife Kinder, umquirrten den Pfuhl. Wir hockten zitternd auf unserer Brink, außerstande, uns nicht von dieser aufrührerischen und ergötzlichen Orgie verlocken zu lassen, und unfähig, uns gleich den anderen in die weiblichen Wasser zu stürzen und teilzuhaben an der orgiastischen Selbstvergessenheit, an Lust und Widerlust der unbegreiflichen Strömung.

Menschen und Bäume mit freigerissenen, lehmigen Wurzeln wurden von einer Fontäne emporgeschleudert und sanken wie willenlos erneut in den Rausch.

»Wann werden sie sich erschöpft haben?« dachte ich und

gab mir zur Antwort: »Die weiblichen Wasser erschöpfen sich nicht. Erst wenn sie gebären, halten sie inne. Die Strömung ist nicht unbegreiflich, unbegreiflich sind nur die Ufer.« Das Wasser, als hole es Atem, zog sich zurück, um in einem neuen Ansturm unsere Brink zu überfluten. Wir nutzten diesen Augenblick, um den erhöhten Sand zu gewinnen. Wir? Nein, nur Hans im Glück, der mich mitriß. Es gelang uns nicht, Arthur Wellesley von seinem Aussichtspunkt fortzuziehen. »Er ist nicht mehr frei!« dachte ich, »das Wasser hat ihn berührt. Dennoch ist er noch stark genug, sich nicht zu ergeben.« Ich begann den alten Text zu begreifen: »Am zweiten Tag schuf Gott eine Veste und schied die Wasser voneinander. Und die oberen heißen seitdem die männlichen und die unteren die weiblichen Wasser, und kämen sie zusammen, sie zerstörten die Welt.«

Wie im Traum bestieg ich Hans im Glück, wie im Traum spornte ich ihn. Wollte ich mich an ihm rächen, weil er mich vom ergötzlichen Tauchbad zurückgehalten hatte? Er aber lief nicht rascher. Er trabte, das Sumpfgras meidend, weiter am Rande der Niederung. Ich spürte, wie ich unsere Gefährten, wie ich Lord Arthur und auch mich selber vergaß. Nur das Ried mit seinen üppigen Weiden blieb mir im Gedächtnis. Am Prallhang stand eine Buche, die schattigen Arme gegen die rasch sinkende Sonne gestreckt. Hier war das Flüßchen so schmal, daß zwei Baumstämme, vielleicht vom Sturm, vielleicht von Menschenhand darübergeworfen, eine Brücke bildeten, die gewiß auch mein Pferd passieren konnte. Aber es ließ sich nicht führen, es entlief mir, kaum daß ich abgestiegen war; und kein Locken, kein Rufen half. Es entfernte sich langsam, doch unbeirrbar und trabte auf dem Weg, den wir gekommen waren, zurück. Es fiel mir nicht ein, ihm zu folgen und nach Arthur Wellesley zu suchen, dem einzigen menschlichen Gefährten, den ich besaß.

Ich setzte mich auf den Erdhügel unter der Buche. Ich schaute auf das verlorene Wasser, das wieder so still war wie zur Zeit des sanftesten Sommers. Süchtig von Sehnsucht und Müdigkeit, sah ich hinab. Wie wünschte ich mir, hinter einem Mäander die spitzen, ziegel- und schiefergedeckten Dächer meines Heimatdorfes zu sehen. Wie verfluchte ich, einer der glücklosen Wanderer zu sein, die gleichermaßen von Fernweh und dem Verlangen nach Heimat getrieben, Elfen und Luftschlösser suchen; wie verfluchte ich uns hochmütige Reisende, deren Stolz es ist, verlassen zu sein; die es nicht aufgeben, die Epigramme der Schatten zu lesen, immer dieselben Parabeln seit Jahrtausenden schon, die dunkelsten Prophezeiungen, als sei diese Welt nur aus Unglück gemacht, als hätte sie ihre großen Feldzüge gegen die Hoffnung begonnen, ihren Marsch, der über keinen Rubikon führt. Wir Eroberer von inneren Wüsten, immer im Glauben, wir könnten die Heerfahrt enden, wann immer wir wollten, wir können es nicht. Wie ein Priester zeitlebens durch seine Weihen gebunden ist, bleiben wir Söldner dieses Expeditionszuges, dieser Reise ins Leere. Und daß wir nicht enden können, macht uns nicht groß.

»Nur ein Unkundiger«, dachte ich, »wagt sich zu weit in die Watten und fürchtet die Flut nicht. Ein Kundiger sucht die Deiche, er sucht die Brink seines Lebens. Wir aber sind weder Kundige noch Unkundige. Es ist uns kein letzter Ernst mit uns selbst und um unsere Reise. Hast du je geglaubt, es sei eine *Pilgerfahrt zur ewigen Seligkeit*? Nein, du wirst nicht geläutert. Du bist nicht bereit, deine Vergangenheit zu beschwören. Du tilgst, was nicht sein soll, aus deinem Gedächtnis. Du gestehst dem kalten Verstande nicht zu, dein Meister zu sein. Er ist einfältig. Er kann dir nicht helfen. Eine tiefe Unfähigkeit hindert ihn daran, es ist das Unvermögen zu leiden.« Dachte ich an die Gefahren, die mich, den Verlassenen, der sich selber allein ließ, umschlossen? Ich dachte nicht an sie. Ich sah, umgeben von einem Mantel aus Trauer und Zorn, die jenseits des Flusses beängstigend rasch fallende Sonne. Ich hörte das vertraute Schlagen der Wellen, ein Raunen im Abend, ein inniges Rufen, das Locken und Lügen der tausend Stimmen im Grund: »Komm herab, komm herab.«

»Was soll ich bei euch«, antwortete ich, »ich bin schon müde und alt; ich habe keine Zeit über mein Verhängnis hinaus.«

Sie fuhren fort zu locken und zu lügen; und da es dunkler wurde, sah ich auch die Gesichter so nah, daß ich sie berühren konnte, wenn ich mich nur weit genug hinabbeugte. Und ich beugte mich hinab. Ach, es war mir, als seien es stets die gleichen Augen in meinem Leben; Agnes, Christine, Uta, Renate, geliebte und glücklose Augen; Augen, leuchtend von Verlangen und von Verlassenheit wie die Yhinamonos. Ja, Yhinamono, sie war es; sie entstieg dem Fluß. Das fließende dunkle Haar, aus dem das Wasser niederströmte, umhüllte ihre Gestalt.

»Sie ist so schön, daß alles, was schön und kostbar ist, ihren Namen tragen müßte«, dachte ich. Sie stand am Ufer und winkte mir zu, nur durch den Fluß von mir getrennt. Ich dachte nicht an Gefahr. Ich dachte nicht an die Brücke aus Stämmen, ich wollte mich hinabgleiten lassen, um ihr zu folgen. Ein Wiehern schreckte mich auf, und eine Hand, die sich auf meine Schulter legte, hielt mich zurück. Lord Arthur stand hinter mir, während das Finster das Mädchen am anderen Ufer verschlang. Die dritte Nacht auf Behemoth nahm ihren Anfang . . .

»Wir sollten die Furcht schätzen, anstatt sie zu mißachten«, sagte Lord Arthur zu mir am anderen Morgen. »Haben wir uns bisher nicht von jeglichem Wind führen lassen und sind jedwedem Wege gefolgt wie die unbeständigen Herzen? Versprechen Sie mir eines, Teutsch – ich weiß, es ist meine Schuld, da ich als erster auf jenen unglückseligen Gipfel zurückgekehrt bin –, versprechen Sie mir nun, da wir quitt sind, eines: daß wir uns nicht mehr trennen wollen, was auch geschieht. Es sei denn, das Schicksal trennte uns durch Gewalt voneinander.«

Ich versprach es und gab ihm die Hand.

»Die Verlockung ist stärker, als wir vermeinen«, fuhr er fort. »Mag es Ihnen, der Sie durch Ihre Melancholie vor ihnen gefeit sind, leicht sein, die orgastischen Wasser zu fliehen; den klagenden wären Sie nicht entronnen. Unser Verlust ist groß, zu groß für die ersten Reisetage. Wir haben die Pferde und die Gefährten verloren.«

»Nichts von Fleisch und Blut ist verlorengegangen und nichts, dem wir nachtrauern sollten«, dachte ich.

»Welchen Weg werden wir nehmen?« fragte ich Arthur Wellesley.

Er sagte: »Es wäre verlockend, dem Flußlauf zu folgen, denn ich glaube, wir sind den Wassern der Schöpfung nahe. Ob es uns wie dem Demiurgen gelingt, unser eigenes Bild im Wasserspiegel des Chaos zu schauen?«

»Sie vergessen«, erwiderte ich, »daß die Wasser in der Geisterwelt nur ein Gleichnis sind. Sie erscheinen all jenen, die sich an Trugbildern erfreuen!«

Wiederum lachte er. »Die ersten Tage in Behemoth haben unserem Aberglauben gute Nahrung gegeben. Wieviel auch zu seinen Gunsten sprechen mag, er ist uns doch nicht von Nutzen. Wir müssen den Weg gehen, den unsere Vernunft uns zu gehen befiehlt.« Ich widersprach nicht. Ich klopfte nur den Hals meines Pferdes, das mich gestern so gut geführt hatte, und dachte bei mir: »Ist auch Hans im Glück ein Teil unserer Vernunft, oder ist er mehr als sie; sieht er, was unseren Augen verschlossen ist, oder wittert er es nur?«

Lord Arthur fuhr fort: »Das beste ist, den Fluß zu überqueren und flußabwärts nach unseren Gefährten zu suchen. Vielleicht hat einer von ihnen das gestrige Bad überstanden. Nur weiß ich nicht, ob wir es wagen sollten.«

Ich spottete: »Die Zeichen sind günstig; oben Kien, das Schöpferische, der Himmel. Unten Kan, das Abgründige, das Wasser. Bescheidenheit schafft Gelingen. Ein bescheidener Edler mag das große Wasser durchqueren. Sie sind ein Edler, Lord. Sie brauchen die Flut nicht zu fürchten, aber Sie sind nicht bescheiden.«

»Das macht nichts«, sagte er mit der gleichen Ironie. »Täuschung vermag den Makel zu löschen; der Spiegel der List kann ihn verbergen. Wir betrügen uns selber, obgleich wir Wissende sind. Die Dämonen durchschauen uns nicht. Doch die Strafe ist, daß wir werden müssen, was wir nur spielen.«

»Ich habe Hunger«, sagte ich trocken, der Dämonologie ein Ende setzend.

»So öffnen Sie Ihre Packtasche! Sie sind der einzige Besitzende unter uns; wir anderen haben alles verloren.« Er sprach im Plural, als wären unsere Begleiter noch bei uns. Ich knöpfte die Tasche auf, die ich nicht selber gepackt und bislang nicht geöffnet hatte. Ich spürte etwas Hartes in meiner Hand. »Nichts zu essen«, dachte ich enttäuscht und zog es hervor. Es war die Büste des Houston Lawrence. Ich griff noch einmal hinein. Ich fand ein mit alten Lappen umwickeltes Bündel. Als wir es auseinanderschlugen, schaute uns der gipserne totenblasse Sir Houston entgegen. Ich langte ein drittes Mal in den Beutel. Er war leer. Wir sahen uns an und brachen in Gelächter aus.

»Ich sehe, Sie führen nur geistige Nahrung mit sich«, sagte Lord Arthur.

»Zum Glück ziehen wir durch ein Land voller Früchte. Wollen wir zuerst den Fluß überqueren oder zunächst nach etwas Eßbarem suchen? Wir müssen uns an den Gedanken gewöhnen, daß Zeit hier kein kostbares Gut und daß es klüger ist, nach Wochen als nach Tagen zu rechnen.« Wir entschieden uns, daß Lord Arthur als der bessere Reiter in die tropischen Wälder zurückreiten und ich am Fluß warten sollte. Ich stand – vielleicht zum letztenmal – Sir Houston allein gegenüber. Vor vier Tagen hatte er mir kalt und huldvoll den Abschied gegeben. Stunden, reich an Enttäuschung und Furcht, waren seither gefolgt. Der Schatten der Gegenwart fiel auf das Vergangene; und ich vermochte nicht, es im Sommerlicht noch ungereifter Hoffnung zu sehen. Mich beschlich ein Gefühl trostloser Überlegenheit. Ich stellte die Büsten ins Riedgras – bereit, da ich weder Sir Houston noch meiner selbst habhaft werden konnte, sie zu zerstören. Sie waren die im Stock gefangenen Angeklagten, vor Gericht gebracht, nicht damit Recht gesprochen werde – denn das Urteil war längst gefällt –, sondern damit sie verhöhnt würden. Es fehlte nicht viel, und ich hätte dem alten Sir Houston, wie er, den Mund in hämischer Bosheit verzogen, vor mir stand, ins Gesicht gespien.

»Strafe mich nur immer«, sagte er, »wie Kyros einen Fluß strafen ließ, wie Xerxes das Meer peitschte. Du gäbest viel darum, zu wissen, ob die scheinbar leblosen Dinge Schmerz und Strafe empfinden oder ob nur du selbst Erleichterung spürst, indem du sie quälst.«

»Warum kannst du nicht schweigen wie Houston Lawrence zu schweigen versteht!« herrschte ich ihn an.

»Es ist nicht mein Amt, sondern das seine. Er ist der unwandelbare Kern meines Wesens. Ich hingegen muß mein Gesicht wandeln. Und weil das allein zu trostlos wäre, auch meine Rede. Ich bin beinahe so alt wie Behemoth, ein Rudiment meiner selbst. Und der Rest ist Schweigen? O nein, der Rest ist Geschwätz. Ein Kontinent wird – wie ein Mensch – geschwätzig, ehe er stirbt. Er gibt seine Geheimnisse preis. Er hat keine Ursache und keine Kraft mehr, sie zu verbergen.«

»Du bist überflüssig, Sir Houston«, unterbrach ich ihn. »Warst du es schon in deiner leibhaften Erscheinung, so bist du es um so mehr in Gestalt dieser Trödlerbüste, zumal auf unsrer beschwerlichen Reise. Doch da du mich an manchem Abend über den wahren Sir Houston getröstet hast, darfst du deine Todesart wählen: soll ich dich auf dieser Landzunge zerschlagen oder dich in die weiblichen Wasser werfen?«

»Es sind nicht mehr die weiblichen Wasser«, widersprach er. »Du darfst auf Behemoth nicht das Heute mit dem Gestern verwechseln. Das Wasser birgt keine Gefahr. Heute kannst du hindurchgehn, heute brauchst du die Brücke nicht mehr.«

»Willst du mich dorthinein locken, um selbst dem Tod zu entgehen? Willst du mich erneut verführen, wie du mich verleitet hast, Behemoth zu betreten?«

»Es war dein Wille, nicht der meine. Doch will ich nicht leugnen, daß ich es heimlich gewünscht habe.«

»Sollen wir über das Wasser oder lieber flußauf gehen?« fragte ich.

»Stromauf führt der rechte Weg«, antwortete er. »Doch du darfst nicht glauben, daß in Behemoth der rechte auch der bessere und der falsche ein verlorener Weg ist. Solange du dir bewußt bleibst, auf dem falschen Wege zu sein, ist nichts verloren. Erst die trügerische Sicherheit, die das Falsche für wahr nimmt, bringt dich in Gefahr. Sei vorsichtig, wohin du auch immer gehst. In Behemoth ist dir letztlich nichts und alles zum Schaden. Was zögerst du? Ich dachte, du wolltest mich in den Fluß werfen oder zerschlagen.«

»Ich habe keine Eile«, beschwichtigte ich ihn. »Du kannst mir Gesellschaft leisten, bis Arthur Wellesley zurückkehrt.«

»Und wenn er überhaupt nicht zurückkehrt? Vergiß nicht, kein Augenblick gleicht dem anderen; und im nächsten Moment bin ich vielleicht nicht mehr der, den du haßt. Und dann nützt es dir nichts, mich zu töten.«

»Das mußt du mir überlassen«, wies ich ihn ab. »Mein Gewinn ist, mich vom Vergangenen zu lösen, dessen Zeuge du bist.«

»Wäre ich es nicht, du müßtest es selber sein. Es ist besser, einen Mittler zwischen sich und seinem Alter ego zu wissen, als ihm nackt gegenüberzustehen.«

Ich sah auf den Fluß. Er lag ruhig und geheimnislos vor mir. Mir war gewiß, daß dieser von mäßiger Hand in Gips geformte Sir Houston, wenn ich mich umwandte, seine Stimme ebenso verlieren würde wie das Wasser seinen Glanz und seine Gefährlichkeit.

»Ich bin dir keine Last, dein Pferd wird mich tragen«, ließ sich Sir Houston vernehmen.

»Welchen Vorteil sollte ich davon haben?« fragte ich, ungehalten, weil er nicht schwieg.

»Du brauchst meinen Zuspruch.«

»Verlassen zu sein ist auch ein Geschenk.«

»Du bist nicht verlassen. Du bist reich: Arthur Wellesley begleitet dich, ich begleite dich und dein Pferd.«

»Es ist noch nicht abgemacht, ob du mich begleitest.«

»Belüge dich nicht, es ist abgemacht.«

»Dann will ich wenigstens Houston Lawrence zurücklassen.«

»Wie, deinen besten Freund, den einzigen, den du bewunderst? Es ist kein Zufall, daß wir immer zusammen reisen. Du kannst das, was ich gewesen bin, nicht von mir trennen. Nicht wahr, du willigst ein.«

»Und wenn ich nicht einwillige?« fragte ich. »Müßte ich nicht fürchten, dein gipsernes Zelem an jeder Wegbiegung aufs neue zu finden?«

Er antwortete darauf nicht. Er lächelte wie ein Wissender, und das Alter verließ für die Dauer dieses Lächelns sein zerstörtes Gesicht. »Glaubst du, diese Seelenreise könnte dir ohne mein Zutun gelingen?« fragte er seinerseits und gab sich selber die Antwort: »Es würde nur eine Ausfahrt des Leibes ohne das Beutegut der Erinnerung. Noch mißachtest du die Erinnerung. Sie ist stärker als du. Sie setzt dich ins Unrecht, und dennoch tust du gut daran, sie zu mißachten. Ich habe meinen Weg verfehlt, aber ich will dir beistehn, den deinen nicht zu verlieren. Du darfst und du kannst mich nicht abweisen. Du wirst vieles erfahren, wenn du mir folgst. Behemoth kennt keine Städte; es kennt die Scheidung zwischen Geist und Leben noch nicht. Wo diese Scheidung nicht ist, da wird es schwer, zu lernen und zu erkennen. Was aber wären wir ohne Erfahrung und ohne Erkenntnis!«

»Wie steht es um Charenton?« unterbrach ich ihn.

»So schlecht wie um mich«, gab er zur Antwort. »Die Einfuhr von Überzeugungen läßt nach. Daran erkennst du, daß dieses Land stirbt. Das Symptom ist untrüglich. Es war mein Amt, vom Verfall der Dinge zu zeugen. Das Brückenhaus senkt sich; meine Aufgabe dort geht zu Ende.«

»Jammere nicht, weil deine Welt sich verflüchtigt«, wies ich ihn ab. »Uns allen ist sie einmal abhanden gekommen. Aber haben wir jemals gejammert?«

»Ich jammere nicht. Ich will dich durch den Lichthof der Einöde begleiten. Die Gestalt Behemoths lastet auf unserem Leben; wir müssen sie überwinden.«

»Ich glaube nicht an die Überwindung, ich glaube nur an die Versteinerung.« Das war die Stimme Lord Arthurs. Doch ich konnte ihn nicht gehört haben, denn erst jetzt ritt er auf die Lichtung. Ich ließ die beiden Büsten in die Packtasche gleiten, als müsse ich sie vor ihm verbergen.

»Seltsam«, sagte er, als er abstieg. »Gestern ist uns der Weg so kurz erschienen, und jetzt ritt ich und ritt, ohne die tropischen Pflanzungen zu erreichen. Das ist der kümmerliche Ertrag meiner Suche.« Er breitete vor mir ein halbes Dutzend nierenförmiger Früchte aus. »Wie heißt die Frucht?« fragte ich.

»Ich weiß nicht«, antwortete er. »Sie ist das einzige, was ich gefunden habe; und sie ist genießbar, ich habe davon gekostet.«

»Und Sie leben noch immer. Das beruhigt mich, wenn es auch kein Erweis für die Unschädlichkeit dieser Frucht ist.«

»Sie haben die Wahl zu hungern oder sich dieser Gefahr auszusetzen. Ich habe sie nicht mehr.« Wir aßen. Ich hatte noch die Worte Sir Houstons im Ohr: »In Behemoth ist dir letztlich alles und nichts zum Schaden.« Schläfrigkeit überkam uns. Die Sonne hatte ihren Mittagspunkt schon erreicht; so lange war Lord Arthur weggeblieben.

»Wir sollten den Fluß überqueren, solange es noch hell ist«, sagte er und unterdrückte ein Gähnen. »Es wäre nicht gut, noch eine Nacht an diesem Ufer zu verbringen.« Ich stimmte ihm zu.

»Wollen wir das Pferd zurücklassen, oder wollen wir versuchen, es über die schmale Brücke zu führen? Wir riskieren dabei, allesamt in die weiblichen Wasser zu stürzen; und wir haben Grund, uns vor ihnen zu fürchten.«

»Ich werde das Pferd durch die Furt führen. Die Wasser sind uns heute nicht mehr gefährlich«, sagte ich.

Wir standen dicht am Fluß und sahen unsere Spiegelbilder im ruhigen Wasser. Die Abendsonne verfärbte die Wellen.

»Ich bin unter die Wissenden geraten, wehe mir!« spottete Lord Arthur. »Ich für meinen Teil ziehe es vor, über die Stämme zu gehen.«

Ich nahm Hans im Glück am Zügel. Er widerstrebte nicht. Wir standen bis zu den Knien im noch seichten Wasser des Prallhangs. Ohne Zutrauen in unseren Weg warf uns der auf den Stämmen sein Gleichgewicht suchende Lord Arthur einen Blick zu.

»Seien Sie unbesorgt«, beschwichtigte ich ihn. »Wir haben unser eigenes Bild gesehen. Narzissos besiegt die weiblichen Wasser.«

»Wenn es nach dem Maß meiner Selbstliebe ginge, bliebe ich machtlos«, antwortete er.

»Es gibt Stunden der Macht und Stunden der Ohnmacht«, erwiderte ich und führte das Pferd tiefer ins Wasser hinein. Das Wasser reichte mir bis zu den Hüften. Wir hatten jetzt fast die Mitte des Flüßchens erreicht.

»Es ist nicht die Zeit, von der Macht der Ohnmacht zu reden. Doch unsere Selbstliebe ist immer größer, als unser

Selbsthaß es wahrhaben will. Wir verlieben uns in der Jugend in uns selbst, weil wir uns nicht kennen, und lieben uns im Alter, weil wir uns zu gut kennen und gewohnt sind, uns in allem nachzugeben.« Lord Arthur taumelte, verlor die Gewalt über sich und stürzte vor uns ins Wasser. Als er sich mit schmerzverzogenem Gesicht aufrichtete, reichte es ihm bis an die Brust.

»Haben Sie sich verletzt?« fragte ich. Er schüttelte den Kopf.

»Aber es ist, als böte das Wasser keinen Widerstand; als finge es uns nicht auf, wie es sonst seine Art ist. Sehen Sie nur: selbst dieser trockene Ast, den ich im Fallen abgerissen habe, sinkt.« Ich merkte erst jetzt, daß die Strömung keine Kraft besaß, und das Wasser wich leicht und fast widerstandslos vor uns zurück.

»Noch nie, selbst auf den gefährlichsten Felsgraten nicht, hat mich ein so jäher Schwindel ergriffen«, klagte Lord Arthur.

»Vielleicht war es Ihnen nicht bestimmt, über die Stämme zu gehen«, tröstete ich, »vielleicht erweist sich von zwei scheinbar möglichen Wegen in Behemoth immer einer als ungangbar. Fassen Sie das Pferd von der anderen Seite am Trensenring. Es wäre nicht gut, wenn wir uns wieder verlören.« Denn ich traute dem Fluß nicht; er wurde tiefer, obgleich wir die Strommitte längst durchschritten hatten. Das Wasser reichte uns jetzt bis zum Hals. Ich gab den Grund auf und versuchte zu schwimmen. Doch es mißlang. Wie stark ich mich auch von der Flußsohle abstieß, wie heftig ich auch mit den Beinen schlug, es war nicht anders, als wenn ich mir vorgesetzt hätte, in Luft zu schwimmen. Wenige Meter trennten uns noch vom anderen Ufer, und dennoch wäre ich, von der Nachgiebigkeit des Wassers beunruhigt, umgekehrt, wenn uns Hans im Glück nicht fortgezogen hätte. Die geschmeidige Flut strömte über unseren Köpfen zusammen. Aber wir fanden keine Zeit, uns zu fürchten.

Nach vier Schritten sahen wir wieder das Ufer, nach sechs weiteren hatten wir es erreicht. Wir atmeten auf. Die Sonne stand, als wollte sie ihre Bahn von West nach Ost durchlaufen, in spitzem Winkel unter dem Zenit. Wir waren verstört und konnten uns nicht darüber freuen, daß unsere naß gewordenen Kleider rasch trockneten.

»Wir sollten uns nicht verwundern«, sagte Lord Arthur. »Wie es Flüsse in unseren Ländern gibt, die Wetterscheiden sind, so müssen wir uns den Strom der weiblichen Wasser als eine Lichtscheide denken. Nehmen wir es als Zeichen, daß wir das Vorland passiert haben und im Herzen Behemoths stehen.«

Wir zogen flußabwärts. Die Hoffnung, unsere Gefährten wiederzufinden, lenkte Lord Arthurs Schritte, und auch mich beschwingte für Augenblicke seine Zuversicht, obgleich ich eine größere Sehnsucht kannte als die nach unseren Begleitern. Mich beängstigte noch immer der rasche Wechsel des Lichtes. Lord Arthur verwarf meine Bedenken: »Freuen wir uns der langen Tage und klagen wir nicht über die kurzen! Grübeln wir nicht über die Frage, was schmerzlicher ist: wenn der Erdball oder wenn die Zeit vor unseren Augen zerbirst.«

Wir hatten die Stelle erreicht, wo gestern unsere Gefährten, sich den weiblichen Wassern anvertrauend, gesunken waren. Der Fluß lag ruhig vor uns. Er war so klar, daß wir auf den Grund des flachen Gewässers schauen konnten.

»Seltsam«, sagte Lord Arthur, »daß wir keine Spur von Pferden erblicken. Ich kann mir nicht denken, daß sie die Strömung hinabgerissen hat.«

Ein Schwarm Raben flog aus dem Dickicht hinter der Bucht auf. Ihr dunkles »Kork, kork« scholl wie eine Klage. Mit einem krächzenden »Raab« senkten sie sich nieder und strichen über den Boden hin; zwei Füchse sprangen hervor und schnappten mit heiserem Bellen nach den sich wieder aufschwingenden Vögeln. »Korr, korr« begleitete ihren Flug.

»Wir brauchen nicht länger nach den Pferden zu suchen«, sagte ich.

»Warum?« fragte Lord Arthur.

»Wer Raben sieht, sieht keine Pferde«, antwortete ich. Er zuckte die Schultern. Schon hatte er sich daran gewöhnt, daß ich in Rätseln sprach wie in St. Goar Sir Houston. Vielleicht hielt er es für eine Krankheit des Kontinents. Ich hingegen glaubte, es sei noch nicht an der Zeit, ihm die Wahrheit zu sagen.

Wir gaben es auf, den Mäandern zu folgen, doch blieben wir in der Flußniederung. Das Gras wurde höher und dichter; wir kamen nur mühsam voran, bis sich ein Pfad – wie von Menschenhand gebahnt – in den Binsen öffnete. Lord Arthur ritt voraus. Ich folgte ihm zu Fuß. Sein unberittener Diener, reicher an Leben als er und ärmer an Zuversicht. Als der Pfad breiter wurde, ritt er schneller, so daß ich Mühe hatte, Schritt zu halten.

»Wäre es nicht besser, den Zeichen von Menschenhand zu mißtrauen, anstatt eigensinnig zu folgen?« dachte ich.

Arthur Wellesley zeigte keinerlei Vorsicht.

»Wandere nicht mit einem Tollkühnen«, sagte ich laut, »damit er dich nicht ins Unglück bringt, denn er richtet an, was er will.«

Er wandte sich nicht nach mir um. Der Pfad hatte sich unterdessen zu einem breiten Weg geweitet. Er näherte sich dem Ufer und mündete in einen am Fluß gelegenen Platz. Der feuchte, von Wellen genetzte und von der Sonne getrocknete Sand bildete einen festen Untergrund, und unser Pferd sank nicht ein. Wir erreichten die Mitte des Areals. Vor uns umfriedete es eine Mauer aus Schilf, so dicht, daß das Grün der Seggen dem Auge schwarz schien. Links von uns strömte der an dieser Stelle sehr breite Fluß, der sich in einzelne, von kleinen Inseln und Erhebungen geschiedene Arme teilte. Rechts aber begrenzten es hölzerne Hütten, so dicht wie eine Palisadenwand aneinandergebaut. Geschnitzte und mit grellen Farben bestrichene Holzpfähle erhoben sich vor ihnen. Sie mochten etwa zwanzig Meter hoch sein und waren teils in einer Entfernung von zwei bis drei Metern vor der Giebelwand in den Boden gerammt, teils unmittelbar mit der Hauswand verbunden, so daß sie den First weit überragten. Auf den Platz warfen sie keinen Schatten, denn die Sonne stand über dem Fluß. Warum hatten wir die hohen Säulen nicht schon von weitem gesehen? War es ein Zeichen, daß auch ich, Arthur Wellesley mangelnder Umsicht zeihend, keinerlei Vorkehrung traf?

Wir näherten uns den Pfeilern und blieben staunend vor den hölzernen Unwesen stehen. Sie besaßen – wenn auch ins Groteske verzerrt – zumeist Menschengestalt, saßen aufrecht auf einem Stein oder Holzblock und hatten die Arme über den Knien liegen. Rumpf und Kopf waren von unnatürlicher Länge. Je nach Höhe des Pfahles hockten zwei, drei oder vier Gestalten übereinander. Daneben gab es Tiersäulen, menschliche Leiber mit Stier- und Löwengesichtern, geflügelte Hunde, ja Leviathan selbst war in Holz geschnitten als eine Gestalt, die alle anderen um mehr als Manneshöhe überragte; ein Lindwurm mit der Fratze eines mißgestalteten Menschen, die Tatzen eng an den Leib gelegt; die gespaltenen Klauen verjüngten sich zu Greifenschnäbeln, so lebensecht, als würden sie uns, die bislang entkommen waren, zerfleischen. Er grinste uns an. Er war die Verkörperung unserer Bitterkeit und unserer Selbstsucht. Er überragte die Pfeiler, doch nur um den Preis eines entstellten menschlichen Antlitzes, das ihm nicht zukam. Er schwang sich zum Herren über die Welt auf, doch nur soweit wie ihm das Schnitzmesser eines im Vergleich zu seinen Ausmaßen winzigen Künstlers Wahrheit verliehen hatte. Indem er zu Teilen Fisch-, Vogel-, Schlangen- und Menschengestalt annahm, besaß er keinerlei eigene. Sein Selbst, das Beutegut aus so vielen Seelen und Wesen, blieb wesenlos, und er versuchte, die Leere mit doppelter Habgier zu füllen. Allein daß er aus Holz, daß er aus einem einzigen Stamm geschnitten war, schützte uns vor dieser Verkörperung unserer Selbstgier und unseres Verhängnisses. Wir wandten den Blick zu den Holzfiguren, die einen Pfeiler der Giebelwand bildeten. In ihrem unteren Drittel öffneten sie ein mannsgroßes Maul; und wir erkannten es als Einlaßtür in die Hütte. Wir kletterten über die Kinnlade, hoben das Fell auf, das wie ein Gaumen die Höhle des hölzernen Mundes umschloß, und spähten ins Innere. Ein erstaunlich großer, rechtwinkliger Raum zeigte sich uns. Seine Wände waren mit Brettern ausgekleidet, die Höhe bis zum Dach mochte vier Meter oder mehr betragen. In der Mitte des weitläufigen Saales brannten vier Feuer und gaben dem fensterlosen Gelaß eine samtene Helligkeit. Neben den Feuern erblickten wir zwei Fuß hohe Bütten, deren Zweck uns verborgen blieb. Wir zögerten, ob wir eintreten sollten, wurden aber durch das Wiehern des Pferdes davon zurückgehalten. Wir spähten über die Brüstung des hölzernen Kinns auf den Platz. Drei Langboote, deren weit aus dem Wasser ragende Vordersteven mit bunten Ovalen bemalt waren, steuerten breitseitig zum Ufer, als wollten sie den Fluchtweg über den Fluß versperren. In jedem Boot führten etwa zwanzig Frauen die Ruder. Während wir noch ratschlagten, ob wir fliehn oder bleiben sollten, sprangen sie ans Ufer. Sie waren hellhäutig und ungefähr einen halben Kopf größer als wir. Ihr langes Haar hatten sie am Hinterhaupt zu einem Knoten gebunden. Sie trugen Felle über den Hüften; sonst waren sie nackt. Mit ihren Speeren drohten sie gegen uns, oder war es ihr Brauch, so zu grüßen? Jeweils vier bückten sich und hoben eine längliche Last aus den Booten. Es waren drei unserer Gefährten – dem vierten sollten wir in Behemoth nicht mehr begegnen –, leblos und nackt. Waren sie gänzlich erschöpft, waren sie tot? Sie wurden durch die Gassen der Speerträgerinnen getragen und durch das Maul des Untiers in das Holzhaus gebracht. Uns wurde bedeutet, ihnen zu folgen. Waren wir Gäste oder Gefangene? Verschmähten wir es, die Tiefe unserer Freiheit als die eines Gewässers zu loten, das keine festen Grenzen besaß? Spürte Lord Arthur die gleiche prickelnde Neugierde und Furcht? Überwog Wißbegier seine Angst? Glaubte er gar, er müsse unsere Gefährten retten? Denn wir sahen jetzt, daß sie noch atmeten.

Es schien, als werde der Raum, sobald wir ihn betraten, noch größer. Kniehohe Bänke, mit den Bohlen der Verkleidung verbunden, umgaben die Wände. Menschen, so klein, daß sie aufrecht darunter Platz finden konnten, liefen hervor. Körbe mit Fischen wurden von den Frauen hereingetragen und in die Bütten geschüttet. Die Zwerge machten sich an den Feuern zu schaffen. Mit langen Zangen, die sie nur schwer handhaben konnten, holten sie Steine aus den Feuern und warfen sie in die Bütten, bis das Wasser zu kochen begann. Trotz ihrer angestrengten Arbeit bewegten sich die Knirpse lautlos, ja geisterhaft über den Sandboden. Nur das Feuer knisterte, und das Wasser wies mit empörtem Zischen die Steine zurück. Der Geruch von Fischsuppe stieg auf und erfüllte den Raum. Die Frauen umdrängten die Bütten. Mit Muschelschalen schöpften sie Suppe, griffen gesottene Fischstücke, als wären sie nicht siedend heiß, mit bloßen Händen und aßen gierig und wild. Auch wir, von jähem Hunger gepeinigt, traten hinzu. Die Frauen tuschelten, aber wir wurden nicht abgewiesen. Auch unseren am Boden liegenden Gefährten flößten sie mit Hilfe der Muschelschalen Flüssigkeit ein. Ihre Züge belebten sich, sie richteten sich auf und schauten sich im Raum um. Es war, als ängsteten sich unter ihren Blicken die Feuer. Sie schrumpften, krochen winselnd über die letzten Steine und richteten sich dann wieder fauchend auf, um ihren Feind durch diese Drohgebärde zu erschrecken. Nur die dienstfertigen Köche aßen nicht, durften nicht essen, mußten warten, bis die besten Stücke aus einer Bütte geschöpft waren und sich die Frauen, ihnen den Rest überlassend, der nächsten zuwandten.

Mühsam erhoben sich unsere Begleiter. Tappend und dennoch hastig näherten sie sich den Bütten. Wir wußten nicht, was größer war: ihre Gier nach Fisch oder ihre Gier nach den Weibern. Sie zwängten sich zwischen sie, griffen nach Fisch in das siedende Wasser und schrien vor Schmerz auf, aber ließen nicht ab, zu schlingen und in den Kessel zu langen. Ihre Entkräftung war von ihnen gewichen; sie waren nichts als Freßgier und Lüsternheit. Ihre fettigen, krebsroten Hände fuhren roh über die Brüste der Weiber. Sie ließen es lachend geschehen und spreizten die Schenkel. Die Lendenfelle zurückschlagend, ließen sie sich rücklings zu Boden fallen. Ihre Finger umklammerten die erigierenden, zuckenden Glieder. Die Zwerge wollten sich unter den Bänken verbergen, doch Dutzende von Armen haschten nach ihnen. In allen Augen – auch in den meinen? – flackerten Wildheit und schrankenloses Begehren.

Die Feuer neben den Bütten wurden ängstlich und fielen in sich zusammen, während die Flammen der Leiber um so höher emporzüngelten. Ich horchte auf. Hans im Glück wieherte draußen, als wollte er mich warnen und rufen. Ich suchte Lord Arthur. Er lag am Boden zwischen zwei Hellhäutigen, jetzt gänzlich Entblößten, die an ihm rissen und zerrten. Er hörte mich nicht. Hatten ihn wie am Vortag die weiblichen Wasser erreicht?

»Nun gut«, dachte ich, das Gesicht an den straffen, verlockenden Brüsten, »nun gut!« Aber das Wiehern wurde so angstvoll, daß ich emportaumelte. Ich strauchelte, ich fiel über Leiber. Eine Zunge fuhr mir warm und begehrlich über Backen und Mund. Eine Hand tastete nach meinem Gemächt. Ich kroch weiter. Ich erreichte den Ausgang. Von den Zähnen des hölzernen Ungeheuers abspringend, warf ich mich bäuchlings über den Sattel des Pferdes. Aufwiehernd trabte es den Weg, den wir gekommen waren, zurück. Mit Zungen und Händen haschte das steigende Wasser nach uns; mit Not erreichten wir einen Bühel. Ich glitt, mehr tot als lebendig, ins Gras, den Mund über der Strömung. Ich weinte. Ich hätte mich in die Wirbel gestürzt, aber ich lag wie gelähmt. Nur die Hände konnte ich ausstrecken, hoffend, das Wasser werde steigen und mich mit sich reißen. Aber das Wasser stieg nicht, es hatte seine Stillflut erreicht. Ich spürte, wie auch in mir die Woge machtlosen Begehrens allmählich verebbte. Lord Arthur entgegen meinem Versprechen ein zweites Mal verlassen zu haben war nicht, was mich schmerzte. Mich erbitterte, daß ich dem Pferd gefolgt war, und mich peinigte, daß ich es wider besseres Wissen verwünschte. Warum hatte sich Arthur Wellesley erneut von mir abgewendet, in einen Rausch sinkend, in den ich ihm nicht zu folgen vermochte? Warum zwang er mich, wiederum ein Kronzeuge des Versäumten zu sein und mir, was ich wünschte und zugleich verabscheute, zu versagen? Warum hatte ich nicht teil an der orgiastischen Freude und der wilden Verzücktheit, die alles in ihre Strudel hinabsog?

Aber das Wasser war klüger als ich; es wußte, daß der Augenblick vergeudet war und ich nicht zurückkehren konnte. Das Fieber sank mit der Flut; ich wurde gelassener. Hans im Glück graste ruhig den Bühel ab.

»Du hast es leicht!« rief ich ihm zu, »du bist ein Wallach, ein Verschnittener bist du. Ich aber will nicht länger um meiner selbst willen verschnitten sein.«

»Warum fliehst du dann vor dir selbst bis ans Ende der bewohnbaren Welt?« ließ sich die Stimme Sir Houstons vernehmen. Ich verachtete seine besserwisserische Gelassenheit. Ich haßte seine hybride Demut, mit der er mich wieder und wieder zu fesseln verstand. Auch heute war ich nicht stark genug, um zu schweigen. Ich öffnete die Satteltasche, um ihn wenigstens vor Augen zu haben. Denn seine Worte gewannen in der Verborgenheit ein Gewicht, das sie unter seinen Blicken niemals besaßen. Der Verfall widerlegte ihn, anstatt ihm die Überlegenheit des Alters zu schenken. Fürchtete ich, daß er mich verspotte? Ich blieb befangen, obgleich

ich wußte, wie unausdenklich es war, daß mich Sir Houston verlachte: der lebende nicht, denn ihm war das Lachen samt dem Humor seit seinem Einzug in St. Goar abhanden gekommen, und der gipserne nicht, der zwar in den Niederungen der Ironie und Selbstironie lebte, doch nur um die Verzweiflung von sich fernzuhalten. Er sagte: »Es ist unserer Zeit gemäß, die Verschnittenen zu verachten oder sie mit Mitleid und geringschätzigem Wohlwollen zu überschütten. Mit Abgunst verdeckt die Epoche ihre Haltlosigkeit. Sie speit Feuer, um wie ein Lindwurm die verrottenden Schätze der Angst zu behüten. Sie muß die Furchtlosen und die anderen Geistes sind demütigen, sonst vergeht sie selber vor Furcht. Sie erniedrigt den Verschnittenen, weil sie weiß, daß er ihr überlegen ist. Nur der Verschnittene weiß, wer er ist – sie weiß es nicht; sie bleibt ohne Selbsterkenntnis und wittert das Verhängnis nicht. Er aber ist von früh an ein Wissender.«

»Worte, nichts als Worte!« unterbrach ich ihn heftig. »Ich weiß nichts, und ich begreife nichts. Die Erkenntnis zerrinnt vor meinen Augen.«

»Du bist auch kein Verschnittener«, verteidigte er sich. »Wie könnte ein Verschnittener fröhlich sein? Wie könnte er, ohne Schaden zu nehmen, durch Behemoth reisen?«

»Warum entziehe ich mich dann? Warum fliehe ich wieder und wieder?« fragte ich, als suchte ich bei ihm Rat.

»Die Gestalten des Verlustes sind vielfältig; einige wirst du erkennen«, antwortete er. »Dieser Strom gehört nicht zu ihnen. Seine vergifteten Wasser sind süß. Wenige können vorbeigehn; die meisten trinken. Aber sein Trank tötet nicht, er macht nur unheilbar krank.«

»Ich habe mich so tief in mich selber gesperrt, daß ich den Riegel nicht mehr zurückschlagen kann!« klagte ich. »Ich wohne in keinerlei Hoffnung. Ich habe mein Versprechen gebrochen, ich habe Lord Arthur zurückgelassen.«

»Er war es, der dich vergessen hatte. Ihm werden die Wasser nicht schaden. Er ist schon ein Kranker, und er ist unheilbar. Was er sucht, wird er in diesem Lande nicht finden.«

»Warum haben Sie ihn dann nicht zurückgehalten? Warum ließen Sie zu, daß ich ihm folgte?«

»Du folgst ihm nicht, sondern Lord Arthur ist dein Begleiter. Es ist deine Seelenreise und nicht die seine. Noch hat dich das Leben nicht angerührt, noch hast du nicht vom Leiden geschmeckt. Widersprich mir nicht! Zeitlebens bist du ausgewichen.«

»So wie jetzt!«

»Nein, nicht wie jetzt, sondern als es nicht not tat, zu fliehen. Sei nicht darauf versessen, an deinem Unglück zu wirken, als gäbe es auf Erden keine andere Pflicht.«

Ich stand am Ufer. Ich war versucht, eine Hand in das Wasser zu tauchen.

»Wird alles Geistige nur aus Sinnlichkeit und Begierde geboren, doch nicht in der Wildflut, sondern in ihrem gebändigten Bett?« fragte ich.

»Nicht alles, wohl aber das Beste«, erwiderte er. »Doch die Geburt ist nicht alles. Zahllose Dinge werden geboren und verkommen, weil keiner sie aufzieht.«

Ich stand auf. Ich nahm Hans im Glück am Zügel.

»Wohin willst du?« fragte Sir Houston.

»Zurück, um Lord Arthur zu suchen«, antwortete ich.

»Es hat keinen Sinn!« widersprach er. »Die Wasser sind nicht gefallen. Du kannst ihm, solange sie das Dorf bedekken, nicht helfen. Die Frauen an den weiblichen Flüssen zehren vom Wasser und gewinnen aus ihm ihre Kraft. Trockenheit ist die alleinige Ursache ihres Todes, den sie wie Menschen erleiden. In aller Frühe, wenn das Wasser gefallen ist, magst du zurückkehren. Jetzt aber solltest du ausruhn.« Die vierte Nacht senkte sich nieder.

Ich fand Lord Arthur mit dem Oberkörper über der Kinnlade des Eingangspfahls hängen, die Hände auf den Boden gestützt, als wollte er das Leben im trocken werdenden Sande ertasten. Er war nackt. Ich rüttelte ihn. Er schaute mich mit abweisenden Augen an, doch er erkannte mich nicht. Ich zerrte ihn über die hölzernen Lippen. Er stöhnte, als ich ihn aufrichtete, und fiel schwer wie eine metallene Gliederpuppe auf mich. Ich ließ ihn niedergleiten, um nicht mit ihm zu stürzen. Entkleidet von seinem Hochmut, lag er im Sand wie ein Toter. Ich beugte mich über ihn. Ich versuchte ihn durch leichte Schläge auf beide Wangen zu wekken. Vergebens. Sein Kopf folgte willenlos meinen Schlägen. Die Augen hielt er geschlossen.

»Ob ihn das Wasser, das ihm gestern geschadet hat, heute beleben könnte?« dachte ich. Ich nahm die Packtasche ab, um in ihr Wasser zu schöpfen. Die beiden Gipsköpfe legte ich neben Lord Arthur. Wasser troff aus dem Segeltuch und hinterließ, wo ich gegangen war, eine Spur. Ich schüttete es Lord Arthur ins Gesicht. Es perlte von seiner Haut ab. Es war so leicht wie gestern, als wir den Fluß überquert hatten; es war so widerstandslos und warm wie die uns umgebende Luft. Hilfesuchend wandte ich mich Sir Houston zu. Er lag, das Gesicht nach unten, im Sand. Ich richtete ihn auf.

»Was sollen wir jetzt tun?« fragte ich ihn. Er gab keine Antwort. Er war nur ein Gipskopf. Ausdruckslose Imitationen von Augen lagen unter den weißen Lidern. Die steinernen Lippen blieben eigensinnig geschlossen.

»Du redest immer zur Unzeit und schweigst, wenn ich Rat suche!« schalt ich und stieß ihn mit dem Fuß beiseite. Er rollte fort und blieb auf dem Hinterkopf liegen.

»Opfere den Lichtgöttern nicht, du opferst der Hölle«, murmelte er und fiel in seine gipserne Starre zurück. Ich kniete mich neben Lord Arthur. Ich schlug ihn heftiger, ich knetete seine Brust. Ich ritzte mich an der Kante eines metallischen Gegenstandes. Es war eine zerstückelte Silbermünze, die er an einem Band trug. Ich sah genauer hin und bemerkte den roten Streifen um seinen Hals. Offensichtlich hatte man ihn gewürgt, um ihm das Medaillon zu entreißen. Ich knöpfte mein Hemd auf und fügte mein Münzteil gegen das seine. Zum erstenmal sah ich das vollständige Symbolon. Ich konnte die Prägeschrift nicht entschlüsseln. Lord Arthur bewegte sich. Er riß sein Medaillon an sich und krampfte darum seine Hand. Ich vermochte nicht, sie zu öffnen. Aber es gelang mir jetzt, ihn aufzurichten. Ich rief Hans im Glück herbei und band Lord Arthur, da er widerstandslos in sich zusammensinken wollte, mit den Sattelgurten unter den Achseln, so daß er nicht fallen konnte. Dann stellte ich mich auf die Kinnlade des dreigeteilten hölzernen Riesen. Auf diese Weise konnte ich Arthur Wellesley nach oben zerren, bis er nach Art von betäubten Gefangenen über dem Sattel lag, Arme und Kopf nach unten hängend. Ich band ihn in dieser Haltung fest. Zu mehr reichte meine Kraft nicht.

»Du solltest noch einmal in den Saal gehn, um nach Lord Arthurs Kleidern zu suchen«, mahnte mich die Neugier. Ich widerstand ihr. Ich verstaute die beiden Lawrences in der Packtasche und folgte Hans im Glück, der allein seinen Weg nahm. Lord Arthur bewegte sich. »Du allein mit dem Reichtum verschwistertes Land, du besitzt den tränenreichsten Ort an den weiblichen Wassern«, flüsterte er.

Ich verstand ihn nicht, und es bedeutete mir nichts, ihn zu verstehen. Ich war der Chiffren müde und müde ihrer Entschlüsselung. Aber Lord Arthur duldete nicht, daß ich die Stätte, ohne meiner Neugierde Tribut zu zollen, verließ. Er richtete sich auf, soweit es die Riemen erlaubten, und deutete auf das Pfahlportal vor dem Haus. »Die Gefährten«, sagte er deutlich und bestimmt und fiel wieder zurück. Ich überließ ihn dem Pferd, sicher, daß Hans im Glück auf mich warten werde. Ich kletterte ein weiteres Mal über die Kinnlade des hölzernen Häuptlings, beunruhigt von jener Bangigkeit, die das Unheil kennt und herbeiruft, getrieben von jener Wißbegier, die ihren Reiz aus dem Gruseln empfängt und mit ihm im Bündnis steht.

Ich hob das Fell vor der Tür auf: Dunkelheit schlug mir entgegen. Ich tastete mich, ohne mich des geringsten Lichtes von draußen zu versichern, bangend voran. Ich tadelte mich, weil Gnome und Mahre, von einem lang unterdrückten Wunsch nach Abenteuern gerufen, vor meinen Augen zu tanzen begannen. Es hatte keinen Sinn, noch tiefer in die Halle zu gehen: die Finsternis war zu dicht. Ich mußte umkehren, ich mußte das Fell von der Tür reißen. Ich wandte mich. Die Arme tastend ausstreckend, ging ich zurück. Fünf winzige Schritte, zehn, fünfzehn. Meine Finger prallten gegen die Bretter einer Seitenwand, meine Oberschenkel stießen gegen die Bank. Ich tappte zurück. Ich suchte in einer anderen Richtung den Ausgang. Es mißlang. »Du Narr«, dachte ich, »du dreifacher Narr! Du begibst dich ohne Not in Gefahr. Anstatt dich an den Wänden zur Tür zu tasten, taumelst du in der Mitte des Saales und gehst immer im Kreis!« Denn ich konnte mir, daß ich nunmehr weder den Ausgang noch eine Wand erreichte, nicht anders deuten. Ich wurde nicht mutiger, doch der Zorn auf mich selbst ließ mich alle Vorsicht vergessen. Ich tastete mit den Füßen die Unebenheiten des Bodens nicht aus. Ich ließ die Hände sinken. Ich griff weit aus wie zu einer vielstündigen Wanderung. Ich lief so rasch, daß ich in Schweiß geriet. Es frommte mir nichts. Ich rief, um mit dem Klang meiner Stimme die Größe des Raumes zu loten. Wie ein wimmerndes, halb in den Wänden versickerndes Gelächter hallte es wider. Ich setzte mich nieder, ein Gefangener im größten Gefängnis der Welt, der gehen konnte, wohin er wollte, und dennoch niemals entkam. Fast ersehnte ich die Rückkehr der weiblichen Wasser. Sie waren barmherziger als die mich umhüllende Finsternis. Ich kniete mich auf den Sand; ich tastete, die Nutzlosigkeit meines Unterfangens begreifend, einzig um die mich mehr und mehr verwirrende Finsternis durch den Schein eifriger Tätigkeit abzuwehren, ringsum den Boden ab. Er war so glatt und kahl, als wäre es sein Amt, mich zu entmutigen. Ich rutschte auf den Knien weiter und überließ mich den unsinnigen Streifzügen meiner Hände. Während ich immer tiefer in Mutlosigkeit sank, ergaben sie sich dem Spiel wie geübte Spieler, die wissen, daß das Glück nicht zu den Regeln, sondern zu den Wundern gehört und daß die Wunder rastlos am Werk sind. Sie nahmen meine Überzeugung von der endlosen Einförmigkeit dieses Erdstrichs nicht an, sie hatten ein Bündnis gegen mich und meine Verzagtheit geschlossen und waren im Einverständnis mit dem festgebackenen, sich unter den Fingern nicht lösenden Sand.

Auch heute, da ich ein Geretteter bin, vermag mir keiner die Überzeugung zu rauben, daß der Raum unendlich und leer war und daß ich die Rettung meinen Händen und ihrer eigensinnigen Blindheit verdanke. Es gibt Schicksalsstunden und Tage, die ohne Fatum sind. Ich war in eine solche ereignislose Stunde geraten, in völlige Windstille, wie sie in den Kalmenzonen des Lebens begegnet. Wehe dem, der die Gefahr nicht rechtzeitig erkennt und ihnen ausweicht! Er ist verloren. Doch meine Hände nahmen das Urteil nicht an, sie widersprachen ihm ohne Furcht, doch auch ohne Hoffnung. Sie fuhren unbeirrt in ihrem Werk fort, sie weigerten sich jedweder Einsicht – erst seine Erkenntnis macht Sisyphos zu einem Verdammten –, sie ertasteten einen Stein. Sie hoben ihn auf, und . . . Der Hybris des Wahnsinns entronnen, opferte ich erneut dem Götzen Vernunft.

»Es muß einer der Steine sein, die gestern in die Kübel geworfen worden sind«, sagte ich mir, obwohl ich doch wußte, daß nichts wie gestern war, weil ich sonst längst Tür und Wände gefunden hätte. Ich wog den Stein in der Hand. Ich gedachte, ihn von mir zu werfen: wenn er gegen eine Wand schlug, wußte ich, wohin ich zu gehen hatte und wie weit sie entfernt war.

Aber meine Hand verweigerte den Wurf. Sie umklammerte den Stein, der nun ihr Besitz war, und gab ihn nicht preis. Ich stand auf, und es war, als ob mich der Stein in eine bestimmte Richtung zöge. Meine Hände hatten ihn hervorgebracht, und er brachte das Gestern zurück, umgrenzte den Raum und gab ihm eine Mitte. Denn als ich weiterging, den Stein in der ausgestreckten Rechten, spürte ich an den Fingern eine heftige Wärme, so daß ich die Hand unwillkürlich zurückzog. Ich konnte kein Feuer sehen, und der Raum blieb dunkel wie zuvor; auch verbrannte Luft schmeckte ich nicht. War ich, wie so oft seit meiner Ankunft in Behemoth, einer Täuschung erlegen? Ich streckte die Hand erneut aus, nein, sie glitt wie von selbst nach vorn, vom Stein unwiderstehlich gezogen. Vor Schmerz ließ ich ihn fallen. Der Stein fiel lautlos zu Boden, doch wo er gefallen war, züngelte ein rauchiges Licht auf und zerriß in seinem Umkreis das Dunkel.

»Es ist das finstere Feuer, das Urfeuer«, dachte ich, »das dunkel über dem Tohu brennt. Warum beginnt es jetzt zu leuchten? Es ist das Stein und Felsen zehrende Feuer«, gab ich mir zur Antwort. Denn ich sah, daß es auf einem Holzrost brannte, aber das Holz nicht angriff und auch nicht schwärzte, den Stein aber schmolz, als wäre er aus Wachs. Er brannte wie ein schweres, widerspenstiges Öl.

»Ich muß eilen, ehe das Feuer wieder erlischt. Ich muß den Raum verlassen!« dachte ich. Ich schaute mich um: es war der gleiche Saal wie gestern; Bütten standen rings um die Feuer, und bei ihnen standen die Zwerge. Sie hatten auf jedem Rost einen Turm aus feingebrochenem Gestein errichtet. Blaßgrüne Zungen leckten über die Steine. Wo sie schmolzen, brachen leuchtende Farben aus den Flammen hervor. Ich erblickte zwei unserer Gefährten. Sie lagen nackt am Boden. Schliefen sie oder waren sie tot? Sie erhoben sich, als das Feuer zu lodern begann. Sie schoben die Zwerge zur Seite, sie näherten sich den Flammen, von einer unstillbaren Gier nach Wärme getrieben.

»Gleich werden sie brennen!« dachte ich. »Sie werden im Feuer aufgehn wie die Steine, denen sie gleichen.« Sollte ich sie durch einen Zuruf zurückhalten? Sollte ich zu ihnen gehen? Ich blieb unschlüssig.

Die Lohe hatte keine Gewalt über sie. Sie standen in der Mitte der Glut. Ihre Züge belebten sich. Unversehrt traten sie aus dem Kern der Flammen hervor.

»Seht nur!« dachte ich, »das Feuer hat euch erkannt. Ihr könnt es nicht täuschen. Ihr seid keine lebenden Wesen, sonst würdet ihr brennen.« Ich beugte mich, um besser zu sehen, nach vorn. Wärme schlug mir entgegen. Das Feuer züngelte auf und fuhr über mein Gesicht.

»Gleich wird es dich blenden!« fürchtete ich. Doch es verletzte nicht, es umschmeichelte mich. So konnte auch ich mich in die glutende Mitte stellen, so war auch ich kein Wesen, das die Flamme fliehen mußte, um sich zu retten? Ich begriff: Das Feuer verzehrte uns ebensowenig wie das Holz, weil es sich von nichts anderem als Totem nähren konnte. Doch es widerstrebte mir zu sagen, daß es selbst tot sei. Denn es ermutigte mich und zeigte mir die Tür in der Giebelwand. Ich hätte gehen können, aber mich fesselten die Gestalten der Flammen. Die Gnome schürten das Feuer, bis es zur Decke sprang und an allen vier Wänden niederflutete in Strömen lebendiger Glut und, ohne das Holz zu verletzen, in sich selbst zurückkehrte, so daß uns Flammenringe von allen Seiten umschlossen. Es war, als würden alle Dinge zu Feuer und die Flammen wiederum zu Menschen und Bildern, sobald wir sie durch unsere noch bild- und gestaltlosen Wünsche beschworen.

Die Zwerge entfachten aufs neue die Glut. Ich erkannte: Sie hatten dieses Feuer erdacht, um sich zu rächen. Denn es stand nicht mit dem Wasser in Feindschaft, es war kein beseeltes Tier, das alles verzehrte, was es ergriff, und mit den gefressenen Dingen starb, wenn es satt war. Ich verstand, daß sie ihr Los verwünschten, an den weiblichen Wassern zu wohnen, wo alle Wege der Schöpfung labyrinthisch verwirrt sind; wo nur das Weibliche gedeiht und sich entfaltet, das

Männliche hingegen kindlich und klein bleibt, wie ein Tier, das nicht zur Reife gelangt, und früh mißbraucht wird; hier, wo die Gier des Empfangenden größer ist als jede andere Sucht und das Zeugende seinem Wunsch unterwirft.

Die Zwerge, immer bedroht von den weiblichen Wassern, schürten die Glut. Ihr gesamtes Leben war Furcht und raubte ihnen die Schuldlosigkeit. Denn die Furcht gebiert Haß, und Haß zeugt das Feuer. Ich fühlte, wie sich ihr Haß gegen mich kehrte, wie sie mich zwangen, was ich am liebsten hatte, an diesen Ort des Entsetzens zu rufen. Ich sah, wie in den Flammen die Gestalt Yhinamonos erschien und daß die Lohe, die gegenüber den Leibern ohnmächtig war, die Kraft besaß, ein Bild zu verletzen. Yhinamono litt in den Flammen, und ich litt mit ihr, und die Verkümmerten weideten sich an unserer Qual. Ich starrte in die Glut. Ich versuchte allen Willen in mir zu sammeln. Das Bild erlosch. Aber mit ihm schmolz auch die Flamme, die Finsternis kehrte zurück. Ich floh zum Ausgang, und beide Begleiter folgten mir eilends. Ich riß, kaum wissend, was ich tat, das Fell herab. Ein Zwerg stand nahe der Tür. Ich erkannte seine Augen, sie hatten uns seit St. Goar begleitet. Ich wollte ihm helfen, doch meine Gefährten stießen ihn zurück. Er fiel in die Schwärze, die den Raum wie ein dichter Rauch füllte und durch den hölzernen Mund zu quellen begann und sich zum Fluß wälzte und den Tag zu verfinstern drohte. Ich warf das Fell Lord Arthur über den Leib. Vor Anbruch der Dunkelheit erreichten wir den Bühel, auf dem ich gestern genächtigt hatte. Weiter gelangten wir nicht. Weiter reichte auch meine Kraft nicht, denn hinter mir lag der bislang schwerste Tag meiner Reise. Aber Lord Arthur ließ mich nicht schlafen. Er war zu sich gekommen, selbstsicher wie eh und je und geschwätzig wie niemals zuvor:

»Warum eilen wir so! Noch haben wir die Ikonografie der weiblichen Wasser und die Zeichensprache des Feuers nicht erforscht. Wir sollten nicht aufbrechen, bevor wir sie kennen.« Ich schwieg, und er fuhr unbeirrt fort: »Die Frauen des Kontinents erweisen sich als die perversesten Wesen. Sie sind Nymphomaninnen und zugleich frigid von der Klitoris bis zu den Brüsten. Es gibt nichts, was sie nicht lenkten. Sie sind die wahren Begleiter der Lilith. Wir aber betrachten sie, schwankend zwischen Courtoisie und Verachtung, denn das Ewig-Weibliche zieht uns eher hinab als hinan.«

»Ist es nicht unser eigenes Bild, das uns entgegentritt?« konnte ich mich nicht enthalten zu fragen. »Nur dem Selbstsüchtigen werden die weiblichen Wasser verderblich.«

Lord Arthur fuhr fort: »Liebe und Selbstliebe bringen uns in Gefahr. Frauen sind das Paradies unserer Wünsche und die Hölle unserer Wirklichkeit. Doch was erwarten wir, die wir nach dem Vierstromland von Eden unterwegs sind, denn von Frauen? Nichts«, gab er sich selbst zur Antwort. »Wissen Sie nicht, daß Eva vom Demiurgen erschaffen wurde, um das Werk des Archigenetors, des Ersterschaffenden, zu vernichten? Daß sie von Anfang an gegen die Schöpfung des Lichts stand? Sie ist aus dem im Chaos-Wasser sich spiegelnden Bild des ersten Menschen erschaffen worden, und ihre Geburt aus dem Chaos kann sie nicht leugnen. Als Adam mit seinem Spiegelbild eins war, gab es keinen Tod; als sich das Weib Eva von ihm trennte, entstand der Tod, und mit ihm entstand auch die Zeugung.«

Was mich wachhielt war einzig die Verwunderung über Wellesley. Hatten die Erlebnisse der vergangenen Tage, die mich von dem, was ich gewesen war, und von dem, was ich gedacht hatte, zu trennen drohten, in ihm keine Spur hinterlassen? Führte er ein Scheinleben, unberührbar von jeder Wirklichkeit? Fand er in allem nur das bestätigt, was er zuvor gewußt und gedacht hatte, oder reiste er durch Behemoth, um sich selbst aus dieser Festung, in der es kein Leben gab, zu befreien?

Er fuhr fort zu reden: »Heißt es doch im Buche Esra, das Weib sei das Mächtigste, was einer auf der Welt zu finden vermag. Das Weib hat den König und alle hervorgebracht, die das Meer und die Erde beherrschen; sie hat alle geboren, die die Weinberge gepflanzt und den Wein gekeltert haben. Und alles, was einer erwirbt, zählt vor ihrer Gestalt und vor ihrer Schönheit gering. Denn der Mann verläßt seinen Vater und seine Heimat und hängt dem Weibe an. Er stirbt, wenn er das Weib aus seinem Herzen entläßt, oder stürzt in unheilbaren Wahnsinn. Doch ich will nicht verschweigen«, belehrte er mich, »daß Esra behauptet, die Wahrheit sei mächtiger als das Weib. Alle anderen Wesen und Dinge sind ungerecht, heißt es, und an ihrer Ungerechtigkeit gehn sie zugrunde.« Er wurde heftig: »Aber das ist eine Lüge. Auch die Wahrheit ist ungerecht. Sie maßt sich die Herrschaft an. Doch wir sind Kinder des Lichts und der Finsternis, des Demiurgen und des Archigenetors, des Bösen und des Guten. Wir sind zu gleichen Teilen aus Wahrheit und Lüge gemacht. Doch die Wahrheit hat uns mit ihrem falschen Anspruch verderbt. Wir schätzen sie, die wir hassen sollten, und wir lieben die Augen der Frauen, in denen doch das Wasser des Chaos steht. Oder sind wir jetzt auf dem Weg in die Freiheit? Denn wir sind nicht um Frauen unterwegs; wir erobern ihretwegen kein Troja und verwüsten keine Provence.« Er richtete sich auf: »Weißt du gewiß, daß wir diese Reise nicht wagen, um vor ihnen zu fliehen? Oder ist es nur die Flucht vor uns selbst, der wir den Namen einer Frau geben?« Er verstummte und begann von neuem: »Vielleicht ist die Wahrheit doch stärker als das Weib, obgleich es schwerfällt, daran zu glauben. Vielleicht ist es unser Glück, daß die Wasser ebenso wie die Geschlechter geschieden sind. Ich bin hier, um das Ziel meiner Sehnsucht zu finden, das Vierstromland hinter Eden. Es gibt die Fahrenden und die Wurzelnden. Aber es gibt auch die, die zuerst auf die Reise gehen müssen, um später zu wurzeln.« So sprach und schwatzte er weiter. Ich vernahm es im Vorhof des Schlafs. Dann kam ein Traum, und ich hörte ihn nicht mehr.

DIE BRÜCKE / *Sumpfgehölze / die Pappelallee / die Auslegerbrücke / Zug über die Lake / Zusammensturz der Brücke*

Wir brachen auf, ein wunderlicher Zug von Gescheiterten: ich, hoch zu Roß, Lord Arthur, das Fell um den Leib geschlagen, die linke Schulter entblößt wie die Parodie eines Heiligen – in seinen Augen las ich keine Bekümmernis –, und die hilflose Eskorte unserer beiden Gefährten. Der weißen Unschuld ihrer Gewänder beraubt, gingen sie langsam und steif durch das Riedgras. Die Kälte über der Niederung, die nächtlichen Ausdünstungen der fast gewichtslosen Wasser hatten sie zermürbt und entkräftet, obgleich ich nicht glauben konnte, daß sie die Fähigkeit zu leiden besaßen. Mich hatte die Wärme des Pferdes, neben dem ich die Nacht über gelegen hatte und die ich auch jetzt wieder spürte, vor jener Einsamkeit bewahrt, deren Pforte die Kälte ist. Ich war der einzige, der noch seine Kleider besaß, doch ich ahnte, daß ich sie bald verlieren würde. »Der Kontinent will, daß wir ihm nackt gegenübertreten – äußerlich und innerlich«, hätte Sir Houston sagen können; und tatsächlich hörte ich ihn aus der Packtasche reden: »Er will, daß wir ihm gänzlich ausgeliefert sind. Doch zugleich ist diese Entblößung und Besitzlosigkeit unser Schutz. Sobald wir in sie willigen, kann uns nichts mehr genommen werden; und dieses zu ewiger Ruhelosigkeit verurteilende Land ist, da es nichts mehr von uns einfordern kann, gezwungen, uns zu beschenken.«

Wir durchritten das oft beschwerliche Weidicht der weiblichen Wasser, begleitet von der kometengleich steigenden Morgensonne. Es war sinnlos, den Wettlauf mit ihr zu beginnen. Die Flußauen konnten wir ohnehin erst am frühen Mittag passieren, wenn die Zeit ihren Lauf zu mäßigen begann.

»Wenn wir sie überhaupt verlassen können«, dachte ich.

Denn die drei an den weiblichen Wassern verbrachten Nächte hatten in mir den Aberglauben genährt, sie besäßen die Kraft, uns zu fesseln. Dennoch leitete uns der Wille, ihnen für alle Zeit zu entkommen. Dieses Ziel schien erreicht, als wir einen hüfthohen, die Flußauen von einer Ebene trennenden Wall überwunden hatten. Doch unsere Hoffnung erwies sich als verfrüht, denn wir kamen in beschwerliches Sumpfland. Die zu Fuß waren, versanken bis zu den Knöcheln. Ich bot Lord Arthur zu reiten an, da ich als einziger über festes Schuhwerk verfügte. Aber wir mußten diesen Plan aufgeben, denn nun sank Hans im Glück bis zu den Knien ein, so daß er die Last eines Reiters nicht zu tragen vermochte. Langsam wurde der grasbestandene Boden fester, wenn er auch nach wie vor trügerisch blieb. Wir kamen durch ein Gehölz von kümmerlichen Grauerlen und Bastardpappeln, die Parodie eines Waldes. Undenkbar schien, daß er wildgewachsen und nicht von Menschenhand angelegt worden war. Eine Ordnungsmanie, die Vorbotin der Verkümmerung, hatte die Stämme in Reih und Glied und in regelmäßigen Abständen voneinander gesetzt. Das Unterholz, vom Schatten der zwar kümmerlichen, aber ineinanderwachsenden Kronen bedrängt, siechte hin und starb ab, kaum daß es einen Fuß Höhe erreicht hatte. Manche Zweige vertrockneten, andere sog der morastige Untergrund auf und ließ sie verfaulen. Wir hatten kein Maß, die Größe dieser eintönigen, bleichsüchtigen Waldung zu schätzen. Die Sonne, die von Mittag an schläfrige Wanderin, verbargen die Blätter; unser Überdruß hingegen, gemehrt durch die Tatsache, daß wir seit gestern nichts mehr gegessen hatten, ließ uns die blutleere Litanei der einander aufs Gehaltloseste gleichenden Stämme schon nach den ersten Schritten als unerträglich empfinden. Es sollte mich nicht wundern, wenn wir Tage in diesen Jagen verbracht hätten und nicht nur Stunden, wie der Stand der Sonne es auswies.

»Welche imperiale Uniformität!« spottete Lord Arthur.

»Diese Pappelreihen sind ein Museum des Militarismus von Assyrien bis Preußen. Behemoth hat keine Phantasie. Hier geschieht, was anderenorts schon geschehen ist.« Ich dachte an den gestrigen Tag, an seine beängstigenden Phantasmagorien und sagte: »Ist es Ihnen nicht genug, mit meiner und des Zufalls Hilfe entkommen zu sein? Wollen Sie die Mächte verhöhnen, die stärker als wir sind? Der ersten Reuse sind wir entronnen, doch sie stellen Netze, die fein genug sind, um uns für immer zu fangen.«

»Lassen Sie mir meine Einfälle«, wehrte er unwillig ab. »Sie sind das einzige, was mich aufrecht hält. Denn die Langeweile des ›King of Despair‹ war nur ein Vorspiel zur tötenden Langeweile des Pappelwaldes. Nur ein hochmütiges Wort kann sie durchbrechen.«

Mittlerweile war es in der Waldung lichter geworden. Wir hatten den Forstrand erreicht. Eine Bergkette erhob sich am Horizont. Zu ihr führte durch die weite Steppenlandschaft eine Allee von Pyramidenpappeln.

»Lassen Sie mich reiten!« sagte Lord Arthur und bestieg das Pferd. »Ich kann diese Wächter der Trostlosigkeit nicht mehr ertragen. Sehen diese italienischen Hagestolze nicht wie einbeinige Puten aus? Und ihre Bastarde haben sie neben sich gestellt, ein heranwachsendes Geschlecht: genauso einbeinig, eingebildet und unbeweglich.« Er redete sich in Zorn. Dann preschte er, den Blick starr geradeaus gerichtet, durch die Allee und kam uns bald aus den Augen. Mit einem innerlichen Seufzen folgten wir ihm. Mußte er das erschöpfte Pferd im Galopp hetzen und uns, was er nicht ertragen konnte, um so länger zumuten? Zum Glück teilte ich seinen Haß auf die Pyramidenpappeln nicht. In der gestaltlosen Steppenlandschaft bildeten sie ein belebtes Band. Ihr Laub zeichnete sich schwarz gegen das dünne Blau des Nachmittagshimmels und das blasse Grau des Gebirgszuges ab. Sie ließen die unermeßliche Ebene nicht endlos scheinen und entstammten nicht dem Wald der Gleichgültigkeit;

denn jede Pappel besaß ihre eigne Gestalt, war aus einem anderen Sämling in einem anderen Boden gewachsen mit ihrer eigenen Not und ihrer eigenen Freundschaft.

Waren es tausend, waren es zweitausend Baumpforten, die wir durchschritten? Wir fanden keine Spur von Lord Arthur. Auch die Berge kamen nicht näher, so weit wir auch gingen. Sollte ich die Pappeln zählen? Sollte ich die Hoffnung fahrenlassen, das Ende der Allee jemals zu sehen? Wenn ich bedachte, welche unwirtlichen, gefahrenreichen Gegenden wir bislang bereist hatten, so hatte der Gedanke, wochen-, ja monatelang durch diese Allee zu gehen, nichts Erschreckendes mehr. Nur der Hunger quälte mich, der unerbittliche Herold der Erschöpfung; und der Zweifel wuchs, Lord Arthur jemals wiederzusehen und mit ihm meinen Freund Hans im Glück, der – ich gestand es neidlos – der Vernünftigste von uns allen war.

Selbst die geduldige Nachmittagssonne rüstete sich, uns zu verlassen. Die Pappeln riefen die langen, aus der Ebene geflohenen Schatten zurück und wurden schwarz und gespenstig. Eine Schlehdornhecke bot dürftigen Schutz vor dem Wind, der mit der Dämmerung aufkam. In stillschweigendem Einverständnis machten wir halt. Wir lagerten uns, einer kalten Nacht gewärtig, im Gras.

»Wenn man am Bild von Speisen nur satt werden könnte«, dachte ich, »so sollte es mir an Vorstellungskraft gewiß nicht mangeln.« Selbst Behemoth war außerstande, mich durch bloße Bilder zu sättigen. Ich versuchte, ein Gespräch zu beginnen, und fragte meine Begleiter nach dem morgigen Weg. Sie blieben einsilbig, sie ließen keine Regung erkennen: Es gebe keine Wahl. Behemoth weise immer nur *einen* Weg; der Weg gehe sich selbst, nur scheinbar seien wir es, die ihn begingen. Ein Hufschlag klopfte durch das dichter werdende Dunkel.

»Hier sind wir!« rief ich dem Schatten zu, als er an uns vorbeireiten wollte.

»Das ist alles, was ich erbeutet habe«, sagte Lord Arthur. Meine Begleiter griffen nach den Früchten, die er vor uns auf dem Boden ausbreitete. Ich zögerte.

»Essen Sie!« sagte Lord Arthur. »Es sind Granatäpfel, die Frucht der Proserpina. Wer davon ißt, kehrt nie mehr zurück.«

»Aus dem Paradies von Behemoth verstoßen zu werden, fürchte ich nicht«, erwiderte ich lachend. Wir aßen das Fruchtfleisch; es stillte den Durst und sättigte nicht. Eng aneinandergeschmiegt, um uns vor der beginnenden Kälte zu schützen, schliefen wir einen leichten, wenig erholsamen Schlaf. Von diesem Abend an ließ ich ab, die Nächte von Behemoth zu zählen.

Wie kurz erwies sich am nächsten Tag die Pappelallee! Der Weg wurde schmaler, die Bäume rückten zusammen. Eine einzelne Pappel schloß die kegelartig sich verengende Straße und täuschte einen Fluchtpunkt in der Nähe des Horizontes vor. So standen wir bereits am mittleren Vormittag in der baumlosen Steppe, vor uns den Gebirgszug und hinter uns – stiegen wir in eine Senke hinab? – die kleiner und kleiner werdende und gänzlich versinkende Pappelallee. Die Sonne blendete uns. Vielfach gespiegelt, gleißte das Licht auf der weißen Ebene. Eine monströse Auslegerbrücke überspannte mit stählernem Fachwerk das Wasser. Bald hatten wir ihren Hauptturm erreicht. Wir liefen zum See hinab. Ich bückte mich, um mit beiden Händen zu schöpfen.

»Salz!« sagte ich enttäuscht, »nichts als Salz! Nun bleibt uns die Wahl, über die Brücke oder über den Salzsee zu gehen.«

»Wir wollen dieses riesenhafte Bauwerk in seiner gigantischen Nutzlosigkeit bewundern«, entschied Lord Arthur. »Das Vereinigte Königreich hat es errichten lassen, als es Behemoth im Zeitalter seiner verfallenden Größe entdeckt hat. Damals glaubte es, die Ära der großen Kolonisationen sei wiederholbar. Erinnern Sie sich der Zeiten, da auf die Ausfuhr des Chinarindenbaumes der Tod stand? Wir sehen den merkantilen Geist in seiner höchsten Vollendung. Mit weißen Helmen ziehen die Helden des Empire aus, um zu erobern und zu vernichten. Behemoth war ihr letztes Ziel und die Geburtsstätte eines Elends, das sie nicht über andere Völker, sondern über sich selbst brachten. Es wäre unverzeihlich, das letzte Denkmal einer verfehlten Kolonisation nicht zu besichtigen.« Ich widersprach: »Alle Großtaten des Vereinigten Königreichs in Behemoth sind nichts als eine Legende. Gescheiterte haben sie für Gescheiterte und aufstrebende Geister erfunden. Behemoth hat diese Brücke selber hervorgebracht, oder – was das gleiche ist – unsere Augen bringen sie hervor. Diese Welt ist nach dem Motto erschaffen, jedes Ding müsse zu allem untauglich sein. Wir vernehmen das Hohelied der Nutzlosigkeit; und diese Brücke taugt nur dazu, unsere Sammlung bemerkenswerter Mißbildungen zu ergänzen.«

Ich folgte Lord Arthur bis zum ersten Pfeiler. Die beiden Längsträger besaßen eine Breite von zwei Fuß und lagen frei auf den Querträgern. Ich weigerte mich, Hans im Glück über die Bohlen zu führen, während Lord Arthur darauf bestand, sie zu passieren.

»Brücken sind geschaffen, damit sie begangen werden«, sagte er zu mir. »Sie verbinden zwei Reiche. Die Erfahrung des Ufers wäre uns ohne Brücke und Fähre nicht geschenkt.«

»Brücken besitzen keinen Sinn; er kommt einzig den Ufern zu«, entgegnete ich. »Aber ein Urteil über die Ufer Behemoths fällt erst am Ende der Reise.«

»Vergessen Sie nicht, Sie haben von der Frucht des Granatbaums gegessen. Für Sie endet die Reise nie!« drohte er scherzend. »Sie fürchten die Gefahren der Brücke und ich die der Salzlake. Reiten Sie! Am Brückenausgang treffen wir uns wieder.«

Ich weigerte mich, ihn zu verlassen: »Oft genug haben wir

erfahren, daß sich die Pfade verlieren. Ein Nebel kann die Brücke verbergen, ein Wassergraben den Weg versperren, ganz zu schweigen von den Unwegbarkeiten Behemoths.«

»Da wir uns nicht einigen können, sollen unsere Begleiter entscheiden«, schlug Arthur Wellesley vor.

Sie mißtrauten der Brücke weit mehr als ich. So zogen wir über das Salz.

Anfangs kamen wir gut voran, aber wir hatten nicht bedacht, daß die scharfen Kristalle die bloßen Füße verletzten. Immer heftiger brannte das Salz in den Wunden. Eine feine Blutspur zeigte an, wo Lord Arthur gegangen war, während die härteren Sohlen unserer Begleiter dem kantigen Untergrund noch widerstanden. Oder vermochten sie nicht zu bluten, weil sie kein Blut, den Urstoff des Lebens, besaßen? Wir hielten. Lord Arthur saß auf, und wir trotteten, die Berge vor Augen, über die spiegelnde Fläche.

Mir fiel auf, daß die Vormittage wieder länger wurden und die Sonne fast den gewohnten Kreis beschrieb. Ich wagte nicht, es zu unseren Gunsten zu deuten.

»Wenn Blut reden könnte«, sagte Lord Arthur, »stünde uns der Rückweg für dieses Mal offen. Jedoch das Blut redet nicht mehr, seit sich der Teufel, an seiner Existenz verzweifelnd, von der Erde zurückgezogen hat. Wie wünschte ich mir jetzt einen Motorwagen! All das geschwinde Teufelszeug haben wir Europäer erfunden, um der Weite gewachsen zu sein. Sie erschien uns als eine feindliche Macht, sie nötigte uns ein Gefühl der Unterlegenheit ab. Wir haben sie durch unsere Ingenieurkunst klein werden lassen, um uns als unumschränkte Herren über den Erdball zu fühlen. Ist es nicht tollkühn, sich ohne alle Hilfsmittel, ja ohne Wasser und Nahrung, an die Durchquerung dieser Salzeinöde zu wagen? Gliche sie unseren heimischen Wüsten, wir müßten unweigerlich sterben. Wie, wenn das Salz ein Meer von Feuer bedeckt wie dünnes Eis einen Abgrund? Sie haben kein Zutrauen zu Stahlbrücken, ich aber traue den natürlichen Brücken nicht. Wäre Ihr Freund Sir Houston zur Stelle, so sagte er wohl, wir müßten einander auf Tod und Leben bewähren; nur durch die Überwindung von Wüsten fänden wir zu uns selber.«

»Sir Houston ist bei uns«, reizte es mich zu sagen, »nur verkündet er, auf dem hohen Roß sitzend, keine untauglichen Lehren.« Statt dessen machte ich Lord Arthur auf die veränderte Gestalt der Brücke aufmerksam. Sie führte nicht mehr in einer Höhe von etwa zwanzig Metern über den Salzsee; vielmehr wurden die Pfeiler höher und höher. Das Tragwerk stieg steil an; und es schien, als ob dieser künstliche Weg geradewegs auf den Kamm des Gebirges führe. »Wären wir nur über die Brücke gegangen!« sagte Lord Arthur. Es sollte in der Folgezeit zwischen uns zum geflügelten Wort werden. Ich hegte den Verdacht, daß Arthur Hans im Glück aufgeben wollte, so unentbehrlich er ihm auch im Augenblick war. Denn er ertrug den Gedanken nur schwer, daß es das mir zugesprochene Pferd war und ich ihm, wenn wir uns auch im Reiten abwechselten, etwas voraus hatte.

Die Pfeiler wuchsen zu beängstigender Höhe. Wir konnten kaum mehr die Ausleger der Brücke erkennen, so hoch über uns liefen sie hin. Ich rätselte, wieso die Pfeiler nicht unter ihrem eigenen Gewicht zerbarsten. Mich schwindelte, wenn ich zu lange hinaufsah.

»Schwanken die Pfeiler, oder dreht sich alles in mir?« fragte Lord Arthur. Es ließ sich nicht leugnen: die Brücke schaukelte. Ein Knirschen und Ächzen drang aus den zitternden Pfeilern. Sie wankten wie Gerstenhalme. Nicht sie trugen die Brücke, die Ausleger hinderten, daß sie zerknickten. Wir warfen uns zu Boden. Wir hielten uns die Ohren zu, um das Sirren im Stein, das knirschende Mahlen tief in der Erde nicht länger zu hören. In der Tat wurde es leiser. Auch die Pfeiler tanzten nicht mehr, als wir aufschauten. Sie bewegten sich träg und kaum wahrnehmbar wie ein langarmiges Pendel. Beunruhigt zogen wir weiter. Nicht nur die Höhe der

Pfeiler, auch der Abstand zwischen ihnen wuchs. Wir mußten uns dem Fuß des Gebirges nähern, denn wir konnten den Brückenausgang nicht mehr erkennen. Der Mittag kam und gleißte über dem Salzfeld. Die Hitze, widerströmend von der spiegelnden Fläche, umschloß uns und wurde so groß, daß das Salz zu schmelzen begann. Ätzender Rauch stieg auf und beizte Kehlkopf und Lunge. Ein Taumel ergriff uns; wir wateten durch die Lache und merkten nicht, daß die Brücke erneut zu wanken begann. Ein dünnes Schattenband tanzte über den Pfützen. »In unseren Breiten glaubt man, die Sonne sei eine Segnung«, stöhnte Lord Arthur. »Die Winzer glauben es; die in den Fabrikhöhlen Arbeitenden glauben es, wenn sie der Winter bleichsüchtig macht. Aber die Sonne ist kein Segen, sie ist eine Strafe, eine Probe aufs Fegefeuer, wenn nicht gar auf die Hölle.« Ein Dröhnen verschlang seine Rede. Das Himmelsgewölbe riß schellernd entzwei. Ein Windwirbel fauchte und schleuderte uns zu Boden. Auch Hans im Glück stürzte. Die Salzlauge rann breiig an ihm nieder und krustete auf seinem Fell. Nur langsam verebbte das Rollen und Grollen stürzenden Gesteins und das Kreischen brechenden Stahls. Staub rieselte herab und schwamm als graue Haut auf den Lachen. Trümmerberge türmten sich vor und hinter uns. Wir mochten in der Mitte zwischen zwei Pfeilern gestanden haben und waren wie durch ein Wunder entronnen. »Wären wir nur über die Brücke gegangen!« sagte ich sarkastisch. Mit von Salz brennenden Gliedern standen wir auf. Vom Staub umschleiert, brannte die Sonne, schmolz das Salz und tiefte die Lachen. Bis zu den Waden sanken wir ein. Lord Arthur wagte Hans im Glück, der selber kaum fortkam, nicht zu besteigen, und der Boden unter unseren Füßen wurde weicher und unsicherer mit jedem Schritt. »So kommen wir nicht weiter«, sagte ich.

»Sollen wir aushalten, bis alles auftaut und wir ertrinken?« fragte Lord Arthur.

»Ich glaube nicht, daß wir in dieser Salzflut ertrinken können«, erwiderte ich. »Es ist besser zu warten, bis das Salz gegen Abend wieder erstarrt.«

»Auch Sie rechnen mit den zyklischen Abläufen des alten Kontinents«, sagte er triumphierend. »Doch wüßte ich nicht, womit wir sonst rechnen sollten, wenn auch ein Salz, das in der Sonne schmilzt, in unseren Breiten kaum denkbar ist.« Wir erklommen einen Trümmerberg und suchten, der Sonne aufs Peinigendste ausgesetzt, einen erträglichen Standort.

»Gesalzen sind wir schon, nun werden wir auch noch gesotten!« sagte Lord Arthur. »Laßt uns die Glieder gehörig wenden und drehn, damit sie gar werden! Bald kommen die Kannibalen. Sie geben der Wüste Sinn, sie enden die Überfeinerung.« Er verstummte, denn der Durst quälte uns, er dörrte Gaumen und Kehle, und die Salzdämpfe machten uns dumpf und benommen.

»Das Wasser steigt!« rief Lord Arthur. Scheinbar hatte die Lache fast unseren Hochsitz erreicht. Doch nicht der Flüssigkeitsspiegel war gestiegen, vielmehr sanken die Brükkentrümmer langsam in den erweichten Salzgrund. Wir hielten Ausschau nach einem höheren Punkt, um dorthin zu flüchten. Doch die Kronen der Trümmerhügel lagen unter brodelndem Nebel.

»Es ist gesund, ein Dampfbad zu nehmen. Vor lauter Gesundheit werden wir glorreich verenden«, witzelte Lord Arthur.

Die Salzlauge berührte schon unsere Füße. Sie keuchte und zischelte, gluckste und quarrte. Millimeter um Millimeter klomm sie an den warmen, widerspenstigen Steinen empor. Von der Sonne nicht länger bestärkt, verlor sie an Kraft. Die Flut stieg nicht mehr, doch gab sie, was sie erobert hatte, nicht preis. Manchmal gloste die Sonne durch die dünner werdenden Dämpfe. Dann lag die endlose Ebene unter dem unbegreiflichen Nachmittagslicht. Überdruß und Niedergeschlagenheit bemächtigten sich unser. Die Salzdünste lähmten mit bösartiger Stumpfheit die Sinne. Gleichgültigkeit befiel uns wie eine Krankheit. Wir dämmerten, nichts mehr erhoffend, dahin. Ein tückischer Schlaf strich über die Augen und drückte die Lider in widerlicher Erschöpfung. Wahnbilder verquollen im Nebel: Ungeheuer, mißgestaltete Vögel und Fische, gefiederte Hunde, vielköpfige Schlangen, Pferde mit dreißig Beinen und breitmäulige Wale begannen miteinander zu kämpfen. Sie wurden getötet und erhoben sich wieder aus bläulich geisternden Flammen. Keines dieser Unwesen war ohne menschliche Züge; trugen die einen Menschenköpfe, so besaßen die anderen menschliche Gliedmaßen, Brüste und Leiber. »Das wäre ein unvollkommenes Ungeheuer, an dem der Mensch keinen Anteil hätte.« Ich sah Sir Houston vor mir in den Flammen.

»Was willst du hier«, herrschte ich ihn an. »Hast du nicht genug an deinem eigenen Unglück! Was kommst du, dich mit fremdem Mißgeschick zu beladen?« Ich versuchte zu blinzeln. Für einen Lidschlag verschlang ihn das schwalchende Feuer, dann schüttelte er es wie einen faltigen Umhang ab, und die Flammen krochen als winzige Schlangen am Boden.

»Mühe dich nicht, es wird dir nicht gelingen, mich zu vertreiben! Ich komme, wann ich will, und ich gehe, wann es mir recht ist«, sagte er.

»Geh!« herrschte ich ihn an.

Er beschwichtigte mich: »Sei still! Das Aufbegehren ist in diesem Spiegelland eine Krankheit. Es führt Stufe um Stufe hinab, zuweilen auch eine Sprosse empor, aber das ist nur scheinbar ein Aufstieg. Alle, die aufbegehren, enden unter den Brücken.«

»Was nutzt das, wenn wir in dieser Wüste aus Salz und Feuer verderben!« erwiderte ich.

»Ihr werdet nicht umkommen, denn ich gewähre euch Beistand!«

»Was ist deine Gönnerschaft wert, Houston Lawrence? Du hast uns nicht einmal vor dieser Brücke gewarnt«, höhnte ich.

»Die Brücke wäre nicht zerbrochen, wenn ihr sie betreten hättet«, verteidigte er sich. »Sie zerbrach an ihrer Nutzlosigkeit.«

»Wenn die Nützlichkeit sein Scharfrichter wäre, so könnte kein Ding in diesem Erdteil bestehen.«

»Täusche dich nicht. Über Nutzen und Wertlosigkeit entscheidest nicht du. Deine geschwächten Augen sind schlechte Gehilfen der Zeit.«

»Zanke nicht mit einem Schwätzer, damit du nicht Holz zu seinem Feuer herbeiträgst«, zitierte ich, um ihn zu beschämen.

»Dein halluzinatorisches Bewußtsein macht dich sehend und blind zugleich«, erwiderte er ruhig. »Aber du mußt mir dieses Mal zuhören, denn ich weigere mich, die Uneinsichtigkeit zu beschützen. Steh auf! Wecke deine Gefährten! Die Salzdecke wird euch jetzt tragen. Wenn ihr eilt, werdet ihr vor Anbruch des Dunkels das Ufer erreichen.« Ich wollte ihm danken, er aber wehrte ab: »Dinge, woran nichts ist, soll man nicht loben. Eile dich! Wenn du die Zeit versäumst, verliert auch das Nichts seinen Glanz und wird zur falschen Metapher.« Sein Bild löste sich vor meinen Augen wie die Wrasen des Salzdampfes. Die Flammen erloschen. Ich sprang auf. Hans im Glück stand vor mir. Ich kraulte ihm die Mähne: »Wir beide hätten jetzt einen leichten Weg zu entkommen; doch gerade der leichte Weg könnte am Ende der schwierigste sein.« Ich weckte die andern. Wir brachen auf. Das Dunkel, der schwarze Vogel, glitt mit gebreiteten Schwingen über den See. Er war nicht schneller als wir, er blieb nicht hinter uns zurück. Zur gleichen Zeit wie wir erreichte er das Ufer und hüllte das Vorland der Berge in Schwärze. Wir sanken, mehr Tote als Lebende, zu Boden und fielen in Schlaf.

DIE FARNE / *Die Früchte / seltsames Wachsen und Schwinden / der Affenbrotbaum / der Sonnentempel / Verwandlung Teutschs und Lord Arthurs*

Wir erwachten unter einem grünen, gefiederten Dach. Farnwedel strichen über unser Gesicht. Ich wollte aufspringen, um den neuen Morgen mit Fröhlichkeit zu begrüßen. Doch die Anstrengung der vergangenen Tage lähmte die Glieder. Ich ließ mich zur Erde gleiten und versuchte wieder zu schlafen. Lord Arthur erging es wie mir, während unsere Begleiter, als sei nichts gewesen, beieinander standen und sich berieten. Der Hunger, der sich erst leise, doch dann um so nachdrücklicher meldete, hielt uns wach. Die Farne kitzelten uns. Täuschte ich mich, oder wuchsen sie so rasch wie Gewitterwolken? Ich streckte die Hand aus und konnte die Spitze der Raute nicht mehr erreichen. Ich erhob mich; die Farne reichten mir bis zur Hüfte. Ich rüttelte Lord Arthur: »Wir müssen weiter, ehe uns die Farne in ihrem eiligen Wachstum ersticken.« Er lachte. Hielt er es für eine neue Grille? Er stand langsam auf. Das Wort, daß wir weiter müßten, hatte seinen alten Klang nicht verloren. Noch konnte Hans im Glück die weichen Stengel niedertreten, noch reichte ihm das grüne Dickicht kaum bis zur Brust; bald aber wuchs es über Bugspitze und Schulter bis zum Widerrist auf. Die Stengel wurden stärker und gaben nur einem härteren Druck nach. Unsere Köpfe verschwanden in den Farnkronen, nur Lord Arthur schaute von seiner einsamen, doch nicht mehr ungefährdeten Höhe auf das grüne, wogende Meer. Wir kamen nicht weiter. Wir berieten, ob wir Hans im Glück zurücklassen sollten. Ich widerriet der einhelligen Meinung der anderen. Doch mittlerweile wurde unser Streit gegenstandslos, denn die Farne hatten jetzt eine solche Höhe erreicht, daß auch Hans im Glück unter dem Laubdach stand. Die Pflanzen nahmen einander das Licht.

Die kräftigeren Wedel wuchsen und fächerten auf, während die schwächeren welkten. Wir waren erstaunt, wie rasch sich dieser Wandel vollzog. Eben noch grüne Farne vertrockneten, starben ab und zersplitterten, wenn wir gegen sie stießen. Wir gingen und ritten jetzt mühelos durch einen lichten Hochwald von Hainfarn. Ein starker, angenehmer Geruch entströmte den sich öffnenden Blüten, die alsdann ihre Blätter abwarfen. Aus den Fruchtknoten wuchsen stattliche, melonenartige Früchte. Wir warfen sehnsüchtige Blicke auf sie, aber sie hingen so hoch, daß wir sie nicht erreichen konnten. Jedoch währte es nicht lange, bis sie gereift herabfielen und auf dem Boden zerbarsten. Lord Arthur und ich stürzten uns gierig auf sie. Das Fruchtfleisch schmeckte angenehm und sättigte rasch. Wir schlangen, auch als unser Hunger längst gestillt war, die Früchte in uns hinein. Wir schwelgten so unmäßig, daß wir auf unsere Begleiter nicht achteten. Sie aßen nicht; sie standen abseits, ein Lächeln, halb abwägend, halb geringschätzig, auf ihren Lippen. Ich hielt inne. Ich spürte plötzlich, wie töricht ich mich gemästet hatte. Auch Lord Arthur warf, als er sie erblickte, das letzte Fruchtsegment von sich.

»Werden wir mit unseren fetten Leibern zwischen den Farnen durchschlüpfen können oder wie der Wolf im Kellerloch steckenbleiben?« fragte er. Wir hatten nicht bedacht, ob die Früchte giftig oder bekömmlich seien, wir hatten blind zugegriffen und schämten uns vor unseren Begleitern.

Eine neue Erscheinung nahm unsere Aufmerksamkeit in Anspruch und ließ uns das ausschweifende Prassen vergessen: So rasch, wie die Farne gewachsen waren, begannen sie auch zu schwinden. Das Blätterdach senkte sich langsam herab. Schon konnte Hans im Glück das grüne Meer überschauen, schon strichen die Farnwedel über unser Gesicht, und die verholzten Stämme wurden schmiegsam und grün.

Es war, wie wenn ein Film rückwärts liefe, nur daß das Farnicht die alte Dichte nicht mehr erreichte. Von jedem

Baum blieb nur ein Büschel zurück, so daß wir, anders als am Vormittag, den Hain ungehindert durchqueren konnten. Die Müdigkeit des Morgens war längst überwunden, ja eine geheimnisvolle Kraft, die unsere Schritte übermütig beschleunigte, strömte uns zu. Ich hätte gewettet, daß wir jetzt stark genug seien, Hans im Glück auf unsere Schulter zu nehmen, anstatt uns von ihm tragen zu lassen. Unsere Begleiter hatten Mühe, uns zu folgen, und das Pferd fiel in einen leichten Trab. Wie Riesen schritten wir über die jetzt knöchelhohen Farne.

»Sie leben im syntaktischen Zeitalter«, spottete Lord Arthur, »wie Menschen, bei denen eine Handlung die andere jagt und die somit auch keine Möglichkeit finden, die Früchte ihrer Arbeit zu ernten und zu genießen. Jede Frucht verschließt sich sehnsuchtslos ihren Augen. Sie laufen einem Sinn nach, den sie nicht nur in ihrem, sondern in der Gesamtheit aller Leben verborgen glauben, und verfehlen ihn auf diese Weise.«

Die Farne krochen wie eine verstreute Flechte über den Boden. Schließlich verschwanden sie ganz in der Erde.

»Wenn die Früchte es auch so eilig hätten zu vergehen, müßten wir jetzt vor Hunger kaum atmen können. Doch das Gegenteil ist der Fall«, sagte Lord Arthur.

»Wir sollten den Tag nicht vor dem Abend loben«, wandte ich ohne Überzeugungskraft ein. Denn noch immer trieb unser Überschwang uns voran.

Die Walderde hörte auf und machte einem sandigen Boden Platz. Wir hatten das Gebiet der Farne verlassen. Ein Affenbrotbaum, so dick, daß wir ihn zu viert nicht umfassen konnten, wuchs auf einer inselartigen Anhöhe. Sein zerklüfteter Stamm zeigte seltsame Auswüchse. »Wenn einer Phantasie besitzt, findet er hier alle Ungeheuer und Dämonen beisammen«, sagte Lord Arthur. Ich begriff nicht, warum er die Phantasie in einem Lande beschwor, das uns täglich die entsetzlichsten Bilder vor Augen führte. Ich sah:

Die Krone des Baumes war kahl. Zwischen den Zweigen hingen gespenstig die gurkenartigen Früchte. Mich fröstelte, als ich die nackten, fruchttragenden Äste sah. Sie waren schön, doch ihre Schönheit verhieß die Nähe des Todes.

»Sie sind wie in meiner Heimat die sterbenden Fichten«, dachte ich. »Rotbärtig stehen sie zwischen keimendem Frühjahrslaub als gute, farbkräftige Erscheinungen. Bald aber verlieren sie ihre Nadeln und ihre Farbe, und keine Zeit der Erneuerung kommt für diese gespenstigen Greise.«

Wir gingen weiter durch trockenes Gras, vorbei an vereinzelt wachsenden Sträuchern, durch Rinnen, die sich vormals das Wasser gegraben hatte in seinem aussichtslosen Kampf gegen die Dürre. Wir fanden die Ruinen eines offenbar von Menschenhand errichteten Bauwerks. Trilithen aus schwarzem, unbehauenem Stein umschlossen einen Ring von sechzig Metern im Umfang. Wie steinerne Rolande standen sie drohend vor uns, Hünen mit einem Haupt und zwei Leibern. Wenn das Licht auf sie fiel, schienen sie sich zu beleben.

»Es sind Grenzwächter!« sagte ich laut.

»Es ist ein Sonnentempel«, entschied Lord Arthur. »Überall wird diese älteste Göttin verehrt. Ihr Symbol ist das Gold. Sie erscheint so strahlend, daß die Völker nicht wagten, ein Bronzemal von ihr zu formen. So ist sie die wahre bildlose Gottheit. Doch da kein Wesen jenseits des Totenreiches ohne Bildnis bestehn kann, wählt sie ihren alten Widersacher, den Schatten, zum Abbild. In den Sonnentempeln werden die alten Legenden verständlich: sie berichten vom Schatten als Schöpfungswerkzeug Gottes. Dieser Gott ist die Sonne. Mit dem Schatten verbündet, bringt sie alles hervor. Wir wollen hier rasten und zuschauen, was uns der Schatten zeigt. Mag sein, daß er in den alten Tempeln eine besondere Sprache spricht und uns verborgene Wege verrät.«

Zum Verdruß unserer Begleiter setzten wir uns.

»Ich empfinde keine Spur von Müdigkeit«, fuhr Lord Arthur fort. »Die Farnwälder haben keinen Wegzoll von uns gefordert, vielmehr haben sie Zuversicht und Stärke geschenkt. Seit Jahren hat mich kein Abend bei gleicher leiblicher Tatkraft gesehen, während mein Geist der unbedarfte Nachtschwärmer war, den Sie kennen. Es fiele mir nicht schwer, einen Weg von drei Tagen in dieser einen Nacht zu bewältigen. Aber wir sind nicht allein, und das Dunkel setzt uns ein Ziel. Von allen Lagerstätten erscheint mir die heutige am vortrefflichsten. Wer weiß, welche Träume uns die Göttin Sonne beschert, wenn wir, Priester, die keine Weihen empfingen, hier nächtigen. Zuvor wollen wir in den Schatten lesen. Was werden sie uns offenbaren?«

»Nichts«, antwortete ich. »Sie sind eine Bilderschrift ohne Bedeutung, ein Rätsel um des Rätsels willen. Es quält die unberufenen Magier, die das Schlüssellose zu entschlüsseln trachten. Wir sind selbst eine niemals beendete Schrift. Wir wachsen und schwinden und schwinden und wachsen wie jedes Tier und wie jede Pflanze und wie der Schatten.«

»O nein!« widersprach er. »Das Glück als ein Stab, als ein Weg, der schnurgerade zum Horizont läuft, ist eine junge Erfindung, das Glücksrad eine uralte. ›Das Alte hat recht‹, sagt der Schatten. ›Der Erweis ist die Sonnenuhr, die ihren Lauf an jedem Morgen aufs neue beginnt. Doch nun habe ich eure Füße erreicht und die Mitte des Kreises durchschritten. Nun kommt die Stunde zu schweigen.‹« Lord Arthur stand auf. Er rief mich zum Trilithen am östlichen Tor: »Er ruht auf vier Steinäxten«, sagte er, »und trägt zwei Steinmesser auf seiner Krone.« Er nahm die Messer herab und wog sie in seinen Händen: »Nun sind wir nicht mehr wehrlos und ohne Werkzeug. Behemoth selbst hat uns beschenkt. Es gibt nichts Schärferes als diese Schneiden.« Er ging zu Hans im Glück und verwahrte die Messer am Grunde der Packtasche. Wir lagerten in der Mitte des Kreises. Die Göttin Sonne nahm ihr Werkzeug, den Schatten, zurück, sie verwahrte ihn.

»Nun wird sie die Traumboten senden, die Geschwister der Schatten«, sagte Lord Arthur. Aber die Göttin beschenkte mich nicht. Der Schlaf kam rasch, obwohl ich keine Müdigkeit spürte; und er war traumlos und tief.

»Fühlen Sie sich auch so schlaff?« fragte Lord Arthur am Morgen. »Meine Glieder schmerzen, und meine Sinne sind in gleichem Maße verkrüppelt.«

»Sehen Sie nur, was mit den Sonnensteinen geschehen ist!« rief ich verwundert. Sie waren über Nacht gewachsen und erhoben sich zu schwindelerregender Höhe.

»Ob es den Steinen wie den Farnen ergeht?« erwog Lord Arthur, »ob sie am Tage wachsen und beim Dunkelwerden versinken?« Ich äußerte Zweifel. Ein Blick auf Hans im Glück und unsere Begleiter ließ mich erschrecken. Nicht die Trilithen waren gewachsen; wir hatten zu schwinden begonnen und besaßen kaum noch ein Drittel unserer ursprünglichen Größe; schlimmer noch, wir wurden von Minute zu Minute kleiner. Auf jeden Schritt unserer Begleiter kamen zunächst zwei, dann drei, dann vier unserer Schritte. Unter groben Scherzen setzten sie uns Wichte aufs Pferd.

Da saßen wir nun, uns mit aller Kraft an den Sattelrand klammernd, hin- und hergeworfen auch bei der vorsichtigen Gangart des Pferdes. Wir starrten hinab in eine schwindelnde Schluft und konnten ihren Grund kaum erahnen.

»Es ist der Abgrund der Vergangenheit«, sagte Lord Arthur, stets zu metaphysischer Verklärung bereit. Es war seine Art, sich Trost zuzusprechen; und ich, der keines Trostes bedurfte, war ihm dankbar für diesen Anker.

Bald wurde der Sattelrand zu einer riesigen Wulst, die wir nicht mehr umfassen konnten. Doch es gelang uns, die Füße in eines der bleistiftstarken Löcher zu stemmen und so Halt zu finden. Unterdessen mußten wir die Savannenlandschaft durchquert haben. Aber die über den Pferderücken streifenden Zweige, die uns wie starke, vom Sturm gepeitschte Stämme erschienen, konnten uns, die wir uns in den Sattellöchern verbargen, nicht mehr gefährden.

»Werden wir so klein wie Samenkörner werden, oder ist diesem Schwinden keine Grenze gesetzt? Werden wir unsichtbar für menschliche Augen oder hören wir am Ende ganz auf zu sein, um an jedem Morgen wiedergeboren zu werden?« fragte Lord Arthur. Ich antwortete nicht, denn es erging uns wie Gefangenen in einem Brunnen. Wir sahen um uns einen runden, scheinbar endlosen Schacht und über ihm einen winzigen Lichtkreis. Es war unser Glück, daß eine dünne Haut aus Leder die Sohle des Schachtes verschloß, sonst wären wir zwischen Pferderücken und Sattel unweigerlich zermahlen worden. Unweigerlich? Mittlerweile waren wir so klein geworden, daß wir im porigen Fell ebenso Zuflucht gefunden hätten wie in den Poren des Leders; so klein, daß wir einander aus den Augen verloren. Ängstlich versuchte die Stimme, eine Brücke zwischen uns vereinsamten Wesen zu schlagen. Aber sie wurde ebenso schwächlich und karg wie unser Körper.

War ich zuvor fast seekrank geworden, weil der Sattel wie ein Schiff bei hohem Seegang zu schlingern begann, so lief das Pferd jetzt ruhig und sanft. Denn auch die Drehung der Erde spüren wir Menschen nicht; und von unserem Pferd sahen wir ebensoviel wie eine Ameise vom Erdteil Australien. Wir sanken in Wärme und Dunkel. Stille umschloß uns mit einer dünnen Haut. Rasteten unsere Begleiter, oder waren wir so gering, daß alles um uns zu ruhen schien?

Die Zeit stand still, denn wir besaßen nichts mehr, um sie zu messen. Es war gleichgültig, ob wir die Augen öffneten oder schlossen, denn uns verschloß sich die Welt.

Vergingso ein Tag unserer Reise? Verging eine Woche? Verrann so ein Monat? Suchten uns unsere Begleiter? Hatten sie uns aufgegeben? Alle Fragen wurden bedeutungslos. Da wir uns selbst verloren, verloren wir auch das Bewußtsein und mit ihm die Erinnerung.

DER GOLDFLUSS /

Sie gewinnen ihre alte Gestalt zurück / die Tempelmauer / das Gold / der Goldfluß / Flucht der Begleiter

Ich erwachte davon, daß meine Füße schmerzten. Ein Lederring schnürte sie ab. Die Haut abschürfend, gelang es mir, einen Fuß aus der Umklammerung zu lösen und hernach den anderen zu befreien. Scheinbar lag ich am Grund eines Brunnens gefangen. Eine dunkle Erinnerung kehrte zurück. Als erstes begriff ich, daß ich in Behemoth war; und im Besitz dieses Stützpunktes, fiel es nicht schwer, jede Absonderlichkeit zu begreifen. Der Brunnenschacht war in Wahrheit ein Entlüftungsloch im Sattel des Pferdes. Auch war es lächerlich, ihn tief zu nennen. Wenn ich mich streckte, konnte ich den oberen Rand mit den Fingerspitzen berühren. Auch war sein Durchmesser wesentlich geringer, als ich geglaubt hatte: ich nahm fast ein Viertel des Zylinders ein und fühlte mich von ihm beengt. Konnte ich mich so getäuscht haben? Mein Unterarm reichte bis zum Ellenbogen aus dem Sattelloch, ja, ich schaute über den Rand hinaus. Jäh wurde mir klar, daß ich mit beängstigender Schnelligkeit wuchs und mich sputen mußte, aus dem Schacht zu gelangen. Das Leder drückte und preßte bereits meinen Leib. Ich stemmte mich gegen den Sattel, kam bis zur Hüfte frei, warf mich nach vorn, tastete in fliegender Eile, bis meine Hände in einer anderen Lochwandung Halt fanden, und befreite mich, mit aller Kraft ziehend, aus meinem Gefängnis. Ich lag mit dem Glücksgefühl, entronnen zu sein, über dem Sattel.

»So helfen Sie mir doch!« schrie neben mir eine Stimme und rief meinen Wirklichkeitssinn wach. Nur mit Mühe gelang es mir, Lord Arthur, dem der Zufall nicht in gleicher Weise wie mir zu Hilfe gekommen war, aus seinem Käfig zu zerren.

»Wollen Sie mir mit der Haut zugleich die Seele abziehen!« polterte er mit schmerzverzerrtem Gesicht, als er neben mir lag; und doch merkte ich, wie froh er war, von keiner Leibangel bedrängt und am Wachsen gehindert zu werden. Es war unser Glück, daß sich das Pferd während dieser Zeit nicht bewegte. Denn keiner von uns dachte daran, sich festzuhalten. Wir lagen gedankenlos nebeneinander und freuten uns über das ständig sich weitende Feld, das wir mit unseren Füßen und Händen ertasten und somit in Besitz nehmen konnten.

»Die Farne haben uns zu einem Nichts werden lassen«, sagte Lord Arthur. »Nun müssen wir abwarten, ob sie uns die alte Gestalt zurückgeben oder uns zu Riesen machen.«

Wir waren jetzt groß genug, um über die Kruppe des Pferdes zu schauen. Hans im Glück stand an einen jungen Stamm gebunden und fraß gemächlich die niederhängenden Blätter. Seitlich erhob sich, so, daß wir, auf dem Sattel stehend, ihre Glockenleiste erreichen konnten, eine aus Sandstein gefügte Mauer. Ihre überaus reiche Fassade zierte ein Reliefzug aus Panthern, Sonnenrädern und Schafen. Üppiges Strauchwerk wucherte zwischen den Steinen und zwängte seine Wurzeln zwischen die Fugen.

»Wir sind auf eine der Ruinenstädte gestoßen, die unter dem ewigen Grün der tropischen Wälder verborgen liegen«, sagte Lord Arthur. »Es reizt mich, die alten Kulturdenkmale aus der Nähe zu betrachten. Vielleicht sind sie das einzig Sehenswerte auf diesem Kontinent. Zudem sind wir beide zu schwer geworden, um auf dem Rücken Ihres Wallachs zu tanzen.« Er sprang leichtfüßig zu Boden, um zu zeigen, welch geübter Reiter er sei. Ich bedeutete ihm, daß ich bei Hans im Glück bleiben würde. Wir hatten jetzt unsere alte Größe erreicht und wuchsen nicht länger, doch eine heftige Tatkraft beflügelte Lord Arthur, und auch ich widerstand nur mit Mühe dem Drang, etwas zu tun, an dem ich meine Kraft erweisen konnte. Worin aber, wenn nicht in der Zerstörung, hätte sie ihr Ziel finden können?

So stand ich und klopfte meinem Pferde den Hals. Sein leises Wiehern antwortete mir. Mein Blick fiel erneut auf die Reliefs, und ich war betroffen von ihrer Schönheit. Die Steinparder hoben lautlos die geschmeidigen Glieder. Ihre Tatzen drehten das Sonnenrad, auf dem die achtzehn Monats- und die zwanzig Tageszeichen eingraviert waren. Sie umliefen mit weichen, kraftvollen Bewegungen den Sims, immer wiederkehrend wie die Zeichen des Sonnenrads. Ich hörte Schritte und verbarg mich im Gesträuch. Unsere Begleiter kamen. Ich hörte sie keuchen. Sie trugen schwer an einer Last, die sie, als entfalle sie ihren Händen, auf den Boden gleiten ließen. Es waren breite, silberne Reifen und Götzen, kaum größer als mein Handteller, das Gesicht von einer goldenen Maske bedeckt, gekrönt mit einer vierzackigen Krone. Ich spürte: Das Gold hatte seine magische Kraft nicht verloren. Es sandte ein Licht aus und funkelte in ihren Augen. Es glänzte wider von der Lüsternheit derer, die es der Erde entrissen. Es glimmerte in böser Begehrlichkeit und ließ die Gier in ihren Sinnen erwachen; und der Egel der Goldsucht, die Furcht, begann sie zu peinigen. Sie hielten Ausschau nach uns.

»Ob sie die Kraft der Farne noch niederhält?« fragte der eine. »Darum sollten wir nicht sorgen«, entgegnete der andere. »Auch wenn sie ihre alte Gestalt zurückgewinnen, bleiben sie hilflos.«

»Täusche dich nicht!« warnte sein Gefährte. »Sie besitzen einen Zauber, der stärker als sie ist und vielmals stärker als wir. Ich habe ihren Talisman gesehen. Komm mit, ich zeige ihn dir!« Er öffnete die Packtasche. Houston Lawrence schaute zu mir herüber. Er lächelte.

»Gib her!« herrschte der andere ihn an. Er nahm den Gipskopf und schleuderte ihn gegen die Mauer. Die Büste zerbrach nicht. Wütend ergriff er Sir Houston und warf ihn zu Boden.

»Nun sind wir frei, laß uns fortgehn!« rief er. Hastig nahmen sie das Gold und füllten es in die Packtasche. Sie banden Hans im Glück los und führten ihn am Zügel fort. Ich überlegte, ob ich ihnen entgegentreten sollte. Ein Gefühl von Furcht und Schadenfreude hielt mich zurück.

»Sie sind töricht, sich von uns zu trennen!« dachte ich. »Sobald sie uns den Rücken gekehrt haben, werden sie ihr Mißtrauen gegeneinander richten. Gold ruft die Mißgunst, die Mißgunst den Tod.« Nur um Hans im Glück war es mir leid.

»Du mußt dich nicht sorgen«, sagte Sir Houston, »sie können keinen Vorsprung gewinnen. Es ist Schattengold, Gold, das seit der Schöpfung in Gräbern gelegen hat. Es kann nicht bei ihnen bleiben. Es ist ebenso wesenlos wie diese Gebilde aus Luft.«

Ich trat aus dem Gesträuch.

»Aber das Feuer in ihren Augen war echt«, sagte ich. »Es gibt kein Fabelwesen, das nicht Haß und Goldgier zum Leben erweckten.« Ich sah, wie die Tempelwand wankte, und trat erschrocken zurück. Das Relief löste sich und stürzte zu Boden. Die Panther sprangen hervor und verschwanden lautlos im Urwald.

»Du mußt dich nicht fürchten«, beschwichtigte Sir Houston. »Ich kann diese Steine nicht aufhalten. Jedoch sie töten Lebendiges nicht und erschrecken nur ihresgleichen: Nachtmahre und Schatten.«

»Warum treibst du uns in diese immerwährende Narrheit, wenn alles bedeutungslos bleibt?« fragte ich.

»Nichts bleibt bedeutungslos«, sagte Sir Houston. »Von den vor unserer Erde erschaffenen und hernach verworfenen Welten blieb etwas zurück, und in Behemoth ist es gesammelt. Hinderte den Demiurgen, alles zurückzunehmen, eine Sentimentalität, ein nostalgischer Zug, so daß er – bereits uralt bei seiner Schöpfung – wie ein vom Leben Enttäuschter von Zeit zu Zeit die alten Welten betrachtet? Ist es die Erbsünde des Demiurgen, daß er, der bildlos bleiben sollte, sich sein Bild in unserer Erde erschuf? Vielleicht liegt eine der mißratenen Welten in Behemoth über der anderen und wird sichtbar, wenn die Erde zurückweicht, ähnlich wie die ursprüngliche Grundierung erscheint, wenn die späteren Farbschichten abblättern. Ist nicht gewiß, daß der Demiurg eurer Hilfe bedarf? Nichts, was Menschen betreten haben, bleibt bestehen, wie es war. Selbst das erfüllte Schicksal wandelt sein Antlitz; und Ixions Rad schaut stets auf ein anderes Wasser.«

»Das ist kein Gespräch für mich, Houston Lawrence!« unterbrach ich ihn mit Bestimmtheit. »Das ist ein Gespräch für Arthur Wellesley und seine Suche nach irdischen Paradiesen. Alle guten Keime sind von den Parzifals schon zerritten worden auf ihrer ewigen Suche nach dem heiligen Gral. Daß der Demiurg der Hilfe des Menschen bedürfe – das hat der Mensch in seiner Hybris erdacht. Er begehrt nach Dunkel, und er begehrt nach Deutung. Er erfindet das Dunkel, um es zu deuten. Er deutet, weil er ein Dunkel ohne Deutung nicht erträgt; und weil ihm die Deutung ohne ein Dunkel zerrinnt, sucht er die Finsternis. Das Schicksal ist stärker als die uralten Götter. Es waltet über den Dingen wie über den Menschen.«

»Woher willst du wissen, wann wir Werkzeuge sind und wann unsere Herren? Still jetzt! Lord Arthur kommt! Denk nicht darüber nach, ob du mich mitnehmen oder zurücklassen sollst. Noch kann ich für mich selbst sorgen, und ich kann es so lange, wie ich dir zu helfen vermag.«

Arthur Wellesley erschien in malerischem Aufzug: Bastsandalen an den Füßen und ein rotes Wolltuch als Toga über die Schulter geschlagen. Ein grüner Stoffgürtel hielt es über den Hüften zusammen. »Salve!« grüßte ich ihn.

Er hob mit einer ausladenden Geste den Arm: »Es ist das Erbgut des entblößten Wanderers, der, die Schutzwehr der berühmten Ahnen verlassend, sich der Hilflosigkeit und den ebenso berühmten Fragen aussetzt: Wer waren wir? Was sind wir geworden? Woher stammen wir? Wohinein sind wir geworfen? Wohin eilen wir? Wovon sind wir befreit?«

»Von unserem Pferd«, antwortete ich. Er schüttelte, als sei es ihm mit seinem Tadel ernst, unwillig das Haupt: »Wenn Don Quichote seine größten Taten vollbringt, kommt Sancho Pansa und mahnt ihn an die niedrigen Dinge der Erde.« Mit kaum vermindertem Pathos fuhr er fort: »Aber was wäre Don Quichote ohne Sancho Pansa? In Wahrheit haben wir unsere Seelenreise durch Behemoth längst begonnen, obgleich sie so entsetzlich trivial scheint. Alle großen Dinge sind entsetzlich trivial; nur die kleinen sind aufregend und voll Flitter ... Warum haben Sie unser Pferd entlaufen lassen?« fragte er unvermittelt.

»Unsere Begleiter haben es entwendet. Sie zwangen es, das in der Ruine erbeutete Gold zu tragen. Kein Wille ist stärker als der Wille des Goldes. Er begünstigt gleichermaßen die Furcht wie die Entzweiung.«

»Schade«, resümierte Lord Arthur nicht ohne Selbstironie, »für einen Fußmarsch ist meine Kleidung ungeeignet. Kommen Sie! Wir wollen unsere Begleiter verfolgen, solange uns noch Tateneifer und Entschlossenheit als Geschenk der Farne helfen.«

Er eilte voran. Die rote Toga wallte um seine Waden. Erheitert folgte ich ihm. Doch jeder Weg, der uns das Ziel nicht vor Augen führt, mindert die Hoffnung und entmutigt den Willen. Mir war, als verringere sich aufs neue unsre Gestalt. Täuschte ich mich? Noch schmolz der Vorsprung unserer Begleiter. Wir sahen sie vor uns, als sich der Urwald lichtete und wir in eine Flußniederung traten. Die Panther aus dem Hochrelief der Tempelwand versperrten ihnen den Weg. Sie waren nicht lebendig geworden, wie es mein halluzinatorisches Bewußtsein mir vorgespiegelt hatte; sie waren Gestein geblieben mit allen Eigenschaften des Steins außer der einen: der Gleichmut alles Erstarrten. Sie türmten sich vor dem schwer am Gold tragenden Hans im Glück als eine Mauer. Unsere Begleiter, einen zweiten Tempel und seine Schätze vermutend, umgingen sie hastig. Enttäuschung lähmte alsbald ihre Schritte. Die Mauer schwand hinter ihnen gleich einem Nebel, der sich in der Frühsonne auflöst, und wurde vor ihnen aufs neue errichtet. So näherten sich die zornig werdenden Männer mühsam dem Fluß. Sie sprachen so laut, daß wir sie verstehen konnten: »Es ist kein Segen im Gold. Wir werden die Mauer nicht überwinden, solange wir es mit uns führen!« klagte der eine.

»Hier ist alles widernatürlich!« grollte der andere. »Es hilft nichts, das Gold aufzugeben. Wir werden dadurch zwar ärmer, aber der Weg wird nicht leichter.« Wieder versuchten sie, die steinerne Wand zu umgehen, und wiederum gewannen sie nur wenige Meter. Auch daß sie die Richtung wechselten, half ihnen nichts. Sie gerieten in Streit. Jeder fürchtete eine Finte, mit der ihn der andere um seinen Anteil betrügen wollte. Einer legte die Hand auf die Packtasche, der andere schlug sie beiseite. Schon hoben sie drohend die Fäuste, da löste sich der Gurt, und die Packtasche fiel herunter. Hastig stürzten sich beide über den gefallenen Reichtum. Ihre Augen weiteten sich: das Gold der Erwartung überstrahlte die erbeuteten Schätze; doch Erbitterung erstickte die aufflammende Mißgunst. Nicht Gold förderten ihre Hände zutage, sondern die Büsten Sir Houstons und Houston Lawrence'. War ich es, der lachte? Erdröhnte aus den Mündern der Houstons dies höhnische Gelächter? Entquoll es der Erde? Beide Diebe wandten sich um. Eine verzweifelte Enttäuschung entmündigte sie, bis sie ihren Zorn gegen die Gipsbüsten kehrten. Sie stießen sie mit den Füßen gegeneinander. Der sonst so verletzliche Gips barst nicht, und das hämische Grinsen wich nicht aus Sir Houstons Gesicht. Lord Arthur versuchte, ihnen Einhalt zu tun. Aber jetzt waren sie es, die uns verlachten. Wir sahen uns an und erkannten, daß wir ihnen kaum bis zur Hüfte reichten. Die Zeit unserer Ohnmacht hatte begonnen. Sie hoben, uns zum

Tort, die Gipsköpfe auf und warfen sie in den Fluß. Ohne sich weiter um uns zu kümmern, trieben sie Hans im Glück zum Ufer. Obgleich das Wasser flach und die Furt bequem war, scheute das Pferd und ließ sich weder durch Flüche noch durch Schläge beirren. Wir traten hinzu. Von der Strömung an Land getrieben, lag Sir Houston im Schlick. Sein Gesicht hatte die Totenfarbe des alternden Gipses verloren; es blinkte und funkelte in der Sonne. Golden war auch sein Haar, Gold trug die Welle. Die alte Gier erwachte in unsern Begleitern. Sie stürmten, einer den andern beiseite drängend, die Böschung hinab. Eine höhere Welle richtete Sir Houston auf. Er sah uns aus goldenen Augen an, als wollte er sagen: »Es ist der Pactolos. Er hat die Krankheit, alles in Gold zu verwandeln, von Midas genommen und ist nun selber von dieser Seuche befallen.«

Die Welle strömte zurück und rollte den Kopf ins tiefere Wasser. Mit ausgestreckten Händen warf sich einer unserer Begleiter über ihn – vergebens. Der Kopf entglitt seinen Händen; und das Wasser rann golden zwischen den Fingern. Da stieß ihn sein Gefährte vollends in den Fluß. Er tauchte unter, kam wieder empor und wankte, als habe er sich bei seinem Sturze verletzt, an das Ufer. Doch es war keine Wunde, es war die eigene Schwere, die ihn taumeln ließ und hinabzog. Ihn hatte das Tauchbad verwandelt. Sein nackter Körper glänzte von Gold. Sein Gefährte half ihm die Böschung hinauf. Ich will die Mühe nicht beschreiben, die es kostete, ihn aufs Pferd zu heben.

Da saß er nun, ein Reichtum gewordenes Fleisch, schwer von seinem Besitz, der nichts fruchtete; sanftmütig wie alle, deren Güter so unermeßlich sind wie ihre Stumpfheit, saß er auf Hans im Glück, der nur langsam zu gehen vermochte, so sehr lasteten die Schätze in Gestalt eines Menschen auf ihm. Der letzte unserer Begleiter führte das Pferd langsam am Zügel. Ging er leer aus, oder war er der Erbe eines unermeßlichen, doch nutzlosen Reichtums? Denn wie sollte er das lebende Gold auf dem Rücken des Wallachs in Wohlstand und Wollust verwandeln?

In gleichem Maße, wie wir kleiner wurden, wuchsen Pferd und Reiter. Sie wurden wandernde Berge, erdrückend und hilflos zugleich. Betroffen von soviel Torheit, sah ich den Ziehenden nach.

»Die Gier verwandelt alles in unbrauchbare Dinge«, sagte ich zu Lord Arthur.

»Was wissen wir von der Nutzlosigkeit!« antwortete er. »Jeder Schatz ist von alters her nur ein Symbol. Daß er eher Unglück als Glück bringt, haben wir seit jeher gewußt. Aber er stärkt unser Ansehn sowohl in unseren eigenen Augen als in denen der anderen. Gold und Fels zu sein ist das innere, vor uns selbst verborgene Ziel: denn beide sind mächtig und unwandelbar, von keiner Säure verletzbar, aufzehrbar von keiner Habsucht, und selbst das habgierigste Wesen der Welt, das sonst alles ohne Schaden verschlingt – ich meine die Zeit –, vermag nur wenig über den Stein und das Gold.«

»Vielleicht ziehen sie jetzt stromauf, die Bußwaschungen für den Verfemten vorzunehmen. An der Quelle oder an einem Strudel, wo der Strom seine Kraft, zum Meer zu fließen, verliert, zu versuchen, ob er das Gold zurücknimmt, das er so freigebig geschenkt hat.«

»Dieser Strom nimmt nichts zurück – nichts von ihnen. Der muß schon wie Midas leiden, dem die Gnade der Rücknahme zuteil werden soll. Nur die erleiden den wahren Verlust, die ihn fürchten. Was wir sind, wurden wir allein durch Preisgabe und Einbuße. Wahrhaft kann nur gewinnen, wer zu verzichten weiß.«

Seine Stimme wurde schwächer und schwächer. Die letzten Worte erstarben.

DAS VORLAND VON EDEN /

Der paradiesische See / die Entwöhnung / das Leben am See

Im Besitz unserer alten Gestalt, beratschlagten wir, ob wir die Packtasche mitnehmen oder zurücklassen sollten. An ihrem Grund fanden wir die beiden Steinmesser, und Arthur Wellesleys Miene hellte sich auf, als sei uns damit der wahre Reichtum überlassen worden, während die vermeintlich erfolgreichen Wegelagerer mit ihrer nutzlosen Beute entlang dem Goldfluß zogen. Dennoch nahmen wir, einer stillschweigenden Übereinkunft folgend, den gleichen Weg.

Es war ein gutes, ein fruchtbares Land, durch das wir kamen: Niederungsland mit einer schweren, trächtigen Erde. Wilder Weizen sproß unter den Sträuchern; und nach einer Wegstunde trafen wir auf wildwachsende, mit reichen Trauben behangene Reben. Obwohl die Beeren klein waren, schmeckten sie würzig und süß. Wir verspürten, der Wirkung der Farnfrüchte ausgesetzt, zwar keinen Hunger, doch aßen wir, soviel wir konnten, bis unser Magen zu schmerzen begann. Es war ein vertrauter Schmerz, der uns die Gewißheit gab, von guten Früchten gegessen zu haben.

»Wir haben genug von Zauber und Entzauberung, von Gift und Gegengift gelesen. Wir kennen die Märchen und können nun hoffen, daß die heimische Traube in unserem Inneren die fremdländischen Farne bezwingt«, sagte Lord Arthur. Er schaute aus dem Gras, in dem wir lagerten, zu den Zweigen eines Baumes empor: »Es ist ein Feldahorn, ein Baum unserer Heimat. Sollte es nicht Glück bedeuten, an einem Tag zwei vertrauten Wesen zu begegnen? Erinnern Sie sich an den Perserkönig, der einen Maßholder ob seiner Schönheit mit Goldschmuck beschenkte? Wir können es ihm gleichtun und einen Kranz in den Goldfluß tauchen, um ihn damit zu schmücken. Sind wir nicht Narren«, fuhr er fort, »daß wir hier ruhen, solange wir noch Kraft besitzen, unseren Weg fortzusetzen? Ausruhen können wir lang genug. Denn wer weiß, wie lange wir in unserem bewußtlosen Zustand verbleiben? Vielleicht schlafen wir drei, vielleicht auch zehn Tage.«

»Ist das nicht gleichgültig?« entgegnete ich. »Die Zeit, die wir verlieren, läßt sich nicht zurückgewinnen, indem wir hastiger und sinnloser leben.« Dennoch stand ich auf. Wir gingen weiter. Die Gegend wurde mit jeder Stunde anmutiger und reicher. In die uns vertraute Flora drängten sich tropische Gehölze, Palmen, Zitrusbäume, Zedern, Ölbäume; und viele Gewächse, deren Namen ich nicht kannte, wuchsen vereinzelt oder in Gruppen inmitten der Niederung. Manche bildeten kleine Haine, nie aber Wälder oder undurchdringliches Dickicht. So verloren wir die Goldflußauen nicht aus den Augen. Gegen Abend öffnete sich der Blick auf einen dunklen, anmutigen See. Ein Schilfgürtel bedeckte das jenseitige Ufer, während das unsere, von leichtem Riedgras bewachsen, im Schatten zweier Kokospalmen lag. Auf einem Schaar nahe dem Ufer fischten Kraniche. Die fast waagerecht einfallende Abendsonne ließ das Wasser orangen erglänzen, so daß wir fürchteten, an einem alten Arm des Goldflusses zu stehen.

»Hier wollen wir bleiben!« riefen wir beide. Wir hätten nicht anders entscheiden können, denn die anbrechende Nacht setzte unseren Wegen ein Ziel; und wir spürten, wie wir wieder zu schwinden begannen.

Eine Veränderung nahm ich an der Gestalt unseres Verfalls wahr. Wir versanken nicht mehr in uns selbst, mit unserm sichtbaren Leib auch unser Bewußtsein verlierend. Aber noch gestand ich es mir nicht ein. Schlaflos von allen Lasten des vergangenen Tags, wartete ich auf den Augenblick, da mich die Gewißheit meiner selbst nicht wie beim Nahen des Schlafs, vielmehr auf eine unbeschreibliche, dem Schein nach keine Umkehr duldende Weise verließe. Ich dachte an all das, was wir heute verloren hatten: unsere Gefährten, denen ich nicht nachtrauerte, Hans im Glück, den mir so lieb gewordenen Freund, und nicht zuletzt Sir Houston. Er, der sein Leben mit Glanz und Flitter umkleidete, war im Fluß gesunken: blinkend von Gold und schwer von Reichtum, wie er es sich immer gewünscht hatte, war gesunken und einer Tiefe anheimgefallen, die er seinem Werk zu geben vergeblich gestrebt hatte. Begann so der zweite Teil meiner Reise? Hatte ich, aus meiner Unmündigkeit entlassen, nun für mich selber einzustehn oder war ich wiederum der Verwandlungskunst Sir Houstons erlegen, seinem Spiel mit Symbolen, das in den Archetypen des Golds und des Wassers seinen Höhepunkt fand?

Ich fiel in Schlaf. Er war nicht von der traumlosen Tiefe der Bewußtlosigkeit, er riß Bilder und Farben von seinem Grunde empor. Ich sah das Gesicht Houston Lawrence'. Es leuchtete auf und versank. Ich sah Arthur Wellesleys Gesicht; es verging in Eigenwillen und Trübsal. Dann lag der Spiegel des Flusses glatt und bildlos vor mir. Da war kein Traum mehr, jedoch die Anwesenheit eines Traums am Lager des Schlafenden; er wartete auf die im Spiegel entstehenden Bilder, um sie zu ordnen. Als erstes kehrte das Gesicht Lord Arthurs zurück.

»Warum machst du mich, um selber groß zu scheinen, so klein?« klagte es, an Sir Houston gewandt.

»Es ist die Strafe für den, der den Fluß überschreitet«, erklärte die Stimme Sir Houstons. Das sich golden färbende Wasser ließ Lord Arthurs Züge verschwimmen.

»Im Äon der Gnade gibt es keine verbotenen Dinge«, eilte er sich zu erwidern, doch seine Stimme löste sich in den Wirbeln des Stromes, und nun war es Sir Houston, der klagte: »Die Schöpfung wird alt und hat ihren Mittagspunkt längst überschritten. Denn die Welt hat ihre Jugend verloren, und die Gezeiten nähern sich ihrem Alter. Warum betrübst du dich also, daß du vergänglich bist? Warum erregst du dich, weil du schwindest?« Doch auch diese Worte erloschen; es blieb die graue Fläche des Stroms. Ich sah sie vor mir in der Ebene unruhigen Schlafs, immer am Rand des Erwachens, immer an der Grenze des Traums, der die Spiegel mit Bildern füllt und sie verschleiert.

Die Wirkung der Farnfrucht nahm ab, und die Qual der Entwöhnung begann. Wir schrumpften nicht länger schmerzlos, um ohne Schmerz zu wachsen. Wir schwanden nur noch bis zur Zwergengestalt. Doch die Hoffnung, am nächsten Tag unsere Statur zurückzugewinnen, erfüllte sich nicht. Ihre letzte Domäne gaben die Farne nur unwillig preis. Wir wuchsen geringfügig und langsam. Es war, als würde unser Leib von einem unsichtbaren Prokrustes gestreckt.

»Dieses Wachstum ist tödlich«, dachten wir und wünschten uns, Zwerge zu bleiben.

Ebenso schmerzhaft war es, zu schrumpfen. Nichts blieb uns erspart, und kein Augenblick ließ ab, uns zu foltern. Wir erwachten in Schmerzen, wir verbrachten die Stunden des Tages in Qualen und fanden, zusammengepreßt und gepeinigt, in der beginnenden Nacht keinen Schlaf. Nur dicht vor der Morgendämmerung fielen wir, von Verzweiflung und Unwillen nicht länger gemartert, in einen Zustand zwischen Ohnmacht und Traum.

Dennoch war dieses Elend, das wir nicht zu überstehen vermeinten, gering gegen die immerwährende Begierde, erneut von der Farnfrucht zu essen. Verzweifelter kann kein Süchtiger die Droge suchen als wir die Farne. Wir hatten kein Auge mehr für die Schönheit der Landschaft, wir unterschieden Bäume und Sträucher nicht mehr, wir sahen alle Dinge nur darauf an, ob sie den Farnen glichen, und entließen sie, wenn sie es nicht taten, als eine Gestalt unseres Wahns. Wären wir in jenen Tagen auf Farnwälder gestoßen, wir hätten nicht die Kraft gehabt zu genesen. Wieder und wieder essend, wären wir unserer Sucht für immer erlegen und hätten, verurteilt zu ewigem Schwinden und Werden, die Ufer des Sees und mit ihm Behemoth nie wieder verlassen. Viel spricht dafür, daß die äußere Qual, der Schmerz unseres gepreßten und gewaltsam gestreckten Körpers, uns gerettet hat. Er nahm uns die Kraft, Hand an uns zu legen oder, von Verzweiflung getrieben, zum Ufer des Goldstroms zu kriechen, um, aus ihm trinkend, unser Inneres fühllos zu machen durch die Last des todbringenden Metalls.

Doch unsere Ohnmacht ließ uns keine Wahl, als frei zu werden und zu überdauern. Noch trauten wir der Erleichterung nicht, die ein Morgen uns brachte; noch glaubten wir, daß der Hunger, den wir spürten, ein Hunger nach Farnfrüchten sei. Und er war es auch, doch zugleich war es der alte natürliche Hunger. Er zwang uns zu essen, und wir aßen – freudlos noch –, um ihn zu stillen. Wir wiesen die Hoffnung ab, denn unsere Sucht blieb ungestillt, und wenn sie gemildert schien, so nur wie ein ermatteter Sturm, der ausruht, um mit neuer Gewalt das Land zu verheeren. Wir begriffen erst spät, daß diese Prüfung, diese Verzweiflung zu Ende ging.

Erst jetzt fanden wir Augen für den Reichtum und die Schönheit des Landes.

»Vielleicht ist der Goldfluß einer der Paradiesströme«, sagte Lord Arthur. »Denn diese Provinz sollte die glückselige heißen. Sie bringt alles ohne Mühe und Arbeit hervor. Wären wir darauf aus, so könnten wir uns auf den Boden legen und warten, bis uns die Früchte in den Mund wachsen. Es ist ein Schlaraffenland, ein Land der Trägheit und des vollendeten Müßiggangs. Hier könnte einer vor Lust und Faulheit erstarren und aus Bequemlichkeit bei lebendigem Leibe vermodern.«

Ihm selbst war die Gabe des Müßiggangs weder von Geburt verliehen, noch besaß er den Willen, ihn zu erlernen. Er schnitt Riedgras mit dem Steinmesser, legte es zum Trocknen aus und flocht daraus einen Kescher. Mit ihm fing er Fische im lachsreichen Gewässer. »Ich will Ihnen zeigen, was für ein vollkommenes Werkzeug meine Steinmesser sind«, sagte er und schlug sie über dem getrockneten Gras aneinander. Das Sonnenlicht verhehlte die knisternd überspringenden Funken. Aus dem Gras kräuselte Rauch, wich vor dem ihn bedrängenden Atem zurück, färbte sich weiß und dampfte aus den Halmen, schwächlich zunächst, aber bald von trockenen Ästen genährt, sicher seiner Kraft und seiner Grenze.

»Nun sind wir wieder aus dem Stadium der Wehrlosigkeit in das Zeitalter der Kultur zurückgekehrt«, sagte Lord Arthur, »ja, ich scheue mich nicht zu sagen, daß wir Menschen geworden sind. Was ist der Mensch ohne sein edelstes Werkzeug, das Feuer? Durch die Jahrhunderte aber und unser inniges Beisammensein mit ihm wird es mehr als ein Werkzeug. Das knisternde und redende Feuer ist unser Freund. Wir wollen ihm opfern. Nehmen Sie die Fische aus!« Ich tat, was er wünschte. Ich reichte ihm die entweideten, silbrigen Leiber. Das Feuer überzog sie mit einer Kruste von Ruß. Wir aßen uns zurück aus dem Stande der Unschuld in den der Jäger, die sich aufs Töten verstehen, aus dem Reich der Natur in das einer kümmerlichen Zivilisation. Was wir taten, stand im Gegensatz zu den Zielen Lord Arthurs.

»Ich habe den Gedanken nicht aufgegeben«, sagte er, nach jedem Halbsatz eine längere Pause einlegend, während derer er die Gräten von seinen Lippen klaubte, »daß dieses Land ein Teil des paradiesischen Gartens ist. Wir wollen ein paar Tage hierbleiben und es beobachten.«

»Schauen Sie den Reihern zu!« antwortete ich. »So erkennen Sie, daß der paradiesische Frieden hier nicht verkündet ist und die Wesen nicht aus sich selber bestehen. Auch wir beherrschen die Kunst, das Goldene Zeitalter durch das Erlegen von Tieren zu enden. Bedenken Sie, immer ist es eine Speise, die das Paradies zerstört.«

»Die Prosodie des Paradieses und sein Stimmstrom wird

in unseren Sinnen vom Taktmaß der Täuschung zerstückelt. Eines, vielleicht das böseste unserer Vorurteile gaukelt uns vor, daß wir wüßten, wie das Paradies beschaffen sei. Dabei besitzen wir von ihm nur eine bruchstückhafte Überlieferung.«

»Wie das Paradies ist, mag uns verborgen sein, doch wir wissen sehr wohl, wie es nicht ist«, wendete ich ein. Lord Arthur ließ es nicht gelten. Er hatte die Wahrheit längst aus der Festung seiner Wünsche vertrieben.

»Das Paradies ist eine Utopie, war es von Anfang an, schon im Mythos«, fuhr ich fort. »Sie aber sehen es als ein Gebilde, das der Zeit unterworfen ist, und vermeinen, es in Behemoth zu finden – vergebens. Denn Behemoth ist der Konkurs der Utopie in gleicher Weise, wie es der Triumph der Zeit ist. Sie regiert hier mit letzter Willkür. An kein Gesetz, an kein Maß gebunden, eilt und zögert sie, wie es die Laune ihr eingibt. Mag sie in unseren Ländern eine Törin sein, so ist sie in Behemoth die personifizierte Torheit – und diese ist trotz ihres grammatikalischen Geschlechts ein Hüne.«

»Sie haben eine teuflische Sucht, die Freude durch den Gedanken zu vertreiben!« sagte er unwillig.

»Hat denn der Teufel die Schule des Denkens gegründet?« fragte ich. »Gewiß, der Teufel ist ein Denker. Was sollte er sonst sein?« antwortete er mißmutig. »Doch wir wollen davon schweigen. Sonst sagen Sie noch mit Plotin, die Seele habe die Welt erschaffen, indem sie aus der Ewigkeit in die Zeit trat. Davon will ich nichts wissen. Ich will sehn und nicht denken.« Ich schwieg. Ich war bereit, mich an den Gedanken zu gewöhnen, daß wir im Paradies seien. Die alte Sehnsucht verstummte, sie trieb mich nicht weiter. Wir aßen, wir badeten im See. Wir schliefen. Wir aßen. So lebten wir hin. Nein, ich allein war es, der so lebte. Lord Arthur verstand nicht, sich treiben zu lassen. Er war für das Schlaraffenland, das er suchte, nicht geboren. Er konnte nicht müßig sein. Er pflügte den Acker, das heißt, er flocht größere Netze; er baute aus Zweigen und Schilf eine Hütte; er umgrenzte ein steinernes Areal für das Feuer; er brachte täglich neue Früchte und Kräuter an unseren Lagerplatz und redete wider mein Mißtrauen, von ihnen zu kosten. Er höhlte Melonen und Kürbisse und preßte den Saft der wilden Reben aus, damit er göre und es uns an Wein, dem Schöpfer und Zerstörer irdischer Paradiese, nicht fehle. Ja, er legte ein Beet an und säte dort die Samen der Kräuter aus, die er bevorzugte.

»Sie scheiden die Dinge in Gut und Böse«, neckte ich ihn, »und heben so selbst das Paradies auf.«

»Im Paradies tut jedes Wesen, wozu die Natur es bestimmt hat«, entgegnete er. »Die Hände in den Schoß zu legen ist für den Menschen unnatürlich.« Ich bedeutete ihm, daß ich mich in meiner Unnatur recht wohl befinde. Von Zeit zu Zeit forderte er mich auf, ihm behilflich zu sein.

»Sie müssen die Langeweile im Keim ersticken. Sie ist der arglistigste Feind, der Wurm, der sich im Herzen festsetzt und sich dann nicht mehr vertreiben läßt.«

»Langeweile oder nicht«, erwiderte ich, »ich ahne, daß wir nicht lange an diesem Ort bleiben werden, gleichgültig ob wir selbst oder die Umstände uns vertreiben werden. Die Herzen neigen sich dem Wollen zu und das Wollen der Unrast.«

DIE PEINIGUNG / *Das Erwachen / die Rieseninsekten / Glück und Verzweiflung / die fleischfressenden Pflanzen / die Befreiung*

Eines Morgens erwachte ich von einem heftigen Schmerz. Es war, als werde mir eine lange Nadel in den Kopf gestoßen. Ich drehte mich auf die andere Seite, aber der Schmerz wurde stärker und ließ erst nach, als ich mich aufrichtete. Benommen kniete ich vor meinem Lager. Wieder begann das Stechen und dauerte an, bis ich aufstand. Ich torkelte aus unserer Schilfhütte und traf auf Lord Arthur, der sie bereits verlassen hatte. Ich weiß nicht, wer mehr erschrak, er oder ich. Auf seiner Schulter saß, seinen Hals mit hundert Beinen umklammernd, die Fühler an seinen Ohren, den Stachel in seinen Hinterkopf gesenkt, ein widerliches Insekt, halb Tausendfüßler und halb Skorpion. Was entsetzte mich mehr: seine Häßlichkeit oder seine Augen? Es waren böse, wissende, stechende Augen. Sie starrten mich an, als wollten sie mich zwingen, mir jede Lüge ins Gedächtnis zu rufen und mich meines Daseins zu schämen. Ich wandte mich ab. Ich strebte von Lord Arthur fort, um diese Augen nicht mehr zu sehen, und auch er trachtete danach, mich zu fliehen. Wir tauschten kein Wort. Wir taten zwei, drei Schritt in entgegengesetzter Richtung. Ein Stich ließ mich innehalten und zwang Lord Arthur, das gleiche zu tun. Ich begriff, daß auch mir ein Kerbtier am Halse saß. Wie ein an der Kandare geführtes Pferd wurde ich durch kurze Stiche in die rechte oder linke Hinterkopfhälfte von meinem Peiniger gelenkt. Fügte ich mich, so blieben die Schmerzen erträglich. Bereits der Blick des Insekts vergegenwärtigte die Strafe. Vielleicht durften wir uns auch deshalb nicht voneinander entfernen. Unser Verhängnis vor Augen, sollten wir gefügig werden, damit unsere Peiniger ihre Aufmerksamkeit nicht ständig auf uns zu richten brauchten. Denn zu unserem Glück waren sie von bedeutender Faulheit.

Wir wurden unter einen hohen Strauch gelenkt und gezwungen, Blätter abzureißen und den Kerf zu füttern. Während seine Mandibeln und Maxillen das Laub zermahlten und der Sitz seines Stachels sich lockerte, hielt ich den rechten Zeitpunkt für gekommen, mich zu befreien. Blitzschnell griff ich nach ihm. Ehe ich ihn erreicht hatte, lähmte ein Krampf meine Arme; ein Schmerz, so wild wie zuvor nie, durchfuhr mich. Ich wollte mich schreiend zu Boden werfen, doch eine neue Schmerzwelle traf mich und machte es mir unmöglich, mich zu bewegen. Lord Arthur schrie ebenfalls, und die Mandibeln mahlten ungerührt die Blätter.

Wir blieben Gefangene. Bereits die Erinnerung an jene Folterung hielt uns von jeder heftigen Handlung zurück; und durch einen leichten Druck ihres Stachels brachten sich unsere Peiniger in Erinnerung, sobald wir unsere Befreiung erwogen. Es war, als wenn sie unsere Gedanken errieten. Selbst daß wir miteinander sprachen, duldeten sie ungern. Zumeist quälte uns nicht ihr Dorn, sondern der ständige Gedanke daran. Sie nährten unsere Furcht, sie hielten sie wach, bis wir willig und gefügig wurden. Sie unterwarfen uns bedingungslos, jedoch nicht aus dem unstillbaren Ehrhunger einer sich paralysierenden Macht noch aus sadistischer Lust, uns zu martern, vielmehr aufgrund des Phlegmas, das ihr Wesen bestimmte und das in Gegensatz zu ihren kalten und klugen Augen stand. Sobald wir unser Los hinnahmen, ohne aufzubegehren, war ihr Amt als Kerkerwächter aufs äußerste erleichtert. Unsere Gefügigkeit entband sie von einer zermürbenden Aufmerksamkeit und ersparte ihnen Eifer und Hast.

Ich erinnere mich, wie schwer es uns in jenen Tagen fiel, etwas zu überlegen oder zu denken. Wir spürten – und ich tauschte mich darüber mit Lord Arthur aus –, sobald wir unsere Lage bedachten, die Beklemmung und Mißhelligkeit, die dem Kerbstich vorausgeht. Es war, als stünden die Insektenfühler mit unserem Gehirn in Verbindung und beherrschten die Kunst, seine Ströme anzuregen oder zu hemmen. Uns in den Zustand der Stumpfheit zu senken schien ihre Absicht zu sein. Dem entsprach der Tagesablauf, den sie uns aufzwangen. Beim ersten Sonnenlicht weckten sie uns durch leichte Stiche, lenkten uns zu den Bäumen, von denen sie essen wollten, und fraßen genußvoll und langsam. Wir durften nicht ungeduldig werden, denn sie litten es nicht, daß wir, des langen Stehens überdrüssig, von einem Bein auf das andere traten oder im Kreis um den Baum gingen. Dafür durften wir hernach um so schneller laufen. Sie liebten es, sich nach der Mahlzeit durch unsere raschen Sprünge wiegen zu lassen, bestimmten uns alsbald zu langsamerem Gang und dösten oder schliefen, während wir vorsichtig auf und ab gingen, ein. Gegen Mittag fraßen sie zum zweitenmal. Danach ließen sie sich – seltsam genug! – hinaus auf den See tragen, bis uns die leichten Wellen die Schultern umspülten. Mag sein, daß ihnen die Luft über dem Wasser angenehm war, mag sein, daß es nur ein weiterer Dressurakt war. Denn zu den Plänen, uns von ihnen zu befreien, gehörte, zu tauchen und unter Wasser so lange auszuharren, bis sie von uns abließen. Ich brauche nicht zu betonen, daß dieser Plan wie alle andern mißlang. Während wir im wohlig warmen Wasser standen, überkam uns eine unabweisliche Müdigkeit, und nur die sanften Stiche der Kerfe hinderten, daß wir, bewußtlos werdend, ertranken.

Wieder am Ufer, durften wir uns setzen und, den Kopf an einen Stamm gelehnt, ein wenig schlafen. Daß wir uns niederlegten, duldeten sie nicht, auch nicht bei Nacht. Am Nachmittag wiederholte sich der morgendliche Ablauf. Nach ein paar Tagen fanden wir an diesem einförmigen Leben Gefallen. Die Stumpfheit der Herzen und Sinne erschien wie ein dumpfes, animalisches Glück. Wir taten träg, doch pedantisch, was uns aufgetragen wurde. Wir gefielen uns in unserer Sättigung und Teilnahmslosigkeit, und alles Aufbegehren wurde uns allmählich zuwider. Der Tag floß hin wie hinter einem Schleier aus Überdruß und Lustlosigkeit. Erst am Abend kam in uns Leben. Denn wir blieben nicht unbelohnt für unseren Gehorsam. Unsere Gefügigkeit und unsere Schwäche trugen uns Schätze ein, von deren Existenz wir zuvor nichts geahnt hatten: Durch ihren Stachel sonderten die Insekten eine Flüssigkeit ab, die das Lustzentrum unseres Gehirns erregen mußte, so berückend war dieses Gefühl, angetan, uns noch weiter von uns selbst zu entfernen. Die Erinnerung daran verleitete uns, in mechanischer Unterwürfigkeit unser Trachten nur auf diese eine lustvolle Stunde zu richten. Wir spürten, wie sie in uns nachwirkte gleich Drogen, die über Stunden in Rausch und Träume versenken. Wir empfanden weder Hitze noch Durst und hatten kein Bedürfnis zu essen. Wir fühlten, daß unsere Kräfte schwanden und wir zugrunde gingen an der Auszehrung des Leibs und der Seele. Wir wären verloren gewesen, wenn unsere Peiniger sich nicht wie Kinder gebärdet hätten. Sie, denen wir als Diener auf Zeit galten, deren Vernichtung und nicht deren Erhalt sie im Sinne hatten, konnten es sich nicht versagen, uns zu immer wilderen Sprüngen anzustacheln. Und diese Fron, die uns bei abnehmenden Kräften mehr und mehr drückende Last, hielt uns am Leben. Wir verwünschten sie, wie wir all die nichtigen Dinge des Alltags verfluchen, obwohl sie es sind, die uns heilen.

Nach den Springspielen überkam uns ein Hungergefühl, freilich so kurze Zeit, daß es leicht möglich gewesen wäre, es zu übergehen, aber wir rissen während des Hüpfens und Tanzens Früchte von den Zweigen herab und begannen davon zu essen – zum Unmut unserer Reiter, die wir nur durch um so höhere Sprünge besänftigen konnten. So lebten wir zwischen Dumpfheit und hilflosem Ungehorsam. An manchen Tagen vergaß ich Lord Arthur, obgleich ich ihn immer vor Augen hatte, ja, es kam vor, daß ich mich der eigenen Existenz nicht entsann. Unser Einverständnis glich einer Selbstaufgabe. Nur manchmal erwachten wir und sahen uns an, wie

Menschen, die aus der Ferne oder aus schwerer Krankheit in ihr altes Leben zurücksehn. Es geschah nie in den Abendstunden; es geschah am Vormittag oder am vorrückenden Nachmittag, wenn wir, den Rücken an den Stamm gelehnt, ausruhen durften und unsere Quälgeister schliefen. Einmal, so erinnere ich mich, brach Lord Arthur in Lachen aus; eine krankhafte Lustigkeit ergriff ihn. Er hätte nach dem erzwungenen Reigen erneut zu tanzen begonnen, aber er spürte den Stachel in sich und unterdrückte das Lachen. Ich verwies ihm seine Leichtfertigkeit, da sie die Momente der Selbstbesinnung achtlos vergeudete.

»Die wahre Lustigkeit kommt aus der wahren Verzweiflung«, erwiderte er. »Du kannst mir nichts sagen, was ich nicht selber wüßte. Ich bin ebensoweit davon entfernt, wahrhaft lustig wie wahrhaft verzweifelt zu sein. Wir taugen nicht zu dem, was wir uns vorgesetzt haben. Wir hätten zuvor prüfen müssen, ob wir fähig sind zu verzweifeln.«

»Die Verzweiflung ist keine Nahrung der Seele«, entgegnete ich. »Ich bedarf ihrer nicht, wie der Stein der Hand nicht bedarf, die ihn wirft.«

»Ich habe keine Seele, nur eine Psyche«, antwortete er bitter.

Ich bedeutete ihm zu schweigen. »Wir werden verzweifelt sein, wahrhaft verzweifelt, ehe wir uns dessen versehen.« Ich ahnte nicht, wie recht ich behalten sollte.

Ein andermal, als wir zusammensaßen und die Möglichkeit unserer Befreiung erwogen, sagte er: »Die alte Betschwester Hoffnung verleitet uns zu leben, wo zu sterben das weitaus Bessere wäre. Teutsch, wir alle neigen zur Bigotterie, zur Überschätzung der Freiheit. Auch wenn wir uns losreißen könnten: Was wäre gewonnen? Der ganze Kontinent ist ein Insekt, das uns umklammert. Wir haben die Wahl zwischen der Knechtschaft der Angst und dem Frondienst der Freudlosigkeit. Vielleicht war mein erster Eindruck der richtige: wir leben im Paradies und wissen es nicht.«

»Ich widerspreche!« erklärte ich nachdrücklich, »weil der Widerspruch mittlerweile mein Beruf und Behuf ist.«

»Ich weiß«, wehrte er ab, »Sie gehören einem Volk des Protestes an, das zugleich ein Volk von Sklaven ist. Ein Freier begehrt den Aufruhr und auch das Schandweib Hoffnung nicht.«

»Mag sein«, antwortete ich, »aber die Hoffnung ist keine Vettel. Sie ist noch ein Mädchen, fast an der Schwelle, sie scheint unberührt und wäre froh, sich uns zu schenken.«

»Sie ist eine Hure!«

»Sie verspricht, sie gewährt nicht. Willig sind einzig ihre Helfershelfer Vorwitz und Neugier.«

»Was soll dies Geschwätz!« sagte er wegwerfend. »Es macht uns hilfloser, als wir ohnehin sind.«

»Es hindert uns daran, uns zu ergeben. Denn die Freude am Nichtigen ist ein Teil unseres Wesens und ein Zug des Spiels, das wir spielen müssen, solange wir Menschen sind.«

Wenige Tage danach saßen wir wieder nebeneinander. Wir waren fröhlich trotz unsrer mißlichen Lage, denn wir hatten während unseres Springtanzes eine der gehöhlten Melonen gegriffen und vom gegorenen Rebsaft getrunken.

»Ist Ihnen schon aufgefallen, daß unsere Situation der Sindbads des Seefahrers auf seiner fünften Reise gleicht?« fragte Lord Arthur. »Wie er vom Scheich des Meeres umklammert wurde, haben sich an uns die Rieseninsekten geheftet. Erinnern Sie sich, wie sich Sindbad befreite? Er gab seinem Peiniger Wein zu trinken und entledigte sich des Betrunkenen. Vielleicht ist das die einzige Möglichkeit unserer Befreiung.« Ich machte eine wegwerfende Gebärde und trank.

»Schütteln Sie nicht den Kopf. Wenn uns auch nicht die Kraft des Weins befreien kann, so doch die Kraft der Wiederholung. Es gibt ein Schwergewicht der Dinge. Sie neigen dazu, sich der schon einmal erprobten Seite zuzuwenden. Die Wiederholung einer überlieferten Handlung könnte uns retten. Der Kraft der Konvention und der Einfalt der Wiederholung sind unsere Peiniger nicht gewachsen.«

»Du träumst, Arthur Wellesley!« wies ich ihn ab. »Schon einmal haben wir über die Wiederholung gestritten. Sie existiert nur in den Gedanken der sich erinnernden Wesen. Die Natur aber ist ohne Gedächtnis. Jede Wiederholung gilt ihr, als wenn es erstmalig wäre. Aber vielleicht gibt es einen anderen Weg. Vielleicht kann ich mich opfern, um Sie zu befreien, und das Insekt von Ihrem Halse reißen, ehe das meine mich tötet.«

»Haben Sie noch nicht begriffen, daß das unserem Selbstmord gleichkäme?« erwiderte er. »Wir sind aneinander gefesselt, Teutsch. Sie sind mein Alter ego geworden und ich das Ihre. Vielleicht können wir uns einmal voneinander befreien, aber nicht jetzt, nicht mitten auf unserem Kreuzweg. Wir sind Parodien eines Simon von Kyrene. Wir tragen unser menschliches Kreuz zur Strafe, weil wir uns geweigert haben zu leiden.«

So verrannen, uns mindernd, die Tage. Daß wir noch aßen und miteinander redeten, geschah mittlerweile nur noch aus Gewohnheit. Wir warteten, ohne daß wir es eingestanden, auf unser Ende.

Doch es kam anders. Wir sollten aus unserer Gefangenschaft erlöst werden durch eines der Wunder, an denen Behemoth reich ist. Eines Tages nahmen wir einen scharfen Geruch wahr. Er entströmte einer etwa drei Fuß hohen Pflanze, deren einziges auf einem schlanken Stiel wachsendes Blatt wie ein Trichter gebildet war. Je mehr wir uns ihr näherten, desto unruhiger wurden die Insekten.

»Es ist der Geruch, der sie zu Brunft und Irrsinn treibt«, flüsterte mir Lord Arthur zu. Es war außerhalb der Stunde, wo uns zu reden erlaubt war. Jedoch die Übertretung blieb ungestraft.

»Stünden wir diesen Kreaturen nicht so fern, so würde ich meinen, ihr Fieber müsse sich auch auf uns übertragen«, raunte er. Wir spürten leichte, mehr angedeutete als wirklich vollzogene Stiche. Mit ihnen pflegten sie uns sonst zu lenken. Allein es war schwer, eine Absicht darin zu erkennen. Die Kerfe wurden ungeduldig. Uns traf manch heftiger Stich, wie wir folgsamen Diener es nicht mehr gewohnt waren. Sie riefen uns schmerzlich in eine längstversunkene Gegenwart zurück. Wir standen jetzt Rücken an Rücken, und das war, was unsere Peiniger gewollt hatten. Der Duft der Trichterpflanzen trieb sie zusammen, die Sucht, uns zu beherrschen, und die Angst, daß wir entkommen könnten, hielt sie zurück. Noch unternahmen sie, wie Menschen am Rande des Feuers, das eine zu tun und das andere nicht zu lassen. Aber die Flamme zog sie an. An unseren Hälsen hängend, versuchten sie, sich zu bespringen, jedoch das Halbgetane mißlang. Ich spürte, wie sich der Stachel in meinem Hinterhaupt lokkerte, wie sich die klammernden und saugenden Füße von meinem Hals lösten. Ich trat einen Schritt zur Seite und schrie vor Überraschung und Glück. Ich war frei! Mein erster Gedanke war fortzulaufen, mich so weit wie nur irgend möglich von diesem eklen Getier zu entfernen; mein zweiter, Lord Arthur zu helfen, an dessen Halse es hing. Wie sollte ich ihm beistehn, ohne ihn zu gefährden? Doch die ineinander verbissenen Kerfe fielen von ihm ab und wälzten sich, einander begattend, am Boden.

»Wir wollen die Steinmesser holen, um sie zu töten!« rief Lord Arthur aufgeregt.

Ich hielt ihn zurück. »Ich weiß nicht, was uns der Tod dieser ekelhaften Geschöpfe eintragen soll als ein paar garstige Träume. Behemoth tötet selbst oder läßt entkommen.« Die Trichter der fleischfressenden Pflanzen bogen und senkten sich über die Tiere. Vom Geruch verführt, ließen sie voneinander und umklammerten die grünen, fleischigen Wände und verstrickten sich so in den Fanghaaren, daß kein Entkommen mehr möglich war. So endeten unsere Peiniger.

Wir gingen zur Schilfhütte zurück, wir zögerten, sie zu betreten. Sie war kein sicherer Aufenthalt mehr, seit wir an jenem Morgen als Gefangene erwacht waren. Ich drängte, die anmutige Gegend zu verlassen. Aber wir waren so erschöpft, daß wir, wie bewußtlos nebeneinanderliegend, auf den Schlaf warteten.

Erwachend mußten wir einander wieder und wieder versichern, daß wir frei seien. Ich drängte erneut zum Aufbruch. Ich fürchtete noch immer, von Riesenameisen im Schlaf überfallen zu werden. Wiederum widersprach mir Lord Arthur: »Wir müssen bleiben, bis wir wieder zu Kräften kommen, sonst begeben wir uns nur in neue Gefahr.«

»Warum treibt Sie die Unrast?« fragte er mich am nächsten Tag. »Ist es nicht gleichgültig, ob wir unser Dasein im Zauberberg des siebenten Kontinents oder des Alltags versäumen?«

So blieben wir, seinem Wunsch folgend, am See. Wir tranken Rebsaft und Wein, brieten Fische und aßen Früchte. Es waren Tage, wo wir nichts hofften und wünschten. Es war, wenn ich die Wochen auf der Insel Yhinamonos nicht rechne, die glücklichste Zeit in Behemoth. War es die glücklichste, war es überhaupt eine Zeit? Unser Körper, der so lange alles außer der Illusion einer vermeintlichen Lust entbehrt hatte, kräftigte sich wieder. Und unsere Seele? Erstarkte auch sie?

DIE DÜRRE / *Selbstvergessenheit / die Verwandlung des Laubs / der Goldsturm / das Austrocknen des Sees / das Ende des Schattens / das Fällen der Palme / die Landkarte / Sir Houston*

Wir maßen die Zeit daran, daß die Bilder blasser wurden und die Erinnerung an Charenton sich verlor. Wie im Nebel lag das Brückenhaus hinter mir; und die Züge Sir Houstons verschwammen am wäßrigen Horizont des Vergangenen. Er hatte kein Wort mehr für mich, nicht einmal im Traum. Eine unbestimmte Sehnsucht nach seiner Anmaßung und seiner Verworrenheit blieb; doch eines Tages hatte auch sie mich verlassen. Büßten wir mit unserem Gedächtnis auch unsere Sprache ein? Wir redeten kaum noch miteinander. Nur manchmal hörte ich Arthur Wellesley murmeln: »Wenn ein Ding dem andern vorangeht, so verzweigt es sich, und vielleicht schlägt es Wurzeln. Denn alle Dinge sind Spiegel.« Aber ein Spiegel war allein der See. Er zeigte mir gegen Mittag, wenn ich badete, mein leeres, ausdrucksloses Gesicht. Gelang, was den lebenden Insekten mißlungen war, den toten? Waren wir nicht mehr wir selbst, losgerissen von unserer Vergangenheit und von jedem Willen zur Zukunft getrennt? War uns auch die Langeweile, der letzte Selbstschutz, abhanden gekommen? Wir waren frei von aller Demütigung, von aller Beängstigung, von Niederlagen und vermeintlichen Siegen. Ich spürte, wie auch das Schicksal, der Born alles Lebens, für uns versiegte. Wir lebten jenseits von Unglück und Glück. Ich fürchtete mich vor dem Wasser, weil es die Wahrheit über mich sagte.

»Glauben Sie, daß so das Paradies ist?« fragte ich Lord Arthur. Er hörte mich nicht. Nach einer Weile wisperte er vor sich hin: »Wer sich mit dem Fundament befaßt, dem ziemt es nicht, die Verzweigung zu erforschen, denn die Verzweigung ist Torheit.«

Doch das war ebensowenig eine Antwort wie der Spruch,

der mir in den Sinn kam: »Wer seine Zeit verliert, verliert auch Gott, aber er verliert ihn nur in der Zeit.« Wir hatten alles verloren: die Zeit, Gott, unsere Seelen, unsere Erinnerungen und alle Bedeutungen. Wir bedeuteten uns nichts mehr, und deshalb konnte uns auch die Welt nichts bedeuten. Es gab keine beweglichen und unbeweglichen Zweige in meinem Wesen mehr: alles war unbeweglich. Es gab keinen Widerstand, alles ließ ich mit mir geschehen, indem ich es tat. Begehrte ich eine Frucht zu essen, so aß ich; ein Wort zu sagen, so sprach ich; für immer zu schlafen, so schlief ich. Doch ich begehrte nichts, schlimmer: ich kannte das Gefühl, das vom Wort *Begehren* bezeichnet wird, nicht mehr. Unser Verlust war so groß wie unsere Armut, und wir konnten sie nur in einem reichen Land wie diesem ertragen. Wie einem, der sich an vergrabene Schätze erinnert, fiel mir ein: Wir besaßen eines noch – unsere Sprache. Zwar kannten wir die Bedeutung vieler Worte nicht mehr, doch wußten wir noch, daß eine Bindung zwischen Dingen und Worten besteht. Ich schlug Lord Arthur vor, diese zu ordnen und zu beratschlagen, welches Bedeutungsfeld einem jeden zukomme. Er reagierte nicht, meine eigenen Versuche hingegen machten mich mutlos. Ich fürchtete, den Worten einen willkürlichen Sinn zu verleihen. Ich erinnerte mich, daß eine geheime Verwandtschaft zwischen dem Wort und dem, was es bezeichnet, besteht und daß jeder Zwang es verstümmelte und aus der Sprache, der es angehörte, verstieß. Derart im Namen der Ordnung preisgegebene Worte sind Desperados: sie hoffen und fürchten nichts; sie lauern uns auf, sie stellen uns einen Hinterhalt; sie machen die Wege unsicher und achten jegliches Gut und Leben, auch das ihre, gering. Unfähig, selbst zu besitzen, verhöhnen sie jedwede Arbeit und allen Besitz.

Ich versuchte mit Lord Arthur darüber zu reden. Er hörte mich nicht. »Meine Seele hat schon ihre Winterquartiere bezogen«, klagte er – und später ohne Zusammenhang: »Welche Instanz soll ich anerkennen außer der des Vergessens?« Wäre er bei Besinnung gewesen, so hätte er mir zugerufen: »Im Unverstand erst ist das Leben schön!« Denn er liebte das vorparadiesische Chaos, ich aber fürchtete es.

»Ich bin frei, ich habe die Ordnung der Dinge verlassen!« rief ich laut und lachte mich aus. Mir fiel ein, daß in den Dingen trennbar ist, was sie sind und wie sie genannt werden, Wesen und Namen, und daß sie deshalb vergänglich sind.

»Friedrich Teutsch? Was ist daran Ding und was Namen?« fragte ich mich. Es fiel mir schwer, diesen Gedanken zu denken. Ich tauchte wieder an die Oberfläche meines Daseins.

Ich schloß die Augen, wenn ich ins Wasser ging, um mich nicht im Spiegel zu sehen. Ich wollte nichts wahrnehmen, und doch waren meine äußeren Sinne geschärft. Ich war es, der zuerst eine Veränderung an den Bäumen entdeckte. Ihr Laub färbte sich mit einem rötlichen Schimmer wie Pappelblätter im Austrieb. Zuerst hielt ich es für ein Spiel des Lichtes. Doch es glomm gegen Morgen auf und erlosch erst am Abend, wenn die Sonne in die glutenden Vorhöfe trat und See und Laub mit ihrem Bernsteinglanz überzog.

Jeder Tag tiefte die Farbe des Laubs. Ich machte Lord Arthur darauf aufmerksam. Er wollte nichts davon wissen, denn er lebte noch im Umkreis des uns halb zugefallenen, halb von uns gewünschten Vergessens.

»Wer denkt, schmarotzt am Leben«, blieb seine Devise. Er wäre zum Verkünder eines reinen Lebens, unberührt von jeder Reflexion und frei von jeder Bedrohung durch das Denken, geworden, wenn er noch die Kraft besessen hätte, sich dazu zu bekennen. Doch er entzog sich mir, wie er sich den Worten entzog. Ich wußte, daß sie ihn dennoch bedrängten und wollte ihm zurufen: »Wachen Sie auf, Arthur Wellesley, wachen Sie auf! Sie können das Leben zwar wie eine Krankheit verschleppen. Doch es wird um so gefährlicher, je später es aufbricht.« Umsonst, er stellte sich taub.

Das Laub wurde dunkel und schwer; es klirrte im Wind und blinkte bedrohlich, wenn das Licht darauf fiel. Es glitzerte von Argwohn und Arglist; es hüllte sich in einen matten, alternden Glanz. Ich erkannte: Es war kein lebendiges Laub, es war totes Gold, das in Gestalt von Blättern herabhing. Die Bäume ächzten und stöhnten unter der Last. Noch tief in der Nacht, ja auch im Schlafe hörte ich sie schelten und wimmern. Selbst Lord Arthur konnte die Augen nicht länger verschließen: das Gold blendete ihn.

»Galt es früher, das Gold vor unserer Habgier zu schützen, so gilt es jetzt, vor der Habsucht des Goldes zu fliehen«, sagte er mir eines Morgens. »Bisher lief ich dem Glück hinterdrein wie ein Hund – was Wunder, daß es mich nicht achtete –, nun müssen wir ihm entlaufen.«

Noch blieb ein Streifen Land im Umkreis des Sees, den das Gold nicht in Besitz nahm, noch fanden wir Nahrung. Trotzdem wurde der Aufenthalt von Tag zu Tag bedrohlicher. Stündlich brachen Stämme unter der Schwere des Goldes und stürzten rasselnd zu Boden. Nicht alle Jahresringe waren aus Gold. Es sickerte wie eine Flüssigkeit in die Faser ein und tötete das lebendige Holz. Die Gegend um den See wurde schwer passierbar wie ein verhauener Wald.

Einmal erhob sich in den Morgenstunden ein Sturm. Wir krochen aus unserer Schilfhütte, wir flohen hinaus auf den See. Die Sonne, die flach über dem Horizont stand, verdunkelte sich. Blätter wirbelten über den Himmel, Herbstblätter, Welkblätter, Blätter aus Gold.

Wenn der Sturm Atem schöpfte, segelten sie leicht und lautlos hoch über uns. Ab und zu löste sich ein Segler aus dem Schwarm und stürzte abwärts. Doch der mit neuer Kraft zurückkehrende Wind riß ihn empor und warf ihn auf die Schuttablade gestürzter Stämme und herabgerissener Äste. Nur manchmal fiel ein Blatt in unserer Nähe pfeifend hernieder und rief wie ein aufschnellender Fisch eine Fontäne hervor, ehe es, einen Wirbel nach sich ziehend, versank.

Gegen Mittag erlahmte die Kraft des Sturmes, und durch das dünner werdende Altgold der Blätter blinkte von Zeit zu Zeit ein glutender Goldkreis.

»Sonne, du welkes Geschöpf!« rief Lord Arthur und reckte die Arme aus, als wollte er sie herabziehn. Blätter platschten vereinzelt wie große Tropfen herab.

»Entronnen!« konstatierte Lord Arthur.

»Entronnen zu sein ist hier ohne Wert«, entgegnete ich. »Es ist die Vorstufe zu einer neuen Gefahr.« Und ich warnte: »Auch das letzte Blatt, das herabfällt, kann uns noch töten.« Es tötete uns nicht. Der Laubsturm erlosch. Dafür bot sich ein Bild der Verwüstung. Die meisten Bäume lagen entwurzelt oder gebrochen am Boden; und die wenigen, die widerstanden hatten, ragten, entlaubt wie Galgen, zum Himmel. Das Goldlaub hatte die noch grünen Sträucher zerschlagen und das Gras mit steil geführten Sensenblättern geschnitten. Es war fast unmöglich, den Strand zu verlassen, denn der Verhau von Sträuchern und gesplitterten Ästen war so dicht, daß er nirgends einen Durchschlupf bot. Nur die beiden Kokospalmen standen unverletzt und mit grünen Blättern am Ufer. Wir wußten nicht, ob wir uns darüber freuen oder es fürchten sollten, denn das lebende Grün inmitten des verrottenden Golds war uns unheimlich.

Wir besaßen nicht den verderblichen Ehrgeiz, das Trümmerluch überschauen zu wollen. Unser Feld war aufs engste begrenzt. Wir waren auf den See und auf einen schmalen Streifen am Ufer verwiesen. Dennoch suchten wir keinen Grund, darüber zu klagen, ja, wir hielten die Fiktion eines paradiesischen Landes aufrecht. Wir fanden am ersten Tag noch Früchte, die nicht von den niederstürzenden Goldblättern zerfetzt worden waren. Doch diese Nahrung zerfiel bald oder wurde ungenießbar, so daß unsere einzige Speise aus Lachsen bestand, die Lord Arthur mühelos in der Bucht fing. Auf den Gedanken, das eintönige Gericht könnte uns über werden, kamen wir nicht, aber wir fürchteten uns vor dem Feuer, das wir entzünden mußten, um die Fische zu braten. Es wurde von Tag zu Tag lästiger. Die Sonne, als strebe sie ihrem Sommerpunkt zu, brannte heißer und heißer. Bald wußten wir nicht mehr, ob uns die Flammen oder die Sonne sengten. Wir entfachten kein Feuer mehr. Wir brieten die Fische auf Steinen in der glühenden Sonne. Zugleich wurden auch wir gesotten. Das Wasser, in dem wir tagsüber Zuflucht suchten, wurde wärmer; die Nächte waren lau und träg und brachten wenig Erleichterung. Oftmals floh uns der Schlaf. Müdigkeit legte sich, von der Tagesglut gestärkt und befeindet, als eine zweite Glut über die Augen. Wir tranken und tranken vom widerlich warmen und blühenden Wasser und blieben doch durstig. Unsere Trägheit wurde größer als unter der Herrschaft der Riesenameisen. Wir lebten in Trübsal und Überdruß, aber wir lebten. Unterdessen fiel alles vor unseren Augen in Staub. Die Sträucher lösten sich auf, das Holz wurde mürb und zerstäubte, wenn ein Wind sich erhob; und auch das Gold zersetzte sich und verdarb. Wie eine rötliche Staubwüste lag die Ebene vor uns.

Der See bekam einen schlechten, fauligen Atem. Uns ekelte, daraus zu trinken. Noch widerwärtiger war der Geruch, der aus dem verrottenden Holz und aus dem modernden Gold quoll.

»Was wir für das Schlaraffenland hielten, ist ein Land der Verwesung«, sagte Lord Arthur. »Es ist kein Zufall, daß Faulheit in Verwesung übergeht.«

Das einzige lebende Wesen an Land war die Kokospalme mit ihren beiden Stämmen, alle anderen waren längst Tote, zuvörderst wir selber. Es war ein Wunder, daß der See nicht austrocknete. Die Palme sog aus ihm ihre Kraft. Wir konnten ihr Wachstum täglich verfolgen. Wurde ihr Schatten ständig breiter, oder versagten unsere geschwächten Augen und unser verdunkeltes Hirn? Manchmal geschah es, daß wir Worte vergaßen. Deutsch und Englisch vermischten sich in unseren Reden mit lateinischen Brocken und Fetzen der Eingeborenensprache. Wir hatten Mühe, uns zu verständigen. Doch es bedurfte keiner Verständigung. Wir brauchten nur eines: Zuspruch. Denn was wir tun konnten, war blutwenig und zählte für nichts vor dem, was wir erlitten. Anfangs standen wir, einen Palmwedel über den Kopf haltend, tagsüber bis zum Hals im Tümpel. Die Sonne beschrieb ihren tödlichen Zirkel. Sie sank an manchen Abenden nicht, sondern stieg, kaum daß sie das Wasser berührt hatte, wieder empor. Das waren Tage einer unablässigen Folterung; und mit Furcht und Mißtrauen verfolgten wir seither an jedem Abend den Lauf der Sonne und atmeten auf, wenn sie herabfiel und das Dunkel ihr folgte. Dann wankten wir aus dem Wasser, warfen uns auf den noch glutenden Boden und schrien, gequält und übermüdet, nach Schlaf.

Tödliche Mattigkeit überkam uns. Lord Arthur ertappte mich dabei, wie ich Wasser trank, ohne davon zu erwachen. Er zog mich an Land und brachte mich mühsam ins Leben zurück. Bewußtlos vor Anstrengung, sank er neben mir nieder. Den gleichen Dienst erwies ich ihm an einem anderen Tag. Seitdem wagten wir uns nur für kurze Zeit in den See. Wir lagen im dünnen Schatten der Palme und litten. Der Schatten folgte der Bewegung der Sonne; hechelnd krochen wir ihm nach, auf allen vieren zumeist, oder uns an den Wurzeln weiterziehend, wenn die Beine versagten. Wir glaubten, daß wir lernen könnten, die Hitze zu ertragen, aber wir konnten nichts lernen. Es gab auch lange Nächte, ebenso wie es Tage gab, an denen die Sonne nicht unterging. Dann schliefen wir fest und ruhig, dann erwachten wir im Dunkel und wurden unser selbst und der Sprache wieder inne. In diesen Stunden kamen wir einander so nah wie noch nie auf der Reise, und alle Schranken, die uns trennten, zerbrachen.

»Ist diese matte Wärme, die wir nach den Brandstätten des Tages als Kühle empfinden, nicht eine neue Art, uns zu foltern?« fragte Lord Arthur.

»Ich weiß nicht«, antwortete ich, »ich habe als Kind

immer einen Sommer gewünscht, so heiß, daß alle Flüsse versiegen und alle Brunnen austrocknen sollten. Ist das meine Strafe, und geht so ein Kindheitswunsch in Erfüllung?«

»Wir, die wir in der Kälte geboren sind, sehnen uns nach dem Süden. Aber der Süden ist das ewige, der Norden nur das Fegefeuer des Lebens. Deshalb ist man im Süden so heiter wie alle Verdammten.«

»Aber wir sind nicht heiter«, widersprach ich. »Sind wir denn in Behemoth jemals glücklich gewesen, so daß wir jetzt brennen müssen in diesem unablässigen Feuer?«

»Ich weiß es nicht, Teutsch. Ob einer eine Seele besitzt, läßt sich nur durch Grausamkeit erfahren. Darum wird die Welt und deshalb werden die Menschen gefoltert. Es ist unser Gold, das wir preisgeben müssen. Denn der Mensch ist ein Ort des Vergessens, und seine Phylogenese ist ein Tableau der Vergessenheit.«

»Und die Geschichte?«

»Es gibt keine Geschichte. Wir haben die Geschichte nur erfunden, weil wir auf dem Recht, einander zu foltern, bestanden.«

»Es gibt auch andere Orte des Vergessens, nicht nur den Menschen«, entgegnete ich schwach, denn am Himmel zeigte sich der erste Streifen der Helle.

»Es ist eine alte Vorstellung, daß einer gottähnlich durch Leiden wird. Wir müssen uns Gott als einen Leidenden denken. Es ist der Sinn von Gethsemane, daß Jesus Gott zu leiden half, daß er ihm einen Teil seines kaum ertragbaren Leidens jenseits der Welt durch sein Leiden in dieser Welt abnahm.«

»Wir leiden nicht«, unterbrach ich ihn, »wir sind schon jenseits des Leidens. Unsere Sinne zerfallen und mit ihnen die Schmerzen.«

»Es heißt, daß alle Pforten verschlossen werden, nicht aber die Pforten der Buße. Wofür müssen wir büßen? Für unsere Anmaßung, für unseren Hochmut? Für unsere hochfahrenen, hochfliegenden Pläne? Müssen wir büßen für die Erniedrigten und Beleidigten, an denen auch Behemoth reich ist? Wir haben kein Recht, über sie hinwegzugehen, als gäbe es nur Verfall und Zerstörung! Vielleicht danken wir es ihnen, daß wir noch leben.«

»Ich leugne das Leiden nicht«, wagte ich zu erwidern. Jetzt konnte ich im Morgengrauen schon Arthurs verzerrtes Gesicht sehen. »Aber es hilft mir nicht, die Welt zu begreifen. Ich sehe Erniedrigte und Beleidigte durch sich selbst, durch die Willkür und Macht und durch das Schicksal. Vielleicht hat es keinen Sinn, darüber zu jammern, vielleicht hat es nur Sinn, auf die Suche zu gehen. Und wir sollten es tun, ehe unser Weg vor diesem Tümpel geendet ist. Lebten wir nicht in Behemoth, so müßte ich sagen: Es gibt kein Entrinnen.«

»Vielleicht ist die Welt nur ein Sündenfall Gottes und die Schöpfung des Menschen seine Art, sich zu kasteien? Vielleicht wollte er sich selber verspotten, als er sein Ebenbild zum Leben erweckte? Wir müssen ihn als ein mit sich zerfallenes Wesen denken. Doch was hilft es uns, wir sind an die Hölle vergeiselt; und wir können nicht fliehen.« Seine Augen glühten dabei, als entstamme, was er sagte, schon den Pforten des Wahnsinns. Seine Stimme wurde schwächer, die letzten Worte röchelte er. Denn die Hitze kehrte ohne Übergang zurück und warf sich auf uns. Sie flirrte vor unseren Augen. Wir verließen den Lagerplatz unter der Palme und wankten, keine Linderung findend, hinab in den See.

Später konnten wir nicht mehr ins Wasser gelangen. Es wurde zu einer zähen, gallertartigen Masse. Sie umschloß uns wie ein klebriger, glitschiger Teig. Sie umarmte uns mit tausend widerlichen Armen. Wir flüchteten aus der Unerträglichkeit des Schattens in die Unerträglichkeit des Gallerts. Nicht die Vernunft, einzig der Instinkt trieb uns von einem mit Wahnsinn geschlagenen zum anderen, nicht minder schrecklichen Ort.

Bald war der See nur noch ein dicker, grüner Morast. Er wich uns aus, doch eindringen konnten wir in ihn nicht mehr. So blieben wir an den Schatten der Palme gefesselt. Schlaf kannten wir nicht, außer dem Totenschlaf der Erschöpfung, aus dem wir mit brennender Kehle erwachten. Wir leckten morgens den Tau von den Wurzeln; er sengte die Zunge, aber er löschte den Durst.

»Ist dies das Ende?« fragte Lord Arthur mit kaum vernehmbarer Stimme. Aber es war nicht das Ende. Die Strafe dieses Kontinents lautete, daß es kein Ende gab, daß sich jede Qual über den Tod hinaus wiederholte. Trotz der Trokkenheit ging alles in Fäulnis über. Manchmal mußten wir unseren Zufluchtsort im Schatten verlassen, weil darunter glimmend die Verwesung begann. Die Krume ließ sich zwischen den Fingerkuppen zu Staub zermahlen und fühlte sich dennoch an wie faulendes Laub oder wie eiternde Früchte; und der Gestank, der ihr entströmte, benahm uns den Atem.

Eines Tages deuchte uns, daß selbst der Schatten anfing zu faulen. Tag für Tag schmolz er zusammen. Er fiel nicht mehr auf das grüne Schlammloch des Sees. Gleichgültigkeit, die Vorbotin des Endes, gesellte sich zu uns. Mit den im Winkel übereinandergelegten Steinmessern versuchten wir in Augenblicken bleiernen Wachseins den Stand der Sonne zu messen. Wir überwanden unsere Trägheit und markierten die Spitze des Schattens. Er wurde geringer. Eines Tages fanden wir ein Stück faulen Schatten unter der Palme.

»Die Plazenta der Schatten ist durchschnitten«, sagte Lord Arthur. »Nun stirbt die Welt, weil sie nicht mehr mit ihnen verbunden ist. Was hilft es? Nach jeder Stunde der Macht kommt eine der Ohnmacht. Dieses Land zieht alles in seinen Sog. Es ist ein Land der Kinder und Sterbenden. Wer zurückbleibt, wählt die Vernichtung.«

Ich schaute in den seit Wochen wolkenlosen, unbarmherzigen Himmel. »Wer die Sprache des Regens verstünde!« seufzte ich.

»Unser Stöhnen hilft nichts«, unterbrach mich Lord Arthur, »uns bleibt nur eines: wir müssen die Palme fällen.« Ich sah ihn erstaunt an. Wie sollten wir, die wir uns kaum bewegen konnten, zu einer so schweren und sinnlosen Arbeit fähig sein? Er ließ sich nicht beirren: »Wenn der Schatten stirbt, muß der Lebensbaum fallen. Das ist ein Gesetz. Wer überleben will, muß sich ihm beugen.«

»Wollen wir denn überleben?« wagte ich zu fragen. Er blieb mir die Antwort schuldig. So nahmen wir die Steinmesser. Der Stamm widersetzte sich hart und spröd unserer Kraftlosigkeit. Wir schlugen ohnmächtig auf eine Wurzel ein und versuchten sie zu durchtrennen. Mit jeder Wunde, die wir ihr beibrachten, wuchs unsere Ermattung. Entmutigt hielt ich inne.

»Schlagen Sie!« mahnte Lord Arthur. »Solange wir tätig sind, vergessen wir unsere Trostlosigkeit.«

»Um hernach um so tiefer an ihr zu verzweifeln«, entgegnete ich. »Was hilft es, eine Wurzel zu durchschlagen? Der Baum besitzt zehn sichtbare und zahllose unsichtbare Wurzeln, eine jede stark genug, uns zu töten.«

»Wissen Sie nicht, daß es immer die Schwachen sind, denen das Mächtige nicht widerstehn kann? Alles andere verhöhnt es und läßt es verhärten vor seiner Zeit.«

Die Hitze benahm uns die Sinne. Wir durchschlugen eine zweite Wurzel und kerbten unter größter Anstrengung die dritte. Als hätten sie allein diese drei Streben gehalten, stürzte die Doppelpalme, die letzten Fasern zerreißend. Roter Staub wirbelte auf. Wir rangen nach Luft. Es war ärger als damals, da die Samenwolke über Charenton hing. Wir krochen hechelnd voran. Wir zogen und schoben uns gegenseitig, zwei tapprige, zittrige Greise, mehr schon der Erde als dem Leben gehörend. Wir erreichten den staubumkleideten, fruchtreichen Wipfel. Ein paar Nüsse waren beim Aufschlag zerborsten, und die ausrinnende Milch hatte sich mit dem Staub zu einem widerlich klebenden Mörtel verbunden. Wir rissen eine unverletzte Nuß aus den Zweigen und öffneten sie. Wir tranken gierig. Wie lange hatten wir nichts mehr gegessen! Wir schlangen das Samenfleisch und schlürften, so viele Nüsse öffnend, wie wir als erstes erreichen konnten, die Milch. Belebung ging davon aus. Zuversicht und Stärke kehrten zurück, als werde ein Licht in uns entzündet, das dem Feuer der Wüstensonne gewachsen schien. Denn eine Wüste wurde, nachdem der letzte Baum gefällt worden war, das Land um den See. Wir sahen ohne Mitleid, wie es verdarb.

»Wir müssen uns darauf besinnen, daß wir auf der Suche sind«, sagte Lord Arthur. »Es zu vergessen ist tödlich. Wir haben es ein weiteres Mal an diesem bezaubernden Weiher erfahren, der nun eine Wüste ist. Wer durch Wüsten will, muß vorher getötet haben; auch das ist ein altes Gesetz. Wir haben getötet, denn wir haben die Palme gefällt.«

»Es wird uns nichts nützen«, entgegnete ich. »Wenige Tage wird sie uns nähren, dann werden wir sterben wie sie. Unser einziger Trost ist, daß unsere Leiber zu Gold zerfallen, daß sich unsere Lebensarmut in den Reichtum der Toten verwandelt.«

»Dem Suchenden steht in Behemoth stets eine Tür offen; nur darf er die rechte Zeit nicht verfehlen. Wir müssen den Weg finden, ehe die Palme verwest.« Ich glaubte ihm nicht. Dennoch half ich ihm suchen. Wir bogen die Palmenzweige zurück. Wir fanden nichts als Nüsse, die wir ernteten und unter Palmwedeln vor der Sonne verbargen. Ich zweifelte, ob wir gut daran taten. Würde es uns nicht wie jenen ergehen, die Manna über die Not des Tages hinaus sammelten und denen es bis zum nächsten Morgen verdarb?

Noch lebten wir in der menschlichen Tugend, Vorrat anzulegen und für die Zukunft zu sorgen, obwohl sich jene in den Gotteswüsten und verwunschenen Ländern als Torheit erweist.

»Die Krone bleibt uns ein Zeichen schuldig, sie verweist

uns an Wurzel und Stamm«, sagte Lord Arthur und tastete die Rinde ab. Ich nahm eine Nuß als Wegzehrung mit, als gölte es eine lange Reise. Wie eine schwankende Laterne schwebte die Sonne im sie verdunkelnden Staub. Wir fanden die Rinde verletzt. Riefen und Kerben, unterbrochen von den Narben der abgefallenen Blätter, zogen sich wie verwachsene Schriftzüge rings um den Stamm.

»Es sind natürliche Wunden, Verletzungen des jungen Baums durch ein Tier oder ein Gewitter«, sagte ich. Lord Arthur, zeichensüchtig und von seiner Willkür getrieben, deutete es anders: »Aharcon kam bis hierher. Unter dem Baum liegen Schriften.«

»Wir werden das graue Buch der Schöpfung finden«, spottete ich, »von Hermes Trismegistos eigenhändig geschrieben wie alle Pseudepigraphen. Das erste Kapitel: Die Einsamkeit Gottes vor allen Dingen; das letzte: Die Einsamkeit des Menschen in seiner Wüste; die andern Kapitel – wenig lesenswert. Wir müssen sie leben, doch trägt es keinen Gewinn. Wir verschleudern die Zeit und ergötzen uns an der verwirrenden Vielfalt gauklerischer Magie.«

»Spott ist ein Irrsal und kein Trost für die Verlorenen«, sagte Lord Arthur. »Ich glaube an die Schrift und an die Lettern. Wären wir ohne sie hierhergelangt? Sie sind Gestalt und Wesen zugleich und werden uns helfen.«

»Beide sind in gleichem Maße rätselhaft. Wir leiden an der Fülle der Geheimnisse«, erwiderte ich. »Es könnte uns helfen, wenn es Bedeutung besäße, aber ich fürchte, daß es keine besitzt – es ist kein Knäuel, uns aus dem Labyrinth der Narrheit zu führen.«

»Haben wir diesmal nicht alles reifen lassen? Ist nicht der Schatten abgefallen und gefault, bevor wir den Baum fällten?« fragte Lord Arthur.

»Gut«, sagte ich, »nehmen wir an, wir könnten die Signaturen entschlüsseln. Nehmen wir an, dieser Kontinent sei das Buch der Schöpfung, so gäbe es nur einen Sinn, wenn wir es Seite um Seite läsen. Wir haben falsch begonnen: Wir haben die letzten Seiten zuerst gelesen. Das ist unser Verhängnis.«

Lord Arthur kümmerte sich nicht um meine Worte, er strebte zur Wurzel. Triumphierend zog er ein verklumptes Bündel zwischen den Fasern hervor und begann es zu reinigen und zu entrollen. Es glich einem alten, verkommenen Mantel, löchrig vom vielen Tragen, löchrig von seinem schlechten Bett in der Erde.

»Was sollen die Lumpen?« fragte ich. »Ich habe selber Lumpen genug.« Denn meine Kleider waren kaum mehr als Fetzen, und um Lord Arthurs Toga stand es nicht besser.

»Es sind keine Lumpen, es ist eine Landkarte!« widersprach er. Tatsächlich war eine von Rissen und Löchern im Stoff unterbrochene Karte in bunten Farben auf den Mantel gedruckt. Nein, es war eine menschliche Hand, abgebildet auf dem dürftigen Tuch; und das Geflecht der Handlinien glich dem, was auf Landkarten zu sehen ist: Flüssen, Höhenlinien, Straßen und Städten.

»Es ist doch keine Karte!« sagte Lord Arthur. Er schien meine Gedanken zu erraten. »Es ist eine Karte und zugleich eine menschliche Hand. Nun kennen wir die Gestalt dieses Kontinents – sie gleicht einer Hand.«

»Ist es gar die Hand Gottes!« spottete ich. Zugleich staunte ich über die Größe des Mantels. Wie hatte ihn Lord Arthur ausbreiten können, ohne unseren Ort an der Palme zu verlassen? Denn ich sah nichts mehr von der Wüste, erblickte, soweit das Auge reichte, nur die Karte. Es hatte den Anschein, als wäre eine Landkarte von gleichem Ausmaß wie das Original über die Erde gedeckt, doch an manchen Stellen zerstört worden, so daß dort das ursprüngliche Land durchschimmerte. Wir wußten nicht mehr, waren wir die ganze Zeit über die Karte oder über die Erde gegangen?

»Dieser Kontinent ist eine Kopie seiner selbst«, entschied ich. »Das Original ist verschollen.«

»Die Frage der Projektion ist noch nicht entschieden«, sagte Lord Arthur. Der Kontinent schien auf der Karte in unterschiedlicher Größe dargestellt zu sein, als hinge der Maßstab einzig von unserer Blickrichtung und der Intensität unseres Sehens ab. Ich betrachtete die stereometrische Darstellung. Die grünfarbenen Täler gewannen an Tiefe und die Bergketten an Höhe, wenn ich lange genug hinsah. Plötzlich entdeckte ich das Brückenhaus über dem Gjöll. Die unterschiedlichsten Gefühle widerstritten in mir. Rief das Wasser dem einen Ich heimatliche Stimmen ins Ohr, so vernahm das andere ein unwilliges Grollen, hörte das Jaunern der Langeweile, das Belfern der Trostlosigkeit, das Ächzen und Zetern des gewaltsam zurückgehaltenen Lebens, das Klirren des Zorns in der selbstgewählten Gefangenschaft. Doch als ich länger schaute, wichen die Fassaden zurück und gaben den Blick auf dunkel getäfelte Gänge frei; und plötzlich sah ich den Festsaal, den ich niemals betreten hatte. Honigfarbenes Licht fiel durch die Schlitze der nicht gänzlich geschlossenen Jalousien auf das blanke Parkett. Draußen blinkte der Gjöll. Er sandte Lichtgrüße zu mir. Ich wandte mich um, ich versuchte das staubige Dämmer des Saales mit meinem Blick zu durchdringen. Die geschnitzten Löwenfüße auf die Köpfe von Königstigern setzend, stand ein wuchtiger Eichentisch auf dem Teppich. Sonst war der Saal leer. Oder? Mein Blick fiel auf Sir Houston. Er saß, starr wie eine Statue, an der Stirnseite des Tisches. Sein Kopf war aus mattem, gealtertem Gold. Ich wußte nicht, war er ein Monument oder ein Mensch. Er hob die schweren, goldenen Lider. Er starrte mich an. »Warum bist du zurückgekehrt?« fragte er mit tonloser Stimme.

»Ich weiß es nicht«, antwortete ich. »Wie sollte ich es wissen, wenn du es nicht sagen kannst?«

»Ich kann dir nicht mehr helfen, seit ich aus Gold bin«, klagte er. »Mein Gesicht kann nicht mehr altern unter der Maske aus Gold; und wissend war ich nur, weil ich alterte.

Du wirfst keinen Schatten!« sagte er streng. Ich erzählte ihm, wie der Schatten an der Palme gefault war und wir sie gefällt hatten.

»Der Schatten Gottes stirbt in den mündig gewordenen Ländern. Aber du darfst deinen Schatten nicht verlieren, weil du nicht mündig wirst, solange du in Behemoth bleibst.«

»Wie soll ein Land mündig sein, das, anstatt Frucht zu bringen, alles tötet!« widersprach ich.

»Darüber steht uns kein Urteil zu«, erwiderte Sir Houston. »Wir wissen nicht, ob die Welt ohne den Schatten Gottes bestehen kann und ob ihre Unmündigkeit nicht das Geheimnis des Lebens ist. Vielleicht erschien euch deshalb das Land so verlockend wie ein Schlaraffenland, weil das Feuer schon unter ihm brannte. Aber du weichst mir aus. Wo ist dein Schatten?« Ich ließ die Jalousie vollends herab. Für einen Lidschlag umgab uns das Dunkel, dann begann das Gold an Sir Houston zu glimmen und erhellte den Raum.

»Du betrügst mich nicht, ohne dich selbst zu betrügen«, sagte Sir Houston. »Wie bist du hierhergelangt?« Ich wußte es nicht mehr. Ich zuckte die Achseln.

»Versuche dich zu erinnern!« Ich konnte mich nicht erinnern. »Alle Dinge, die keinen Ort im Gedächtnis haben, sind tot«, fuhr er fort. »Du kannst deinem Unglück nicht mehr entgegentreten, wenn du aufhörst, dich zu erinnern.«

»Ich erinnere mich. Ich bin in St. Goar«, sagte ich.

»Du bist es nicht«, widersprach Sir Houston, »oder besser: du bist es nur scheinbar, denn du hast etwas auf deinem Weg zur Unzeit zurückgelassen.«

»Was sollte das sein?« zweifelte ich. »Ich bin allein nach St. Goar gekommen und will es allein wieder verlassen; und ich erinnere dich an dein Versprechen.«

»Ich kann es nicht einlösen, solange du dich nicht erinnerst. Doch ich will dir helfen. Zieh die Jalousie einen Spalt auf!« Ich tat es. Honigfarbenes Licht fiel auf das Parkett.

»Lord Arthur!« durchfuhr es mich. »Wo ist Lord Arthur geblieben?« Zu meinen Füßen ringelte sich klein und gebrechlich ein Schatten. Ich stand nicht mehr im Festsaal, sondern auf der Brücke.

»Sei froh, daß er nicht bei dir ist!« sagte Sir Houston, »und sieh dich vor! In Behemoth verlierst du nicht in gewohnter Weise die Zeit. Sie geht auf eine andere Art verloren. Von Kindheit an hast du gelernt, dich mit ihrem Verlust abzufinden. Aber hier eilt das Vergangene voraus, und an jeder Wegkehre stößt die verlassene Zeit wieder zu uns, und wir wissen nicht, wie sie sich wandelt. Wenn sie dich aber mit all ihren Bildern auf einer Brücke erreicht, so ist es dir zum Verhängnis. Hast du nicht selbst gesagt, daß in Behemoth die Weltlinien geschlossen sind? Wenn du in die kreisende Zeit gerätst, so ist es, als seist du in einen starken Flußwirbel geraten: du findest aus eigener Kraft nicht hinaus.«

»Könnten nicht auch wir den geraden Weg finden, der aus dem kreisförmigen Labyrinth Behemoths führt?« nahm ich den Faden auf.

»Das ist eine apokalyptische Sicht der Dinge. Sie glaubt, daß sich für die Sehenden nichts wiederhole. Aber der Wirbel ist endlos; er entläßt das Wasser nicht, er führt es beständig im Kreis.«

»Ich kann nicht daran glauben«, erwiderte ich. »Eine Handlung hat kein Gewicht, wenn sie sich stets wiederholt. Man kann nicht ewig Mörder am selben Menschen sein. Auch das Opfer wird lächerlich wie in der tausendsten Vorstellung einer Tragödie.«

»Darüber zu rechten ist nicht die Stunde. Du mußt zurück zu Lord Arthur«, schnitt er mir das Wort ab.

»Wie sollte das möglich sein?« fragte ich.

»Wirf die Nuß in den Strom! Was zauderst du? Wirf!« befahl er. Die Nuß fiel hinab. Die Welle wollte sie forttragen, aber sie war ihr zu schwer, sie sank, sank langsam und unaufhaltsam. Der Strom duldete es nicht. Sein Spiegel senkte sich; er trocknete aus.

Ich stand nicht mehr auf der Brücke, ich stand, die Nuß in den Händen, zwischen den zurückweichenden Lachen. Nein, auch das war nicht richtig, denn die Lachen waren Löcher im Mantel, den Lord Arthur unter der Palme ausgebreitet hatte.

DIE GÄSTE DES KÖNIGS / *Der Thronsaal / der silberne und der goldene König / ihre Vernichtung / Wahl des neuen Königs / die Folterung / der Uhuschrei / die Flucht / die Grenze der Bildwelt / Gemetzel am See / Verlust des Begleiters*

»Haben Sie mich gerufen?« fragte ich Lord Arthur. Er hatte nicht gerufen. Er bemerkte mich nicht. Vertieft in das Bild, das sich ihm bot, stand er vor der Karte. Es blieb mir nichts übrig, als zu ihm über den Mantel zu gehen, obwohl ich fürchtete, Bilder und Handlinien dabei zu verletzen. Der Abstand zwischen mir und ihm war größer, als ich geschätzt hatte. Ich mußte eine geraume Zeit gehen, um ihn zu erreichen. Ich legte ihm die Hand auf die Schulter. Doch er bedeutete mir zu schweigen und wies mit der Hand auf das Bild, das er soeben betrachtete. Wir sahen einen langgestreckten, dem Festsaal im Brückenhaus zum Verwechseln ähnlichen Raum. Mit dunkel gebeizten Brettern waren die Wände verschalt. Hölzerne Stufen führten auf ein Podest. Dort stand, die geschnitzten Löwenfüße auf in Wolltücher gewebte Köpfe von Königstigern setzend, der Tisch; nein, es war kein Tisch, vielmehr ein wuchtiger Hochsitz, den wir, ohne uns zuvor darüber geeinigt zu haben, *Thronsessel des Unheils* nannten. Denn dem, der darauf saß, stand das Verhängnis auf der Stirn geschrieben, und Angst flackerte in seinen Augen. Er wandte sie langsam von einem der vor ihm

Stehenden zum andern. Beide waren niemand anderes als unsere Begleiter. Der in den Goldfluß Gestoßene stützte sich, als sei er ein König aus Gold, auf seinen Begleiter. Vor diesem, der uns in jenem Augenblick wie ein Wesir erschien, stand als ein ebenbürtiges Spiegelbild der Wesir des thronenden Königs. Wenn wir uns zur Karte niederbeugten, konnten wir sie sprechen hören. Es redeten nur die beiden Wesire, Sprachrohre der Könige: des Königs aus Gold und des Königs aus Silber, der, an den Thron gefesselt, seine Augen ängstlich schweifen ließ; und seine einzige Macht bestand in seinem Reichtum. Dennoch war er ein König und als solcher vom Stamm der Tolteken geachtet. Denn wir sahen, wenn wir den Blick über den Mantel gleiten ließen, wie hochgewachsene, mit Federn geschmückte Krieger draußen das Haus des Königs bewachten. Ihre orangefarbene Haut glänzte und verlieh ihren Leibern eine eigenartige Schönheit. Fast waren wir versucht, neben sie zu treten und zuzuschauen, wie sie die Audienz beider Könige beschirmten. Sie waren stolz und gelassen, und es blieb unentscheidbar, ob sie auf den König als ihren Herren oder als ihren Gefangenen achthatten.

Wir wandten die Blicke und sahen erneut in den Thronsaal. Beide Wesire umrahmten jetzt den thronenden König, und ihre Worte glitten über ihn hinweg, manchmal aufgesogen von seinen silbernen Händen, manchmal abgelenkt und hinübergeworfen zu unserem einstigen Begleiter, dem golden blinkenden Götzen. Mir fiel ein altes Lied ein, und ich sprach seinen Kehrreim:

> Links stand die Königin Unglück,
> rechts die Königin Hoffnungslos.

Lord Arthur sagte: »Ich fühle mich an Balduin den Aussätzigen, den letzten König Jerusalems, erinnert. Auch jene sind aussätzig, befallen von Silber der eine, der andre von Gold; und der Wesire Aussatz heißt Habgier. Sie ist der erbarmungswürdigste Aussatz. Sie zerfrißt als erstes die Augen und macht auch das Herz blind ... Was aber haben sie miteinander zu reden?«

»Sie erzählen sich die Geschichte des Königtums«, erklärte ich. »›Früher‹, sagt der Wesir, ›haben auch wir einen goldenen König besessen, aber er starb noch in der Krönungsnacht, und nun ist unser König aus Silber.‹ – ›Woran ist er gestorben?‹ fragt unser Begleiter. ›An der Gefahr, die einer bestehen muß, um König zu werden‹, wird ihm erläutert. Denn in der Geschichte ihres Stammes ist noch keiner aus eigenem Antrieb König geworden. Alle sind sie ohne ihr Zutun zu dieser Würde gelangt. Für viele hieß König werden, zum Tode verurteilt sein. Daher rührt ihre Angst. Wer durch das Los König wird, ist vogelfrei von Sonnenuntergang bis zum ersten Uhuruf. Alle dürfen ihn nach Sonnenuntergang prügeln und an Leib und Würde schädigen, nur die Orangefarbenen nicht. Dafür sind sie auch frei, wenn er die Marter überlebt. Denn sobald der Uhuruf erschallt, ist der König tabu. Es steht ihm frei, sich zu rächen; und er tut es zumeist auf die widernatürlichste Art. Die Grausamkeit läßt ihn erstarren. Sehen Sie nur, wie versteint seine Glieder sind! Lebendig sind einzig die Augen. Auch die Sprache verliert er, und er weiß, daß er sie verlieren muß, sobald er beginnt, die Peinigung zu vergelten. Deshalb wählt er einen Wesir. Keiner, den er benennt, darf sich verweigern. Der Wesir ist zuletzt der Mund, durch den er alles befiehlt, auch das Ärgste. ›Kann ihn denn keiner stürzen?‹ läßt unser Begleiter fragen. ›Sobald er König geworden ist, keiner‹, lautet die Antwort. ›Sein Überleben gibt ihm ein Recht, und ein Recht gibt ihm, daß er gelitten hat. Weil er als der Niedrigste keiner Mißhandlung ausweichen konnte, ist er als der Höchste jeder Mißgunst gewachsen. Nur ein Mittel gibt es, ihn zu überwinden, aber davon zu reden ist uns verboten; auch ist kein Fall aus der Geschichte unseres Stammes bekannt, wo es erprobt wurde.‹«

Je länger der Wesir sprach, desto unruhiger wurde der silberne König. Wir spürten, daß er aufspringen wollte und seine erstarrten Glieder ihm nicht mehr gehorchten. Wir ahnten die vergebliche Anstrengung, dem Wesir seinen Sprachwillen aufzuzwingen; denn das Band zwischen ihm und dem Wesir war, wenn es je bestanden hatte, zerrissen. So blieb der Befehl, die Fremden, zuvörderst aber den goldenen Rivalen zu töten, unausgesprochen. Wir lasen in seinen Augen, die unstet wie scheidende Flammen auf zwei Kerzenstummeln flackerten, die Angst. Sie flammten, sie rollten wie winzige Feuerräder.

»So bricht eine Psychose oder ein wütender Geysir aus«, dachte ich bei mir. »Noch immer ist die Flamme die beste Metapher für cholerischen Wahnsinn.«

Aber die Augen waren zu schwach, dieses Feuer zu fesseln. Der König wandte heftig den Kopf. Da schrie sein Wesir auf. Mit einem jähen Zucken kehrte das Haupt in seine alte Lage zurück. Aber nun hatte sich die Angst verdoppelt. Sie stand in den Augen des Wesirs ebenso wie in denen des Königs.

»Er darf sich nicht mehr bewegen, wenn er einmal erstarrt ist. Die Welt ist nur im Gleichgewicht, solange er stillhält!« sagte der Wesir. Wieder zuckte der Kopf, wie von einem Krampf gezogen, zur Seite. Wir vernahmen eine Detonation, doch sie erfolgte nicht im Umkreis des Thronsaals, sondern – wir sahen es auf der Karte – weit davon entfernt. Der Grat zwischen dem Berg, von dem aus alles zu sehn ist, und der ersten Hochebene Behemoths stürzte zusammen. »Nun ist uns der Rückweg versperrt, doch ich bedaure es nicht«, sagte Lord Arthur.

Ich verwies ihm seinen Gleichmut: »Wer weiß, was alles zerstört wird, wenn der König den Kopf noch einmal bewegt!« Der König hielt nicht still. Die Augen ruhten, doch nur für Augenblicke. Danach begannen sich die winzigen Sonnenräder wieder zu drehen, und die gestaute Angst suchte nach einer Ausgangspforte. Der König warf heftig den Kopf zur Seite. Die hohen Statuen an den weiblichen Wassern sanken in sich zusammen; knirschend schlossen sich die riesigen Mäuler. Mit einem Knall barst das Holz.

»Was können wir tun, daß er den Kopf nicht mehr wendet!« rief ich erschrocken.

»Nichts!« erwiderte Lord Arthur gelassen.

»Jede Kopfbewegung ist unser Verderben!«

»Worte! Viel zu trächtige Worte! Was bedeutet das – Untergang? Ein Meer, in dem die Dinge versinken. Ist es grundlos? Ein Abgrund, der sich jäh öffnet. Wie tief soll der Abgrund sein? Vielleicht schiebt sich eine neue Welt über die alte; vielleicht kommt eine alte Welt unter der sinkenden Erde hervor wie ein Fuchs aus einem Mauseloch? Beträfe es uns nicht selbst, so könnten wir dies Schauspiel genießen«, sagte Lord Arthur. »Der Gedanke, daß die Ordnung der Welt an die Halswirbelstellung eines sterblichen, ja eines völlig nichtigen Menschen gebunden ist, könnte von Sir Houston stammen. Aber er stammt nicht von ihm; er ist eine Hypostase der verworrenen Gedanken Behemoths.«

»Sir Houstons Ideen sind nicht so bedrohlich«, entgegnete ich. »Was wissen wir? Haben wir je sein Gewässer gelotet, sind wir je über den Schelf seines Meeres hinausgelangt?«

Wir hörten, wie eine Felswand barst, sahen, wie Gesteinstrümmer das Bett des Goldflusses füllten.

»Ist es am Ende doch wahr, daß Harmonie und Nicht-Böses nur dort sind, wo sich die Dinge an ihrer ursprünglichen Statt befinden? Ist es ein eschatologisches Werk, die Dinge an ihre alten Örter zurückzubringen aus einer zerrissenen und sie zerstreuenden Welt? Hebt die wahre Ordnung das Böse auf, weil es kein über den Dingen bestehendes Prinzip ist, sondern eine verfinsterte Seinsstufe, eine nachträgliche Störung der Schöpfung?« fragte ich.

»Meinen Sie, es sei eine geheiligte Ordnung, was der silberne König achtlos zerstört? Wenig zuvor haben Sie den

Zustand von Behemoth für teuflisch gehalten und wert, daß er zugrunde gehe.«

»Mag sein«, antwortete ich, »aber welcher Wunsch nach Zerstörung erwiese sich nicht angesichts seiner Erfüllung als töricht?«

Es war seltsam, daß wir um so Fernliegendes rechteten, während vor unseren Augen Berge zerstürzten, Abgründe aufbrachen und Siedlungen dem Erdboden gleichgemacht wurden. Wir taten es, nicht weil wir fühllos waren und uns selbst in Sicherheit wähnten; wir waren nicht herzlos, doch wir besaßen kein Wirklichkeitsgefühl.

»Lassen Sie mich in Frieden mit Ihrer Ordnung«, sagte Lord Arthur. »Ich habe zeitlebens die Ordnung gehaßt. Deshalb bin ich auf diesen Kontinent verschlagen worden, wo alles in Unordnung und Auflösung ist. Hier feiert die Wirrsal Triumphe.«

»Im Gegenteil«, erwiderte ich, »sie hat die letzte, ihr zugesprochene Zuflucht verloren, und darin liegt die höchste Gefahr. Hier herrscht eine Art Überordnung, eine erdrükkende Abhängigkeit jedes von jedem. Die Dinge sind ganz ohne Freiheit. Stürzt eine Karte, so fällt das ganze Spielhaus zusammen. Je größer die Ordnung wird, um so heftiger muß auch die Gewalt werden, um sie zu erhalten. Aber die größte Gewalt ist zugleich die gefährdetste. Eine Wimpernbewegung stürzt sie von ihrem Glasthron herab und sendet ihre Kartotheken zur Hölle.«

»Das gestehe ich Ihnen zu: Die natürliche Ordnung ist das Chaos. Es war der Sündenfall des Demiurgen, das Tohu und Bohu zu stören. In ihnen allein war Beständigkeit. Die Ordnung hingegen ist die eifrigste Gefährtin des Nihilismus.«

Ich widersprach ihm heftig: »Nicht das Chaos, sondern die bewegliche, im einzelnen widerrufbare, im ganzen beständige Ordnung ist unser Maß und unsere Zuflucht. Behemoth ist der grandiose Versuch, die Welt nach der strengsten abstrakten Regel zu ordnen. Er ist gescheitert. Ordnung, die nicht mehr dem Maß der Dinge folgt, wird zum Chaos.«

»Warum kämpfen Sie gegen das Chaos?« fragte er ruhig. »Es läßt sich zurückdrängen, aber es ist unbesiegbar. Hat Sie das Ihre dreißigjährige Irrfahrt, die Sie Leben nennen, nicht gelehrt? Das Chaos stammt aus dem Herzen der Finsternis, wo kein Geschoß es erreichen kann. Es ist der schwarze, ständig bekämpfte und ständig wiederkehrende Sumpf. Aus dem Moor ragen wie Pfähle die Kinder hervor, die Erfolge, die Frauen. Denn auch die Liebe ist eine Pfahlinsel im Chaos. Doch die Pfähle, die nicht erneuert werden, versinken oder verrotten. An den Stellen, wo sie gestanden haben, bleibt nur das schwarze Wasser der Trauer, und der Verzweifelte sieht darin sein verzerrtes Gesicht. Wehe ihm, wenn er versucht, sich in dieses Wasser zu stürzen! Es ist flach, und das Moor nimmt ein rasches Opfer nicht an; es will locken und saugen, quälen und narren, denn die Gnade ist nicht grenzenlos wie die Trauer.«

»Nichts ist grenzenlos, und nichts ist beständig.«

»Täuschen Sie sich nicht! Nichts entsteht, nichts vergeht, und alles entsteht und vergeht, sind zwei gleich sinnlose Prinzipien. Es gibt keine Erhaltungssätze für den Geist oder die Materie. Wie nach gnostischem Glauben etliche Seelen verlorengehn und nicht teilhaben an der Wiederbringung aller Dinge am Ende der Zeiten, so wird auch ein Teil der Substanz sich zerstreuen, und vielleicht werden wir im Augenblick davon Zeuge.« Das waren seine letzten Worte am Ort des Verhängnisses, denn wir täuschten uns beide, wenn wir uns im weltlosen Raum unserer Gespräche sicher wähnten. Nicht irgendwo auf der imaginären Landkarte, in unserer unmittelbaren Umgebung geschah die Verwüstung. Ein Abgrund, das schwarze Maul eines Molochs, tat sich vor uns auf. Schon hatte es den in Stücke zerfallenden Mantel bis auf einen kümmerlichen Fetzen verschlungen, schon schnappte es ein zweites Mal zu. Wir drängten uns in die verstümmelte

Karte und standen in einem dunklen Winkel des Thronsaals. Noch immer zuckte das Haupt des silbernen Königs. Angstperlen standen auf der Stirn des Wesirs. Warum verfiel er nicht auf das einfachste Mittel, den König und damit sich selbst von der Angst zu befreien? Warum ließ er nicht den goldenen Götzen, der den silbernen in panischen Schrecken versetzte, hinausführen? Liegt die einfachste Lösung unserem Geist so fern, und sucht er zuerst den schlechtesten, aus der Not geborenen Ausweg? Der Wesir entnahm einem Tabernakel zwei gelbliche Wachsstummel und drückte sie dem silbernen und dem goldenen König in die Hand. Beide Rivalen standen sich nun gegenüber. Ein Lichtstrahl entzündete das Wachs. Es brannte hell und stark in der Hand des goldenen und sparsam in der des silbernen Königs.

Ich begriff: Es war ein todbringendes Spiel. Wessen Flamme zuerst erlosch, der mußte sterben. Offensichtlich waren der Wesir und ich die einzigen, welche die Spielregel kannten. Der goldene König und sein Begleiter jubelten über die hohe Flamme. Licht verleiht Rang; das Feuer ist ein Attribut derer, die siegen. Ich glaubte Sir Houstons Stimme zu hören, spottend und klagend zugleich: »Ach, ich liebe die aus Feuer erschaffenen Dinge mit fester, eigennütziger Liebe.« Und als ich aufsah, erblickte ich Sir Houston in Gestalt des Wesirs. Der Widerschein des Feuers vergoldete sein Gesicht. Nun brannten beide Flammen gleich hell, und gleich hell loderten beider Augen, begierig nach Rang und begierig nach der Niederlage des Rivalen. Sir Houston tauschte mit mir einen Blick; es war der Blick eines Wissenden, schalkhaft und bösartig zugleich, als wollte er sagen: »Laß sie begierig sein! Laß sie hoffen! Sie träumen sich ihrer Vernichtung entgegen. Sie wünschen ihren Feind zu verderben und sehen das Band nicht, das sie aneinanderbindet.« Ich machte eine abwehrende Gebärde und hörte Sir Houston sagen: »Lassen Sie mich gewähren! Ich bin Geograph. Ich kartiere das menschliche Elend.« Doch als ich mich noch immer seinem Plan widersetzte, rief er zornig: »Er ist mein Geschöpf und ein Vasall des Feuers! Wir dulden nicht länger, daß er mehr sein will als sein Schöpfer und Lehnsherr!«

Die Flamme hatte das Wachs bis auf die Neige verzehrt. Wie ein Verdurstender Wasser sucht, suchte sie Nahrung. Sie züngelte auf, sie zuckte bis zur hölzernen Decke empor, fuhr zurück und fiel über die Gesichter des silbernen und des goldenen Königs. Das Metall schmolz und ergoß sich über den Boden. Die Flammen aber hielten sich, losgelöst von ihren Opfern, als seltsame Lichtreflexe im Raum. Sie umgoldeten Sir Houstons Gesicht, das blasser und blasser wurde, während sein Leib die Konturen verlor; er löste sich auf und schwand mit der Flamme. Der goldene und der silberne König stürzten polternd zu Boden. Die spröden Glieder zerbrachen. Schreiend floh der seiner Hoffnung beraubte Begleiter ins Freie. Die orangefarbenen Wächter drangen ein; sie gingen gelassen über die Thronstufen. Sie stießen die zerstückten Leiber zur Seite und rissen die Holzverschalung an der Stirnseite des Raumes auf. Sie erwies sich als eine Pforte, hinter der eine zweite Tür sichtbar wurde, reich verziert mit Korallen und Silberbeschlägen. Auch diese Tür stießen sie auf; ein Vorhang, bemalt mit Raubtierköpfen, Wein- und Akanthusblättern, verbarg den Raum. Sie schoben den Vorhang zur Seite. Sie, die den König nicht anerkannten, die ihn weder bei seiner Krönung mißhandelten noch sich von ihm regieren ließen, warfen sich vor ihrem Idol nieder. Meine Augen mußten sich erst an das Dunkel gewöhnen, um es zu erkennen. Ihr Götze wollte nicht durch Anmut verführen, er kannte nicht die das Leben verderbende Schönheit, vielmehr stand die kunstvolle Gestalt der Tür und des Vorhangs im Kontrast zu seiner schmucklosen Häßlichkeit. Ein schlechter Geruch entquoll dem fauligen, selten geöffneten Gelaß. Es schien eine Wohnstätte des Teufels, der die schmutzigen Orte liebt, eine anspruchslose Hölle zu sein. In ihrer Mitte stand blut- und kotverschmiert ein in den Boden gerammter Holzpfahl. Oben war er nach dem Vorbild eines menschlichen Körpers gebildet, jedoch schlecht geschnitzt: eine verschnittene Gottheit; seine Mitte zeigte den geschuppten Leib eines Drachens und sein unteres Drittel war stumpf und farblos. An manchen Stellen wölbte sich das eiternde Holz. Die sich vor ihm niedergeworfen hatten, blieben, wie uns schien, eine Ewigkeit dort liegen, eine nichtige, mißratene Ewigkeit. Danach sprangen sie auf, liefen zu den Thronstufen zurück und schleppten die Gold- und Silberreste der beiden Herrscher herbei, um sie ihrem Götzen zu opfern. Das Ritual war vollzogen. Sie zogen den Vorhang zu und schlossen die Türen. Dies alles geschah in Übereilung und Hast, wenngleich ohne Furcht. Doch so schnell sie auch handelten, so schnell die Dunkelheit auch den lichtscheuen Götzen wieder umschloß: wir konnten doch sehen, wie das Gold, kaum daß es den Holzpfahl berührte, zerfiel. Vier Füße sprangen, ehe die Tür sich schloß, aus der Verwesungskammer, huschten, von ihnen unbemerkt, zwischen den Beinen der Hastenden hindurch und fuhren ins Freie. Uns aber riefen die Trommeln, die dumpf und grollend ihren Ruf erschallen ließen: »Der König ist tot; tot ist der König! Der König ist tot, tot, tot. Kommt zur Wahl eines Königs!«

Die Thronhalle lag nicht, wie wir geglaubt hatten, geschützt von steilen Bergflanken, auf einem Plateau, vielmehr am Grund eines natürlichen Amphitheaters. Hohe Terrassen, teils von den Felsen selbst gebildet, teils in den Stein gehauen, führten als riesige Stufen herab. Kahl und unzugänglich lagen sie vor uns, als wir hinaustraten. Bald aber füllten sie sich mit Menschen. Begierig, keinen Augenblick von der Königswahl zu versäumen, sprangen und taumelten Hunderte die Felskaskaden herab, verletzten sich, fielen kopfüber; und ihre Schreie mengten sich mit dem Zetern der Trommeln. Wie Insekten erschienen sie auf den obersten Stufen und machten die Berge zu Ameisenhügeln. Erst auf den mittleren Stufen nahmen sie menschliche Gestalt an und erst auf den unteren vermochten wir sie deutlich zu sehen. Es war, als ströme alles Elend der Erde die Stufen hernieder. Es nahm den Weg, der ihm zu anderer Stunde verboten war, und ergoß sich unbarmherzig, doch Mitleid heischend, über die Steine. Jammergestalten, ausgemergelt vom Hunger, von Krankheit und Aussatz verkrüppelt, Erniedrigte und Beleidigte, Bettelvolk und Gezücht, verstümmelt durch die Not und die Verlorenheit ihrer Entrechtung; Heerzüge von Parias, Tschandalaphalangen, sie alle drängten herbei; und wir verstanden erst jetzt, warum sie so eilten: Unter den hundert, die die Bühne des Amphitheaters als erste erreichten, wurde das Los geworfen. Einem von ihnen war es bestimmt, König zu werden. Aus der Namenlosigkeit seiner Bedrükkung würde er aufsteigen zu scheinbarem Glanz und scheinhafter Herrlichkeit. Denn in Wahrheit konnte er sein Tschandalagesicht nie verlieren. Aber das wußte er nicht. Die anderen neunundneunzig waren ausersehen, ihn von Sonnenuntergang bis zum ersten Uhuruf in den Block zu legen, ihm an Schimpf und Mißhandlung zuzufügen, was sie nur immer erdenken konnten und was ihnen selbst widerfahren war und was ihnen erneut widerfahren würde in ihrer Existenz, von deren Armseligkeit wir keinen Begriff hatten; waren ausersehen, stellvertretend für Tausende, Vergeltung zu üben, zu quälen, zu martern, zu erniedrigen und zu mißhandeln, um ihrerseits, wenn der König überlebte, die Vergeltung auf sich zu ziehen und gebeutelt, geschunden, gefoltert zu werden.

Doch die nicht zum ersten Hundert gehörten, was drängten sie noch? Mußten die Zuspätgekommenen nicht sogleich umkehren und den mühseligen Aufstieg beginnen, um aus dem Blutkreis zu fliehen? Das mußten sie wohl, doch erst wenn alles entschieden war, noch im Zenit des Rausches, aber schon im Sog der trostlosen Ernüchterung. Jetzt waren sie gekommen, um zu feiern und den Jubel über den Tod des Königs in Ingrimm und Fusel zu ersäufen, kaum daß die hundert bestimmt worden waren. Weitere drängten herbei. Die Wächter stießen sie zurück und ließen keinen mehr an den Grund des Amphitheaters gelangen.

Lord Arthur und mir war es gelungen, den Raum der Akteure zu verlassen und auf der ersten Terrassenstufe Betrachter zu werden; nicht so unserem Gefährten. Reizte ihn die Aussicht auf die Scheidemünze des Königsamtes, wie ihn zuvor die Goldgier getrieben hatte? Ich wollte den Branntweinkrug, der durch die Reihen ging, vorüberlassen. Lord Arthur verwies es mir: »Wir dürfen kein Aufsehen erregen. Wir sind in den Rang von Parias erhoben worden, sind niedrig, zäh und gefeit, also müssen wir trinken.«

»Um besoffen vom ersten Rang auf die Todestribüne zu fallen!«

»Davor wird uns eines bewahren«, sagte Lord Arthur und trank. Ekel schüttelte ihn, ebenso wie er mich würgte, aber rasch ging er vorüber.

»Hier sind zwei Amethyste, uralte Erbstücke meiner Familie – einer für Sie und einer für mich. Ihnen wird wundertätige Kraft zugeschrieben: es heißt, sie schützten vor Trunkenheit. In Behemoth wird ihre Kraft sich erweisen, zumindest werden sie uns vor einer Trunkenheit der Seele bewahren, und das ist das einzige, was ich jetzt fürchte.« Vom nächsten Krug tranken wir ohne Widerwillen.

Das Geschrei, das uns umlärmte, wurde lauter und frecher. Plötzlich aber lähmte Stille die dröhnende Lustigkeit. Die Urne mit den Losen wurde um die Bühne getragen und den hundert Prätendenten gereicht. Ich erschrak. Ich mußte an mich halten, um mich nicht zu übergeben. Als Urne diente der zwar getrocknete, aber nicht gebleichte Schädel eines unlängst geschlagenen Tieres.

»Sehen Sie nur!« rief ich mit Abscheu, »es ist ein Pferdeschädel, es ist Hans im Glück, unser Gefährte.«

»Woher wollen Sie das wissen?« fragte Lord Arthur ruhig. »Ein Schädel ist wie der andere, und der Verlust durch den Tod zählt in diesem Lande gleich viel wie der Verlust durch das Leben.«

Ich war gewiß, ein letztes Zeichen meines Pferdes vor mir zu sehen, und deshalb wurde ich gleichgültig für das Schauspiel, das sich uns bot und das Lord Arthur begierig verfolgte.

»Sehen Sie nur unseren Gefährten!« rief er. »Jetzt sind seine Augen wie Flammenräder. Seine Lüsternheit ist so groß, daß ich hundert zu eins wette: Er zieht das Los auf sich.« Ich widersprach nicht, ich nahm keinen Anteil an jenem Schicksal, denn ich verzieh ihm den Tod meines Pferdes nicht. Lord Arthur behielt recht. Die Stille zerstob im Geschrei der Betrunkenen: Unser Gefährte war König. Mit einer leichten Verneigung grüßten ihn die orangefarbenen Wächter. Die auf den Terrassenstufen wollten ihn anspeien, aber sie erreichten ihn nicht. Noch blieb er geschützt in der Mitte des Platzes. Zwar begann die Helle des Nachmittags zu verebben, doch die Stunde des Sonnenuntergangs näherte sich nur langsam. Der Branntwein jedoch, die Sonne der Unterwelt, verließ schon die Landschaft der grölenden Freude. Das brodelnde Gejohl und Geschmetter ermattete, Summen und Lallen quoll von den Terrassen. Nur die neunundneunzig, die man weder mit Branntwein noch mit Galle und Essig getränkt hatte, blieben gelassen. Der Zorn, übergangen zu sein, paarte sich mit dem Verlangen nach Grausamkeit und der Begierde nach Rache. Als Treuhänder begehrten sie, Vergeltung am König zu üben für das, was er tun würde, Vergeltung für sein Amt, mit dessen Macht er zugleich dessen Schuld übernahm. Wir waren an die Zeiten erinnert, da Vergeltung das erste Lebens- und Ehrgebot war, da den zur Rache Berufenen seine Jugend nicht schützte, da er, kaum geboren, schon an sein Schicksal vergeiselt war.

Brannten, da wir so dachten, auch unsere Augen vor Trunkenheit, oder war es das violette Feuer des Amethysts, das sich in unseren Augen mit dem Purpurfeuer der untergehenden Sonne vermengte? Schlafende und Lallende lagen um uns; fiebrig Wache erwarteten mit uns ihre Stunde.

Die Sonne hatte den oberen Rand der Terrassen erreicht. Ein schräges, feierliches Licht fiel auf die Schlafenden. Ergriffenheit überkam uns zu dieser Stunde, wo das Herz empfänglich ist und die verschlossenen Tore sich öffnen. Sie verließ uns, vom Gestank nach Erbrochenem, nach Fusel und Habsucht vertrieben.

»Ist es nicht Zeit, daß wir die Stufen erklimmen?« gab ich zu bedenken.

»Keiner weiß, wozu es Zeit ist«, erwiderte Lord Arthur. »Ich bin begierig, die kommende Burleske zu sehen, und ich verabscheue, daß ich es wünsche. Ich fürchte mich vor meinem Gelüst nach Grausamkeit. Ich fürchte mich, nicht weil ich sie selbst üben, sondern weil ich sie sehen und im Sehen verurteilen will. Ich fürchte mich vor der Heuchelei und Scheinheiligkeit meines Urteils.«

»Und ich fürchte mich, daß wir den Augenblick, wo wir entkommen können, versäumen. Wiegen wir uns nicht in der Illusion, Zuschauer zu sein, während wir bereits zu Handelnden oder zu Leidenden geworden sind?«

»Ich weiß nicht, welcher Weg für uns der rechte ist; und ich strebe nicht nach dieser Einsicht: Weisheit ist ein Geschenk des Todes, der Macht über das Leben sucht.« Ich schwieg. Ich mißtraute der Kraft des Amethysts; denn die Euphorie der Trunkenheit sprach aus Lord Arthur und verwandelte sich in die rosenfarbene Melancholie des Abendhimmels, den die Sonne verlassen hat. Wie wünschte ich unsere Karte herbei, um einen Ausweg zu finden!

»Die Karte könnte uns wenig nützen«, sagte Lord Arthur. »Sie hat uns einiges von Behemoth überliefert und uns ein Feld unseres vergangenen Lebens gezeigt. Doch gestehen Sie: auch Sie haben versucht, die Linien der Zukunft in ihr zu entschlüsseln. Ist es Ihnen gelungen? Sie antworten nicht. Es ist Ihnen ebenso wie mir ergangen. Wo Künftiges beginnen sollte, war die Karte zerstört oder zerrissen. Für unser Schicksal müssen wir selber Sorge tragen; und mein Schicksal ist heute die Trägheit. Laß uns noch warten, uns die Taten und Untaten dieser unbegreiflichen Kämpen verfolgen; und vergessen Sie nicht: Was sie tun, ist nur Schein, selbst wenn sie töten. Sie glauben aus freien Stücken zu handeln, aber sie werden durch Fäden von anderen Händen bewegt. Die Wächter sind eine große Macht, und eine große Macht sind die Toten. Die Toten sind wissend, aber allwissend sind auch sie nicht. Trinken wir auf die Unwürde des Menschen, auf seine grenzenlose Gabe, für jedes Gran Freiheit, das er erkämpft, sich einen Äon seines Untergangs zu erkaufen. Ohne Zorn wollen wir trinken und ohne besserwisserischen Eifer – wir sind selbst Menschen, gefesselt von Täuschungen und Wünschen.« Er sprach in trunkener Begeisterung, während der nunmehr gekrönte König an einen Holzpfahl gefesselt wurde. Die Zeremonie der Erniedrigung nahm ihren Anfang. Einer nach dem anderen paradierte vorüber und spie dem neu ernannten Souverän in die Augen. Lord Arthur begleitete mit seiner dithyrambischen Liturgie ihr Ritual: »So ist es recht, soll er erblinden! Könige müssen blind sein vom Speichel und Auswurf derer, die sie beherrschen. Seit jeher liegt der Mensch, das unselige Raubtier, im Kampf mit seinesgleichen und auch mit sich selber. Die scheinbar Unbeteiligten reichen ihm, eilfertige Sekundanten, die Florette und Säbel und zuletzt die Pistolen, damit er töte oder verletze, wie es die Regel des Kampfes verlangt. Manchmal auch kämpft er gegen die Parder oder gegen die nördliche Kälte, jedoch immer vergebens. Die neue Eiszeit beginnt nicht am Pol, sondern im Herzen. Bisweilen kämpft er gegen die Wüste; ebenso umsonst, denn der Sinn seines Lebens heißt Wüste; und als Untreue gegen sich selber erscheint lieben und bewahren und seiner Rückkehr eingedenk sein; unwissend wie Waisen am Rand ihres Lebens, unwillig wie alle, die den Bannkreis des Feuers verlassen.«

Während er so psalmodierte, war es dunkel geworden. Man hatte Fackeln herbeigebracht und sie entzündet, zwei zu Füßen des Gefesselten, zwei zu seinen Häupten, so daß ihm die Hitze Haar und Brauen sengte und wir nicht unterscheiden konnten, ob ihm der Schweiß übers Gesicht lief oder ob es vom Speichel derer troff, die ihn bespien. Eine neue Marter begann. Seine Widersacher zogen vorüber, und ein jeder schlug ihm ins Gesicht. Schon nach dem dritten Schlag blutete er. Ein schmales Rinnsal aus Schweiß, Speichel und Blut rann an ihm herab. Willenlos ließ er den Kopf hängen. Das Ritual der Folterung erlaubte nicht, ihn durch starke Schläge zu töten. Es sparte ihn auf für weitere, gräßlicher werdende Mißhandlungen. Schläge mit der flachen Hand rissen ihn aus seiner Ohnmacht. Er zuckte vor Schmerz, aber er schrie nicht. Keiner schrie, und auch das Murmeln und Lachen, das Schnaufen und Schnarchen auf den Zuschauerbänken verstummte. Eine schneidende Stille fiel auf uns herab, in der nur das leichte Klatschen der Schläge und das Singen der Flamme und das Psalmodieren Lord Arthurs zu hören waren. Mir wurde bewußt, daß die Stille sich ausbreitete, damit der Uhuruf sie durchdringen könne. Alles wurde ein Wettlauf zwischen dem ersten Schrei dieses Räubers und dem Tod.

Unberührt davon, skandierte Lord Arthur, sosehr ich ihn auch zu schweigen bat: »Der Tod erst gibt unserem Bild die endgültige Prägung. Aber der Todgeweihte erkennt es nicht in seiner Verblendung und übersieht die offene, die letzte Gefahr. Er kennt die Farbe seines Glücks und seines Unglücks nicht. Er weiß nicht: Ist sie rot wie ein Herbstlaub oder wie der Feuerschein, der ihm ins Gesicht fällt? Ist sie grün wie ein verwachsender Tümpel? Gerade diese Verblendung ist das Zeichen, an dem man den Todgeweihten erkennt. Nicht nur, was uns widerfährt, auch was wir tun, ist Glück oder Unglück. Es gibt kein farbloses Glück, das uns nur zufiele und das wir erlitten. Dennoch gibt es ein erbliches Unglück, wenn die Glückssubstanz eines Geschlechtes zu Ende geht. Sieh nur den Unglücksmann: Im Wasser ertrinkt er, wenn er die Furt durchquert; die Flamme erreicht ihn, wenn er ein winziges Feuer durchschreitet. Dem Todgeweihten bringt alles Gefahr!«

Nun banden sie den Gemarterten frei. Er stürzte, von keiner Fessel gehalten, zu Boden, das geschwollene Gesicht an die Steine pressend. Sie schleiften ihn an den Haaren, sie richteten ihn auf und setzten ihn mit dem Rücken gegen den Pfahl. Sie übergossen ihn mit Wasser. Sie ließen ihm Zeit, Kraft für die nächste Folter zu sammeln. »Dennoch ist das Gewebe fein und schwer zu durchschauen!« fuhr Lord Arthur fort. »Die Dinge verlangen nicht nach unserer Führerschaft. Und fast ist gewiß, daß alles uns mögliche Glück und alles uns mögliche Leiden uns wie ein Astralleib umgibt. Nur steht es uns nicht frei, daraus herabzuziehn, was wir wünschen. Wir müssen die Fäden, die uns mit dem mundus intelligiblis, der Wesenswelt, in der alles vorherbestimmt ist, verbinden, fest in den Händen halten und dürfen sie nicht zerreißen. Wir haben die Sprache der Dinge verlernt. Deshalb sind wir führerlos in diesem Erdteil.«

Nun begannen sie den am Pfahl Lehnenden mit Füßen zu treten. Ich verspürte kaum Mitleid. Hatte er nicht selbst dies alles gewollt und verschuldet? Und war ich denn sicher, daß er ein Wesen von Fleisch und Blut war, zum Leiden fähig wie wir? Ich stand auf. Ich schämte mich dessen, was dort durch Menschen geschah, aber noch mehr schämte ich mich, daß wir zuschauten.

»Ich werde jetzt gehn!« unterbrach ich Lord Arthurs Gefasel.

Er hielt mich zurück: »Einen Augenblick noch, einen winzigen Moment! Wir wollen zusehn, was uns die Göttin Zufall beschert. Wird sie ein Menschenopfer verlangen? Jeden errettet etwas, wenn er nicht todgeweiht ist. Wir wollen das Schicksal versuchen. Wir wollen tun, was es versäumt hat. In meiner Jugend habe ich Vogelstimmen nachahmen können. Vielleicht wird es mir auch heute gelingen.« Er legte die Hände an den Mund. Ein tiefes, weithin vernehmbares Buhu ertönte, ihm folgten ein scharfes, halb bellendes Wäwä und wieder das tiefe Buhu. Enttäuschung und Angst legten sich über die Stille. Die Betrunkenen erwachten jäh. Wächter trugen den halbtoten König in den Thronsaal; und alle, die ihn gepeinigt, und alle, die dem zugesehn hatten, versuchten verzweifelt, die Terrassenstufen zu erklimmen, glitten ab, mühten sich aufs neue, stürzten; und die Nachdrängenden gewannen, auf die Leiber der Gefallenen tretend, die nächste Terrasse. Wir allein blieben sitzen im nahezu vollkommenen Dunkel, von keinem Motiv zur Flucht getrieben, von keinem zum Bleiben ermuntert.

»Wohin sollen wir gehen?« fragte ich. »Alle Wege stehen uns offen, und alle sind uns versperrt.«

»Der beste Weg führt durch die Mitte der Gefahr. Da sie kein Selbstbewußtsein besitzt, vermag sie nicht, uns dort zu erkennen. Es kennzeichnet die Trostlosigkeit aller Herrschenden, daß sie das Zentrum ihrer Macht sicher glauben und es unbewacht lassen«, sagte Lord Arthur. Wir ließen uns auf den Grund des Amphitheaters hinabgleiten. Die Tür zum Thronsaal war nur angelehnt. Zwei Kienhölzer brannten in der Nähe des Thronsessels. Auf ihm lag unser Gefährte. Seine Wunden bluteten nicht mehr. Doch er war bewußtlos.

»Möge er schlafen!« sagte ich. »Möge er, was er gewählt hat, erlangen auf dem Feld der Unehre und Entwürdigung.«

»Wir können ihn nicht zurücklassen!« widersprach Lord Arthur. »Wir sind an ihn gekettet. Er ist ein Teil unserer Reise durch Behemoth.«

Ich lachte, ich entgegnete ihm voll Bitterkeit: »Haben Sie schon vergessen, wie er uns verlassen, ja ausgesetzt hat und wie wir dachten, in einem paradiesischen Lande zu sein, als er mit seinem goldenen Götzen fortzog?«

»Er durfte uns verlassen, wir dürfen es nicht; wir besitzen nicht das gleiche Recht, weil uns nicht die gleiche Absicht beseelt. Unser Entwurf ist der größere, deshalb ist unser Recht geringer. Wir besitzen nicht wie Gulliver oder Pantagruel den Panzer der Ironie, mit dem die Aufklärer ihre Geschöpfe so trefflich ausgerüstet haben. Wir sind verwundbar. Wir können nicht durch verzauberte Länder reisen, ohne Schaden an Leib und Seele zu nehmen. Was uns jeweils zu retten vermag, ist ein Opfer. Haben Sie nicht gemerkt, daß wir allen Gefahren nur dadurch entronnen sind, daß wir einen Gefährten preisgaben?« Ich hatte es nicht bemerkt. Wer von ihnen hatte uns gegen die Kerfe, wer gegen die Dürre beigestanden? Ich sagte: »Wir sind Forschungsreisende des Zufalls; und sollten wir entkommen, so ergeht es uns wie Absichtslos, der die Perle findet, nach der Erkenntnis und Denkgewalt vergeblich gesucht haben.«

»Nicht um seinet-, um unsertwillen müssen wir ihn mit uns nehmen. Wir brauchen noch ein letztes Opfer, um unser Ziel zu erreichen; und es wird uns helfen, selbst wenn es ein Scheinopfer ist, wie Sie vermuten. In diesem Erdteil dient alles dem Schein. Dafür wird der Schein auch angenommen, als sei er das Echte.«

»Sie haben ihn vom Tode errettet und damit mehr getan, als er um uns verdient hat«, sagte ich und verbarg meine Abneigung nicht.

»Wen aber habe ich verurteilt, indem ich ihm half? Ist es nicht ein Gesetz, daß wir keinen retten können, ohne einen anderen zu töten? Unser Denken ist so gradlinig wie falsch: Der ist unser Freund, und unser Widersacher ist jener. Wir greifen in das Glücksrad und ziehen uns zurück, sobald es zum Stehen kommt. Aber wir bedenken nicht, daß das Innehalten Teil der Bewegung ist.«

Ich unterbrach ihn: »Er kann weder gehen noch stehen; und wir haben nicht die Kraft, ihn zu tragen.«

»Ich will ihn beschwören!« antwortete er.

»O wundertätiger Amethyst!« dachte ich, »du besitzt zwar nicht die Macht, den Geist vor einem Rausch zu bewahren, wohl aber die Kraft, ihn zu verwirren.«

»Die Fessel der Blindheit grüße ich!« begann Lord Arthur. »Du aber, vertrauenslos, du erster und letzter, dich wird der Sand unter Dünen verbergen, unsichtbar wird er dich machen. Wer von unseren Lidern den Schlaf raubt, ist klein in der Stunde des Kampfes, ummauert von toter Erwartung. Sein Ausgang sei Seufzen, sein Eingang Fluch, sein Wort sei Trübsal und Verzweiflung sein Schweigen. Mit leeren Händen trete er in sein Haus, sein Herz leide Mangel, einsam und kinderlos sei sein Alter. Wächter über das dritte Tor, Hüter über den Ursprung des Wassers, laß ihn vorbei. Laß ihn vorbei, Wächter des zweiten Tors! Stehe auf, sage ich dir, stehe auf!« Der König bewegte sich nicht. Ärgerlich wandte sich Lord Arthur zu mir: »Sie glauben nicht daran, deshalb bleibt er bewußtlos. Alles Imaginieren des Menschen kommt aus dem Herzen. Sie müssen glauben, dann schützt gegen den Zauber kein Panzer, denn er verletzt den inwendigen Menschen, und durch den Willen allein kann ich ihn lähmen oder beleben.«

»Sie haben die falsche Formel gewählt: Er ist kein Toter, sondern ein Kranker. Kommen Sie jetzt!« unterbrach ich ihn sarkastisch.

»Wir dürfen ihn nicht zurücklassen, und wenn wir ihn nur bis zur Kammer des Holzgötzen tragen. Glauben Sie mir dieses eine Mal!« bat er, und in seiner Stimme lag etwas, das mich bewegte.

»Warum«, dachte ich, »wohnen die Propheten und Narren, die Weisen und Scharlatane im selben Haus, ja in einem Menschen?« Ich faßte den König unter den Achseln. Er war so leicht, daß ich ihn mühelos aufrichten und über meine Schulter legen konnte. Ich fühlte keine Last. Lord Arthur spürte meine Verwunderung: »Warum sind Sie erstaunt, daß er so leicht ist? Sie wußten es doch und haben es nur nicht bedacht.« Wir öffneten die Holzverkleidung, wir sperrten die mit Korallen verzierte Tür auf und schoben den Vorhang beiseite. Seine Tierbilder sahen wir beim Flackern des Kienholzes nicht, und nur die vagen Umrisse des Holzpfahls entriß es dem Dunkel. Unser Fuß stieß gegen Silber; es klirrte, und der Steinboden unter ihm gab ein dumpfes Geräusch. Lord Arthur bückte sich und fand den Eisenring, den er erwartet hatte, und die Steinplatte, die er aufhob, und die Stufen, die hinabführten, und den Gang, in dessen Dunkel wir traten und den wir entlangeilten, Verschwörer und Fliehende. Ging ein matter Schimmer von den Wänden aus, oder leitete uns das Dämmer unserer verebbenden Trunkenheit? Wir nahmen die Steine wahr und stießen uns nicht. Ich kann nicht sagen, wie lange wir gingen. Wir wurden nicht müde und spürten weder Hunger noch Durst. So gingen wir, und die Steine begleiteten uns, und hinter uns blieb der höhnische Hall unserer Schritte zurück.

Endlich zeigte sich vor uns ein matter Lichtschein. Je heller er wurde, desto schwerer ruhte der König auf meiner Schulter. Er wurde so schwer, daß ich wankte und ihn, als ich ins Freie getaumelt war, zu Boden gleiten ließ. Aber er fiel nicht; er stemmte die Füße gegen die Erde und sagte, als habe er uns zu befehlen: »Nach links! Unser Weg führt nach links!« Wir achteten nicht auf seine ungewöhnliche Wiederbelebung, denn unseren der Verheerung überdrüssigen Blikken öffnete sich ein reizendes Bild. Auf einem Plateau stehend, sahen wir ausgedehnte Seen wie ein vierblättriges Kleeblatt unter uns. Hohe, sich nach außen verbreiternde Dämme trennten sie voneinander. Wo diese zusammenstießen, lag als ein in den Fluten ankerndes Schiff eine Stadt mit weißen Mauern und Türmen. Dem Stern der Dämme entsprach ein Stern von Kanälen. Von den äußeren Seen ausgehend, führten sie, mehrfach überbrückt und von vielen Gittern versperrt, durch die Stadt und mündeten in einem winzigen See in ihrer Mitte. Leichte Pirogen fuhren geschäftig über die Gewässer. Auch sahen wir schwimmende Gärten, Flöße mit Erde beladen und mit Blumen bepflanzt. An den Ufern lagen, halb unter Laubwerk verborgen, Dörfer und kleine Städte.

»Nach links!« befahl unser Begleiter. Wir folgten ihm, allein wir kamen nicht weit. Der obere Halbkreis der am Himmel und auf den Wassern ruhenden Sonne blieb unsichtbar, obgleich keine Wolke zu sehen war; und wir prallten zurück, als seien wir gegen eine Mauer gestoßen. Wütend versuchte unser Gefährte, sie zu durchbrechen. Selbst er, der so leicht sein konnte, fand keinen Durchschlupf. Ich nahm einen Stein auf und warf ihn, so hoch ich konnte. Pfeifend durchschnitt er die Luft; doch dieser Ton verstummte so jäh, wie wir den Stein aus den Augen verloren.

»Es ist ein verbotener Weg!« entschied Lord Arthur. »Wir befinden uns innerhalb eines Bildes und können die außerhalb liegende Welt nicht betreten. Der Hintergrund des Bildes ist unpassierbar, zumindest für uns. Die Dinge aber lösen sich auf, sobald sie die Bildwelt verlassen. Wir wollen zum See gehn.«

Wir begaben uns zum Ufer. Wir fanden eine breite Straße, gemacht, um von Prozessionen begangen, von Heeren überzogen zu werden, eine Magistrale, auf der der Marschschritt der Kohorten noch dröhnte und der Staub nach Metzelei und Gewalt roch.

»In der Nähe der Ufer verlieren die Dinge ihre Sicherheit und ihren Frieden«, sagte ich zu Lord Arthur. Denn das harmonische Panorama vor unseren Augen besaß etwas Beunruhigendes, als werde es jeden Moment aus seiner Ordnung stürzen und für immer versinken. Die scheinbar ziellose Geschäftigkeit der Pirogen, die uns aus der Ferne so erfreut hatte, erwies sich als eine hastige, planvolle, wenn auch ungenügend durchdachte Bewegung. Wir wurden an Patrouillenboote und Ordonnanzen erinnert. Ein bunter Zug von Menschen kam uns entgegen. Krieger mit federgeschmückten, nach hinten offenen Helmen, die gefiederten Speere wie Hirtenstäbe vor sich aufsetzend, zogen voran. Sie trugen Mäntel aus kunstvoll gewebten, grellbunten Stoffen offen über den nackten Leibern. Ihre Körper waren mit Linien und Ornamenten bemalt, die die Muster der Stoffe fortsetzten. Einige hielten einen von Ruten gehaltenen Schild aus feinem Leder, die anderen führten ein kurzes Schwert mit sich. In ihrer Mitte zogen drei ähnlich gekleidete Häuptlinge. Sie waren kenntlich an der Art ihrer Bemalung und wurden von einer Schar diensteifriger und lärmender Diener umschwärmt. Erst jetzt bemerkten wir die am Ufer liegenden Flöße. Sie waren zu einer festlichen Ausfahrt geschmückt; und es fiel nicht schwer, zu erraten, daß der bunte Zug zur Stadt gebracht werden wollte.

Wir waren so nah an die Straße gekommen, daß die Wasserzungen der ausschwärmenden und wieder dem Zentrum zustrebenden Diener uns umfluteten und mit sich rissen, als sei es selbstverständlich, daß auch wir übergesetzt würden. Jedoch die, welche die Flöße führten, waren wachsamer. Sie wiesen uns, wenn auch ohne Verwunderung, zurück, weil wir gar zu verwahrlost waren. Nur unserem mit seinen Königsgewändern geschmückten Begleiter gewährten sie Zutritt. Er zauderte einen Augenblick, ob er mit uns bleiben oder das Floß besteigen solle. Die Nachdrängenden enthoben ihn der Wahl; schon stand er in der Mitte eines Floßes; schon ließ das Gewimmel am Ufer nach; die Taue wurden gelöst, und die Flöße, über und über mit Menschen und Fröhlichkeit beladen, schwankten und schaukelten hinaus auf den See.

»Laß uns gehen!« mahnte mich Lord Arthur, als ich das farbenprächtige, sich vor unseren Augen entfaltende Schauspiel genoß.

»Es gibt nichts Schlimmeres, als inmitten von Zuschauern besiegt zu werden. Noch sind wir geschützt, noch wagt keiner, dieses Bild eines vermeintlichen Friedens zu stören.

Aber bald werden wir Befremden und am Ende Haß erregen, sofern man uns nicht aus Gleichgültigkeit wie ein lästiges Insekt tötet.«

Die Ufer füllten sich wieder mit Menschen, die aus allen Richtungen herbeieilten. Noch fügten sie sich in das bunte Bild ein, noch winkten sie den Flößen und grüßten zur Stadt hinüber. Aber eine dunkle Entschlossenheit lag in den Gesichtern. Hin und wieder traf uns ein mißtrauischer Blick. Wir wurden verdächtig und blieben nur unbehelligt, weil die Stunde des Mißtrauens erst beginnen durfte, wenn die Stunde der Feindseligkeit schlug.

Wir wandten uns, wir kehrten auf unser Plateau zurück. Die Luft war so klar, daß sich die Stadt und das jenseitige Ufer scharf gegen den Himmel abzeichneten. Fahnen wurden auf den Türmen der Stadtinsel wie zur Begrüßung gehißt. Sie waren das Zeichen nicht für den Empfang der Geflößten, sondern für ihre Vernichtung. Auf Verabredung kappten die Floßführer die Seile, von denen die Stämme gehalten wurden. Noch trieben sie nebeneinander. Doch schon die nächste leise Welle drängte sich zwischen sie, riß den ersten Stamm fort und löste den zweiten aus der Mitte des Floßes. Die Häuptlinge und ihre Begleiter, die sich dessen nicht versahen, stürzten ins Wasser. Die nicht schwimmen konnten, ertranken. Die anderen versuchten, ihre Mäntel abwerfend, das Ufer zu gewinnen. Aber die Pirogen, die jetzt ein Ziel kannten, waren schneller als sie und fuhren über die Köpfe der Schwimmenden hin. Ruder schlugen auf sie ein, bis sie untertauchten und nicht mehr emporkamen. Die Wasser röteten sich vom Blut der Erschlagenen.

Unser Gefährte teilte das Schicksal der Häuptlinge. Als einer der ersten erkannte er das Verhängnis, sprang, ehe die Stämme gänzlich auseinandertrieben, ins Wasser und hätte fast das Ufer erreicht. Denn die Aufmerksamkeit richtete sich auf die von den Flößen Stürzenden, deren Jubel abrupt zu einem Angstschrei wurde. Pirogen jagten herbei, und ihre

Insassen schlugen auf die Sinkenden mit einer verbissenen Lust am Quälen und Töten ein, so als hätten sie ein Nest junger Ratten entdeckt und gingen daran, die jungen Tiere im Fluß zu ersäufen. Der See bot ein noch prächtigeres Bild als zuvor. Die führerlosen Stämme bedeckten eine weite Fläche; Tücher und bunte Mäntel schwammen gelassen umher, sanken und kamen erneut an die Oberfläche.

Fast hätte unser Gefährte das Ufer gewonnen, aber sein blitzender Kopfschmuck verriet ihn. Eine einzelne Piroge löste sich aus der lauernden Armada. Mit raschen Ruderschlägen wurde sie gegen das Ufer geführt und schnitt unserem Gefährten den Weg ab. Hilfesuchend schaute er sich um, ob denn kein anderer Schwimmer die Aufmerksamkeit auf sich ziehen und die Jäger ablenken könnte – vergebens. Das Wasser war in der Nähe des Ufers so glatt, als tobe draußen kein Kampf auf Leben und Tod. Erst die heftigen Ruderschläge und die verzweifelte Anstrengung des Schwimmers wühlten es auf. Er wehrte sich lange. Er tauchte, er tauchte gut; und wir glaubten, er könne seine Verfolger überlisten. Sie aber sprangen aus der Piroge und hatten, gewandte, von keinem Gewand behinderte Schwimmer, ihn rasch umringt. Er wandte sich gegen den ersten, der ihm den Weg zum Ufer versperrte, aber zwei andere hängten sich von hinten an ihn und zogen seinen Kopf unter Wasser. Seine Turbankrone trieb verlassen ans Ufer, während sich der See an der Stelle des Kampfes zu röten begann. Winselnd sprang ein roter Fuchs unter der Turbankrone hervor. Er erreichte als einziger den Strand; er lief uns nach, als sei er unser Jagdhund, der die Verfolgung der Beute aufgab.

»Was einer gewesen ist, offenbart erst der Tod«, sagte Lord Arthur. »Immer war ich begierig, die wahre Gestalt der Dinge zu sehn. Erst jetzt weiß ich, in welche Gefahr ich mich begeben hatte. Nach dem Grund der Dinge zu suchen ist eine Krankheit; und wie jede Krankheit schafft sie ein halluzinatorisches Bild der Welt und des Lebens.«

»Das Festival des Tötens geht nicht vorüber«, fügte er hinzu, »und die uralten Wasser der Todesmeere können niemals ermatten. Wir müssen eilen, damit sie uns nicht erreichen.«

Wir gelangten an die Stelle, die wir nicht hatten passieren können. Lord Arthur ging unbesorgt auf sie zu.

»Als von den Flößen Zurückgewiesene dürfen wir die Grenze getrost überschreiten.« Er hatte recht, sie war für uns kein Hindernis, während der Fuchs, der uns verfolgte, von der unsichtbaren Mauer zurückprallte. Ich atmete auf; ich hatte seine Tollwut gefürchtet.

»Wissen Sie, wer dieser Fuchs ist?« fragte Lord Arthur.

»Ich will es nicht wissen«, antwortete ich. »Wer dieses Spiel durchschaut, wird es nicht überleben, sagt das Orakel. Dennoch glaube ich nicht, daß wir in Sicherheit sind: Haß und Ehrgeiz überdauern den Tod, und Orion jagt noch in jener Welt ein Wild, das er in dieser verfehlte.«

DER SCHLANGENMOUND / *Die Steppe / der Schlangenhügel / Zahl und Maß*

Entsprach die Erleichterung, die wir verspürten der Größe der überstandenen Gefahr, oder hatte diese unsere Einbildungskraft, ein tätiger Förderer der Ängste, übertrieben? Behemoth geizte nicht mit Kontrasten. Hatten wir soeben noch an fruchtbaren Ufern gestanden, so umgab uns jetzt Steppengras, auf das seit Wochen kein Regen gefallen war. Das Laub an den niedrigen, vereinzelt stehenden Sträuchern war welk; Hartgräser und Stauden zeigten die gleiche rötliche Farbe wie der Lößboden, der, wo die Grasnarbe zerrissen war, bei jedem Schritt stäubte.

Wir gingen der Sonne entgegen, denn ein anderes Richtmaß hatten wir in der sich gleichförmig breitenden Ebene nicht. Uns quälte die Ernüchterung, der Katzenjammer nach dem gestrigen Zechen im Amphitheater des Rausches und der Peinigung. Reumut überkam mich, und vielleicht spürte auch Lord Arthur Scham über das, was geschehen war. Uns störte nicht, daß wir dem unvollendeten Kreis der Sonne folgten. Es war heiß, doch die Hitze quälte uns nicht. Sie umgab uns wie ein weiter Mantel, den wir im Gehen manchmal berührten und der leicht auf unseren Schultern lag. Wir schritten weit aus in der Leichtfertigkeit von Wanderern, die, weil sie die ersten Stunden gut überstanden haben, meinen, sie seien der Mühsal von Tagen und Wochen gewachsen.

Plötzlich standen wir am Fuß eines vier Meter hohen Walls. Steine schützten seine Flanken vor Regengüssen. Die Erde, die durch die dünne Grasdecke schimmerte, war schwarz und fett, aber mit Asche gemengt und mit den Jahren hart und beständig geworden. Wir zweifelten nicht daran, daß wir vor einem künstlichen Erdwerk standen. Wir erstiegen den Hügel, um seine Ausdehnung abzuschätzen. Er erstreckte sich als ein eiförmiger Wulst ungefähr vierzig Meter in der Länge und war an seiner dicksten Stelle etwa fünfzehn Meter breit. Aber die Ausmaße dieser Aufschüttung wurden um ein beträchtliches von dem Gebilde an seinem östlichen Ende überboten.

Im Licht- und Schattenspiel der Nachmittagssonne wurden wir unsicher, ob wir uns einer Erdanhäufung oder einem lebendigen Wesen gegenübersahen. Eine riesige Schlange rollte sich langsam auf und kroch lautlos über die Steppe, den Rachen aufgesperrt, um das monströse Ei, auf dem wir standen, zu verschlingen. Ein leichter Wind trug das Krah, Krah von Rabenkrähen zu uns herüber. Die Schlange krümmte sich. Sie kam auf uns zu als ein ausgestorbenes und in Behemoth zu neuem Leben erwachtes Reptil. Uns tot zu stellen war nutzlos, denn die Schlange würde uns nicht einmal bemerken, wenn sie das riesige Erdei verschlänge.

Schatten senkte das künstliche Erdwerk in seine Starre zurück. Dennoch befiel uns, als wir seine Konturen abschritten, eine kleinmütige Verzagtheit. Wer gab uns in Behemoth die Gewißheit, daß das Tote nicht erwachen und uns bedrohen würde? Gegen unsere Entmutigung kämpften wir mit der Zahl, dem einzigen magischen Mittel, das uns aufgeklärten Europäern geblieben war. Wir bestimmten die Größe der Schlange durch das Maß unserer Schritte: ihre Kinnladen klafften nicht weniger als 25 Meter auseinander; 35 Meter maßen ihre Kopflinien; der Schlangenrumpf erreichte ohne Berücksichtigung der zahlreichen Windungen eine Länge von 320 Metern. War der Schlangenleib am Kopfende etwa sechs Meter dick und zwei Meter hoch, so verjüngte er sich zum Ende hin stetig und maß an dem zu einer Spirale geringelten Schwanz zwei Fuß in der Dicke und einen Fuß in der Höhe. In ihrer Krümmung folgte die Schlange dem Mäander eines ausgetrockneten Flußbetts, an dessem Grunde ein paar Lachen matten, fauligen Wassers standen. Wir sahen es, als wir noch einmal das Oval des ersten Hügels erstiegen. Die Sonne war schon gesunken; blasse Röte glomm über der Steppe, und der Mond stieg als halbe Scheibe am Himmel.

Die Schlange rollte sich auf und kroch auf den Fluß zu. Das Krächzen der Rabenkrähen umschwirrte uns mit schwarzen, schlagenden Flügeln. Beunruhigt legten wir uns auf der Krone des Hügels zum Schlaf; und keiner verriet dem anderen die Mutlosigkeit, die ihn ergriffen hatte und noch lange gefangenhielt, bis die Bilder des Traums die Bilder des Tages vertrieben.

DIE BRENNENDEN ORTE /

Das Dorf in den Marschen / das Kirchendach / das brennende Dorf / Eintritt in die Stadt / der Marktplatz / brennende Steppe / der verdorrte Baum / Fuchs und Uhu / die Windmühle / der Regen / das Fieber / die Trennung

Als wir erwachten, glaubten wir eine Fata Morgana zu sehen. Wir erblickten in der Ferne ein Dorf. Schilfgedeckte, weißgetünchte Häuser standen auf Warften inmitten von Marschen. Der Kirchturm überragte die Firste; eine Straße führte an verstreut liegenden Hütten am Rande des Dorfes vorbei.

Wir warteten nicht, bis sich die Trugbilder auflösten. Wir liefen den Hügel hinab. Die endlos scheinende Steppe zeigte die Schilfdächer als blasse Silhouetten. Wir liefen und liefen. Die Sonne hatte die Morgenlinie längst durchlaufen, so weit war es bis zum Dorf. Und wir konnten uns ihm, sosehr wir auch eilten, kaum nähern. Doch wir sahen es vor uns, verschwommen am Horizont und desto deutlicher in unserem Herzen. Endlich, die Sonne strebte dem Abendpunkt zu, wurden die winzigen Fenster in den Giebelwänden sichtbar und ließen uns hoffen, das Dorf vor Anbruch der Dunkelheit zu erreichen. Zugleich mit den Konturen des Dorfes tauchte zu unserer Rechten der Schattenriß einer Stadt aus dem rötlichen Zwielicht der Steppe. Von ihrer mit Backsteintürmen bewehrten Mauer blinkte Licht und verlor sich in blassen Reflexen. Von erhöhten Hügeln grüßten vieltürmige Kirchen; die Traufenseiten von Fachwerkhäusern schauten über die Mauer. Die Stadt lag so nah, daß wir glaubten, sie nach einer halben Stunde Wegs zu erreichen. Schon rief sie uns mit dem leisen Geläut ihrer Glocken. Da wir kein festes Ziel hatten, schlug ich vor, auf die Stadt zuzuwandern. Lord Arthur widersprach: »Wir werden nirgendwo hingelangen, wenn wir immer dem, was uns gerade ins Auge fällt, folgen. Erinnern Sie sich, wie nahe wir das Dorf auf dem Erdhügel wähnten und wie lange wir gegangen sind, ohne es zu erreichen. Den Städten sollten wir mehr mißtrauen als den Dörfern.«

Ich fügte mich. Wir kamen zu den ersten Häusern, als der Rand der Sonne das Kirchendach berührte. Rote Flammen strömten die Schindeln herab und sprangen über die Firste der umliegenden Häuser. Angezogen von diesem abendlichen Schauspiel, liefen wir auf einer breiten Straße auf den Kirchturm zu. Wir gelangten zu größeren Häusern: sie brannten. Erschreckt wichen wir auf die andere Straßenseite aus. Auch von dort fauchte uns die Flamme entgegen. Brennende Schindeln wehten wie rote Drachen herab; und obgleich es den ganzen Tag über still gewesen war, kam jetzt ein Wind auf und peitschte ihre Flügel, so daß sie lodernd über die Dächer flogen. Als ein wütendes Tier sprang das Feuer aus den Toren beider Häuserreihen hervor, einen Schweif von Funken gegen uns schlagend. Wir hielten uns ängstlich in der Straßenmitte, die Arme auf- und niederschlagend, um jeden Brand an uns im Keim zu ersticken. Eine Esche, grün und schwer vom aus der Erde gesogenen Wasser, rauchte und schwelte wie eine Fackel, die sich nicht entzünden will. Vom hohen Feuerturm der Kirche fielen brennende Scheite auf sie, bis sie fauchend und prasselnd zu lodern begann. Die Adern der glosenden Blätter gluteten wie Goldlettern auf sich vor Hitze krümmenden Pergamenten. Wir sahen nur noch die hoch über der Straße von einem Dach zum anderen gezogenen Feuergirlanden. Sie schaukelten auf und nieder, zerrissen und schlugen zischend auf dem Lehmboden auf. Schwalchende Papierschlangen züngelten uns entgegen und versuchten uns zu umschlingen. Ein Mädchen, nackt und schön, stand vor uns, die Arme weit ausgebreitet. Auf ihren Brüsten spielte das Flammengold in zitternden Reflexen; ihr rotes Haar flatterte uns mit tausend glühenden Zungen entgegen. Feuer sprang aus ihrem Mund. Sie wurde größer und größer vor unseren begehrlichen Augen.

»Vorsicht! Sie brennen!« schrie mir Lord Arthur zu, und zur gleichen Zeit warnte auch ich ihn. Mit bloßen Händen erstickten wir die in unserem Haar knisternden Flammen. Unsere Augen suchten noch immer das Mädchen. Sie war jetzt so groß, daß wir ihr Gesicht nicht mehr erkennen konnten. Von der Lohe getrieben, liefen wir durch den Feuertunnel ihrer gespreizten Beine, in Versuchung, uns aufzurichten und nach ihrem flackernden Schamhaar zu greifen.

Auch dieses Wahnbild verließ uns; wir standen zwischen den Warften. Waren wir entkommen? Eine Zierhecke, wer weiß, von welchem Narren gepflanzt, versengte uns mit kleinen, blakenden Kerzen. Wir taumelten eine Allee entlang. Breitästige Bäume starrten mit Flammengesichtern auf uns. Wir flohen. Die Steppe öffnete sich. Wir ließen uns zur Erde sinken, die Flamme in unserem Rücken und vor uns die abendliche, unbewegte, gleichgültige Steppe.

»Wieviel Farbe die Welt in den Flammen gewinnt!« stöhnte Lord Arthur. »Ihr Wesen offenbart sie, wie jeder Alchimist weiß, im Feuer.«

»Müssen wir nicht selber brennen, um unser Selbst zu erkennen?« Dieser aberwitzige Gedanke, der nur dem Kopf Sir Houstons entsprungen sein konnte, durchfuhr mich. »Ist es nicht, wie die Sprache sagt: Wer auf den Grund der Dinge geht, der geht zugrunde?«

Uns blieb keine Zeit zum Nachdenken und Ausruhen. Die Hitze hinter uns wurde unerträglich und trieb uns tiefer in die Steppe hinein. Wie Gehetzte liefen wir in das Dunkel. Sobald wir uns umwandten, lag das Dorf nur wenige Schritte hinter uns und warf seine Feuergirlanden und Brandsätze. Wir hasteten weiter. Fast irrsinnig vor Erschöpfung, rannten wir und kamen doch nicht voran.

Wir wagten nicht mehr, uns umzuwenden. Zu sehr hätte

uns die Nähe des brennenden Dorfes entmutigt. Endlich, als wir uns vor Entkräftung hinwerfen und warten wollten, bis wir wie die Bäume und die untergehenden Häuser zu brennen begannen – endlich ließ die Glut nach, und wir wagten langsamer zu gehen. Vor uns im schwach durchglommenen Dunkel tauchten schilfgedeckte, auf Warften stehende Hütten auf. Wir gingen auf einer breiten Straße dem Kirchturm zu. »Es ist das gleiche Dorf, in das wir geraten sind!« rief ich erschrocken. Ein Grausen lähmte mich, denn schon brachen die ersten Flammen aus den Dächern hervor.

»Wir müssen umkehren!« brüllte mir Lord Arthur ins Ohr und riß mich, der ich allein keinen Schritt tun konnte, mit sich. Hinter uns schürten Winde das Feuer, das eine leichte, fast zärtliche Wärme verströmte. Plötzlich lag die Stadt, die wir am Nachmittag gesehen hatten, vor uns. Matt schimmerte das Wasser im Graben. Wir gingen über die Brücke. Das Stadttor stand offen; wir schritten hindurch und in das nächtliche Dunkel der Häuser. Wir fühlten uns geborgen. Über den breiten Wassergraben würde das Feuer nicht springen. Wir täuschten uns. Die Feuersbrunst wütete schon im Herzen der Stadt und zerriß die Finsternis wie einen Vorhang. Brände erhellten die Fenster. Wie Flammenschriften glühten die Straßenzüge. Funkenbrände sprühten herab, schweißten Löcher in unsere Kleidung und brannten auf unserer Haut. Dichter, glühroter Regen fiel prasselnd auf das Wasser. Die aus hohen Speichern brechende, von Branntwein, Öl, Terpentin und Äther genährte Flamme schillerte in Regenbogenfarben über den Simsen. Bündel von Flachs, Baumwolle und Hanf schnürte der Wind auf und wirbelte die von feurigen Aureolen umglänzten Dämonen über die Dächer. Jeder First, auf dem sie sich niederließen, fing Feuer. Vögel, von Hitze und Feuer aus dem Schlaf geschreckt, flogen in wolkenähnlichen Schwärmen über den Himmel, bis eine Stichflamme aus dem alles verzehrenden Scheiterhaufen aufloderte und sie herabzog.

Wir erreichten eine Magistrale und wurden, uns ängstlich in der Mitte haltend, nur wenig von den niederschnellenden Fackeln behelligt. So gelangten wir auf den Marktplatz. Er war so weitläufig, daß selbst die Feuerdrachen kaum sein Zentrum erreichten. Auch waren die ihn umgebenden Häuser fast niedergebrannt; sie schwelten aus erloschenen Augen. Nur manchmal wagte sich eine Flamme hervor und fiel, keine Nahrung findend, zusammen.

Wir verbrachten die Nacht inmitten des Feuers. Die Stadt umschloß uns. Geängstigt von ihren Vipern und Nattern, wagte ich nicht zu schlafen. Lord Arthur aber legte sich nieder. Ich rüttelte ihn und stieß ihn in die Seite: »Wie können Sie schlafen!« sagte ich vorwurfsvoll, als er die Augen wieder aufschlug.

»Lassen Sie mich in Frieden!« murmelte er, fast schon wieder im Schlaf. »Es ist keine Gethsemanestunde, in der wir wachen müßten. Diese Flammen sind nicht mehr für uns; auf uns warten andere Tode.« Ich erwehrte mich der vereinzelt zu uns dringenden Funken. Doch sie besaßen, während andere Straßenzüge noch loderten, in unserer Nähe keine Kraft mehr. Erschöpft hielt ich inne. Ich vermochte nicht mehr, mich aufrecht zu halten. Ich verlor das Bewußtsein.

Als wir erwachten, war nichts mehr von einer Stadt zu sehen. Nur ein weites Aschenfeld zeichnete sich grau vom Lößboden ab. Wenn es je einen Wassergraben in der Umgegend gegeben hatte, war er längst vom Wind mit Asche zugeschüttet worden. Ringsum dehnte sich die gestaltlose Steppe.

»Es hilft nichts, wir müssen weiter!« stöhnte Lord Arthur. Unlustig und gequält von unserer Erinnerung, brachen wir auf. Das rötliche Gras, der Aschenstreifen, die staubumwölkte Sonne – das alles wirkte wie eine Kulisse und ließ keinen neuen Wirklichkeitssinn in uns erwachen.

»Behemoth kennt keine Klarheit«, sagte Lord Arthur.

»Haben Sie schon bemerkt, daß uns die Landschaft nicht

rührt? Wir betrachten sie teilnahmslos, als sei sie aus Pappmaché oder Plast«, antwortete ich.

Arthur Wellesley ließ sich von seinem Lieblingsgedanken nicht ablenken: »Wir müssen uns denken, daß das Vierstromland von Eden hinter Wüsten und öden Landstrichen liegt. Da wir in ihm die höchste Stufe der Wahrheit sehen müssen, nimmt es nicht wunder, wenn der Weg zu ihm durch Trugländer führt.«

»Ich habe keine Sehnsucht nach Ihrem Paradies«, erklärte ich. »Der Mensch ist daraus vertrieben worden, nicht aber die Schlange. Vielleicht stellt der Schlangenhügel in Wahrheit die Paradiesschlange vor. Wir müssen zu ihm zurück, um in den Garten zu treten«, spottete ich. Wir sahen uns an und wußten beide, daß es gleich schwer war, den Schlangenhügel wie den Garten Eden zu finden. Nach einer Weile erblickten wir in der Ferne ein Dorf. Schilfgedeckte, weißgetünchte Häuser standen auf Warften inmitten von Marschen. Wir brauchten uns nicht zu verständigen. Wir flohen.

»Nun ist die Entscheidungsstunde für uns gekommen«, sagte Lord Arthur. »Bislang hat mein Geschlecht in Eintracht mit seinem Wahnsinn gelebt, und wir hatten schon früh ein Recht auf Verblendung und Umnachtung erworben. Dieser Wahn war kein moderner, sondern ein uralter Mythos. Wir lebten mit ihm; er umgab uns wie die Parks unsere Schlösser. Nun wollen die Dämonen von Behemoth unsere Sinne verwirren, nicht mit dem Wahnsinn, der ein Erfüllungsgehilfe der Vernunft ist, vielmehr mit einem, der, in den Bleikammern des Vergangenen geboren, uns zur Untreue an der Gegenwart und der Zukunft zwingt. Sehen Sie! Sehen Sie nur!« rief er erregt und deutete mit ausgestreckter Hand gegen den Horizont. Ich sah nichts. »Füchse!« schrie er. »Rote, geschmeidige Fuchsleiber im Steppengras, einer am anderen!« Ich vermochte nichts als das gewohnte Bild zu erkennen. Doch halt! Rote Schatten huschten über die

Ebene. Es waren Flammen, die dort blinkten und sich rasch ausbreiteten. Ich zeigte sie Lord Arthur.

»Füchse oder Flammen«, erwiderte er, »sie haben das gleiche Gesicht. Glauben Sie denn, ich hätte die Gestalt des Feuers in der Nacht nicht erkannt? Wir werden verfolgt. Weil es unseren Widersachern nicht gelungen ist, uns am See zu vernichten, meinen sie, wir könnten ihnen hier nicht entrinnen.«

Die Flammen wuchsen und sprangen pfeilschnell auf uns zu. Schwarzer Rauch wälzte sich gegen den Himmel. Die Ebene hatte ihre Selbstverstümmelung begonnen. Vertrocknete Sträucher speisten die Autodafés, mit denen sie sich für ihre Abtrünnigkeit strafte. Büschel von gelbem Gras wirbelten empor und regneten als Funken herab. Schon bedrängte uns die Hitze. Die Flammen blendeten uns. Es war zwecklos, vor ihnen zu fliehen. Sie waren schneller als wir.

»Wir müssen ein Gegenfeuer entzünden!« rief ich Lord Arthur in höchster Bedrängnis zu.

»Mein Lieber, Gegenfeuer taugen zu nichts«, erwiderte er ruhig. »Sie sind eine Erfindung der Reiseschriftsteller, keine des Lebens. Bleiben Sie standhaft! Gehen Sie mit mir dem Feuer entgegen! Nun weiß ich, welcher Art diese Flammen sind. Es gibt keinen Königsweg durch die Lohe. Wer das Feuer anrührt, muß brennen. Es ist das einzige, was Schein und Sein zu trennen vermag. Wir alle müssen durch dieses Feuer, und wir kommen um, sobald wir uns fürchten.«

Mit einer großmütigen Geste streckte er mir seine Rechte hin. Ich ergriff sie. Ringsum brodelten die Flammen, sie zerrten an unseren Kleidern, sie leckten ätzend an unserer Haut, sie tanzten vor meinen Augen. Ein Schmerz durchzuckte mich. Er verschlug mir den Atem.

»Bin ich jetzt zur Fackel geworden?« dachte ich. Aber Lord Arthur zog mich weiter. Schweiß rann an uns nieder. Er schmeckte salzig auf den Lippen und brannte in den Augen. Ich schloß sie, ich ließ mich wie ein Kind weiterziehen.

»Vergebens!« dröhnte es in mir. »Es ist alles vergebens!« So schlug ich die Augen auf und schloß sie wieder, geblendet vom Flammenmeer, das wir durchschritten.

»Weiter, weiter!« mahnte Lord Arthur und versuchte seiner Stimme Festigkeit zu geben. Da öffnete ich wieder die Augen, und ich konnte jetzt die Gestalt der Flammen erkennen. Ich sah Cherubim mit ihren Kindergesichtern im bläulichen Kern der Flamme. Da ließ ich Lord Arthurs Hand frei und versuchte, zu den Inseln zu springen, die ich im Feuer erblickte. Ich spürte keinen Widerstand und keine Schwere. Höher und weiter wurden meine Sprünge, ich vergaß die Gefahr. Lord Arthur lief hinter mir her und hielt mich zurück, als ich zu einem neuen Sprung ansetzte: »Fliegen Sie nicht über die Flamme, Sie seltsamer Falter!« schrie er. Ich spürte, wie erschöpft ich war, und folgte ihm langsam. Er ging fast spielerisch durch die Flammen. Wir erreichten eine Stelle, wo das Feuer in weitem Umkreis alles, was ihm Nahrung geben konnte, verzehrt hatte. Wir setzten uns auf die verkohlte, noch warme Erde.

»Hier werden wir bleiben, bis alle Feuer erloschen sind«, sagte Lord Arthur, »und niemand soll uns diesen Zufluchtsort streitig machen.« Er irrte. Zwar hatte das Feuer hier keine Gewalt mehr, dafür ballten sich Rauch und Qualm so dicht, daß wir schwerer und schwerer atmeten und aufbrechen mußten, um nicht zu ersticken. Erneut begann unser Leidensgang durch das Feuer.

Gegen Abend erreichten wir zum zweitenmal eine Insel inmitten der Flammen. Ein verdorrter Baum stand auf einer Anhöhe. Er schwelte und gloste. Zuweilen glomm seine Rinde auf wie von grünlichen Flammen. Die Nähe des Feuers wie die eines alten Bekannten empfindend, schlief ich rasch ein. Im Traum sah ich einen Abgrund vor mir und über mir einen Himmel von unermeßlichem Blau. Feuerstäbe fielen vom Firmament; und wo sie sich mit den Feuersäulen, die aus dem Abgrund wuchsen, vereinten, begann sich ein Flammenrad schneller und schneller zu drehen. Es rollte von einer Feuersäule zur anderen und lief die fast senkrechten Felswände bis zu den Bergen empor. Aus den Gipfeln spritzten helle Fontänen auf. Wenn das Wasser das Feuer berührte, erstarrte es und versteinte. Lord Arthur lag nicht mehr neben mir. Aber ein Uhu hockte auf dem glosenden Baum, und seine Augen gluteten zwischen den Zweigen. Ich fürchtete mich, ich tastete unwillkürlich nach den Steinmessern. Der Uhu ließ sich lautlos vom Baum gleiten und flog mit lässigen Schlägen über die Ebene. Im matten Licht der in der Ferne wütenden Flammen sah ich, wie ein Fuchs vor ihm aufsprang und in der Suche nach einem Versteck verzweifelt hin und her lief. Der Schatten war schneller als er und stieß nieder. Der Kampf war kurz. Der Uhu kehrte zurück. Er ließ sich neben mir nieder. Seine Augen glühten mich an.

»Seltsam«, dachte ich, halb schon im Schlaf, »es sind die Augen Lord Arthurs.« Ich glaubte durch die Tore des Traums seine Stimme zu hören: »Der Fuchs geht an der eigenen Schläue zugrunde. Er überschätzt die Bedeutung der Lüge. Der Uhu fürchtet den Fuchs nicht. Nur darf er nicht auf den unteren Zweigen schlafen, wo ihn der Räuber am Tage erreicht; denn sein Reich ist der Tag, wie meines die Nacht ist. Du mußt dich nicht fürchten: Obgleich der Übergang eines Wesens in ein anderes gemeinhin den Tod bedeutet, gehört er doch einem Handwerk an, das ich mühelos beherrsche.«

Ich durchschritt die zweite Pforte des Traums. Ich sah Sir Houston und Lord Arthur, zwei gnostische Götter mit menschlichem Gesicht, jedoch in Gestalt des Fuchses der eine und der andere in Gestalt eines Uhus, nicht gut und nicht böse und nicht jenseits davon, sondern selbst von Gut und Böse zerrissen. Ein fremder Sternhimmel stand über ihnen so klar, wie ich ihn niemals in Behemoth gesehen hatte. Denn das nächtige Firmament hielt dieser Erdteil verborgen, als seien die Gestirne Götter des Verderbens, die den einen versklaven und dem andern zur Freiheit verhelfen. Nun sah ich in den Sternbildern die Zeichen der vergangenen Tage: den Schlangenhügel, die Silhouette der Stadt und den schwalchenden Baum, unter welchem ich lag. Ein Sternennebel ging von den Zweigen aus und nahm die Gestalt eines Uhus und die Gestalt eines Fuchses an. Ich wußte, daß ich den Sternen Namen geben mußte, und ich nannte den Schlangenmound Leviathan und das Dorf Glutborn, und der Stadt gab ich Lohburg zum Namen; und ich hörte Sir Houston und Arthur Wellesley sagen: »Begreifst du nicht, daß wir nichts anderes von dir erwartet haben, als den Dingen Behemoths Namen zu geben. Namenlos, wie sie bisher sind, entstehen und vergehen sie in Willkür. Die Namen binden sie. Gib ihnen Namen! Begreifst du nicht, wie wir beide um dich kämpfen. Für einen Augenblick hat Arthur Wellesley gesiegt; er hat den Fuchs geschlagen. Du findest die Spuren der Fänge an seinem Leib. Aber das Rad ist nicht zum Stillstand gekommen. Unsere Uhr läuft ab. Eine unserer Seelen wird vergessen werden. Wir haben, zum letztenmal in den Kreislauf gelangt, unsere Chance, und wir wissen es beide. Du, Teutsch, kannst sie für uns wahren oder verwerfen. Wir haben diesen Kontinent nicht erschaffen, aber wir haben die Macht erworben, ihn nach unserem Willen zu formen; vielmehr können wir ihn formen, doch nicht nach unserem Willen. Uns fehlt die Sprache. Wir haben alle Kraft daran gegeben, zu gestalten, und es blieb keine Gewalt für die Sprache zurück. Die Welt aber wird, wie du weißt, nach dem Vorbild der Sprache erschaffen: schillernd, vieldeutig, unfaßbar, und wo du sie beim Wort nimmst, löst sie sich auf. All dies gilt für die Sprachen der Verworrenheit; du aber sollst die Dinge in der unverletzten Sprache benennen, die vor Babel lebte und in der Namen und Welt noch ungetrennt waren. Damals war es nicht möglich, ein Ding zu verändern, ohne seinen Namen zu tilgen.«

»Ich habe versucht, durch Nachdenken zur Einsicht der verlorenen Sprache zu gelangen«, sagte Sir Houston. »Es ist mir nicht gelungen. Dieses Werk kann keiner allein tun.«

»Bisher lebten wir in einer Welt des Geschwätzes«, erwiderte Lord Arthur, »und unser eigener Roman spielt mehr in der Welt der Wörter als in der Welt der Dinge. Wir können die Welt der Dinge nur erreichen, wenn wir die Welt der Wörter durchschreiten. Alle haben versucht, den umgekehrten Weg zu gehen, auch wir.«

»Aber woher weißt du, daß in Behemoth nicht die alte Einheit zwischen Dingen und Worten besteht?« fragte ich im Traum.

»Bruchstücke der alten Einheit!« antwortete Lord Arthur. »Deshalb ist alles verhängnisvoll. Jeder Schritt, den wir tun, kann zu einem Wort werden und jedes Wort zu einem Verhängnis. Deshalb gibt es auf diesem Erdteil verbotene Zonen. Wenn wir sie betreten, zerstören wir einen Teil dieser Welt.«

»Warum steht ihr dann gegeneinander?« fragte ich. Ich sah beide nicht mehr. Nur zwei Bäume standen dort, wo vorher Fuchs und Uhu gesessen hatten.

»Wir haben viele Gestalten«, sagten sie. »Das ist unsere Baumgestalt. Wenn du uns Namen geben willst, so nenne uns Baum der Erkenntnis und Baum des Lebens. Wir haben einst eine Wurzel besessen, doch Adam hat sie durchschlagen. Seither stehen wir gegeneinander. Denn die Strafe ist auch über den Garten verhängt worden, nicht nur über Adam. Den ärgsten Teil der Strafe hat man seit jeher verschwiegen, er lautet: Du sollst ein Fremder sein in der Welt. Und wer könnte hier heimisch werden, wenn seine Heimat der Garten war?« – »Wir müssen die Strafe einlösen«, sagte Lord Arthur. »Wir müssen in den Garten zurückfinden, um vom Baum des Lebens zu essen. Bisher erlangte die Strafe über die Nachfahren Adams immer ihr Recht und zwang sie, wie ihre Vorfahren heimatlos und ein Ahasver zu werden.«

»Es ist vergeblich, wohin die Vernunft nicht gelangt, durch seine Füße kommen zu wollen«, widersprach Sir Houston. »Wenn der Mensch das Erkennbare aufgibt, wird seine Seele wie geisteskrank.« – »Haben wir etwas aufgegeben, das sich nicht selber preisgab?« fragte Lord Arthur.

»Ihr habt nicht achtgehabt auf die Gefährten und so einen Spiegel zerschlagen, in dem Verborgenes zu sehn war.«

»Soll ich auf all diese Leben achten, deren Verwalter das Nichts ist!« erwiderte Lord Arthur.

»Ich habe nicht das Amt, Sie zu verurteilen«, beschloß Sir Houston den Streit. »Ich besitze viele Privilegien, doch dieses Vorrecht nicht.« Lord Arthur aber gab sich damit nicht zufrieden: »An einer Kette hängen die Wesen von Behemoth. Durch sie sind sie mit ihrem Schöpfer verbunden; und die Sphären der Archonten durchdringen einander. Du aber hast diese Kette gelöst, und deine Gesandten stehen gegen die meinen.«

»So sind die Menschen in Behemoth von anderer Natur als wir?« fragte ich.

»Wir wissen es nicht«, antwortete Sir Houston. »In den alten Schriften heißt es: Der Archigenetor, der Ersterzeuger der Unwissenheit, schuf einen Menschen nach Adams Bilde, ohne zu wissen, daß er für ihn zu einem Gericht werden würde durch die Kraft der Erkenntnis. Wir haben dieses Gericht gesucht und sind darüber selbst zum Gericht geworden. Wir spüren, wie es an uns vollzogen wird, nicht wir sind es, die das Urteil vollstrecken. Wir treten uns selbst in der Gestalt des Kontinents entgegen.«

Ich erschrak aufs neue über ihre Anmaßung und ihren Ehrgeiz.

»Wollt ihr nicht davon abstehen und Frieden schließen?« fragte ich.

»Wir können nicht wie der Archigenetor alles fallenlassen, weil der Sabbat beginnt«, erwiderte Sir Houston.

»Wir sind immer auf der Suche nach Frieden«, antwortete

Lord Arthur. »Doch unsere Suche mißlingt. Die Archonten haben, sich vor uns zu schützen, das Verhängnis erschaffen, aber das Verhängnis bindet auch sie; und so haben wir die Möglichkeit zu entkommen.«

Ich sah, wie der Baum der Erkenntnis zu brennen begann; eine Stichflamme schnellte empor und verzehrte Äste, Wurzel und Stamm. Asche regnete herab. Aber nicht Hitze, sondern Kälte verströmte das Feuer. Der Baum des Lebens nahm die Gestalt des schwelenden Stammes an, in dessen Nähe ich lag. Die verknorrte, verkohlte Rinde trug wiederum zwei Gesichter, und ich hörte Lord Arthur: »Seit ich mit Sir Houston deinen Preis ausgehandelt habe, ist es, als sei seine Seele in die meine gefahren und ich könnte nicht mehr tun, was ich wollte. Es ist keine zu große, sondern eine zu kleine Seele. Sie will tief in mich hineinkriechen, und ich versuche, sie zurückzuhalten. Langsam beginne ich Sir Houstons Seele in mir zu besiegen, aber vielleicht ist das die letzte Gestalt meiner Niederlage.« Sein Gesicht verzerrte sich, als er es sagte; schon übergoß ihn das Alter mit dem Fusel aus Einsamkeit und Verbitterung. Schon löste er sich von mir, eingeschlossen in seinen Zorn, sein ohnmächtiges Aufbegehren und seine Klage.

»Auch der Lebensbaum ist ein Baum des Archonten. Seine Frucht ist Gift. Seine Wurzel ist bitter. Seine Zweige sind Schatten, seine Blätter sind Haß und Betrug, sein Öl ist Salbe der Niedrigkeit, und sein Same ist die Begierde des Todes. So muß ich verschwelen in einem Feuer, das ich besiegen wollte, und weiß nicht mehr, wer von uns ist der Gebrannte, und wer ist der Brennende?«

»Ist es nicht müßig, das zu wissen?« tröstete ich ihn und erwachte. Der Baum schwelte noch immer. Weißlicher Rauch quoll aus seiner Rinde. Er kroch über die schwarze Grasnarbe und die aschigen Zweige. Ferne Flammen liefen wie verspielte Kinder über die Ebene. Wohin sollten wir gehen? Alle Wege standen uns offen, gleich reizlos erschienen uns alle. Denn ein jeder mündete in die Nadelöhre des Feuers. Vor uns lag verbranntes Land, in seiner Öde gleich weit von jedem Schicksal und jeder Hoffnung entfernt.

»Wohin sollen wir gehen?« fragte ich laut. Lord Arthur zuckte die Achseln.

»Dann wollen wir hierbleiben!« entschied ich, »auf dem verwüsteten Land, wo kein Feuer mehr Nahrung findet, unter dem toten Baum, dem einzigen Zeichen in einer gestaltlosen Ebene. An ihm versichern wir uns, daß wir nicht träumen.«

»Wir dürfen nicht bleiben«, wehrte Lord Arthur ab. »Solange wir ihnen entgegengehn, vermögen die Flammen nichts über uns; mächtig werden sie erst, wenn wir fliehen.«

Wir brachen auf. Wir zogen durch verbranntes Land bis zum Abend. Manchmal näherten wir uns dem Feuer bis auf wenige Schritte. Hitze und Schwelgeruch schlugen uns entgegen. Trotzig bereiteten wir uns, erneut durch die Flammen zu gehen. Wir erreichten sie jedoch nie. Am späten Nachmittag sahen wir eine Mühle. Der Stein war bis zur Höhe des drehbaren Kopfes geschwärzt, die Flügel verrottet und grau. Plötzlich lief ein Zittern durch die verstümmelten Arme, sie begannen zu kreisen. Eine Gestalt löste sich aus den Flammen und ritt langsam auf die Windmühle zu. Die schwarze Decke, die über dem Pferd lag, verbarg, wie alt und ausgemergelt es war. Gespenstig wie ein Totenschädel starrte sein Kopf. Es setzte die dünnen Beine schleppend und bedächtig; es strauchelte bei jedem Schritt. Nicht weniger trostlos war sein Reiter anzusehen. Er hielt sich gerade und steif auf dem Klepper. Bekleidet war er mit einem Anzug aus schäbigem schwarzem Tuch; er trug ein schwarzes Barett auf dem Haupt. Die aufgerichtete Lanze hielt er bewegungslos in der Rechten. Er näherte sich, eine vergessene Gestalt, unendlich langsam der Mühle, als ahme die Zeit die Gangart der Schindmähre nach. Die Flügel erlahmten. Der Schwarzgekleidete wich nicht einen Fußbreit von seinem Weg. Unter größter Anstrengung hob das Pferd Huf um Huf. Der Reiter reckte die Lanze empor. Er grüßte die zerzausten, verwitterten Flügel. Ein Schritt noch, und ein Vorderhuf mußte gegen die Steinwölbung schlagen. Er traf auf keinen Widerstand. Gelassen durchritt der Schwarze die Mühle. Nur seine Lanze, die er noch einmal zum Gruß hob, verhakte sich im Scharkreuz der Flügel und riß es aus seiner Verankerung. Er nahm es und führte es mit sich wie ein gewichtloses Wappen. Wo die Flügel das aschige Tuch des Himmels berührten, zogen sie schwarze Fäden. Stoffetzen wickelten sich um das verwitterte Holz. Aus ihnen lösten sich die ersten Tropfen und fielen fauchend auf die noch warme Erde. Breiter und breiter wurde das Tuch, das der Reiter hinter sich herzog. Es verhüllte die Mühle, verhüllte das Pferd, verhüllte den Himmel. Regen stürzte aus geöffneten Schleusen herab. Er vertrieb die aschige, brandige Luft. Eine Welle von Zuversicht strömte über uns; sie brachte uns Jugend und Freiheit als Strandgut zurück. Schadenfroh sahen wir, wie die letzten Feuer erloschen. Noch spürten wir die Kühle nicht, noch trank die Erde begierig. Die von Flammen entblößte Steppe streckte sich dem Wasser entgegen. Erstes Grün keimte auf, junge Triebe brachen aus den verkohlten Sträuchern hervor. Bald reichte uns das üppige, triefende Gras bis zu den Knöcheln. Eine helle Wolke trieb unterhalb der schwarzen Regenhaube über den Himmel. Sie zerbrach und schüttete ein dunkles, feindliches Wasser herab; es schwärzte unser Gesicht. Die helle Wolke öffnete sich, ein weißer, fast milchiger Regen fiel. Er wusch die Schwärze von unseren Leibern, als seien wir für das Theater geschminkte Mohrenkönige, die nach dem Spiel ihren Glanz und ihre Würde verlieren. Wir schauten uns an und lachten. Erneut fiel schwarzer Regen und erstickte die Fröhlichkeit. Schon hielt die Furcht der Freude die Waage. Schon sahen wir, durch kniehohes Gras streifend, den künftigen Urwald vor uns und ahnten, daß der Regen so unerbittlich sei wie das Feuer.

Waren es Tage, waren es Wochen, daß wir so irrten? Manchmal wurde der Regen sanfter; nachdenklich, fast zärtlich rann er herab; dennoch blieb er kühl und durchdringend wie in unseren Breiten im Spätherbst. Schilf- und Riedgras eroberte die Ufer der sich überall bildenden Lachen. Der Boden wurde zäh und morastig. Auf einzelnen Inseln wuchsen Palmen, Mangroven und ein unserer heimischen Hainbuche ähnelnder, zur Krüppelbildung neigender Baum. Öfter und öfter nahmen wir, den Sumpfgebieten ausweichend, weite Umwege in Kauf. Die Landschaft änderte sich stündlich unter dem immerwährenden Regen. Die Inseln festen Landes wurden weniger. Nachts versuchten wir, einen trockenen Fleck unter den Bäumen zu finden. Aber sie boten keinen Schutz. Alle Versuche, ein Feuer zu entfachen, um uns zu erwärmen, blieben erfolglos. Uns peinigte Schlaflosigkeit, die in der Gefolgschaft der Kälte kam. Ein Fieber schüttelte mich; eines Morgens fand ich nicht die Kraft aufzustehen. Lord Arthur flocht ein Schutzdach aus Blättern; es hielt dem Regen nur kurze Zeit stand. Aus dem Boden quoll Nässe und machte, daß ich stärker und stärker fieberte. Bald war das Fieber so hoch, daß es die äußere und auch die innere Kälte vertrieb.

»Gehen Sie weiter! Retten Sie sich!« bat ich Lord Arthur, wenn ich für Augenblicke aus dem nebligen Gleichmut erwachte.

»Wohin sollte ich gehen?« sagte er ratlos. »Ein Weg ist wie der andere. Ich fürchte, wir haben den Ort der Hoffnung verlassen.«

»Gehen Sie«, bat ich aufs neue, »ehe Sie auch erkranken.«

»Es hilft nichts«, antwortete er. »Unsere Seele ist längst krank, sie wohnt in einem armseligen Haus wie in einem Gefängnis.«

»Kennen Sie die Sage vom Birkedalsmoor?« fragte ich ihn in einem lichten Augenblick. »Alles, was man hineinwirft, verwandelt sich in wenigen Tagen zu Stein. Sind nicht auch wir dabei, zu versteinen oder – was das gleiche ist – zu verfaulen?«

Er versuchte mich zu trösten. Der leise, unablässig fallende Regen höhnte ihn und ließ ihn verstummen. Am nächsten Tag befiel ihn Niedergeschlagenheit.

»Ich habe mich gegen das Schicksal gewehrt. Ich glaubte, ihm überlegen zu sein. Umsonst. Wir können unserer Angst nicht entfliehen; wir tragen sie in uns.« Er schwieg. Das Wasser stieg unaufhörlich. Bald hatte es meine Füße erreicht.

»Wir gehen zugrunde an unserem verderblichen Mythos der Gerechtigkeit«, sagte Lord Arthur resigniert. »Es gibt keine Gerechtigkeit, es gibt immer nur Opfer. Der Kontinent ist ein Land der Dämonen und der Gemarterten. Es gibt eine Alliance zwischen Henkern und Opfern, es hat sie von Anbeginn gegeben – seit Kain. Könnten wir nur den Plan durchschauen, nach dem wir in diesem Purgatorium leiden müssen, in der Art, wie es geschrieben steht.«

»Was aber steht über uns geschrieben?« fragte ich.

»Nichts, Teutsch, nichts. Die Eintragungen im großen Kirchenbuch Gottes hören abrupt auf. Vielleicht haben alle bedeutenden Seelen die Erde verlassen; vielleicht blieben nur ein paar seellose Abenteurer zurück – wie Sie und ich.«

»Warum quälen Sie sich so!« sagte ich.

»Es ist meine Art seit jeher«, erwiderte er. »Ich weigere mich zu leiden, und ich weigere mich, glücklich zu sein, stets auf der Suche und dennoch ohne Neugier. Ich gehöre zu den herdtreuen Vaganten und muß, was ich empfinde, verschweigen. Und was ich suche, den Garten im Vierstromland, kann ich nicht finden.«

»Du solltest ihn nicht suchen«, sagte ich. »Denn du ehrst seine milden und lieblichen Früchte nicht, du begehrst nur die Bitterfrucht, die Äpfel vom Baum des Lebens und vom Baum der Erkenntnis. Du begehrst nur die Macht, denn Erkenntnis und Leben sind Macht. Doch seit wir nach Macht begehren, versperrt der Engel die Pforte, die er nur den Machtlosen öffnet.«

Ich litt unter dem Fieber nicht mehr. Meine Beine lagen jetzt bis zu den Kniegelenken im Wasser.

»Wir müssen von hier fort!« sagte ich. »Du mußt mir helfen!«

Fast mechanisch stützte Arthur Wellesley mich. Das Wasser, das wir auf dem Weg zur nächsten Insel durchquerten, reichte uns bis zur Hüfte. Das Fieber bedrängte mich nicht. Ich bedurfte Arthurs Hilfe kaum. Oder war gar ich es, der ihn stützte?

Wir erreichten das Ufer. Wir schleppten uns seine Laibung hinauf. Plötzlich war es, als würden alle Schleusen des Himmels geöffnet. Wasserhosen stürzten herab und drohten, uns zu Boden zu schlagen. Wie ein Wunder war es, daß wir in der Flanke des Hügels eine Erdhöhle fanden. Wir krochen, kaum noch bei Besinnung, hinein. Erst allmählich vermochten wir, in der Düsternis etwas zu sehen. Die Höhle führte tiefer hinab. Vor Jahren schien sie bewohnt gewesen zu sein, denn ein Holzrost, aus dünnen Stämmen gezimmert, bedeckte den Boden. Dort legten wir uns nieder. Es war das erste Mal seit Tagen, daß wir nicht auf der nassen, Kälte atmenden Erde lagen. Wir umarmten uns, während draußen die Sintflutwasser niederstürzten. »Schwöre!« rief mir Arthur Wellesley zu, »mich wie Graf Wetzel durch alle Höllen dieser Welt zu begleiten! Schwöre es!«

Ich wehrte ab: »Eure Rede sei ja oder nein, was darüber ist, ist von Übel.«

»Das sind Ausflüchte. Willst du mich nicht begleiten, Teutsch, mein Gefährte, mein einziger Freund?«

»Nicht durch alle Höllen«, erwiderte ich. »Jeder besitzt die seine, wer dort eines Begleiters bedarf, ist ihrer nicht wert.«

»Behemoth ist die Schöpfung eines Mißratenen. Weißt du nicht, daß jede bedeutende Schöpfung nur von Mißratenen stammt? Wie wäre es, wenn Sir Houston diesen Kontinent und unsere Abenteuer nur erfunden hat, um uns zu quälen? Wenn alles, was wir erleiden, nur in seinen Gedanken existierte und nirgend sonst? Teutsch, wir bleiben sein Spielball und das Spielzeug der Finsternis, wenn du nicht schwörst.« Ich schwor. Das Wasser erbrach den Eingang. Es stürzte in jähem Fall in die Höhle. Wir klammerten uns an die Stämme, auf denen wir lagen. Arthur Wellesley rief mir zu. Ich verstand ihn nicht im tosenden Wasser. Die Flut hob den Rost wie ein Floß auf und riß ihn in rasender Fahrt mit sich fort. Eine Felswand teilte die Höhle. Wir schrien auf, als das Floß in übermächtiger Wucht gegen sie stieß und in zwei Teile zerbarst. Noch einmal sah ich Lord Arthurs Kopf neben mir. Er schrie, schrie mir zu. Das Wasser verschlang seine Stimme, ehe es uns fortriß, den einen nach rechts, den anderen nach links.

DIE KIMMERISCHE FAHRT / *Das Ende der Niederschrift / Drohung und Weigerung / endlose Irrfahrt*

»Was geschah danach?« fragte Lord Edward, nachdem er meinen Bericht gelesen hatte.

»Die Strömung wurde langsamer; sie führte mein Floß mit sich. Ich folgte ihr; mir blieb keine Wahl. Und sie schwemmte mich durch Fels- und Lehmkammern über unterirdische Seen, Schnellen und Wasserstürze bis nach St. Goar.«

»Und mein Vater?«

»Ich weiß nichts von Ihrem Vater. Ich weiß nicht, ob er gerettet wurde, ob ihn der Strudel noch immer mit sich führt, oder ob er in der Finsternis begraben liegt am Grund der Strömung.«

Er dachte nach und sagte nach einer Weile: »Ich glaube

Ihnen nicht und kann Sie so nicht entlassen. Was verschweigen Sie mir? Und was veranlaßt Sie zu Ihrer Verschwiegenheit?« Ich gab darauf keine Antwort. »Ich will nicht in Sie dringen. Ich will nicht wissen, warum Sie in Ihr Schweigen flüchten. Ich will nur, daß Sie es brechen. Ihr Schade soll es nicht sein. Wollen Sie ärmer aus Behemoth zurückkehren, als Sie ausgefahren sind? Gold öffnet die Kammern der Rede.«

»Oder versiegelt sie«, antwortete ich.

»Ich wollte Sie nicht bestechen«, lenkte Lord Edward ein. »Ich wollte Sie nur für Ihre Mühsal und Ihre Irrfahrt entschädigen.«

»Wann werden wir in Triest sein?« fragte ich unwirsch.

»Niemals!« antwortete er ruhig. »Es sei denn, Sie tun, worum ich Sie bitte. Warum weigern Sie sich zu reden? Ist, was Sie berichtet haben, nicht Preisgabe genug? Was könnte Behemoth noch bereithalten? Seine Abgründe haben Sie offenbart. Es gibt nichts, was Sie noch verschweigen müßten!«

Ich schüttelte den Kopf: »Was verstehen Sie schon von Behemoth? Die Pforten des Sagbaren habe ich durchschritten. Wir stehen vor der Pforte des Grauens. Ich will und ich kann sie nicht öffnen. Dahinter finden Sie nichts als Finsternis, und Worte vermögen nicht, sie zu erhellen.«

»Ich will alles sehen, koste es, was es wolle!« sagte Lord Edward.

»Sie werden nichts sehen!« wehrte ich ab. »Nichts außer sich selber. Die Übersetzung der Bilder in die Sprache ist verhängnisvoll. Ich komme aus der Tiefe der Sprachlosigkeit. Was Sie vorausgesagt hatten, ist nicht eingetroffen: ich bin nicht frei geworden durch meine Erinnerung. Wenn Sie wüßten, was mich die letzten Seiten gekostet haben, würden Sie nicht weiter in mich dringen. Es bereitet mir Qual, mich zu erinnern; und sie ist um so größer geworden, je näher wir dem Zentrum von Behemoth kamen. Ich kann nicht weiter. Das Gedächtnis verschließt sich, um mich zu schützen.«

»Sie brauchen Ruhe!« beschwichtigte mich Edward Wellesley. »Genießen Sie die Fahrt, lassen Sie sich vom Mittelmeer schaukeln. Es ist die Wiege Europas und zugleich der Born, aus dem es die Kraft schöpft, sich zu erneuern. Sollten nicht auch Sie auf dieser Reise genesen? Denken Sie für zehn Tage nicht mehr an Behemoth, dann wird es Ihrer gedenken, und Sie werden sich erinnern – zwanglos und ohne Qual.«

»Sie können mich nicht halten. Ich werde zum Kapitän gehn und fordern, daß er mich im nächsten Hafen an Land setzt.«

»Und dann?«

»Suche ich den österreichischen Konsul auf.«

»Wie in Brasilien?« höhnte Lord Edward. »Ich habe Tag für Tag im Nebenzimmer gesessen, als Sie in Recife mit dem Konsul verhandelten. Ich habe ihn bestochen. Ich lenkte Ihre Schritte zur *Loredan*.«

»Sie warfen die Münze!«

»Und wenn auch! Ich lenkte die Münze und Ihre Gedanken.«

»Sie sind allwissend wie Ihr Vater«, sagte ich kalt. »Er verstand alles zu lenken, und alles trieb ihn tiefer in seinen Wahnsinn.«

»Deuten Sie es, wie Sie wollen. Immerhin trug ich Sorge, daß man Sie zurückweise, falls Sie versuchen sollten, das Schiff nach Cuxhafen zu besteigen.«

»Ich weiß, alle Welt ist in Ihrer Gewalt«, sagte ich ironisch.

»Nicht die ganze Welt«, antwortete er sachlich, »wohl aber ihr bestechlicher Teil; und Sie müssen zugeben, daß es der weitaus größere ist. Vielleicht wäre es mir gelungen, den deutschen Kapitän zu kaufen, wie der italienische mein Geschöpf ist. Aber mir lag nichts daran, die nördlichen Gewässer zu befahren. Der Ort der Erinnerung ist für diesmal der Süden. Sie sollen nicht gequält, sondern bestärkt werden.« Ich betrachtete ihn, während er sprach. Ich erkannte den

Starrsinn, sein väterliches Erbteil, und überlegte, wie ich ihn brechen könnte.

»Ich bin Ihr Schicksal. Sie können sich ihm entziehen, aber der Preis dafür ist Schwermut. Selbst die Heiterkeit dieses Himmels kann Sie davor nicht bewahren.«

»Ich habe keine Wahl und kann Ihren Wunsch nicht erfüllen. Wäre es nicht besser, Sie läsen gründlicher, was ich geschrieben habe? Ich wette, meine Niederschrift gibt Ihnen die Aufschlüsse, die Sie jetzt von mir fordern.«

»Ich werde Ihren Bericht noch ein zweites und drittes Mal lesen, seien Sie unbesorgt«, erwiderte er. »Ich weiß, es wird mir von Nutzen sein. Dennoch ist er ein Bruchstück, und ich brauche das Ganze. Übrigens, wenn es Sie interessiert: der österreichische Konsul in Recife ist der Gewährsmann Behemoths. Sie lachen? Lachen Sie ruhig. Er sammelt die Kupfermünzen unter den Zungen. Sein Name ist Charon: Sören Franz Charon. Leben Sie wohl! Sie haben Bedenkzeit, wenn Sie wollen, bis zum Ende der Fahrt, und das heißt, wenn Sie Ihr Schweigen nicht brechen, bis zu Ihrem Tode. Von nun an fahren wir auf einem Geisterschiff. Ich wünsche gute Reise!« Er verließ mich mit diesen Worten.

Wir fuhren an Antikýthēra vorüber. Wir sahen steuerbords die Nordküste Kretas. Wir umschifften Ikaría und ließen die Kykladen hinter uns. Wir passierten die Straße zwischen Elafónēsos und Kýthēra. Pantelleria ließen wir backbords. Wir näherten uns den Säulen des Herakles. Aus der ersten in die Touristenklasse verbannt, sah ich die endlos wiederkehrenden Stationen unserer Kreuz- und Irrfahrt. Es bestand keine Hoffnung, daß sie je enden werde.

Ruhig zog unser Schiff ohne Ziel und Steuer dahin. Dennoch gierte es nicht. Es fuhr vor dem Wind, der in den untersten Regionen des Todes bläst.

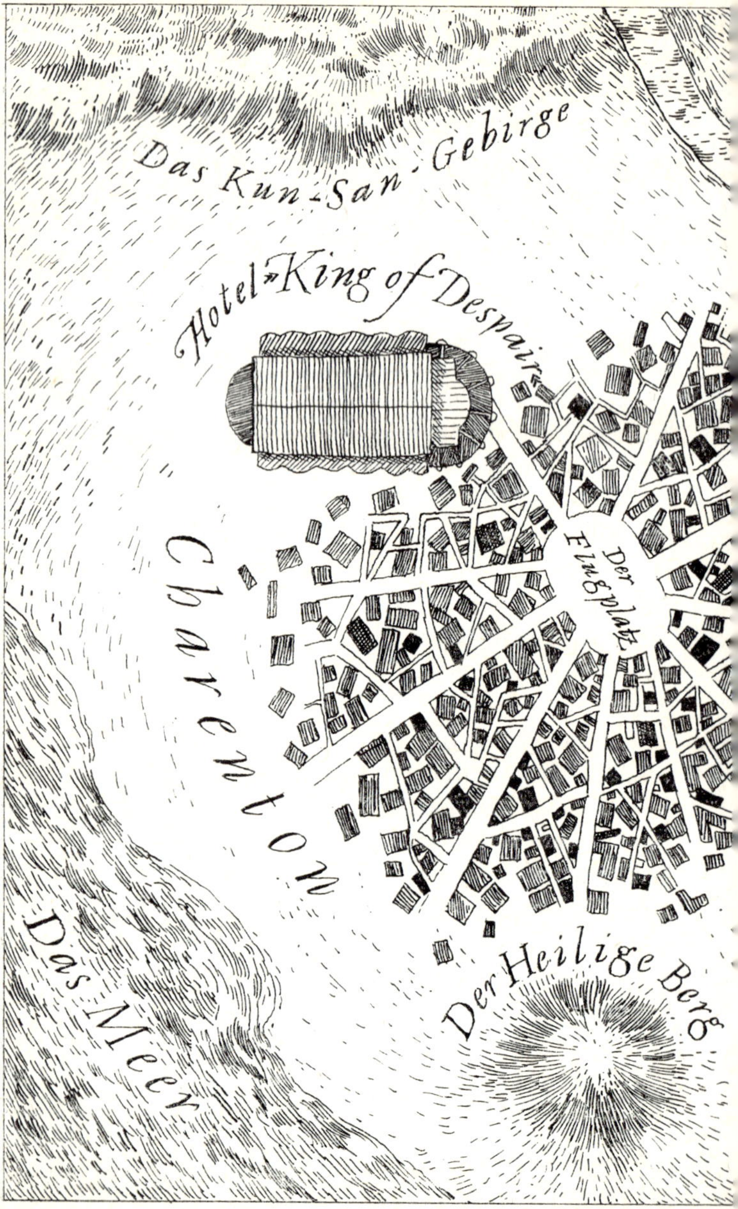

Das Kun-San-Gebirge
Hotel »King of Despair
Charenton
Der Flugplatz
Der Heilige Berg
Das Meer

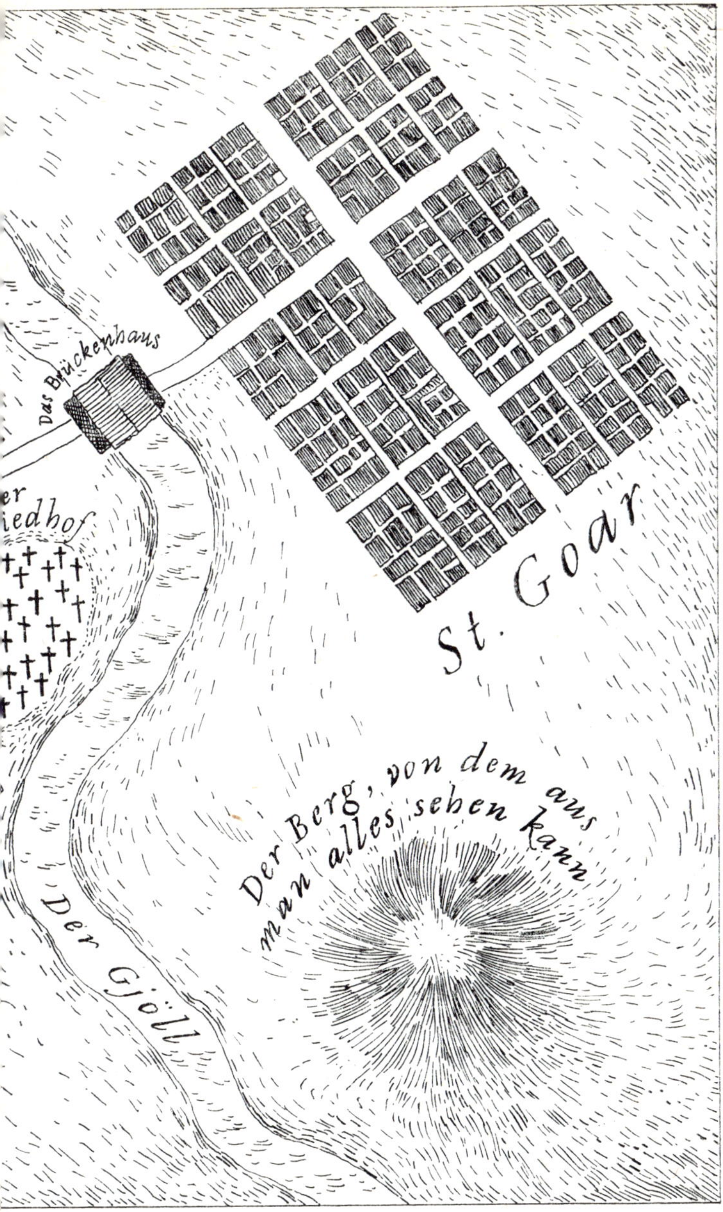
Das Brückenhaus
St. Goar
Der Berg, von dem aus man alles sehen kann
Der Gjöll

Inhalt

I. TEIL
CHARENTON UND ST. GOAR

DIE LOREDAN 7
Friedrich Teutsch auf der Touristenpromenade des Überseeschiffes »Loredan« / Erinnerungen an Recife / Arthur Wellesleys Sohn Edward / Notizen aus Charenton / Teutsch verspricht, seine Erlebnisse in Behemoth aufzuzeichnen

ANKUNFT IN CHARENTON 17
Der Flugplatz / die Journalisten / Arthur Wellesleys Ankunft / Abweisung der Charentoner / Gespräch mit Teutsch

IM HOTEL »KING OF DESPAIR« 30
Arthur Wellesley und die Charentoner / Wellesley und Teutsch / Behemoth und Sir Houston

ST. GOAR UND CHARENTON 38
Teutsch geht durch St. Goar / die Stufen zum Münsterberg / Kotstrom und Flammen / die Schenke / der Fährmann / bei Lord Arthur im »King of Despair« / Houston Lawrence / der rechte Weg nach Behemoth / die Büsten Sir Houstons und Houston Lawrence'

DER NORDWIND 59
Die Staubwolke / das Ausbleiben der Flugzeuge / der Wein geht zur Neige / der Aufruhr / die Rückkehr der Sonne / die Guajakkeime / St. Goars Kampf mit der Wildnis / Charentons Resignation / die Heuschrecken

DAS MASKENFEST 74
Im »King of Despair« / die ersten Masken / das Mädchen / die Schmetterlinge / das Schiff / die Alte

VORBEREITUNG UND AUFBRUCH 85
Arthur Wellesley rüstet zur Reise / der Heilige Berg / die Farbtäuschung / das Ufer des Gjölls / die Täler der Toten / die Rückkunft / Lord Arthurs Bericht

DIE SCHALKSSÄULE 96
Das Quarzkristall / das Schulzimmer / der Winterbügel / Gespräch mit Arthur Wellesley

GESPRÄCH AUF DER BRÜCKE 102
Über den Wahnsinn / die Wasser des Gjölls / Erinnerung an Innsbruck / das Dorf der Kindheit / Morgen nach einer Sturmnacht / im Brückenhaus / Ybinamono / auf der »Loredan«

HOUSTON LAWRENCE UND ARTHUR WELLESLEY 120
Das Wesen Behemoths / die Bitte / das Symbolon / der Festsaal im Brückenhaus / die Ordnung der Priester / Auftrag zur Reise

II. TEIL
DIE PFORTEN BEHEMOTHS

HINTER ST. GOAR 137
Seltsame Begleiter / der Zug gjöllabwärts / der Aufstieg durch die Runse / das Feuer / der Berg, von dem aus man alles sieht / Rettung Lord Arthurs / Verlust der Beipferde

DER NÄCHSTE MORGEN 158
Erwachen / der Quell / Hans im Glück / fruchtbare Gegenden / der Cañon / Absturz / versuchte Rettung / Fortsetzung der Reise

DIE WEIBLICHEN WASSER 168
Trennung von fünf Gefährten / Baden im Fluß / Hans im Glück / die Gipsbüsten / Überquerung des Flusses / die Statuen / die Frauen / das Innere der Hütte / orgiastisches Mahl / erneute Flucht / Rückkehr zu Arthur Wellesley / Finsternis / das Feuer / Arthur Wellesleys Redseligkeit

DIE BRÜCKE 202
Sumpfgehölze / die Pappelallee / die Auslegerbrücke / Zug über die Lake / Zusammensturz der Brücke

DIE FARNE 214
Die Früchte / seltsames Wachsen und Schwinden / der Affenbrotbaum / der Sonnentempel / Verwandlung Teutschs und Lord Arthurs

DER GOLDFLUSS 221
Sie gewinnen ihre alte Gestalt zurück / die Tempelmauer / das Gold / der Goldfluß / Flucht der Begleiter

DAS VORLAND VON EDEN 230
Der paradiesische See / die Entwöhnung / das Leben am See

DIE PEINIGUNG 238
Das Erwachen / die Rieseninsekten / Glück und Verzweiflung / die fleischfressenden Pflanzen / die Befreiung

DIE DÜRRE 247
Selbstvergessenheit / die Verwandlung des Laubs / der Goldsturm / das Austrocknen des Sees / das Ende des Schattens / das Fällen der Palme / die Landkarte / Sir Houston

DIE GÄSTE DES KÖNIGS 264
Der Thronsaal / der silberne und der goldene König /

ihre Vernichtung / Wahl des neuen Königs / die Folterung / der Ubuschrei / die Flucht / die Grenze der Bildwelt / Gemetzel am See / Verlust des Begleiters

DER SCHLANGENMOUND 289
Die Steppe / der Schlangenhügel / Zahl und Maß

DIE BRENNENDEN ORTE 292
Das Dorf in den Marschen / das Kirchendach / das brennende Dorf / Eintritt in die Stadt / der Marktplatz / brennende Steppe / der verdorrte Baum / Fuchs und Uhu / die Windmühle / der Regen / das Fieber / die Trennung

DIE KIMMERISCHE FAHRT 310
Das Ende der Niederschrift / Drohung und Weigerung / endlose Irrfahrt